Mary Shelley

Frankenstein

ou le Prométhée moderne

—

Le miroir des événements actuels,
ou la Belle au plus offrant,
Histoire à deux visages

Félix Nogaret

—

Avant-propos

Jean-Claude Heudin

Gravure de couverture intérieure (1831) — T. von Holst.

© Science-eBook, Septembre 2016
http://www.science-ebook.com
ISBN 979-10-91245-14-2

Table

Avant-propos

La publication en 1817 de *L'homme au sable* d'Hoffmann dans son recueil des *Contes nocturnes* inaugurait une période où les auteurs romantiques allaient produire de nombreuses histoires de créatures androïdes (Heudin 2012). Alors que la majorité d'entre eux mettait en scène des automates mécaniques à forme humaine, une jeune anglaise écrivait un roman qui allait faire date dans l'histoire de la littérature fantastique avec un monstre conçu à partir de cadavres.

L'année même de sa création, en 1816, le genre gothique était largement décrié et considéré par de nombreux intellectuels comme de mauvais goûts, voire ridicule. Toutefois, dès sa parution, *Frankenstein* remporta un succès immédiat et il fut promu par beaucoup au rang de chef-d'œuvre. Le roman de la jeune Mary Shelley rompait avec ceux de ses prédécesseurs en adoptant un style réaliste, délaissant le merveilleux pour la rationalité, substituant l'horreur à la terreur. Depuis sa publication, le monstre de Frankenstein est devenu l'icône des créatures artificielles maudites. Le roman n'a cessé de susciter des adaptations cinématographiques et télévisuelles, mais aussi dans toutes les autres formes d'expressions artistiques, et ceci dans le monde entier.

Mary Shelley (1797-1851), née Mary Wollstonecraft Godwin, était une jeune femme anglaise douée d'une intelligence exceptionnelle et d'une grande érudition. Elle avait, entre autres, étudié le grec, le latin, le français et l'italien.

En juin 1816, John William Polidori (1795-1821), un médecin italien, et George Gordon Byron (1788-1824), chef de file du mouvement romantique et déjà reconnu internationalement, passaient l'été à la *Villa Diodati* à Cologny près de Genève sur le bord du lac Léman. Ils reçurent la visite de Percy Bysshe Shelley (1792-1822), de Mary et sa demi-sœur Claire Clairmont (1798-1879). Mary entretenait une liaison depuis deux ans avec Shelley, qu'elle épousera quelques mois plus tard.

Portait de Mary Shelley en 1820 par Samuel John Stump.

Ils formaient un groupe de jeunes romantiques qui liaient des relations illicites et passaient une bonne partie de leur temps à la lecture et aux discussions. Il faut dire que l'été 1816, particulièrement pluvieux, les retenait la plupart du temps à l'intérieur de la villa.

Le 16 juin, Byron leur proposa que chacun écrive une histoire de fantôme pour passer le temps. Il rédigea alors une ébauche de scénario dont Polidori s'inspirera par la suite pour écrire *The Vampyre*, le roman qui donnera naissance au personnage de Dracula. Shelley commença l'écriture d'une nouvelle dont il se désintéressa presque aussitôt. Quant à Mary, elle s'estima au début incapable d'inventer une telle histoire, mais les circonstances l'incitèrent néanmoins à se lancer dans l'écriture.

En premier lieu, tous ces jeunes gens étaient passionnés par les avancées de la science. Ainsi, Shelley s'intéressait à l'électricité et aux automates mécaniques. La villa n'était d'ailleurs pas si éloignée du canton de Neuchâtel, où ils avaient déjà séjourné, dans cette région où avaient été créés les automates androïdes des horlogers Jaquet-Droz et Leschot (Heudin 2008). Mary s'était donc nourrie de ses discussions avec Shelley à propos des automates de Vaucanson et ceux des grands horlogers suisses.

Elle fut aussi probablement influencée par un désir inconscient de réanimation. En effet, dans son journal de 1815, elle relatait la perte de son bébé de sept mois, le deuil qui l'accablait et, dans un rêve, sa volonté de redonner vie au petit cadavre en le massant (Faucheux 2015).

Dans son introduction de 1831, elle reconnaissait l'influence due à la lecture de nombreuses histoires allemandes de fantômes. La visite de Matthew Gregory Lewis (1775-1818), l'auteur du roman gothique *The monk*, imprégna également son imagination.

Après une soirée passée à discuter les découvertes d'Erasmus Darwin (1731-1802), le grand-père de Charles qui faisait face au créationnisme dominant, et une consommation d'opium, elle fit un cauchemar où elle eu la vision d'un « pâle étudiant des arts profanes agenouillé aux côtés de la chose qu'il avait assemblée ».

Il est également possible qu'elle se soit inspirée, pour le nom de Frankenstein, d'un roman écrit en 1790 par François-Félix Nogaret (1740-1831) : *Le Miroir des événements actuels, ou La Belle au plus offrant, Histoire à deux visages* (Douthwaite 2012). Cette histoire met en scène Aglaonice, une jeune femme qui, ayant promis sa main à l'inventeur de la machine la plus convaincante, hésite entre plusieurs prétendants. L'un d'entre eux, *Wak-wik-vauk-on-son-frankéstein*, fabrique un automate joueur de flûte consistant en une statue de métal de taille humaine, habillée à la Sicilienne assise dans un fauteuil roulant. Même si elle est subjuguée par l'automate musicien capable de jouer vingt-deux airs différents, Aglaonice délaisse finalement Frankéstein pour un autre prétendant. Ce « vauk-on-son » est évidemment une référence au célèbre biomécanicien Jacques de Vaucanson et son automate joueur de flûte. Il est difficile d'affirmer que Mary a eu connaissance ou lu le roman de Nogaret, mais la coïncidence avec le nom de Frankéstein est troublante.

Enfin, plusieurs voyages et excursions déterminèrent le cadre géographique de l'histoire, en particulier une visite à Chamonix pour contempler le Mont-Blanc qui donna naissance à la scène où Victor rencontre le monstre.

À la fin de l'année 1816, la femme de Shelley, enceinte, se suicida. Mary épousa alors Percy le 30 décembre et devint officiellement Mrs Shelley. Elle revit alors son père qu'elle n'avait pas revu depuis sa fuite du domicile avec Percy à l'âge de seize ans. L'été suivant, elle termina l'écriture du roman pour lequel son mari rédigea une courte préface où il soulignait l'originalité de l'œuvre.

Le manuscrit fut tout d'abord rejeté par plusieurs éditeurs, dont celui de Byron, mais il fut finalement publié anonymement au printemps 1818 par Lackington, Allen & Co.

Brouillon de Frankenstein de 1816.

Le sort allait s'acharner sur Mary à partir de cette période puisqu'elle perdit deux enfants, Clara en septembre 1818 à Venise et William en juin 1819 à Rome, avant que son mari ne périsse tragiquement par noyade dans le golfe de Spezia en 1822.

Mary Shelley était restée insatisfaite de la première version de son roman et elle révisa son texte après seulement quelques mois de publication. Une nouvelle édition parut en 1823, cette fois signée de son nom, mais ce ne fut qu'avec la version de 1831 qu'elle sembla enfin satisfaite de son travail.

Derrière la linéarité apparente d'une succession de voyages et de poursuites, la trame narrative du roman est basée sur trois récits imbriqués les uns dans les autres dans une sorte de passage de relais d'un narrateur au suivant. Le contexte global de l'histoire est celui de l'explorateur Robert Walton qui, sur la banquise polaire, recueille l'histoire dramatique de Victor Frankenstein, elle-même incluant la narration faite à Frankenstein par le monstre qu'il a créé. Ainsi, Walton débute et termine le récit dans une lettre pour Mrs Saville.

Dans ces récits concentriques se reflètent ainsi plusieurs narrateurs dans un jeu de miroir où peut se dissimuler aux yeux du public l'auteur qui n'est à l'époque qu'une très jeune femme. Elle peut ainsi y développer ses idées sans risquer le rejet social.

Au cœur de cette structure en abyme se trouve le monstre, dont l'histoire est proche de la tradition talmudique du Golem. Mary Shelley a attribué elle-même son inspiration aux histoires de revenants qu'elle avait lues et il est possible, mais pas certain, que le Golem en ait fait partie. La créature du Docteur Frankenstein, le véritable héros de son roman, n'est qu'une chair sans âme élaborée par un homme à partir de l'inerte jusqu'à ce que lui soit donnée une impulsion vitale, tout comme le Golem. Alors que le Golem, être d'argile, prend vie grâce à un mot magique, c'est l'électricité qui anime la créature de Frankenstein.

Quelques siècles auparavant, Rabelais clamait : « Science sans conscience n'est que ruine de l'âme. » Après le siècle des Lumières qui avait vu l'apogée des automates androïdes, l'Europe ne croyait plus au surnaturel et la vision mécaniste de l'univers était communément admise. Le roman de Mary Shelley, sombre et déroutant, aux allures de drame faustien, rappellait l'avertissement de Rabelais. L'aventure des deux protagonistes, le scientifique et sa créature maudite, liés dans la vie comme dans la mort, dénonçaient les dangers d'une utilisation sans éthique de la science. Au lieu d'un androïde mécanique, elle présentait un monstre quasi humain qui ne devenait mauvais que parce qu'il était rejeté, hanté par les bribes de souvenirs qu'il n'avait pas vécu. Hors de la création naturelle, cet être artificiel avait été fabriqué par un nouveau Prométhée défiant l'interdiction divine. Mais à l'inverse d'un Pinocchio en quête d'une humanité qu'il obtiendra finalement, le monstre de Frankenstein, tel un ange déchu rejeté de tous, se perdra dans une vengeance meurtrière.

Au-delà d'une réflexion sur les dérives possibles d'une science débridée, son roman était aussi un pamphlet virulent contre l'ordre social et l'exclusion qui punissait celui qui s'écartait des normes préétablies. Athée, féministe autoproclamée, cette jeune femme critiquait sévèrement la société anglaise en pleine mutation industrielle et sociale.

Cette édition spéciale de *Frankenstein ou le Prométhée moderne*, qui commémore le bicentenaire de la création du premier texte, est ici dans la version finale de 1831 avec une traduction revue et complétée. La préface de 1817 et celle de 1831 sont présentes. Enfin, la nouvelle de Félix Nogaret, « le Frankenstein de 1790 », est proposée ensuite.

L'épopée visionnaire de Mary Shelley, épistolaire et gothique, lyrique et poétique, marque une véritable rupture littéraire et philosophique. Le roman aura par la suite une influence considérable sur la littérature fantastique contemporaine. Certains y voient même le texte fondateur de la science-fiction. Le monstre de Frankenstein est devenu une figure mythique, incarnée par le visage couturé de Boris Karloff dans le film éponyme de James Whale en 1931. Même si la créature imaginée par Mary Shelley a perdu aujourd'hui une partie de sa force évocatrice comparée aux monstres robotiques des films à grand spectacle, son message a conservé toute sa pertinence.

Références

Douthwaite, J.V., 2012. *The Frankenstein of 1790 and Other Lost Chapters from Revolutionary France*, Chicago : The University of Chicago Press.

Faucheux, M., 2015. *Frankenstein : une biographie*, Paris : L'archipel.

Heudin, J.-C., 2008. *Les créatures artificielles – Des automates aux mondes virtuels*, Paris : Odile Jacob.

Heudin, J.-C., 2012. *Robot Erectus, Une anthologie des nouvelles fantastiques à l'aube des robots*, Paris : Science eBook.

T'avais-je requis dans mon argile,
Ô Créateur, de me mouler en homme ?
T'ai-je sollicité de me tirer des ténèbres ou de me placer ici,
Dans ce délicieux jardin ?

Le Paradis perdu

John Milton, Livre X, 1674.
Traduit par François-René de Chateaubriand en 1861.

Préface

Préface écrite par Percy Bysshe Shelley en 1817

Le fait sur lequel est fondé ce récit imaginaire a été considéré par le Dr Darwin et par quelques auteurs physiologistes allemands comme n'appartenant nullement au domaine de l'impossible. Je ne voudrais pas que l'on me suspecte le moins du monde d'accorder à une telle hypothèse une adhésion sans restrictions ; néanmoins, en échafaudant ma narration sur ce point de départ, je considère ne pas avoir créé un enchaînement de faits terrifiants relevant foncièrement du surnaturel.

L'événement dans lequel l'histoire puise son intérêt ne présente pas les désavantages qui s'attachent aux simples récits traitant de fantômes ou de magie. Il s'est imposé à moi par la nouveauté des situations auxquelles il pouvait donner lieu, car, bien que constituant physiquement une impossibilité, il offrait à l'imagination l'occasion de cerner les passions humaines avec plus de compréhension et d'autorité que l'on pourrait le faire en se contentant de relater des faits strictement vraisemblables.

Je me suis donc efforcée de conserver leur vérité aux principes élémentaires de la nature humaine, tout en n'hésitant pas à innover dans le domaine des combinaisons auxquelles ils pouvaient donner lieu. Cette règle se retrouve dans *L'Iliade*, le poème épique de la Grèce ancienne, dans *La tempête* et dans *Le songe d'une nuit d'été*, de Shakespeare, et plus particulièrement encore, dans *Le paradis perdu*, de Milton. Ce n'est donc pas faire preuve de présomption, même pour un humble romancier aspirant à distraire le lecteur ou à tirer de son art une satisfaction personnelle, que d'apporter à ses écrits une licence, ou plutôt, une règle dont l'emploi a fait éclore dans les plus belles pages de la poésie tant d'exquises combinaisons de sentiments humains.

Le fait sur lequel repose mon histoire m'est venu à l'idée, à la suite d'une simple conversation. La rédaction en fut entreprise, en partie par amusement, et en partie parce qu'elle offrait un moyen d'exercer les ressources latentes de l'esprit. Mais, à mesure que l'ouvrage prenait corps, d'autres motifs sont venus s'ajouter aux premiers. Je ne suis aucunement indifférente à la manière dont le lecteur réagira devant l'une ou l'autre des tendances morales dont mes personnages font preuve. Cependant, ma principale préoccupation, dans ce domaine, sera d'éviter les effets énervants des romans actuels, et de montrer la douceur d'une affection familiale ainsi que l'excellence de la vertu universelle. Les opinions du héros, découlant naturellement de son caractère et de la situation dans laquelle il se trouve, ne doivent nullement être considérées comme reflétant nécessairement les miennes. De même, aucune conclusion ne devrait être tirée de ces pages, qui soit de nature à porter préjudice à une quelconque doctrine philosophique.

L'auteur a puisé un intérêt accru dans la rédaction de cette histoire, du fait que celle-ci a été commencée dans le cadre majestueux où se déroule la plus grande partie de l'action, et cela en compagnie d'amis qu'il lui serait impossible de ne pas regretter.

J'ai, en effet, passé l'été de 1816 dans les environs de Genève. La saison fut froide et pluvieuse, cette année-là, aussi nous réunissions-nous chaque soir autour d'un grand feu de bois, nous complaisant parfois à nous conter mutuellement des histoires allemandes de revenants, que nous avions glanées, ici et là. Ces récits nous donnèrent l'idée d'en inventer à notre tour, dans le seul but de nous distraire.

Deux amis – dont l'un eût, assurément, écrit une histoire infiniment plus apte à séduire le public que tout ce que je ne pourrais jamais espérer imaginer – ces deux amis et moi décidâmes donc d'écrire chacun un conte basé sur une manifestation d'ordre surnaturel.

Mais le temps se rétablit soudain, et mes amis me quittèrent pour entreprendre un voyage à travers les Alpes. Les sites splendides qui s'offrirent à eux leur firent bientôt perdre jusqu'au souvenir de leurs évocations spectrales. Le récit que voici est, par conséquent, le seul qui ait été mené jusqu'à son achèvement.

Marlow, septembre 1817.

Préface

Préface écrite par Mary Shelley en 1831

Les éditeurs de *Standard Novels*, dans le choix de
« Frankenstein » pour une de leurs collections, ont exprimé le
souhait que je devrais leur fournir quelques informations sur
l'origine de l'histoire. Je suis plus disposé à le faire, car je vais
pouvoir donner une réponse générale à la question, que l'on
m'a posée si souvent – « Comment ai-je pu, alors très jeune
fille, penser et élaborer une idée aussi monstrueuse ? » Il est
vrai que je suis très opposée à me mettre en avant dans la
presse ; mais comme cette contribution apparaîtra seulement
comme un appendice à une ancienne production, et comme
elle sera limitée à des sujets relatifs à mon seul statut
d'auteur, je ne peux me reprocher de toute intrusion
personnelle.

Il n'était pas singulier, étant la fille de deux personnes
connues du monde littéraire, que je devais penser à écrire
très tôt dans la vie. Comme tout enfant je griffonnais ; et
mon passe-temps favori, pendant les heures que l'on
m'accordait pour les loisirs était « d'écrire des histoires ».
Pourtant j'ai eu plus de plaisir à la création de châteaux dans
les airs – me livrant à des rêves éveillés – suivant le cours de
mes pensées qui enchaînaient des aventures imaginaires. Mes
rêves étaient à la fois plus fantastiques et agréables que mes
écrits. Pour ces derniers, j'étais plus une imitatrice – faisant
plutôt ce que d'autres avaient déjà fait, que d'écrire les idées
nées de ma propre pensée. Ce que j'écrivais était destiné au
moins pour un autre œil – mon compagnon d'enfance et
ami ; mais mes rêves étaient réservés à moi seule. Je ne les
partageais avec personne. Ils étaient mon refuge lorsque je

m'ennuyais – mon plus cher plaisir lorsque j'étais libre.

J'ai vécu principalement à la campagne comme une fille, et j'ai passé un temps considérable en Écosse. Je fis des visites occasionnelles dans les endroits les plus pittoresques, mais ma résidence habituelle était sur les rives nord, blanches et mornes du Tay, près de Dundee. Je les appelle blanches et mornes rétrospectivement, elles ne l'étaient pas pour moi alors. Elles ont été les espaces de liberté, et l'agréable région où délaissée, je pouvais communier avec les créatures de mon imagination. J'ai alors écrit, mais dans un style assez commun. Ce fut sous les arbres des terrains entourant notre maison, ou sur les mornes pentes des montagnes sans arbres à proximité, que mes véritables compositions, les envolées aériennes de mon imagination, sont nées et ont grandi. Je n'étais pas l'héroïne de mes propres contes. Ma vie me paraissait trop commune pour que je me considère moi-même. Je ne pouvais pas imaginer que des malheurs romantiques ou des événements merveilleux puissent un jour m'arriver ; mais je n'étais pas prisonnière de ma propre identité, et je pouvais peupler mes heures de créations bien plus intéressantes pour moi à cet âge, que mes propres sensations.

Après cela, ma vie devint plus active et la réalité prit le pas sur la fiction. Mon mari, cependant, fut l'un des premiers à se sentir très concerné afin que je me prouve à moi-même digne de ma filiation, et que je m'engage sur le chemin de la renommée. Il ne cessait de m'inciter à obtenir une reconnaissance littéraire, ce qui me préoccupa alors, bien que depuis j'y suis devenue totalement indifférente. À cette époque, il souhaitait que je puisse écrire, pas forcément avec l'idée de produire quelque chose de remarquable, mais qu'il pourrait juger lui-même prometteur pour l'avenir. Cependant, je ne faisais rien. Les voyages, les soucis de famille occupaient tout mon temps ; et l'étude, par la lecture, ou en améliorant mes idées pour communiquer avec son esprit bien plus cultivé, représentait la totalité du travail littéraire qui suscitait mon attention.

Pendant l'été 1816, nous avons visité la Suisse et nous sommes devenus les voisins de Lord Byron. Au début, nous avons passé des heures agréables sur le lac, ou en nous promenant sur ses rives ; et Lord Byron, qui écrivait le troisième chant de *Childe Harold*, était le seul parmi nous qui couchait ses pensées sur le papier. Celles-ci, comme il les partageait avec nous, revêtues de toute la lumière et l'harmonie de la poésie, semblaient marquer de manière divine les gloires du ciel et de la terre, nous influencèrent pour que nous y participions avec lui.

Mais ce fut un été humide, décevant, et souvent la pluie incessante nous confinait pendant plusieurs jours à la maison. Certains volumes d'histoires de fantômes, traduits de l'allemand en français, tombèrent entre nos mains. Il y avait l'histoire de l'Amant inconstant, qui, quand il pensait embrasser la mariée à qui il avait promis ses vœux, se trouvait dans les bras du pâle fantôme de celle qu'il avait abandonnée. Il y avait le conte du coupable créateur de sa race, dont le misérable destin était de donner le baiser de la mort à tous les plus jeunes fils de sa maison maudite, juste au moment où ils avaient atteint l'âge de l'adolescence. Son ombre gigantesque, vêtue comme le fantôme dans *Hamlet*, en armure complète, mais avec le heaume relevé, avait été vue à minuit, dans la clarté trouble de la lune, avançant lentement le long de la ténébreuse avenue. La forme avait disparu dans les ombres des murs du château, mais bientôt alors qu'une porte basculait, un pas se faisait entendre, la porte de la chambre s'ouvrait et il s'approchait du lit des jeunes adolescents, bercés d'un sommeil profond. La douleur éternelle s'affichait sur son visage alors qu'il se penchait et embrassait le front des garçons, qui à partir de cet instant se fanaient comme des fleurs sur leur tige. Je n'ai pas relu ces histoires depuis lors, mais ces aventures sont aussi fraîches dans mon esprit que si je les avais lues hier.

« Chacun de nous va écrire une histoire de fantôme », déclara Lord Byron et nous acceptâmes tous sa proposition. Nous étions quatre. Le noble auteur commença un conte, dont un fragment fut imprimé à la fin de son poème *Mazeppa*. Shelley, plus apte à incarner des idées et des sentiments dans la lumière d'une imagination brillante, commença une histoire basée sur des expériences de son enfance. Le pauvre Polidori eut l'idée terrible d'une dame à tête de crâne, qui fut punie pour avoir épié à travers un trou de serrure – quoi, je ne m'en souviens plus – quelque chose de mal et de très choquant bien sûr, mais quand elle fut réduite dans un état pire que le célèbre Tom de Coventry, il ne sut plus quoi faire d'elle et il fut obligé de l'envoyer au tombeau des Capulets, le seul endroit qui pouvait lui convenir. Rapidement, les illustres poètes abandonnèrent également la désagréable tâche.

Pour ma part, je m'occupais à penser à une histoire, une histoire capable de rivaliser avec celles qui nous avaient entraînés dans cette tâche. Une histoire qui évoquerait les peurs mystérieuses de notre propre nature, et réveillerait une horreur intense, pour que la crainte du lecteur lui écarquille les yeux, lui glace le sang et accélère les battements de son cœur.

Si je n'arrivais pas à accomplir ces choses, mon histoire de fantôme serait indigne de ce nom. Je réfléchissais et méditais en vain. Je ressentis cette incapacité totale de création qui est la pire souffrance pour un auteur, quand le sombre néant est la seule réponse à nos invocations anxieuses. Avez-vous pensé à une histoire ? On me posait cette question chaque matin, et chaque matin j'étais contraint à une réponse mortifiée négative.

Toute chose doit avoir un début, pour parler en expressions Sanchean ; et ce début doit être lié à quelque chose qui est arrivé avant. Les hindous pensent que le monde est soutenu par un éléphant, mais ils font tenir l'éléphant sur une tortue. Nous devons admettre humblement que la création ne consiste pas à créer à partir du néant, mais à partir du chaos ; les matériaux doivent, en premier lieu, être accordés : elle peut donner une forme à une substance informe, mais elle ne peut pas faire apparaître la substance elle-même. Dans tous les domaines de la découverte et de la création, même ceux qui appartiennent à l'imagination, nous sommes continuellement ramenés à l'histoire de Colomb et de son œuf. La création consiste dans la capacité à saisir les potentialités d'un sujet, et dans la puissance de moulage et de façonnage des idées qu'il suggère.

Nombreuses et longues furent les conversations entre Lord Byron et Shelley, pendant lesquelles je fus une pieuse auditrice, mais presque toujours silencieuse. Pendant l'une de celles-ci, plusieurs doctrines philosophiques furent discutées et, parmi elles, la nature du principe du vivant et s'il y avait une probabilité de la découvrir un jour et de la connaître. Ils parlèrent des expériences du Dr Darwin (je ne parle pas de ce que le docteur a vraiment fait, ou dit qu'il a fait, mais, étant donné mon objectif, de ce qui était alors discuté comme ayant été fait par lui), qui conservait un morceau de vermicelle dans un récipient de verre, jusqu'à ce que par un moyen extraordinaire, il commence à bouger d'un mouvement volontaire. Ainsi dont, après tout, serait donné la vie. Peut-être qu'un cadavre pourrait être réanimé. Le galvanisme avait montré des signes en ce sens : peut-être que les parties composantes d'une créature pourraient être fabriquées, assemblées, et dotées d'une chaleur vitale.

La nuit s'écoula sur cette discussion et même après l'heure du crime, avant de nous retirer pour aller nous reposer. Quand je posais ma tête sur mon oreiller, je ne dormais pas ni ne pouvais penser. Spontanément, mon imagination me posséda et me guida, m'offrant une succession d'images surgie de mon esprit avec une vivacité bien au-delà des limites habituelles de la rêverie. Je vis – les yeux fermés, mais avec une vision mentale aiguë, – je vis le pâle étudiant des arts profanes agenouillés à côté de la chose qu'il avait assemblée. Aussi effroyable qu'il fût, suprêmement effroyable serait l'effet de toute tentative humaine qui se moquerait ainsi de l'admirable mécanisme du Créateur du monde. Son succès terrifierait l'artiste. Il se précipiterait loin de son odieux ouvrage, frappé d'horreur.

Il espérerait que, livrée à elle-même, la mince étincelle de vie qu'il lui avait communiquée s'éteigne, que cette chose qui s'animait de manière aussi imparfaite s'affaisse en matière morte ; et il pourrait alors dormir dans la croyance que le silence de la tombe éteindrait à jamais l'existence éphémère du cadavre hideux qu'il avait regardé comme le berceau de la vie. Il dormirait, mais il serait réveillé. Il ouvrirait ses yeux, la chose horrible se tiendrait à son chevet, écartant les rideaux, et le regardant avec des yeux jaunes, troubles, mais des yeux interrogateurs.

J'ouvrais les miens dans la terreur. L'idée avait tant possédé mon esprit, qu'un frisson de peur me parcourut l'échine, et je souhaitais échanger l'image horrible issue de mon imagination par la réalité autour de moi. Je les vois encore, la pièce, le parquet sombre, les volets fermés, avec le clair de lune qui filtrait aux travers, et l'impression que le lac vitreux et les hautes et blanches Alpes étaient au-delà. Je ne pouvais pas oublier aussi facilement mon hideux fantôme, il continuait à me hanter. Je devais essayer de penser à autre chose. Je retournais à mon histoire de fantôme, mon épuisante et regrettable histoire de fantôme. O ! Si seulement je pouvais en écrire une qui effraierait mon lecteur comme celle qui m'avait effrayé ce soir-là !

L'idée se révéla à moi comme une illumination. « Je l'ai trouvée ! Ce qui m'avait terrifiée allait effrayer les autres, et pour cela, je devais seulement décrire le spectre qui avait hanté ma nuit. » Le lendemain, je déclarais que j'avais pensé à une histoire. Je commençais ce jour à écrire les mots, c'était lors d'une morne nuit de novembre, transcrivant seulement les sombres terreurs de mon rêve éveillé.

Au début je pensais à quelques pages d'un conte assez court, mais Shelley me poussa à développer l'idée plus longuement. Je ne dois certainement pas la suggestion d'un événement, ou à peine une bride de sensation, à mon mari, mais sans son insistance, il n'aurait jamais pris la forme dans laquelle il était présenté. De cette déclaration, je dois exclure la préface. Pour autant que je me souvienne, elle a été entièrement écrite par lui.

Et à présent, une fois encore, je dis à ma hideuse progéniture d'aller de l'avant et de prospérer. J'ai de l'affection pour elle, car elle était le résultat de jours heureux, quand la mort et la douleur n'étaient que des mots qui ne trouvaient aucun écho véritable dans mon cœur. Ces quelques pages parlent de nombreuses promenades, de nombreuses excursions, et de nombreuses conversations, quand je n'étais pas seule ; et mon compagnon était celui que je ne verrai plus en ce monde. Mais ceci est pour moi-même, mes lecteurs n'ont rien à faire de ces associations.

J'ajouterai un seul mot sur les modifications que j'ai faites. Elles concernent principalement le style. Je n'ai changé aucune partie de l'histoire ni introduit de nouvelles idées ou circonstances. J'ai modifié la langue là où elle était si plate qu'elle pouvait interférer avec l'intérêt du récit ; et ces changements se produisent presque exclusivement en début du premier volume. Elles sont entièrement réduites à des parties qui sont de simples auxiliaires de l'histoire, laissant le noyau et la substance de celle-ci intacte.

M.W.S.

Londres, le 15 octobre 1831.

Première lettre

À madame Saville, en Angleterre
Saint-Pétersbourg, 11 décembre 17…

Vous serez bien heureuse d'apprendre qu'aucun malheur n'a marqué le commencement d'une entreprise à propos de laquelle vous nourrissiez de funestes pressentiments. Je suis arrivé ici hier et mon premier soin est de rassurer ma sœur sur ma santé et de lui dire que je crois de plus en plus au succès de mon entreprise.

Je suis déjà loin au nord de Londres. Quand je me promène dans les rues de Petersbourg, je sens la brise froide du nord se jouer sur mon visage : cela me fortifie et me remplit de joie. Comprenez-vous une telle sensation ?

Cette brise qui vient des régions vers lesquelles je m'avance me donne un avant-goût de leur climat glacial.

Inspirés par ces vents prometteurs, mes rêves deviennent plus fervents, plus vivants. J'essaie en vain de me persuader que le pôle est le siège du froid et de la désolation : il se présente à mon imagination comme le pays de la beauté et du plaisir. À cet endroit, Margaret, le soleil est toujours visible, son large disque frange presque l'horizon et répand un éclat perpétuel. Là – si vous le permettez, ma sœur, je ferai confiance aux nombreux navigateurs qui m'ont précédé –, là, la neige et la glace sont bannies et, en naviguant sur une mer calme, on peut être transporté sur une terre qui surpasse en prodiges et en beauté toutes les régions découvertes jusqu'ici dans le monde habitable. Ses trésors et ses paysages peuvent être sans exemple – et la plupart des phénomènes célestes doivent sans doute trouver leur explication en ces lieux encore intacts. Mais que ne peut-on pas espérer dans un pays qui offre une éternelle lumière ? Je pourrais y découvrir la puissance merveilleuse qui attire l'aiguille des boussoles, y entreprendre d'innombrables observations célestes qui n'attendent que ce voyage pour dévoiler leur étrangeté apparente. Je vais assouvir mon ardente curiosité en explorant une partie du monde qui n'a jamais été visitée avant moi et peut-être fouler un sol où aucun homme n'a jamais marché. Tels sont mes émois et ils suffisent pour annihiler toute crainte du danger et de la mort, pour m'encourager à partir de l'avant avec détermination, ainsi qu'un enfant qui s'embarque sur un petit bateau avec ses camarades pour découvrir la rivière qui baigne son pays natal. Mais, en supposant que toutes ces conjectures soient fausses, vous ne pouvez contester l'inestimable bénéfice que j'apporterai à l'humanité jusqu'à la dernière génération, au cas où je découvrirais, à proximité du pôle, un passage vers ces contrées que nous atteignons aujourd'hui après tant de mois, ou si je réussissais à percer le secret de la force magnétique, lequel ne peut être mis à jour, à moins que ce ne soit impossible, que par un effort comparable au mien.

Ces réflexions ont dissipé l'agitation avec laquelle j'ai commencé ma lettre, et je sens mon cœur se remplir d'un enthousiasme qui m'élève jusqu'au ciel ; rien n'est plus propice à tranquilliser l'esprit qu'un projet bien solide – un projet précis sur lequel on peut fixer toute son attention. Cette expédition a été le rêve favori de mes années d'enfance. J'ai lu avec passion les récits de voyages entrepris dans le but de parvenir au nord de l'océan Pacifique, à travers les mers du pôle. Vous devez vous souvenir que la bibliothèque de l'oncle Thomas était composée d'un ensemble d'ouvrages sur l'histoire de tous les voyages de découverte. Mon éducation fut négligée.

Pourtant, j'aimais énormément lire et j'étudiais ces ouvrages nuit et jour et au fur et à mesure que j'en prenais connaissance, je regrettais la décision que mon père avait prise sur son lit de mort, alors que j'étais encore un enfant – défense avait été faite à mon oncle de me laisser embrasser la carrière de marin.

Ces visions s'atténuèrent lorsque je lus, pour la première fois, certains poètes dont les effusions pénétraient mon âme et m'élevaient jusqu'au ciel. Je devins poète moi aussi et je vécus une année durant dans le Paradis de ma propre création. Je croyais de la sorte dénicher une place dans le temple où étaient consacrés les noms d'Homère et de Shakespeare. Vous savez à quel point je me suis trompé et de quelle façon j'ai eu à supporter mon dépit.

Mais justement, c'est à cette époque que j'ai hérité de mon cousin et que mes pensées ont recouvré leurs premières inclinations.

Six ans se sont passés depuis que j'ai pris la présente décision. À présent, je peux même me rappeler l'heure où je me suis voué à cette entreprise importante. J'ai commencé par habituer mon corps à la fatigue. J'ai accompagné des baleiniers dans plusieurs expéditions en mer du Nord ; je me suis volontairement soumis au froid, au jeûne, à la soif, à l'absence de sommeil. Pendant la journée, j'ai souvent travaillé plus dur que n'importe quel marin, alors que la nuit, j'étudiais les mathématiques, les théories médicales et ces branches de la science physique par lesquelles un marin peut tirer le grand profit. À deux reprises, je me suis engagé comme contremaître pour la pêche au Groenland et je me suis acquitté de ma tâche à merveille. Et j'avoue même avoir éprouvé une certaine fierté lorsque le capitaine m'a offert le commandement en second de son vaisseau avant de me demander de rester à bord, tant il était satisfait de mes services.

Et maintenant, ma chère Margaret, ne suis-je pas en état d'accomplir quelque chose de grand ? J'aurais pu vivre dans l'aisance et le luxe, mais, loin de me complaire dans la fortune, j'ai préféré la gloire. Oh, si une voix encourageante pouvait me répondre par l'affirmative !

Mon courage et ma résolution sont inébranlables, bien que mes espoirs connaissent des hauts et des bas et que je me sente souvent déprimé. Je vais donc entreprendre ce long et périlleux voyage dont les vicissitudes exigeront toute ma force d'âme. Et je dois non seulement stimuler le moral des autres, mais préserver le mien, lorsqu'ils seront dans l'épreuve.

C'est la meilleure saison pour voyager en Russie. On vole rapidement sur la neige dans les traîneaux : le mouvement en est doux et, selon moi, beaucoup plus agréable qu'une diligence anglaise. Le froid n'est pas excessif pour peu qu'on soit enveloppé de fourrures – un costume que j'ai déjà adopté, car il y a une grande différence entre se promener sur un pont et rester assis plusieurs heures sans remuer, sans qu'aucun exercice empêche le sang de geler dans vos veines. Je n'ai nullement l'intention de perdre la vie sur la route entre Saint-Pétersbourg et Archangel.

Je partirai pour cette ville dans deux ou trois semaines et mon intention est d'y louer un vaisseau, ce qui facile en versant une caution au propriétaire, et d'engager autant de matelots que je croirai nécessaires parmi ceux qui sont habitués à la pêche à la baleine. Je ne compte pas partir avant le mois de juin. Et quand serais-je de retour ? Ah !

Ma chère sœur, comment répondre à cette question ? Si je réussis, des mois, des années peut-être s'écouleront avant nos retrouvailles ! Sinon, vous me reverrez bientôt – ou jamais.

Adieu, ma chère, ma tendre Margaret. Que le ciel vous bénisse et qu'il me protège afin que je puisse toujours témoigner ma gratitude pour tout votre amour et vos bontés.

Votre frère affectionné,
R. *Walton.*

Deuxième lettre

À Madame Saville, en Angleterre
Archangel, 28 mars 17…

Que le temps passe lentement ici, où je suis entouré par la glace et par la neige ! Mais j'ai progressé d'un pas dans mon entreprise. J'ai loué un vaisseau et je suis occupé à réunir des matelots. Ceux que j'ai déjà engagés semblent être des hommes sur lesquels jc puis compter et qui, à coup sûr, possèdent un courage inébranlable.

Mais un de mes souhaits n'a pas encore pu être exaucé et cette lacune est pour moi le plus grand des maux. Je n'ai pas d'ami, Margaret : si je suis entraîné par l'enthousiasme du succès, personne ne pourra participer à ma joie. Si je rencontre quelque revers, qui me redonnera du courage ?

Je confierai mes pensées au papier, il est vrai, mais c'est un pauvre moyen de communiquer ses sentiments.

J'aimerais avoir la compagnie d'un homme qui sympathiserait avec moi et dont le regard répondrait au mien. Vous devez me juger romantique, ma chère sœur, mais j'ai réellement besoin d'un ami. Je ne connais personne près de moi qui soit affectueux et courageux, qui ait quelque culture, des goûts semblables aux miens, qui aime ce que j'aime, qui puisse approuver ou amender mes plans. Comment trouver un ami capable de réparer les fautes de votre pauvre frère ! Je suis trop ardent dans l'exécution de mes travaux et trop impatient devant les difficultés. Mais le plus grave, c'est que je me suis éduqué moi-même : durant les quatorze premières années de mon existence, je n'ai rien fait que de banal et je n'ai lu que les livres de voyage de l'oncle Thomas. À un âge plus avancé, j'ai commencé à découvrir les poètes les plus célèbres de notre pays, mais ce n'est que lorsque je me suis rendu compte que je ne pouvais plus en tirer profit que j'ai compris à quel point il était nécessaire d'apprendre la langue des autres pays. À présent, j'ai vingt-huit ans et, en réalité, je suis moins cultivé que la plupart des garçons de quinze ans. Il reste que je pense davantage et que mes songeries sont plus vastes et plus magnifiques, quoiqu'elles manquent de cohérence (comme le disent les peintres). Oui, j'ai grandement besoin d'un ami – un ami qui serait assez sensé pour ne pas me prendre pour un romantique et dont la compagnie pourrait quelque peu tempérer mes extravagances.

Baste, ce sont là des plaintes inutiles ! Ce n'est certainement pas dans l'océan immense que je trouverai un ami, ni davantage ici à Archangel, parmi les marchands et les marins. Toutefois, des sentiments qu'on ne s'attend pas à rencontrer chez des êtres rudes animent certains cœurs. Mon lieutenant, par exemple, est un homme d'un grand courage et d'une détermination étonnante. Il aspire fortement à la gloire, ou plutôt à l'avancement dans sa carrière. Il est Anglais et, nonobstant les préjugés nationaux et professionnels, il n'est pas abruti par la culture et conserve quelques-unes des plus nobles qualités humaines. J'avais d'abord fait sa connaissance dans un baleinier ; quand j'ai appris qu'il se trouvait sans emploi dans cette ville, je l'ai engagé aussitôt afin qu'il me seconde dans mon entreprise. L'homme a un caractère égal et il est connu pour sa gentillesse et son respect de la discipline. Cette circonstance qui s'ajoute à son intégrité et à son courage a fait que j'étais très désireux de l'engager. Ma jeunesse passée dans la solitude, mes meilleures années vécues sous votre douce et féminine influence ont tellement affiné le fond de mon caractère que je ne peux pas supporter l'habituelle brutalité qui règne à bord d'un navire : je n'ai jamais cru qu'elle était nécessaire, et lorsque j'ai entendu parler un marin réputé pour sa gentillesse, son dévouement et son sens de la subordination, j'ai été particulièrement heureux de pouvoir m'assurer de ses services. J'ai entendu parler de lui, d'une manière plutôt romanesque, par une dame qui lui doit le bonheur de sa vie. Voici brièvement cette histoire. Il y a quelques années, il aimait une jeune dame russe de peu de fortune, alors qu'il avait pour sa part, grâce à ses prises, amassé une somme considérable. Le père de la jeune fille consentit donc à ce qu'il l'épouse.

Pourtant, lorsque le jeune homme fit sa déclaration, elle se mit à pleurer, se jeta aux pieds de son prétendant et lui confessa qu'elle aimait un autre – un garçon pauvre, ce qui expliquait pourquoi son père n'avait jamais voulu consentir à cette union. Le jeune homme la rassura et comme elle lui révélait le nom de son amant, il cessa aussitôt de lui faire la cour. Avec son argent, il avait déjà acheté une ferme où il comptait passer le reste de ses jours. Il en fit don à son rival et alla jusqu'à lui céder sa fortune pour qu'il puisse acheter du bétail. Là-dessus, il demanda lui-même au père de la jeune fille d'accepter qu'elle épouse l'homme qu'elle aimait. Mais le père refusa catégoriquement, pensant qu'il y allait d'une question d'honneur, et comme son attitude restait inflexible, notre marin quitta le pays. Il y retourna néanmoins, quand il apprit que celle qu'il aimait s'était finalement mariée. « Quel noble cœur ! » Allez-vous vous exclamer – et vous aurez raison. Il se trouve que ce n'est pas le cas : notre homme n'ouvre jamais la bouche et une espèce de nonchalance ignorante émane de lui. Curieux comportement qui mitige l'intérêt et la sympathie qu'il devrait susciter.

Mais si j'ai l'air de me plaindre un peu, si je puis concevoir dans mes travaux une consolation que je ne connaîtrai peut-être jamais, ne croyez pas que je sois incertain dans mes résolutions. Elles sont invariables comme le destin et mon voyage n'est à présent différé que jusqu'à ce que le temps me permette de prendre la mer. L'hiver a été atrocement rude, mais le printemps s'annonce bien et tout indique que la saison sera remarquablement précoce, si bien qu'il n'est peut-être pas impossible que nous partions plus tôt que prévu.

Je garderai mon sang-froid : vous me connaissez assez

pour me faire confiance. Si la sécurité des autres est en jeu, je serai prudent et réfléchi.

Je suis incapable de vous dépeindre tout ce que je ressens, alors que je suis sur le point de mettre mon projet en exécution. Il est impossible de vous donner une idée de mes agitations, agréables et pénibles à la fois, dans la fièvre du départ. Je vais vers des régions inconnues, au « pays du brouillard et de la neige », mais je ne tuerai aucun albatros. Ne soyez donc pas alarmée sur mon sort, ne vous attendez pas à ce que je revienne, à l'instar de « l'Ancien Marinier », épuisé et misérable. Vous devez sourire à cette allusion, mais je vais vous dévoiler un secret. J'ai souvent attribué mon attachement, ma passion et mon enthousiasme pour les dangereux mystères de l'océan aux œuvres les plus extravagantes des poètes modernes. Quelque chose, quelque chose que je ne suis pas à même de comprendre, agite mon âme. Je suis sûrement besogneux – entreprenant comme un artisan qui travaille avec persévérance et courage –, mais en outre il y a en moi l'amour du merveilleux, la croyance au merveilleux, présente dans tous mes projets. Ceci me pousse à m'éloigner des sentiers battus, jusqu'à affronter la mer sauvage et ces pays inconnus que je vais bientôt explorer.

Mais il faut revenir à des considérations plus plaisantes.

Vous reverrais-je prochainement, après avoir traversé des mers immenses et après avoir doublé le cap le plus au sud de l'Afrique ou de l'Amérique ? Je ne puis espérer un tel bonheur, mais je n'ose pas non plus regarder le revers du tableau. Pour le moment, continuez à m'écrire à la moindre occasion : je pourrais recevoir vos lettres, alors que j'en aurais le plus besoin pour me fortifier l'esprit. Je vous aime très tendrement.

Souvenez-vous de moi avec affection, quand bien même vous ne devriez plus entendre parler de moi.

Votre frère affectionné,
Robert Walton.

Troisième lettre

À Madame Saville, en Angleterre
7 juillet, 17…

Ma chère sœur,

Je vous écris quelques lignes à la hâte pour vous dire que je suis en bonne santé – et que je progresse bien dans mon voyage. Cette lettre arrivera en Angleterre par l'intermédiaire d'un marchand qui rentre d'Archangel dans sa famille. Il est plus chanceux que moi qui ne verrai peut-être pas mon pays natal avant plusieurs années. Je suis toutefois dans d'excellentes dispositions : mes hommes sont courageux et semblent fermes dans leurs résolutions.

Ils ne craignent pas les bancs de glace que nous affrontons sans cesse et qui indiquent les dangers des contrées vers lesquelles nous nous avançons. Nous avons déjà atteint une latitude très élevée. Ici, c'est l'été, bien qu'il ne fasse pas aussi chaud qu'en Angleterre. Les vents du sud qui nous poussent rapidement vers les rives où je suis impatient d'accoster renouvellent à tout moment la température. Je ne m'y attendais pas.

Pas d'événements jusqu'ici susceptibles de devoir figurer dans une lettre. Un ou deux coups de vent et un mât brisé – des accidents qu'un marin avisé ne rappelle jamais et je serais bien heureux si rien de pire ne nous arrivait pendant notre voyage.

Adieu, ma chère Margaret. Soyez assurée que par amour pour vous et pour moi-même je n'irai pas aveuglément à la rencontre du danger. Je resterai froid, persévèrent et prudent.

Mais le succès viendra couronner mes efforts. Pourquoi pas ? Jusqu'à ce jour, j'ai progressé, j'ai tracé un chemin sûr à travers les mers – et les étoiles elles-mêmes peuvent être les témoins de mon triomphe. Et d'ailleurs pourquoi n'aurais-je progressé, si les éléments, même s'ils sont hostiles, le permettent ? Qui peut arrêter un cœur déterminé et un homme résolu à tout ?

Contre mon gré, mon cœur s'épanche de lui-même ! Mais je dois finir. Que le ciel vous bénisse, ma sœur chérie !

R. W.

Quatrième lettre

À Madame Saville, en Angleterre
5 août 17...

L'événement que nous venons de vivre est si étrange que je ne peux pas m'empêcher de vous le rapporter, même s'il est probable que nous allons nous revoir avant même que cette lettre soit parvenue en votre possession.

Lundi dernier (le 31 juillet), nous étions presque entourés par la glace qui encerclait notre navire de toutes parts, lui laissant à peine un espace où il flottait. Notre situation était extrêmement dangereuse, surtout qu'un épais brouillard nous enveloppait. Nous sommes restés sur place, espérant quelque changement, une atmosphère et un temps plus favorables.

Vers les deux heures, le brouillard se dissipa et nous aperçûmes autour de nous d'immenses îlots de glace déchiquetés : ils semblaient ne pas avoir de bornes.

Quelques-uns de mes compagnons se mirent à gémir et je commençais aussi à devenir inquiet, quand soudain notre attention fut attirée par un objet bizarre, de telle sorte que la situation où nous trouvions nous préoccupa moins.

Nous distinguâmes un chariot bas, fixé sur un traîneau et tiré par des chiens, passer au nord, à la distance d'un demi-mille. Une silhouette de forme humaine, de toute apparence de stature gigantesque, était assise dans le traîneau et guidait les chiens. Avec nos télescopes, nous observâmes la rapidité de la course du voyageur, jusqu'à ce que celui-ci disparaisse parmi les enchevêtrements de glace.

Cette circonstance nous sidéra. Nous étions – ou du moins nous pensions nous trouver à des centaines de milles de la terre. Mais cette apparition laissait supposer le contraire : en réalité nous étions moins loin que nous le croyions.

Comme nous étions entourés de glace, il ne nous fut pas possible d'en suivre les traces avec une attention plus soutenue.

Environ deux heures après cette rencontre nous perçûmes le grondement de la mer et avant la nuit la glace se rompit et libéra le navire. Mais nous restâmes sur place jusqu'au matin de peur de heurter dans l'obscurité ces grandes masses qui dérivent, dès lors que la glace s'est brisée. J'en profitai à ce moment-là pour me reposer quelques heures.

Dans la matinée cependant, au point du jour, je montai sur le pont et trouvai tous les matelots réunis d'un seul côté du navire, comme s'ils parlaient à quelqu'un qui se trouvait dans la mer. Et en effet, un traîneau semblable à celui que nous avions vu avait dérivé vers nous pendant la nuit, sur un énorme morceau de glace. Un seul chien encore était vivant. Mais il y avait aussi un homme auquel les matelots s'adressaient pour qu'il monte à bord. Ce n'était pas, ainsi que l'autre voyageur le paraissait, un habitant sauvage d'une île inconnue, mais un Européen. Lorsque j'arrivai sur le pont, le second lui dit :

— Voici notre capitaine ! Il ne vous laissera jamais périr en pleine mer.

En m'apercevant, l'étranger m'adressa la parole en anglais, bien qu'avec un accent étranger :

— Avant que je monte à bord de votre vaisseau, dit-il, auriez-vous la bonté de me dire de quel côté vous vous dirigez ?

Vous devez concevoir mon étonnement en entendant la question que posait cet homme qui était plongé dans les affres et à qui mon vaisseau devait paraître comme un bien plus précieux que tous ceux que l'on rencontre sur la terre. Je lui répondis toutefois que nous allions en exploration vers le pôle Nord.

Il parut satisfait et accepta de monter à bord. Mon Dieu, Margaret, si vous aviez vu l'homme qui capitulait ainsi pour son salut, vous auriez connu une énorme surprise !

Ses membres étaient presque gelés et son corps était atrocement meurtri par la fatigue et la souffrance. Je n'ai jamais vu un homme dans un tel état. Nous nous efforçâmes de le conduire dans la cabine, mais, dès qu'il ne fut plus en plein air, il perdit connaissance. Nous le ramenâmes aussitôt sur le pont et, pour qu'il recouvre ses esprits, nous le frottâmes avec de l'eau-de-vie et fîmes en sorte qu'il en avale une faible quantité. Petit, à petit, il redonna des signes de vie. Nous l'enveloppâmes alors dans des couvertures et nous le plaçâmes près du poêle de la cuisine. Il alla progressivement de mieux en mieux et prit un peu de potage pour se revigorer.

Deux jours se passèrent de la sorte, sans qu'il fût capable de parler, et je craignis souvent que ses souffrances ne l'eussent privé de raison. Lorsqu'il fut quelque peu rétabli, je le conduisis dans ma propre cabine et l'entourai de mes soins, autant qu'il m'était possible de le faire. Je n'ai jamais vu un individu plus curieux : ses yeux ont d'ordinaire une expression sauvage, comme s'il était fou, mais à certains moments, pour peu qu'on soit gentil avec lui ou qu'on lui rende quelque service, sa physionomie devient lumineuse, à telle enseigne qu'elle respire un sentiment de bienveillance et de douceur rare. Mais il est plus généralement mélancolique et dépressif – et parfois il grince les dents, à croire qu'il n'a pas le courage de supporter le poids des malheurs qui l'accablent.

Quand mon hôte fut dans de meilleures dispositions, j'eus grand-peine à éloigner de lui les hommes qui brûlaient de lui poser mille questions. Je ne voulais pas qu'il fût tourmenté par leur vaine curiosité, étant donné que l'amélioration de son état mental et physique dépendait évidemment du repos le plus total. Une fois seulement, le lieutenant lui demanda pourquoi il était venu de si loin sur la glace avec un équipage tellement insolite.

Sa physionomie prit aussitôt une expression de profond chagrin et il répondit :

— Pour poursuivre quelqu'un qui avait pris la fuite.

— Et l'homme que vous poursuiviez voyageait-il de la même façon ?

— Oui.

— Dans ce cas, je crois que nous l'avons vu. La veille du jour où nous avons recueilli, nous avons aperçu sur une banquise des chiens qui tiraient un traîneau où un homme avait pris place.

Cet échange éveilla l'attention de l'étranger et il posa une multitude de questions à propos de la route qu'avait suivie le démon, comme il l'appelait. Par la suite, quand il fut seul avec moi, il me dit :

— J'ai sans aucun doute éveillé votre curiosité, comme aussi celle de ces braves gens, mais vous êtes trop poli pour mener une enquête.

— C'est vrai. Ce serait plutôt impertinent et inhumain, si j'en juge votre état, de vous interroger.

— Et pourtant vous m'avez sauvé d'une étrange et périlleuse situation, vous m'avez généreusement rendu à la vie.

Ensuite, il me demanda si je pensais que la rupture de la glace avait détruit l'autre traîneau. Je lui dis que je ne pouvais pas répondre avec certitude, puisque la glace ne s'était pas brisée avant minuit et que le voyageur avait eu la possibilité de trouver un abri. Mais je ne pouvais guère apprécier la situation.

À partir de ce moment-là, un regain de vitalité anima le corps meurtri de l'étranger. Il manifestait une grande énergie à se trouver sur le pont afin de guetter le traîneau que nous avions aperçu auparavant. Je l'engageai pourtant à rester dans sa cabine, car il était beaucoup trop faible pour supporter les rigueurs de l'atmosphère. Je lui promis qu'on ferait le guet à sa place et qu'on l'avertirait immédiatement, au cas où on aurait la vision d'un nouvel objet.

Tel est mon journal jusqu'à cette date concernant cette étrange circonstance. L'homme a progressivement recouvré sa santé, mais il reste très silencieux et donne des signes de gêne lorsqu'un autre que moi entre dans sa cabine. Toutefois, ses manières sont si conciliantes et si douces que les marins s'intéressent à son sort, bien qu'ils aient eu peu de rapport avec lui. Pour ma part, je commence à l'aimer comme un frère. Son profond et perpétuel chagrin attise en moi la sympathie et la compassion. Il a été sans aucun doute un homme remarquable à une certaine époque de sa vie, pour rester encore dans le malheur si attrayant et si aimable.

Je disais dans une de mes lettres, ma chère Margaret, que je ne trouverais pas d'ami sur le vaste océan. Et voilà que je rencontre un homme que j'aurais été heureux d'apprécier comme un frère, avant qu'il ne fût marqué par le malheur.

Je continuerai de loin en loin mon journal sur l'étranger, si de nouveaux avatars se présentent.

13 août, 17…

Mon affection pour mon hôte augmente chaque jour. Il excite à tout le moins mon admiration et ma pitié à un degré incroyable. Comment pourrais-je voir une personne aussi noble détruite par le chagrin sans éprouver la plus grande peine ? Il est si gentil et pourtant si réservé – il est si cultivé ! Quand il parle, ce sont des propos qui coulent avec brio, avec une facilité et une éloquence peu communes.

Il est à présent parfaitement rétabli, et il ne quitte plus le pont, selon toute apparence pour guetter le traîneau qui a précédé le sien. Pourtant, quelque malheureux qu'il soit, il n'est pas exclusivement préoccupé par sa propre infortune : il s'intéresse vivement aux projets des autres. Il m'a longuement questionné sur les miens et je les lui ai communiqués sans détour. Il a retenu avec attention les arguments que j'avançais sur l'éventuel succès de mon entreprise – et même les moindres détails des mesures que j'avais mises en œuvre. Par la sympathie qu'il exerce sur moi, j'ai laissé parler mon cœur, j'ai dit avec toute l'ardeur de mon âme combien je serais heureux de sacrifier ma fortune, mon existence même, si cela devait contribuer à la réussite de mon entreprise. La vie ou la mort, d'un homme sont peu de choses quand le savoir est en jeu, quand il s'agit d'en acquérir la maîtrise complète pour le transmettre à la postérité et pour le plus grand bien de notre race. Alors que je parlais, une profonde tristesse apparut sur le visage de mon interlocuteur. Je constatai d'abord qu'il essayait de maîtriser son émotion et il plaça les mains devant ses yeux. Ma voix trembla et me manqua lorsqu'à travers ses doigts je vis couler des larmes. Il eut un gémissement. Je me tus. Puis il prit la parole, la voix éteinte :

— Malheureux ! Est-ce vous que partagez ma folie ? Avez-vous également bu ce breuvage étourdissant ? Écoutez-moi, laissez-moi vous raconter mon histoire et vous jetterez la coupe loin de vos lèvres !

De telles paroles, vous pouvez le concevoir, excitèrent fortement mon imagination. Mais le paroxysme de douleur qui avait saisi l'étranger eut raison de ses forces chancelantes et plusieurs heures de repos et de tranquillité furent nécessaires à son rétablissement.

Après cette crise violente, il donna l'impression de se maudire pour s'être laissé emporter par la passion.

Dominant la sombre tyrannie de son désespoir, il me reparla de quelques sujets qui me tenaient à cœur. Il voulut connaître l'histoire de mon enfance – ce fut vite fait ! Mais une multitude de pensées m'avaient traversé l'esprit. Je lui avouai le besoin que j'éprouvais de rencontrer un ami qui pût sympathiser avec moi, convaincu qu'un homme n'est pas heureux s'il n'a pas cette chance.

— Je suis d'accord avec vous, me répondit l'étranger, nous sommes des créatures imparfaites, ne vivant qu'à moitié, si un être plus sage meilleur, plus cher que nous-mêmes, c'est-à-dire un ami, n'est pas là pour nous aider, pour soutenir nos faiblesses. Autrefois, j'ai eu un ami, la plus noble des créatures humaines, et c'est à ce titre que je suis capable de juger la véritable amitié. Vous avez l'espérance et le monde devant vous, vous ne devez désespérer de rien. Mais moi… j'ai tout perdu et je ne peux pas refaire ma vie.

Et tandis qu'il parlait, son visage eut une expression de calme tristesse qui me meurtrit le cœur. Puis, il se tut et bientôt regagna sa cabine.

Malgré l'abattement de son esprit, nul ne peut jouir plus vivement que lui des beautés de la nature. Le ciel étoilé, la mer, tous les spectacles qu'offrent ces régions merveilleuses semblent encore avoir le pouvoir d'élever son âme. Un tel homme a une double existence : il peut supporter le malheur et, être la proie des désillusions.

Pourtant, quand il rentre en lui-même, il ressemble à un esprit céleste entouré d'un halo qui le protège du chagrin et de la folie.

Si vous riez de l'enthousiasme avec lequel je m'exprime sur cet aventurier extraordinaire, c'est parce que vous ne pouvez pas le voir. Vous avez été éduquée, choyée par les livres et la solitude, et vous êtes devenue un peu sceptique. Mais cela devrait vous permettre aussi de mieux apprécier les mérites rares de cet homme extraordinaire. J'ai essayé de découvrir la qualité qu'il possède, celle qui domine chez lui et qui fait qu'il transcende tellement toutes les autres personnes que j'ai connues. Je crois qu'il s'agit d'un discernement intuitif, un sens du jugement rapide et infaillible, une connaissance de la nature des choses, à la fois précise et claire. À quoi s'ajoutent une facilité d'expression et une voix dont les multiples intonations sont mélodieuses.

19 août, 17…

L'étranger m'a dit hier :

— Vous pouvez constater aisément, capitaine Walton, que j'ai éprouvé de grands et incomparables malheurs. J'étais décidé d'abord à ensevelir à jamais le souvenir de ces maux, mais vous avez changé ma résolution. Vous êtes en quête du savoir et de la sagesse. Je l'ai été aussi. Je souhaite ardemment que l'accomplissement de vos désirs ne devienne pas pour vous, comme ce, le fut pour moi, un poison venimeux. J'ignore si la relation de mes déboires pourrait vous être utile. Cependant, lorsque je songe que vous êtes en train de suivre l'itinéraire que j'ai déjà suivi et que vous vous exposez à certains périls qui ne me furent pas épargnés, j'imagine que vous serez en mesure de tirer une morale de mon histoire : elle sera profitable, si vous réussissez. En cas d'échec, ce sera pour vous une consolation. Préparez-vous à entendre des faits qu'on à l'habitude de qualifier de merveilleux. Si nous nous étions trouvés dans un décor moins imposant, j'aurais eu peur de ne pas être cru, peut-être de vous paraître ridicule. Mais beaucoup de choses paraîtront possibles dans ces régions sauvages et mystérieuses, même si elles devraient faire rire ceux qui ignorent les innombrables pouvoirs de la nature. Mais je ne doute pas que mon histoire ne porte avec elle l'évidence de la vérité des événements qui la composent.

Il vous est facile d'imaginer ma joie quand cette proposition m'a été faite. Mais je redoutais qu'elle ravive aussi le chagrin et le désespoir de mon hôte. Et pourtant, je brûlais d'entendre la relation promise, moitié par curiosité, moitié parce que j'avais le vif désir d'améliorer son sort, si cela était dans mon pouvoir. J'exprimai ces sentiments dans ma réponse.

— Merci pour votre sympathie, me répondit-il, mais ce n'est pas nécessaire. Ma destinée est presque accomplie.

Je n'attends plus qu'une seule chose, après quoi je reposerai en paix. Je sais ce qui vous anime, me dit-il encore comme j'allais l'interrompre, mais vous vous méprenez, mon ami, si je puis me permettre de vous appeler ainsi. Rien ne peut changer ma destinée. Écoutez mon histoire et vous comprendrez combien mon sort est irrévocable.

Il me dit alors qu'il entreprendrait son récit le lendemain, dès que j'aurais le temps de l'écouter. Cette promesse lui valut mes remerciements les plus chaleureux. Je résolus de consigner chaque soir, si tant est que j'en aurais le loisir, ce qu'il m'aurait raconté dans la journée, dans les termes les plus exacts que possible. À défaut de quoi, je rédigerais au moins quelques notes. Ce manuscrit vous procurera sans doute le plus grand plaisir ; moi, moi qui ai connu cet homme et qui ai entendu le récit de ses propres lèvres – quel intérêt et quelle sympathie ne vais-je pas y trouver lorsque je le relirai plus tard ! Même aujourd'hui, alors que je commence ma tâche, sa voix expressive sonne à mes oreilles, ses yeux lumineux me regardent avec toute leur douceur mélancolique, et je vois sa main fine qui se soulève lorsqu'il bouge, tandis que ses traits reflètent l'éclat de son âme. Comme cette histoire doit être étrange et bouleversante ! À l'instar de la tempête qui s'est abattue sur ce beau navire en pleine course et qui en a fait une épave !

1

Je suis né à Genève et ma famille est l'une de plus importantes de cette république. Mes ancêtres ont été, de longues années durant, conseillers ou syndics et mon père a occupé plusieurs fonctions officielles avec honneur et gloire. Il était respecté par tous ceux qui connaissaient en lui son intégrité et son inlassable dévouement au bien public. Il fut, dans sa jeunesse, constamment absorbé par les affaires de son pays. Un certain nombre de faits l'empêchèrent de se marier tôt et ce ne fut que sur le déclin de sa vie qu'il se maria et devint père de famille.

Comme les circonstances de son mariage illustrent son caractère, je ne puis pas ne pas les relater. Parmi ces amis intimes figurait un commerçant qui, après avoir connu la fortune, tomba dans la pauvreté, à la suite de quelques opérations malheureuses. Cet homme dont le nom étant Beaufort était un être orgueilleux et inflexible : il ne put se faire à l'idée de vivre pauvre et oublié dans ce même pays où il avait brillé autrefois par sa richesse et sa puissance.

Il paya ses dettes, de la façon la plus honorable, et se retira avec sa fille à Lucerne où il vécut dans l'oubli et la misère.

Mon père aimait beaucoup Beaufort et il fut fort affecté par cette retraite provoquée par de pénibles circonstances.

Il regretta le faux orgueil de son ami, d'autant que ce dernier avait agi d'une manière qui n'était pas digne de l'affection qui les unissait. Il partit sans tarder à sa recherche dans le but de le persuader de reprendre son commerce, grâce à son crédit et à son assistance.

Beaufort avait pris toutes les mesures nécessaires pour se cacher et ce ne fut qu'au bout de dix mois que mon père découvrit sa retraite. Fou de joie, il se rendit dans sa maison qui était située dans une ruelle, près de la Reuss.

Mais lorsqu'il y entra, seuls la misère et le désespoir l'accueillirent. Beaufort n'avait sauvé de son naufrage qu'une faible somme d'argent, mais elle devait suffire pour subsister quelques mois ; il espérait alors obtenir une place respectable chez un négociant. Dans l'intervalle, il resta donc inactif, ce qui ne fit qu'attiser son chagrin, car il avait le loisir de réfléchir sur les revers qu'il avait essuyés. Au bout de trois mois, il était devenu apathique et, incapable du moindre effort, il dut garder le lit.

Sa fille prit soin de lui avec la plus grande tendresse. Avec désespoir aussi, car leurs faibles ressources diminuaient rapidement et qu'il n'y en avait pas d'autres. Par bonheur, Caroline possédait une volonté peu commune et son courage grandit dans l'adversité. Elle se procura une occupation honnête, tressa de la paille et, par quelques moyens, s'ingénia à gagner de quoi subvenir aux besoins essentiels.

Plusieurs mois se passèrent ainsi. L'état de son père empirait, elle consacrait la plus grande partie de son temps à le soigner, ses ressources s'épuisaient et, dix mois plus tard, Beaufort mourut dans ses bras, la laissant orpheline et démunie. Ce dernier coup l'accabla. Elle était agenouillée en larmes, devant le cercueil, lorsque mon père entra dans la chambre. Il apparut à la pauvre fille comme un ange protecteur et elle se confia à lui. Après l'enterrement de son ami, il la conduisit à Genève et la plaça sous la protection d'un parent. Deux ans plus tard, Caroline devenait sa femme.

Il y avait, entre mes parents, une grande différence d'âge, mais cela parut renforcer les liens d'affection et de dévouement qui les unissaient. Il y avait chez mon père un tel sens de la justice qu'il ne lui était pas possible d'aimer une personne qu'il ne pouvait pas estimer. Peut-être autrefois avait-il souffert de l'infidélité d'une femme et attribuait-il dès lors plus de prix à une vertu éprouvée.

Son attachement pour ma mère était fait de gratitude et d'adoration que l'âge ne peut expliquer : il respectait ses qualités et s'efforçait par ce moyen de lui faire oublier toutes les peines qu'elle avait endurées. Il se comportait avec elle avec une grâce inexprimable : tout visait à satisfaire ses désirs et ses goûts. Il cherchait à la protéger, comme un jardinier protège une plante exotique contre toute intempérie, et multipliait les attentions afin d'émouvoir agréablement sa nature douce et bienveillante.

La santé de ma mère et même sa tranquillité d'esprit avaient été fortement ébranlées par le malheur. Mon père, durant les deux années qui avaient précédé son mariage, avait progressivement abandonné ses fonctions publiques.

Après leur union, mes parents gagnèrent aussitôt l'Italie.

Le changement de décor, l'intérêt d'un tel voyage dans un pays aussi merveilleux devaient raffermir la santé de ma mère.

Après l'Italie, ils visitèrent l'Allemagne et la France. Moi, leur premier enfant, je naquis à Naples et déjà en bas âge je les accompagnai dans leurs périples. Je fus leur seul enfant, durant plusieurs années. Bien qu'ils fussent fortement attachés l'un à l'autre, mes parents puisaient dans leur amour même l'immense affection qu'ils me prodiguaient. Les tendres caresses de ma mère, les sourires généreux de mon père inondent mes premiers souvenirs. J'étais leur jouet et leur idole et quelquefois plus encore leur enfant, l'innocente et faible créature que le ciel leur avait donnée pour l'élever dans le bien et qu'ils se devaient de conduire vers le bonheur ou vers le malheur, selon qu'ils s'acquitteraient bien ou mal de leurs devoirs envers moi, avec la conscience profonde de ce qu'ils devaient à l'être, qu'ils avaient enfanté et grâce à leur générosité, on peut imaginer que ma vie avec eux fut, à tout instant, une leçon de patience, de charité, de maîtrise de soi : guidée par un fil de soie, elle fut une succession de jours heureux.

Pendant longtemps, je fus l'unique objet de leurs soins.

Ma mère désirait beaucoup avoir une fille, mais je continuais à être leur seul enfant. Vers ma cinquième année, nous fîmes un voyage au-delà de la frontière italienne pour passer une semaine sur les bords du lac de Côme. Mes parents rendaient souvent visite à de pauvres gens. Pour ma mère, ce n'était pas tant un devoir qu'une nécessité, qu'une passion. Elle se souvenait de ce qu'elle avait elle-même enduré et se sentait obligée de devenir à son tour un ange consolateur. Au cours d'une promenade, une pauvre masure au fond d'un vallon attira son attention par son aspect délabré : de nombreux enfants vêtus de haillons jouaient dans les parages – l'image même du dénuement le plus absolu. Un jour, alors que mon père s'était rendu à Milan, ma mère m'emmena visiter ce logis.

Elle y trouva un paysan et sa femme, des gens qui travaillaient dur, qui étaient terrassés par la misère et qui devaient nourrir cinq enfants affamés. L'un d'entre eux capta plus particulièrement l'attention de ma mère. C'était une petite fille qui semblait appartenir à un tout autre monde. Alors que les quatre autres étaient de robustes petits vagabonds aux yeux foncés, elle était mince et blonde. Ses cheveux étaient si brillants qu'ils semblaient, nonobstant la pauvreté des vêtements, poser une couronne sur sa tête. Son front était calme et dégagé, ses yeux bleus et limpides, ses lèvres, les traits de son visage reflétaient une sensibilité, une douceur telles qu'en les apercevant, on ne pouvait pas s'empêcher de penser qu'elle était d'une espèce différente, une créature envoyée par le ciel dont la physionomie avait une empreinte angélique.

La paysanne s'aperçut que ma mère regardait avec émerveillement cette jolie petite fille et, aussitôt, elle lui raconta son histoire. Non, ce n'était pas son enfant, mais bien la fille d'un noble milanais. La mère, une Allemande, était morte en lui donnant le jour. L'enfant avait été placée chez ces braves gens, à une époque où ils jouissaient d'une meilleure situation. Eux-mêmes étaient mariés depuis peu et leur premier bébé venait précisément de naître. Quant au père de la fillette, c'était un de ces Italiens élevés dans le souvenir de l'ancienne magnificence de son pays, un de ces *schiavi ognor frementi* qui combattait lui-même pour son indépendance. Il avait été la victime de son courage et l'on ne savait trop s'il vivait encore ou s'il croupissait toujours dans les prisons autrichiennes. Ses biens avaient été confisqués et c'est pourquoi sa fille était orpheline et pauvre. Elle avait vécu auprès de ses parents d'adoption et elle avait grandi dans cette masure, un peu comme une rose au milieu des ronces.

Quand mon père revint de Milan, il trouva jouant à mes côtés dans le vestibule de notre demeure, une enfant plus belle qu'un chérubin, une créature dont le regard irradiait et dont les mouvements étaient plus gracieux que ceux des chamois sur les montagnes. Cette présence fut rapidement expliquée. Avec son accord, ma mère persuada les paysans qui la gardaient de lui confier la charge de l'enfant. Ils l'aimaient certes et pour eux elle avait été une bénédiction. Mais ils comprirent qu'il n'était pas juste de la laisser dans la pauvreté et le besoin au moment où la Providence lui assurait une protection plus puissante. Ils consultèrent le curé du village : il fut décidé qu'Elisabeth Lavenza viendrait habiter la maison de mes parents. Elle ne fut pas seulement une sœur pour moi, mais aussi la délicieuse compagne de mes études et de mes loisirs.

Tout le monde adorait Élisabeth. L'attachement passionné, la vénération que chacun lui vouait et qui m'animait aussi furent mon orgueil et mon ravissement. La veille de son arrivée, ma mère m'avait dit, comme si elle plaisantait : « J'ai un joli cadeau pour mon Victor. Il le recevra demain. » Et c'est pourquoi, lorsqu'elle me présenta le lendemain Élisabeth comme le cadeau qui m'était promis, je pris ses propos à la lettre, avec la gravité de l'enfance, et je voulus tenir Élisabeth pour mienne – afin de la protéger, de l'aimer et de la chérir. Les louanges qu'on lui adressait, je considérais qu'elles m'étaient destinées. Nous nous appelions familièrement cousin et cousine. Aucun mot, aucune expression ne pourraient traduire l'amitié qu'elle me portait – elle qui était plus que ma sœur et que je voulais à moi jusqu'à la mort.

2

Nous avons été élevés ensemble. Il n'y avait même pas un an de différence entre nous. Je n'ai pas besoin de dire que nous étions à l'abri de toute dissension, de toute dispute. Notre amitié était empreinte de l'harmonie la plus totale et la diversité, le contraste qui subsistait dans nos caractères nous rapprochaient davantage l'un de l'autre. Élisabeth était plus calme, plus appliquée que moi. Avec mon tempérament plus fougueux, je pouvais néanmoins mieux me concentrer et, à l'inverse d'elle, j'étais avide de connaissance. Elle se passionnait pour les créations éthérées des poètes et s'enchantait dans la contemplation des majestueux et merveilleux paysages suisses, autour de notre demeure – les dessins sublimes des montagnes, le changement des saisons, la tempête et la quiétude, le silence de l'hiver, la vie et la turbulence des étés alpins, tout l'émerveillait et la ravissait. Et tandis que ma compagne admirait en toute sérénité les magnifiques apparences des choses, je cherchais, moi, à en déterminer les causes profondes. À mes yeux, le monde était un secret que je voulais percer. La curiosité, la quête entêtée des lois cachées de la nature, la joie proche de l'extase qui m'animait lorsque je pouvais en découvrir quelques-unes, ce sont les premières sensations dont je me souvienne.

À la naissance d'un deuxième fils, mon cadet de sept ans, mes parents abandonnèrent tout à fait leur vie itinérante pour se fixer dans leur pays natal. Nous possédions une maison à Genève et une maison de campagne à Bellerive, sur la rive est du lac, à une lieue à peu près de la ville. Nous résidions là la plupart du temps et l'existence que menaient mes parents était plus recluse. D'instinct, je fuyais la foule pour ne m'attacher qu'à quelques personnes. J'étais d'ordinaire indifférent envers mes camarades d'école, quoique j'eusse noué des liens d'amitié avec l'un d'entre eux. Henry Clerval, le fils d'un commerçant de Genève, était un garçon extrêmement doué et imaginatif. Il recherchait les risques pour eux-mêmes ainsi que les difficultés et les dangers. Il avait lu de nombreux livres de chevalerie et des romans, composait des chants héroïques et il avait même commencé à écrire des contes surnaturels et des récits d'aventures. Il essayait de nous faire jouer des pièces ou de nous faire participer à des mascarades dont les personnages étaient inspirés par les héros de Roncevaux, de la Table Ronde, du roi Arthur et les innombrables chevaliers qui ont répandu leur sang afin de délivrer le Saint-Sépulcre des mains des infidèles.

Personne n'aurait pu avoir une enfance plus heureuse que la mienne. Mes parents étaient au plus haut point attentionnés et indulgents, et nous sentions que nous n'avions pas affaire à des tyrans qui nous commandaient selon leur bon caprice : c'étaient des êtres qui nous offraient les joies qui étaient les nôtres. Et quand il m'arrivait de côtoyer d'autres familles, je comprenais combien mon sort était enviable – et cela ne faisait qu'augmenter ma gratitude.

J'étais parfois d'humeur violente et je nourrissais des passions démesurées. Par tempérament, ce n'était pas vers les jeux d'enfant que je me portais, mais vers le désir d'apprendre. Je ne voulais pas que ce fût n'importe quoi. J'avoue que ni la structure des langues, ni les principes des gouvernements, ni les diverses formes de la politique ne m'attirèrent. C'état le secret du ciel et de la terre que je brûlais de connaître. Que je fusse intéressé par la substance extérieure des choses, par la nature ou par les mystères de l'âme humaine, tout me conduisait vers la métaphysique ou plutôt, au sens le plus strict du terme, vers les secrets physiques de l'univers.

Dans le même temps, Clerval, lui, s'occupait, pour ainsi dire, de la relation morale des choses – les tumultes de la vie, les vertus des héros, les actions des hommes. Il espérait, il rêvait de devenir un jour un de ces fiers et aventureux bienfaiteurs ; de l'humanité dont l'histoire conserve le nom. L'âme sainte d'Élisabeth brillait dans notre paisible demeure, comme la flamme d'un sanctuaire. Elle avait toute notre sympathie. Son sourire, sa voix exquise, le doux éclat de ses yeux célestes étaient toujours présents pour nous bénir et nous inspirer. Elle était l'image vivante de l'amour qui apaise et qui charme. Les études auraient peut-être pu me rendre maussade et l'ardeur de mon tempérament aurait pu aviver chez moi la brutalité, si Élisabeth n'avait pas été là pour me communiquer sa propre douceur. Et Clerval – une pensée mauvaise pouvait-elle lui effleurer l'esprit ? – n'aurait pas été si parfaitement humain, si généreux, si plein de bonté et de tendresse en dépit de ses goûts aventureux, si Élisabeth ne lui avait pas révélé les véritables valeurs du bien et ne lui avait pas fait comprendre que celles-ci devaient guider toutes ses ambitions ?

Je ressens un plaisir exquis à évoquer mes souvenirs de jeunesse, alors que le malheur n'avait pas encore souillé mon esprit et changé mes visions brillantes et opportunes en sombres réflexions, étroites et égoïstes. Au reste, en brossant le tableau de mes années d'enfance, je rappelle aussi ces événements qui, de fil en aiguille, me conduiront au récit de mes misères. Lorsque je cherche à m'expliquer la naissance de cette passion qui devait influer sur ma destinée, je la compare à une rivière de montagne dont les sources sont obscures et oubliées. Mais cette rivière se gonfle, devient un torrent et, tandis que son débit augmente, elle balaye tous mes espoirs et toutes mes allégresses.

La philosophie naturelle est le génie qui a eu raison de mon destin. Je désire donc, dans ce récit, établir les faits qui ont inspiré ma prédilection pour cette science. J'avais treize ans lorsque nous fîmes tous une excursion dans une station thermale proche de Thonon. Le mauvais temps nous contraint de rester une journée entière à l'intérieur de l'auberge et, par hasard, j'y dénichais un volume des œuvres de Cornelius Agrippa. Je l'ouvris avec indifférence, mais la théorie qu'il s'efforce de démontrer et les faits prodigieux qu'il rapporte m'enthousiasmèrent bientôt. Une lumière nouvelle sembla éclairer mon esprit. Bondissant de joie, je fis part de ma découverte à mon père. D'un air détaché, il considéra le titre du livre avant de dire :

— Ah ! Cornelius Agrippa ! Mon cher Victor, vous allez perdre votre temps. C'est sans intérêt !

Si, au lieu de cette remarque, mon père avait pris la peine de m'expliquer que les théories d'Agrippa avaient été délaissées et qu'on avait introduit depuis un nouveau système scientifique fondé sur la réalité et la pratique et non plus sur des considérations extravagantes, j'aurais certes rejeté Agrippa et, avec une imagination échauffée comme la mienne, je m'en serais retourné, avec une ardeur nouvelle, à mes études antérieures. Il est même possible que le cours de mes idées n'eût jamais reçu la fatale impulsion qui me conduisit à la ruine. Mais le simple coup d'œil que mon père avait adressé au volume me laissait envisager qu'il n'en connaissait peut-être pas le contenu. Aussi je continuai à le lire avec la plus grande avidité.

Lorsque je fus de retour à la maison, mon premier soin fut de me procurer toutes les œuvres de cet auteur puis celles de Paracelse et du Grand Albert. Je lus et étudiai avec délice les fantasmagories de ces écrivains, croyant qu'en dehors de moi peu de gens en connaissaient les trésors. Je le répète, j'étais possédé du brûlant désir de pénétrer les secrets de la nature. Nonobstant le travail acharné et les étonnantes découvertes des philosophes modernes, je sortais toujours de mes études mécontent et insatisfait. On a prétendu que Sir Isaac Newton se comparait à un enfant qui ramasse des coquillages, au seuil du gigantesque océan inexploré de la vérité. Et, dans chacune des branches de la philosophie naturelle, même ses successeurs m'apparaissaient comme des profanes, incapables d'accomplir leur tâche.

Le paysan illettré contemple les éléments qui l'entourent : ses utilisations pratiques lui sont familières. Le philosophe le plus savant n'en sait pas davantage – à peine peut-il dévoiler le visage de la nature, alors que ses traits les plus singuliers restent à ses yeux un secret et un mystère. Il est à même de disséquer, d'analyser, de donner des noms, mais, sans même parler d'une cause finale, il ignore les causes secondaires et tertiaires. J'avais contemplé les fortifications et les obstacles qui semblaient interdire aux hommes d'accéder à la citadelle de la nature et, parce que j'étais ignorant, j'avais perdu patience.

Et pourtant il y avait ces livres, il y avait ces hommes qui avaient été plus loin et qui en savaient davantage. J'acceptai leurs hypothèses comme des certitudes et je devins leur disciple. Il peut paraître étrange que cela se produise au dix-huitième siècle : alors que je suivais l'enseignement routinier des écoles de Genève, je devenais, dans mes matières favorites, un autodidacte. Comme mon père négligeait la science, je dus satisfaire tout seul, ainsi qu'un enfant aveugle, ma soif de savoir. Sous l'inspiration de mes nouveaux précepteurs, je me livrai ardemment à la recherche de la pierre philosophale et de l'élixir de vie. Ce dernier objet retint surtout mon attention. Je le préférai à la richesse — mais quelle gloire m'apporterait ma découverte, si je réussissais à bannir la maladie du corps humain, à rendre l'être humain invulnérable à tout, si ce n'est à la mort violente !

Ce ne furent pas mes seules visions. L'apparition des esprits et des démons m'était largement promise par mes auteurs favoris et je cherchais avec avidité l'accomplissement d'une telle promesse. Si mes, incantations restaient toujours vaines, j'en attribuais la faute plutôt à mon inexpérience et à mon ignorance qu'à un manque d'habileté ou de savoir-faire chez mes maîtres. Et ainsi, pour un temps, je m'absorbai dans l'étude des systèmes périmés, je mêlai, à l'instar d'un profane, une, foule de théories contradictoires, je pataugeai désespérément dans un bourbier de connaissances multiples, sans autre guide que mon imagination, que mes raisonnements puérils — et ce jusqu'à ce qu'un accident vînt modifier le cours de mes idées.

Vers ma quinzième année, alors que nous nous trouvions

dans notre propriété de Bellerive, nous fûmes témoins d'un orage d'une violence terrible. Il venait du Jura et s'annonçait par de tonitruants coups de tonnerre qui retentissaient de plusieurs côtés à la fois. Intéressé par ce phénomène, j'en observai, tant que dura l'orage, son évolution. Alors que je me tenais sur le seuil de ma maison, je vis soudain un tourbillon de feu jaillir d'un vieux chêne, dressé à une vingtaine de pas. À peine l'aveuglante lumière cessa-t-elle de briller que le chêne avait disparu – ce n'était plus qu'un tronc calciné. Le lendemain, nous allâmes le voir et ce fut pour découvrir un arbre terrassé d'une étrange façon. Il n'était pas fendu par le choc, mais entièrement réduit en petits rubans de bois. Je n'avais jamais rien vu qui fût à ce point détruit.

Avant cet événement, j'ignorais tout des lois les plus élémentaires de l'électricité. Il se trouve qu'un physicien réputé se trouvait en cette occurrence avec nous. Excité par la catastrophe, il se mit en devoir de nous expliquer sa propre théorie sur l'électricité et le galvanisme : elle m'étonna considérablement. Ces propos rejetaient fortement dans l'ombre Cornelius Agrippa, le Grand Albert et Paracelse, les maîtres de mon imagination. Ce fut un coup du sort et, devant la faillite de leurs théories, je délaissai mes recherches habituelles. Il me semblait que rien n'était, ne pouvait être découvert. Tout ce qui m'avait si longtemps éveillé l'esprit devenait brusquement méprisable. Par un de ces caprices de l'esprit qui sont si fréquents quand nous sommes jeunes, j'abandonnai mes anciens travaux, considérant l'histoire naturelle et tout ce qui en découlait comme des créations fausses et ineptes, montrant le plus grand dédain pour cette prétendue science qui ne pouvait même pas dépasser le stade du vrai savoir. Dans un tel état d'esprit, je me tournai vers les mathématiques et les branches annexes, lesquelles me semblaient érigées sur des bases solides et qui à ce titre méritaient ma considération.

Comme nos âmes sont étrangement construites, comme sont fragiles les liens qui nous attachent à la prospérité et la ruine ! Quand je regarde derrière moi, il me semble que le changement miraculeux de mes dispositions a été provoqué par mon ange gardien – le dernier effort fourni par l'instinct de conservation pour prévenir l'orage qui était, suspendu au-dessus de ma tête, prêt à fondre sur moi. Sa victoire se manifesta lorsque j'abandonnai ces travaux qui m'avaient causé tant de tourments et que je pus recouvrer la tranquillité et la paix de l'âme. Et c'est ainsi que j'appris à associer l'idée de mal à la poursuite de mes travaux et celle de bien à leur abandon.

Ce violent effort vers l'esprit de bien fut pourtant inefficace. La destinée était trop puissante et ses lois immuables avaient décrété ma terrible et totale destruction.

3

Comme je venais d'avoir dix-sept ans, mes parents décidèrent de me faire étudier à l'université d'Ingolstadt. J'avais jusqu'alors suivi les cours des écoles de Genève, mais mon père crut qu'il était nécessaire, pour que mon éducation fût complète de me faire connaître d'autres usages que ceux de mon pays natal. Mon départ fut fixé pour un jour prochain, mais, avant même que ce jour fût venu, se produisit le premier malheur de ma vie – le présage, en quelque sorte, de ma future misère.

Élisabeth avait attrapé la scarlatine. Sa maladie était grave et ma cousine courait le plus grand danger. Pendant le temps de la maladie, on avait, par tous les moyens, persuadé ma mère de ne pas la voir. D'abord, elle avait cédé à nos instances, mais, alors qu'on lui apprenait que le mal empirait, elle n'avait pas pu vaincre ses angoisses.

Elle prit soin d'Élisabeth et finit par triompher de la fièvre : Élisabeth était sauvée. Mais les conséquences de cette imprudence lui furent fatales. Trois jours plus tard, ma mère tombait malade. Sa fièvre s'accompagnait de symptômes alarmants et, en regardant le visage des médecins, on savait que le pire était attendu. Sur son lit de mort, elle avait encore tout son courage et toute sa bonté.

Elle joignit les mains d'Élisabeth aux miennes.

— Mes enfants, dit-elle, votre union aurait été pour moi mon plus grand bonheur. Ce sera là à présent la consolation de votre père. Élisabeth, ma chérie, vous me remplacerez auprès de mes plus jeunes enfants. Hélas ! Je regrette d'être séparée de vous. Heureuse et comblée comme je l'étais, comment n'aurais-je pas quelque peine de vous quitter ? Mais je ne dois pas avoir de telles pensées ! Je vais m'efforcer de me résigner à la mort et je souhaite que nous nous reverrons dans un autre monde.

Elle mourut paisiblement, conservant sur ses traits éteints l'image de la tendresse. Je n'ai pas besoin de décrire les sentiments de ceux dont les liens les plus chers sont ainsi rompus, la douleur qui s'empare des âmes, le désespoir qui marque les visages. Il faut du temps avant de se rendre compte que l'être aimé que l'on voyait chaque jour près de soi n'existe plus, surtout lorsque sa vie même semblait être une partie de la nôtre, que l'éclat des yeux qu'on a admirés s'est évanoui pour toujours et qu'une voix familière et douce ne vibre plus à nos oreilles. C'est à quoi l'on pense les premiers jours, mais quand le temps prouve la réalité du malheur, s'installe l'amertume du chagrin subi. À qui la main effroyable de la mort n'a-t-elle pas enlevé un être cher ? Pourquoi devrais-je décrire une peine que tout le monde a ressentie ou devra ressentir ? Mais il arrive un moment où le chagrin est plus un souvenir qu'une nécessité et où le sourire qui illumine les lèvres, pour sacrilège qu'il soit, ne peut plus être chassé. Ma mère était morte, mais il nous restait encore des devoirs à accomplir : nous devions continuer de vivre et apprendre à nous aimer mutuellement, tant qu'un seul d'entre nous ne serait pas fauché par la mort.

Mon départ pour Ingolstadt, différé par ces événements, fut à nouveau décidé. J'obtins de mon père un ajournement de quelques semaines. Il me semblait sacrilège d'abandonner le calme de notre maison endeuillée et de me précipiter si vite dans les mêlées de la vie. Je découvrais le chagrin, mais je n'en étais pas moins perturbé. J'avais de la peine à quitter les miens et, par-dessus tout, je ne voulais pas que ma douce Élisabeth manque de consolation.

En vérité, elle dissimulait son chagrin et s'efforçait de nous réconforter. Elle regardait la vie avec rage et assumait ses tâches dans le zèle. Elle se dévouait totalement pour ceux qu'on lui avait appris d'appeler son oncle et ses cousins. Jamais elle n'avait été plus charmante qu'en ce moment et les sourires qu'elle prodiguait semblaient des rayons de soleil. Elle oubliait ainsi son propre chagrin dans les efforts qu'elle déployait pour faire oublier le nôtre.

Le jour de mon départ arriva enfin, Clerval passa chez nous la dernière soirée. Il avait essayé de persuader son père de m'accompagner et de devenir mon camarade d'étude, mais en vain. Le père de Clerval était un commerçant borné qui ne voyait dans les aspirations et les ambitions de son fils que paresse et ruine. Henry ressentait profondément le dépit d'être privé d'une éducation libérale. Il n'en parla guère, mais, comme nous bavardions, je lisais dans le feu et l'animation de son regard la ferme résolution de ne pas se laisser enchaîner aux promiscuités d'un commerce.

Il était tard. Nous ne pouvions nous séparer l'un de l'autre ni nous décider à nous dire adieu. On le fit pourtant, et ce fut sous le prétexte de prendre du repos, chacun croyant ainsi tromper l'autre. Mais au lever du jour, quand je descendis pour monter dans la voiture qui devait m'emmener, ils étaient tous là, mon père pour me bénir, Clerval pour me serrer la main une fois encore, mon Élisabeth pour me supplier de nouveau d'écrire souvent, et pour m'entourer de ses attentions féminines, moi qui avais été son compagnon de jeu et son ami.

Je me jetai dans la voiture qui me transportait et m'abandonnai aux réflexions les plus mélancoliques. Moi, moi qui n'avais connu autour de moi que des compagnons aimables, des compagnons toujours préoccupés à se faire mutuellement plaisir, je me retrouvais à présent seul. À l'université où je me rendais, je devais moi-même choisir mes amis et veiller à ma propre protection. Jusque-là, la vie familiale m'avait remarquablement préservé, à telle enseigne que tout autre mode d'existence me répugnait.

J'aimais mes frères, Élisabeth et Clerval – « de vieux visages familiers » ! Je croyais que j'étais totalement incapable de supporter la compagnie d'étrangers. C'est à quoi je pensais au moment d'entreprendre mon voyage.

Puis, chemin faisant, je repris courage et espoir. Je souhaitais ardemment acquérir de nouvelles connaissances. Souvent, à la maison, je m'étais dit qu'il aurait été pénible de passer toute sa jeunesse au même endroit et j'avais rêvé de découvrir le monde, de me faire une place dans la société. Maintenant, mes désirs allaient s'accomplir et il aurait été vraiment sot de désespérer.

J'eus tout le loisir de me livrer à ces réflexions et à bien d'autres encore, pendant mon voyage à Ingolstadt qui fut long et pénible. Enfin, je distinguai le haut clocher blanc de la ville. Je descendis de voiture et me fis conduire à mon appartement afin de passer la soirée comme il me plairait.

Le lendemain matin, je remis mes lettres d'introduction et rendis visite à quelques-uns des principaux professeurs.

Le hasard – ou plutôt l'influence diabolique, l'Ange de la Destruction qui affirma sa toute-puissance sur mon être dès que je quittai la maison de mon père – me fit d'abord aller chez M. Krempe, le professeur de philosophie naturelle. C'était un homme rude, mais profondément imbu des secrets de la science. Il me posa de nombreuses questions sur les différentes branches scientifiques, qui ont trait à la philosophie naturelle. D'un air indifférent et quelque peu dédaigneux, je lui citai les noms de mes alchimistes et ceux des principaux auteurs que j'avais étudiés. Le professeur me regarda fixement :

— Avez-vous, dit-il, réellement perdu votre temps à étudier de telles absurdités ?

Je lui répondis par l'affirmative.

— Chaque minute, poursuivit M. Krempe avec vivacité, chaque seconde que vous avez gaspillées sur ces livres, sont absolument perdues. Vous avez chargé votre mémoire de systèmes périmés et de noms inutiles. Bon Dieu ! Dans quel désert avez-vous vécu ? Personne n'a donc été assez bon pour vous informer que ces rêves que vous avez nourris sont vieux de mille ans et parfaitement ineptes ? Je ne m'attendais guère à trouver au siècle des Lumières un disciple du Grand Albert et de Paracelse. Mon cher monsieur, vous devez entièrement recommencer vos études.

Après avoir parlé, il s'écarta de moi et se mit à dresser une liste de livres traitant de philosophie naturelle, en m'invitant à les acquérir. Au moment de prendre congé de moi, il m'annonça qu'au début de la semaine prochaine il ouvrirait un cours de philosophie naturelle, considérée sous ses divers aspects, et que M. Waldman, son collègue, en donnerait un de chimie, en alternance avec le sien.

Je rentrai chez moi, nullement déçu, car il y avait longtemps que je tenais pour périmés les auteurs que le professeur avait réprouvés avec tant de force, et je n'étais pas animé du désir de les étudier de nouveau. M. Krempe était un petit homme trapu, à la voix rude et au visage repoussant. Aussi ne me disposait-il pas à partager ses travaux. De manière peut-être un peu trop philosophique et trop absolue, j'ai déjà exposé les conclusions auxquelles j'étais parvenu quelques années auparavant : les résultats promis par les professeurs modernes de sciences naturelles ne m'avaient guère satisfait. Avec une confusion d'idées, explicable sans doute par mon extrême jeunesse et par le fait que j'avais eu de guide averti, j'avais suivi les pas de la science le long de la route du temps et j'avais négligé les découvertes des chercheurs modernes au bénéfice des rêves d'alchimistes oubliés. Je méprisais les concepts de l'actuelle philosophie naturelle qui se désintéressait des secrets de l'immortalité et de la puissance. Quelques points de vue, bien que futiles, paraissaient sublimes, mais à présent les choses avaient changé. L'ambition des chercheurs semblait se limiter à annihiler ces visions sur lesquelles reposait au premier chef mon intérêt pour la science. Et l'on me demandait d'échanger des chimères d'une infinie grandeur contre des réalités de petite valeur !

Durant les deux ou trois premiers jours de mon installation à Ingolstadt, ce furent là mes réflexions, alors que je cherchais à me familiariser avec les habitants du quartier. Au début de la semaine suivante, les paroles de M. Krempe concernant mes lectures me revinrent à l'esprit. Je n'avais pas l'intention d'aller suivre les cours de ce vaniteux personnage, mais je me souvins de ce qu'il avait dit de M. Waldman que je n'avais pas vu jusqu'alors étant donné qu'il ne se trouvait pas en ville.

Soit par curiosité, soit par désœuvrement, je me rendis dans la salle des cours où M. Waldman entra peu après. Il ne ressemblait pas à son collègue : il devait avoir la cinquantaine et de son visage émanait une très grande bienveillance. Des cheveux gris lui garnissaient les tempes, mais, sur le dessus de la tête, il les avait noirs. Il était petit, droit et avait la voix la plus douce que j'eusse jamais entendue. Il commença son cours en récapitulant l'histoire de la chimie et les découvertes de plusieurs savants dont il cita le nom avec ferveur. Puis il donna un tableau rapide de l'état actuel de la science et expliqua certains vocables élémentaires. Après avoir procédé à quelques expériences préparatoires, il fit le panégyrique de la chimie moderne en des termes que je n'oublierai jamais.

— Les anciens maîtres de cette science, dit-il, promettaient des choses impossibles et n'accomplissaient rien. Les maîtres modernes, eux, ne promettent rien : ils savent que les métaux ne peuvent pas se transmuter et que l'élixir de vie est une chimère. Mais ces philosophes dont les mains ne semblent faites que pour remuer la boue et dont les yeux ne servent qu'à observer à travers un microscope ou un creuset ont néanmoins accompli des miracles. Ils dévoilent les secrets de la nature et en montrent tous les détails. Ils ont accédé au firmament. Ils ont découvert la circulation sanguine et analysé l'air que nous respirons. Ils ont acquis des pouvoirs, nouveaux et presque illimités, ils ont dompté la foudre, imité les séismes et bravé les ombres du monde invisible.

Telles furent les paroles du professeur – ou plutôt laissez-moi dire, telles furent les paroles du Destin, prononcées pour me détruire. Tandis que l'homme parlait, je me sentais la proie d'un ennemi réellement tangible. Une par une, toutes les touches qui formaient le mécanisme de mon être furent ébranlées ; corde après corde, elles résonnèrent en moi et bientôt mon esprit ne fut plus rempli que d'une seule pensée, que d'un seul dessein.

Voilà ce qui a été fait, s'exclamait l'âme de Frankenstein,

mais moi je ferai plus, beaucoup plus. Sur cette voie déjà tracée, je créerai une nouvelle route, j'explorerai des pouvoirs inconnus et j'irai révéler au monde les plus profonds mystères de la création.

Cette nuit-là, je ne pus pas fermer les yeux. J'avais les nerfs à vif, je me sentais remué de toutes parts. Je savais que l'ordre surgirait du chaos, mais je ne parvenais à le faire jaillir. Petit à petit, alors que l'aube se levait, je me calmai et, à mon réveil, les pensées de la nuit me parurent un rêve. Seule demeurait la résolution de poursuivre mes anciennes études et de me consacrer à une branche pour laquelle je me sentais particulièrement doué. Ce même jour, je rendis visite à M. Waldman. Ses manières dans le privé étaient plus courtoises, plus affectueuses encore qu'en public. Si, en donnant ses cours, il restait digne, dans son propre foyer il se laissait aller à une grande affabilité. Je lui exposai rapidement les anciennes recherches que j'avais poursuivies, à peu près dans les mêmes termes qu'en présence de son collègue. Il écouta attentivement mon petit discours et sourit à l'énoncé des noms de Cornelius Agrippa et de Paracelse, mais sans afficher le mépris de M. Krempe.

— C'est grâce au zèle infatigable de ces hommes, me dit-il, que les savants d'aujourd'hui doivent les fondements de leurs connaissances. C'est par leur tâche que la nôtre a été facilitée : établir une nomenclature et la classification adéquate des faits qu'ils ont pour une large part mis en évidence. Les travaux de ces hommes de génie, même entrepris dans de fausses directions, ont en fin de compte été nettement bénéfiques.

J'écoutai cet exposé fait sans présomption ni affectation avant de lui avouer que son cours avait dissipé mes a priori envers les chimistes modernes. Je m'exprimai en des termes mesurés, avec la modestie et la déférence dues par un jeune homme à l'égard de son maître, sans laisser apparaître l'enthousiasme que j'avais pour aborder mes travaux futurs (ennuyé de devoir lui avouer mon inexpérience de la vie). Puis je lui demandai son avis au sujet des livres que j'avais à me procurer.

— Je suis ravi, me dit M. Waldman, de m'être fait un élève, et si votre application égale votre habileté, je ne doute pas de votre succès. La chimie est la branche des sciences naturelles dans laquelle on a fait et pourra faire le plus de progrès. Je m'y suis consacré entièrement, mais je n'ai pas non plus négligé les autres branches : on serait un bien médiocre chimiste, si on ne s'adonnait qu'à cette seule partie des connaissances humaines. Si vous êtes animé du désir de devenir un vrai savant, et non seulement un faiseur d'expériences, je vous engage à étudier tous les secteurs des sciences naturelles, y compris les mathématiques.

Il m'introduisit alors dans son laboratoire et m'y expliqua l'usage des différents instruments. Il me désigna tous ceux que je devais me procurer et me promit aussi de me prêter les siens, dès que j'aurais assez d'expérience pour ne pas en détériorer les mécanismes. Il me fournit la liste des livres que je lui avais réclamés et je pris congé de lui.

Ainsi s'acheva ce jour mémorable qui devait décider de mon avenir.

4

À dater de ce jour, je me consacrai presque exclusivement à l'étude des sciences naturelles et surtout à celle de la chimie, dans le sens le plus étendu du terme. Je lus avec passion les ouvrages relatifs à cette science rédigés par les savants modernes, ces ouvrages où brillent leur génie et leur discernement. Je suivis les cours et fréquentai les savants de l'université. Je reconnus même en M. Krempe beaucoup de bon sens et une large érudition, même si sa physionomie et ses allures restaient rébarbatives. Mais ses qualités intellectuelles n'en étaient pas affectées. M. Waldman se révéla un véritable ami. Sa douceur excluait tout dogmatisme et son enseignement était dispensé avec franchise et naturel, sans le moindre soupçon de pédanterie. De mille et une façons, il m'ouvrit le chemin du savoir et me rendit claires et commodes les théories les plus abstraites. Mon application avait d'abord été fluctuante et incertaine : elle se renforça à mesure que je progressais et devint bientôt si ardente que souvent l'aube me surprenait encore en train de travailler dans mon laboratoire.

Avec une application aussi opiniâtre, il est facile de concevoir que je fis de rapides progrès. Mon ardeur étonnait les étudiants, mes progrès stupéfiaient mes maîtres. Souvent, avec malice, le professeur Krempe me demandait comment allait Cornelius Agrippa, dans le même temps que M. Waldman, lui, exprimait sa satisfaction. Deux ans se passèrent ainsi, sans que j'allasse à Genève tant je m'étais engagé, corps et âme, à poursuivre mes travaux. Ceux qui connaissent cela, ceux qui sont fascinés par la science savent qu'il existe des branches où nos devanciers ont tout découvert, alors que dans le domaine de la science on découvre toujours du nouveau. Une intelligence moyenne qui se meut strictement et assidûment dans un seul secteur doit, c'est infaillible, y faire de grands progrès. J'avais, moi, sans cesse poursuivi le même but, tout entier absorbé par cette tâche, et j'avançais si vite qu'au bout de deux ans je réussis à améliorer plusieurs instruments de chimie – ce qui me valut beaucoup d'estime et de considération dans l'université. Arrivé à ce point, ayant aussi bien assimilé la théorie que la pratique et tout le savoir que pouvaient m'inculquer les professeurs d'Ingolstadt, je jugeai que ma résidence dans cette ville n'était plus nécessaire à mes progrès. J'envisageai alors de retourner auprès de mes parents, dans ma ville natale, lorsque se produisit un événement qui prolongea mon séjour.

Un des phénomènes qui avaient singulièrement retenu mon attention était la structure du corps humain, et même de tout être doué de vie. D'où vient, me demandais-je souvent, le principe de la vie ? Une question hardie qui de tout temps avait constitué un mystère. Pourtant, que de secrets ne dévoilerions-nous pas, si la lâcheté et la négligence ne venaient perturber nos recherches ? Je ruminai ces circonstances et décidai bientôt de m'appliquer plus particulièrement au domaine des sciences naturelles qui se rapporte à la physiologie. Si je n'avais pas été animé d'un enthousiasme extraordinaire, l'étude de cette branche m'aurait paru ennuyeuse et presque intolérable. Pour examiner les causes de la vie, nous devons d'abord connaître celles de la mort. Je me tournai vers l'anatomie, mais ce ne fut pas suffisant. Je devais aussi observer la décomposition naturelle et la corruption du corps humain. Dans mon éducation, mon père avait pris toutes ses précautions pour que mon esprit ne soit pas impressionné par des horreurs surnaturelles. Je ne souviens pas d'avoir tremblé pour une superstition ni d'avoir craint l'apparition d'un spectre. Les ténèbres n'avaient pas d'effet sur mon imagination et un cimetière était seulement pour moi le reposoir des corps privés de vie qui, après avoir connu la beauté et la force, deviennent la proie des vers. Et maintenant, j'étais amené à examiner les causes et l'évolution de la corruption, à passer mes jours et mes nuits dans des caveaux et des charniers. Mon attention se concentrait ainsi sur l'objet le plus insupportable à la délicatesse des sentiments humains. Je voyais l'enlaidissement et la dégradation des formes les plus pures, j'assistais à l'action dévastatrice de la mort ronger et, détruire la vie, je découvrais la vermine se nourrir de l'œil et du cerveau. Je fixais, j'observais, j'analysais en détail les causes et les effets, les passages de la vie à la mort et de la mort à la vie. Et puis des ténèbres une soudaine lueur jaillit dans, mon cerveau une lueur si brillante, si merveilleuse et pourtant si simple que j'en fus ébloui. Elle m'ouvrait d'immenses perspectives et je fus étonné que parmi tous les hommes de génie qui avaient mené des expériences et entrepris des travaux dans le même sens je fusse le premier à qui devait être réservé le privilège de découvrir un aussi formidable trésor.

Souvenez-vous-en, je ne vous rapporte pas la vision d'un fou. Aussi vrai que le soleil brille au firmament, je vous affirme que c'est la vérité. Quelque miracle s'est produit sans doute et pourtant les étapes de ma découverte ont été distinctes et probantes. Après des jours et des nuits de labeur incroyable et de fatigue, je découvrais la cause de la génération et de la vie. Davantage : je devenais capable d'animer la matière inerte.

L'étonnement dont je fus saisi avec cette découverte fit bientôt place à l'allégresse. Après un travail long et pénible, la réalisation de mes désirs constituait une juste récompense. Et cette découverte était si considérable, si prodigieuse que j'oubliai que je n'y étais arrivé que petit à petit et que je ne considérai que le résultat. Ce qui avait été étudié et désiré par les savants les plus éminents depuis la création du monde était à présent à ma portée.

Mais ce n'était pas comme par magie que tout m'apparaissait : la certitude que j'avais acquise était plutôt de nature à diriger mes efforts vers un but précis, car celui-ci n'était pas encore atteint. J'étais comme l'Arabe qu'on avait enterré avec les morts et qui, parce qu'il avait découvert une lueur d'apparence insignifiante, allait pouvoir gagner le monde des vivants.

Je constate, mon ami, à votre impatience, à l'étonnement et à l'expectative que manifestent vos yeux, que vous vous attendez à ce que je vous révèle mon secret. Je ne peux pas le faire. Écoutez patiemment la suite de mon histoire et vous allez comprendre pourquoi je reste sur la réserve. Je ne peux pas vous entraîner, imprudent et ardent comme je l'étais moi-même, vers votre destruction et votre ruine. Apprenez, sinon par mes préceptes, du moins par mon exemple, combien il est dangereux d'acquérir le savoir et combien est plus heureux l'homme qui croit que sa ville natale est le centre de l'univers et qui n'aspire pas à dépasser ses limites naturelles.

Lorsque je m'aperçus que je possédais un pouvoir aussi étonnant, j'hésitai longtemps sur la manière dont je l'utiliserais. J'étais donc capable d'animer la matière, mais créer un organisme avec l'entrelacement de ses fibres, de ses muscles et de ses veines, voilà qui représentait un travail d'une incroyable difficulté. Et d'abord je ne savais pas si je tenterais de créer un être qui me ressemblerait ou un organisme plus simple. Mon premier succès avait à ce point exalté mon imagination que je ne doutais pas de ma capacité d'animer un animal aussi complexe et aussi merveilleux que l'homme. Les matériaux dont je disposais ne semblaient guère convenir à une entreprise aussi délicate et aussi ardue, mais cela ne devait pas handicaper mon succès. J'étais préparé à affronter une multitude de revers, mes essais pouvaient sans cesse être infructueux et, en définitive, mon œuvre pouvait se révéler imparfaite.

Toutefois, je n'avais qu'à considérer les progrès qui s'effectuaient tous les jours dans le domaine de la science et de la mécanique pour espérer que mes tentatives actuelles constitueraient les fondements de mon futur succès. Dans l'ampleur et la complexité de mon plan, rien ne prouvait que ce fût impossible. Ce fut dans cet état d'esprit que j'entrepris la création d'un être humain. Les dimensions réduites de certaines parties du corps de l'homme m'empêchèrent d'avancer rapidement dans mon travail. Aussi je décidai, au rebours de ma première intention, de mettre au point une créature de stature gigantesque : il aurait plus ou moins huit pieds de haut et sa carrure serait en proportion de sa taille. Cette décision prise, je passai plusieurs mois à rechercher et à se préparer mon matériel et je me mis au travail.

Personne ne peut concevoir la diversité des sentiments qui, dans le, feu de l'enthousiasme, me poussèrent en avant, telle une tornade. La vie et la mort m'apparaissaient comme des limites idéales qu'il y avait lieu de surmonter avant de répandre sur le monde obscur un torrent de lumière. Une espèce nouvelle me bénirait comme son créateur. J'allais donner la vie à des multiples créatures bonnes et généreuses, et nul père n'allait plus que moi mériter la gratitude de ses enfants. Dans le cours de mes réflexions, germait l'idée que si je pouvais animer la matière inerte (ce qui, plus tard, allait devenir impossible) je serais aussi à même un jour de redonner la vie à un corps apparemment voué à la décomposition.

Ces pensées me soutenaient, tandis que je poursuivais ma tâche avec un acharnement infatigable. À cause de mes études, mes traits étaient devenus pâles et j'avais fortement maigri. Parfois, sur le point de réussir, j'essuyais un échec, mais je me raccrochais toujours à l'espoir que, le jour suivant, les heures suivantes verraient la réalisation de mes projets. Le secret que j'étais seul à posséder m'occupait tout entier et la lune assistait à mon travail nocturne, tandis qu'avec obstination et impatience je sondais les mystères de la nature. Qui pourrait imaginer l'horreur de mon labeur secret lorsque je profanais l'humidité des tombes ou torturais quelque animal vivant pour arracher la vie à la matière inerte ? En y pensant, j'en tremble et mon regard se trouble. Mais une rage irrésistible, la frénésie me poussait en avant. Il semblait que toutes mes sensations n'existaient qu'en fonction de ce but. Mais ce n'était qu'une transe passagère et, quand cette excitation démesurée cessait d'opérer, je revenais à mes anciennes habitudes. Je réunissais les os dans les charniers et mes doigts immondes violaient les extraordinaires secrets du corps humain. J'avais aménagé une chambre ou plutôt une cellule tout en haut de ma maison, séparée des autres pièces par une galerie et un escalier – la cellule de mes créations abjectes. Mes yeux sortaient de leurs orbites quand je les contemplais. La salle de dissection et l'abattoir me fournissaient la plupart de, mes matériaux et souvent mon naturel sensible me faisait détourner avec dégoût de mon travail. Nonobstant, poussé par une curiosité toujours plus accrue, je m'approchais du but.

Les mois d'été s'écoulèrent, alors que j'étais, corps et âme, tout à mon travail. La saison était superbe. Jamais les champs n'avaient produit autant de récoltes et les vignes luxuriantes autant de vins – mais mes regards restaient insensibles aux charmes de la nature. Et les mêmes sentiments qui me faisaient oublier les paysages alentour me détournaient aussi de mes amis dont j'étais éloigné de plusieurs lieues et que je n'avais plus revus depuis longtemps. Je savais que mon silence les inquiétait et je me souvenais très bien des paroles de mon père.

— Je sais que tant que tu seras content de toi, nous aurons ton affection et que tu nous donneras régulièrement de tes nouvelles. Mais pardonne-moi de te dire que je considérerai toute interruption de ta correspondance comme une preuve de négligence de tous tes autres devoirs.

J'étais donc parfaitement conscient des sentiments de mon père, mais je ne parvenais pas à détacher mes pensées de mon travail qui, même s'il était répugnant, exerçait un irrésistible attrait sur mon imagination. À dire vrai, je ne voulais éprouver aucun sentiment d'affection jusqu'à ce que mon œuvre qui devait bouleverser toutes les lois habituelles de la nature fût accomplie.

Je croyais alors que ce ne serait pas juste si mon père attribuait ma négligence au vice ou à quelque faute de ma part. Pourtant, je m'aperçois aujourd'hui qu'il avait raison de penser que je n'étais pas tout à fait à l'abri d'un blâme. Un être humain qui veut se perfectionner doit toujours rester lucide et serein, sans donner l'occasion à une passion ou à un désir momentané de troubler sa quiétude. Je ne pense pas que la poursuite du savoir constitue une exception à cette règle. Si l'étude à laquelle vous vous appliquez a tendance à mettre en péril vos sentiments et votre goût des plaisirs simples, c'est que cette étude est certainement méprisable, c'est-à-dire, impropre à la nature humaine. Si cette règle avait toujours été observée, si les hommes renonçaient à toute tâche qui serait de nature à compromettre la tranquillité de leurs affections familiales, la Grèce n'aurait pas été asservie, César aurait épargné son pays, l'Amérique aurait été découverte par petites étapes, sans que fussent anéantis les empires du Mexique et du Pérou.

Mais je m'oublie à faire de la morale, au moment le plus intéressant de mon histoire et vos regards m'invitent à poursuivre. Mon père ne m'adressait aucun reproche dans ses lettres. Mon silence l'incitait seulement à s'informer davantage sur mes préoccupations. L'hiver, le printemps, l'été passèrent et je travaillais toujours. Mais je n'étais attentif ni aux fleurs ni à l'épanouissement des bourgeons – choses qu'auparavant je regardais avec délice – tant mes recherches m'absorbaient. Les feuilles, cette année-là, s'étaient flétries avant que mon travail n'approchât de sa fin. Chaque jour néanmoins me confirmait dans la réussite de mon entreprise, bien que mon enthousiasme se transformât par fois en inquiétude. J'avais plutôt l'impression d'être un esclave condamné à travailler dans une mine ou à exécuter quelque tâche insalubre – non un artiste qui s'adonne à son occupation favorite. Chaque nuit, j'étais oppressé par la fièvre et je commençais à devenir de plus en plus nerveux. La chute d'une feuille me faisait sursauter, je fuyais mes semblables comme si j'étais coupable d'un crime. Parfois, je m'alarmais en voyant quelle épave j'étais devenu. Seul mon acharnement me soutenait encore. Mes travaux allaient finir. Je me disais que les exercices et les distractions auraient vite fait de chasser cette étrange maladie et je me promis de me reposer, une fois ma création accomplie.

5

Ce fut par une sinistre nuit de novembre que je parvins à mettre un terme à mes travaux. Avec une anxiété qui me rapprochait de l'agonie, je rassemblai autour de moi les instruments qui devaient donner la vie et introduire une étincelle d'existence dans cette matière inerte qui gisait à mes pieds. Il était une heure du matin et la pluie frappait lugubrement contre les vitres. Ma bougie allait s'éteindre lorsque tout à coup, au milieu de cette lumière vacillante, je vis s'ouvrir l'œil jaune stupide de la créature. Elle se mit à respirer et des mouvements convulsifs lui agitèrent les membres.

Comment pourrais-je décrire mon émoi devant un tel prodige ? Comment pourrais-je dépeindre cet être horrible dont la création m'avait coûté tant de peines et tant de soins ? Ses membres étaient proportionnés et les traits que je lui avais choisis avaient quelque beauté. Quelque beauté ! Grand Dieu ! Sa peau jaunâtre, tendue à l'extrême, dissimulait à peine ses muscles et ses artères. Sa longue chevelure était d'un noir brillant et ses dents d'une blancheur de nacre. Mais ces avantages ne formaient qu'un contraste plus monstrueux avec ses yeux stupides dont la couleur semblait presque la même que celle, blême, des orbites. Il avait la peau ridée et les lèvres noires et minces.

Les avatars multiples de l'existence ne sont pas aussi variables que les sentiments humains. J'avais, pendant deux ans, travaillé sans répit pour donner la vie à un corps inanimé. Et, pour cela, j'avais négligé mon repos et ma santé. Ce but, j'avais cherché à l'atteindre avec une ardeur immodérée – mais maintenant que j'y étais parvenu, la beauté de mon rêve s'évanouissait et j'avais le cœur rempli d'épouvante et de dégoût. Incapable de supporter la vue de l'être que j'avais créé, je sortis de mon laboratoire et longtemps je tournai en ronds dans ma chambre à coucher, sans trouver le sommeil. Enfin la fatigue l'emporta et je me jetai tout habillé sur mon lit pour chercher, quelque temps, l'oubli de ma situation. En vain. Je dormis sans doute, mais ce fut pour être assailli par les rêves les plus terribles. Je crus voir Élisabeth, débordante de santé, se promener dans les rues d'Ingolstadt. Charmé et surpris, je l'enlaçai, mais alors que je posais mes lèvres sur les siennes, elle devint livide comme la mort. Ses traits se décomposèrent et j'eus l'impression que je tenais entre mes bras le cadavre de ma mère. Un linceul l'enveloppait et, à travers les plis, je vis grouiller les vers de la tombe. Je me réveillai avec horreur.

Une sueur glacée me couvrait le front, mes dents claquaient, j'étais saisi de convulsions. Puis, la lumière jaunâtre de la lune se glissa à travers les croisées de la fenêtre et j'aperçus le malheureux – le misérable monstre que j'avais créé. Il soulevait le rideau de mon lit et ses yeux, si je puis les appeler ainsi, étaient fixés sur moi. Ses mâchoires s'ouvrirent et il fit entendre des sons inarticulés, tout en grimaçant. Peut-être parlait-il, mais je ne l'entendis pas. Une de ses mains était tendue, comme pour me retenir. Je pris la fuite et me précipitai vers les escaliers. Je cherchai refuge dans la cour de la maison où je passai le reste de la nuit, marchant fébrilement de long en large, aux aguets, attentif au moindre bruit, à croire qu'il annonçait chaque fois l'approche du démon à qui j'avais si piteusement donné la vie.

Oh ! Quel mortel pourrait supporter l'horreur d'une telle situation ! Une momie à qui l'on rendrait l'âme ne pourrait pas être aussi hideuse que ce misérable. Je l'avais observé avant qu'il ne fût achevé : il était laid à ce moment-là, mais quand ses muscles et ses articulations furent à même de se mouvoir, il devint si repoussant que Dante lui-même n'aurait pas pu l'imaginer.

Je passai une nuit épouvantable. Quelquefois, mon pouls battait si vite et si fort que je sentais la palpitation de chacune de mes artères. Il m'arrivait aussi de chanceler, tant ma fatigue était grande, tant ma faiblesse était profonde. Et mêlée à cette horreur, l'amertume née de mon dépit me tiraillait. Les rêves dont je m'étais nourri et qui avaient soutenu mon exaltation devenaient à présent un enfer. Le changement avait été si brutal, la désillusion si complète !

Le jour, enfin, commença à paraître – un jour sombre et pluvieux. Mes yeux découvrirent le clocher blanc de l'église d'Ingolstadt et l'horloge qui marquait six heures.

Le portier ouvrait les portes de la cour qui, cette nuit, avait été mon asile. Je sortis, allai précipitamment par les rues, un peu comme si je voulais fuir le misérable, craignant de le rencontrer à chaque carrefour. Je n'osais pas retourner dans mon appartement, je me sentais le besoin irrésistible de marcher, bien que trempé par la pluie qui tombait à verse d'un ciel sombre et bas.

J'errai longtemps de la sorte, cherchant par la fatigue physique de me soulager du poids qui m'accablait l'esprit.

Je parcourus les rues sans savoir où j'étais ni ce que je faisais. Mon cœur battait au rythme de la peur et j'allais en titubant, sans un seul regard en arrière.

> *Tel celui qui, sur la route solitaire,*
> *Chemine dans la peur et l'épouvante,*
> *Et qui, après s'être retourné, va de l'avant*
> *Sans ne plus regarder derrière lui ;*
> *Parce qu'il sait qu'un affreux démon*
> *Marche, menaçant, dans son dos.*

En poursuivant ma route, j'arrivai finalement devant une auberge où d'ordinaire s'arrêtaient les diligences et les voitures. Sans trop savoir pourquoi, j'y fis halte. Durant quelques minutes, je gardai les yeux fixés sur une voiture qui approchait au fond de la rue et, tandis qu'elle s'avançait, je vis que c'était la diligence de la Suisse. Elle s'immobilisa juste à l'endroit où je me tenais. Lorsque s'ouvrit la portière, je reconnus Henry Clerval, lequel, en me voyant, sauta de la voiture avant de s'exclamer : – Mon cher Frankenstein, comme je suis heureux de te voir ! Quelle joie de te trouver ici à l'instant même de mon arrivée !

Rien ne pourrait égaler le plaisir que j'éprouvai à la vue de Clerval. Sa présence me rappelait mon père, Élisabeth et toutes ces scènes de famille si chères à mon souvenir. Je lui pris la main et en un instant j'oubliai mon horreur et mon infortune. Je ressentis soudain, pour la toute première fois depuis des mois, la joie et la sérénité. J'accueillis mon ami de la façon la plus cordiale et nous nous dirigeâmes vers mon collège. Clerval me parla de nos amis communs et me dit sa chance d'avoir pu venir à Ingolstadt.

— Tu imagines aisément les difficultés que j'ai rencontrées pour faire admettre à mon père que tout le savoir nécessaire ne résidait pas seulement dans le noble art de la comptabilité. Et, en effet, je crois que je l'ai laissé incrédule jusqu'à la fin, car sans cesse il reprenait les paroles du professeur hollandais, dans Le Vicaire de Wakefield : « Je gagne dix mille florins par an sans connaître le grec, je mange de bon appétit, sans connaître le grec. » Mais, tout de même, son affection pour moi l'a emporté sur son aversion pour la science et il m'a autorisé à entreprendre le voyage au pays du savoir.

— Je te revois avec le plus grand plaisir, mais parle-moi de mon père, de mes frères et d'Élisabeth.

— Ils vont très bien et ils sont très heureux, seulement un peu tristes de ne pas avoir de tes nouvelles. À propos, j'ai bien envie, moi, de te faire la morale. Mais, mon cher Frankenstein, poursuivit-il en s'arrêtant pour me dévisager, je n'avais pas remarqué tout à l'heure combien tu avais l'air malade. Tu es si pâle, on dirait que tu n'as pas dormi depuis plusieurs nuits.

— Tu as deviné juste. Ces derniers jours, mon travail m'a tellement absorbé que je n'ai pas pu prendre de repos, comme tu le constates. Mais j'espère, j'espère sincèrement en avoir fini et pouvoir me débarrasser de ces contraintes.

Je tremblais très fort. Je ne pouvais supporter de réfléchir, et encore moins de songer aux événements de la nuit précédente. Je hâtai le pas et bientôt nous arrivâmes à mon collège. Avec un frisson, il me vint l'idée que la créature que j'avais laissée dans mon appartement pourrait y être encore – vivre et se promener. J'avais peur de revoir le monstre et encore plus qu'Henry ne le vit. Je le priai donc de rester quelques instants au bas de l'escalier et me précipitai vers la pièce. Ma main était déjà sur la poignée de la porte et je n'avais pas repris mes esprits. Je m'arrêtai alors et un frisson me parcourut le dos. Puis, je poussai rudement la porte, comme les enfants le font d'ordinaire quand ils croient qu'un fantôme les attend de l'autre côté.

Rien ne m'apparut. Je marchai prudemment, mais mon appartement était vide et l'hôte détestable ne se trouvait pas dans ma chambre à coucher. J'avais quelque peine à croire que la chance avait pu me sourire. Assuré de l'absence de mon ennemi, je frappai les mains de joie et courus vers Clerval.

Nous montâmes chez moi et, très vite, le domestique apporta le déjeuner. Mais j'étais incapable de me contenir – ce n'était plus la joie qui me possédait, je sentais ma chair frémir, mon cœur battre la chamade. Je sautais par-dessus les chaises, battais des mains, riais bruyamment, sans aucun contrôle sur moi-même. D'abord, Clerval mit mon allégresse sur le compte de sa venue inopinée, mais, après m'avoir observé avec attention, il remarqua dans mon regard des lueurs auxquelles il n'était pas habitué et fut frappé par mon rire étrange et tapageur.

— Mon cher Victor, cria-t-il, pour l'amour de Dieu, qu'est-ce qui se passe ? Ne ris pas de cette façon. Tu es malade ! Quelle est la cause de tout ceci ?

— Ne m'interroge pas ! m'écriai-je en mettant mes mains devant mes yeux, car je pensais voir l'horrible spectre se glisser dans la pièce. Lui peut le dire. Oh ! Sauve-moi !

« Sauve-moi ! »

Je crus que le monstre s'emparait de moi, je me débattis furieusement et cédai à une violente crise.

Pauvre Clerval ! À quoi devait-il penser ? Une rencontre

qu'il avait attendue avec tant de joie tournait au drame.

Mais je ne voyais pas sa tristesse : j'étais inanimé et je ne repris mes esprits qu'après un long, long moment.

Ce fut le commencement d'une fièvre nerveuse qui me retint plusieurs mois. Durant tout ce temps, Henry seul me soigna. J'appris plus tard que, tenant compte de l'âge avancé de mon père, de son incapacité d'entreprendre un long voyage et sachant qu'Élisabeth serait très affectée par ma maladie, il leur avait dissimulé, afin de ne pas les émouvoir, la gravité de mon état. Il savait qu'il pouvait me soigner mieux que personne et, convaincu de me guérir, il ne doutait pas qu'ainsi il agissait devant tout le monde de la meilleure façon.

J'étais en réalité très malade et, si je n'avais pas bénéficié des soins et du dévouement de mon ami, je ne me serais jamais rétabli. Sans cesse, j'avais sous les yeux la silhouette du monstre que j'avais créé et sans cesse je délirais à son propos. Mes paroles, à coup sûr, stupéfiaient Henry. D'abord, il crut qu'elles étaient le fruit d'une imagination déréglée, mais, mon obstination à revenir continuellement sur le même sujet le persuada bientôt que mon trouble devait son origine à un événement extraordinaire et terrible.

Petit à petit, nonobstant de fréquentes rechutes qui alarmaient et inquiétaient mon ami, je recouvrai la santé.

Je me souviens que la première fois que je fus en état d'observer avec un certain plaisir les objets qui m'entouraient, je vis que les feuilles mortes avaient disparu et que de jeunes bourgeons poussaient sur les arbres qui ombrageaient ma fenêtre. Ce fut un printemps divin et la saison contribua grandement à ma convalescence. Je sentis aussi renaître en mon cœur des sentiments de joie et de tendresse. Mon chagrin se dissipait et je commençai à être aussi gai que je l'avais été avant d'être pris par ma passion funeste.

— Mon très cher Clerval, m'exclamai-je, que tu es affectueux, que tu es bon pour moi ! Tout cet hiver, au lieu d'étudier ainsi que tu le projetais, tu l'as passé au chevet d'un malade. Comment pourrais-je te remercier ? J'éprouve le plus vif remords pour le dépit que je t'ai causé, mais tu pourras le pardonner.

— Je serais totalement quitte si toi-même tu ne te tourmentais plus et si tu te rétablissais au plus vite. Mais puisque tu sembles aller mieux, je puis aborder un sujet différent, n'est-ce pas ?

Je tremblais. Ce sujet ! Que pouvait-il être ? Allait-il faire allusion à cette chose à laquelle je n'osais plus penser ?

— Calme-toi, dit Clerval qui me voyait changer de couleur.

Je n'en parlerai pas, si cela te trouble. Mais ton père et ta cousine seraient bien heureux s'ils recevaient une lettre écrite de ta main. Ils ignorent que tu as été au plus mal et s'interrogent sur ton long silence.

— Ce n'est donc que cela, mon cher Henry ? Comment pourrais-tu supposer que ma première pensée n'irait pas vers ces êtres que je chéris et qui méritent toute mon affection ?

— Si tu te trouves dans cet état d'esprit, mon cher ami, tu te réjouiras de lire une lettre qui t'a été adressée, il y a quelques jours. Elle est de ta cousine, je crois.

6

Clerval me mit alors entre les mains la lettre suivante, écrite par Élisabeth.

« Mon cher cousin,

« Tu as été malade très malade et même les lettres fréquentes de notre ami Henry n'arrivent pas à me rassurer sur ton état. On t'interdit d'écrire – de tenir une plume. Toutefois, un seul mot de toi, mon cher Victor, suffirait à calmer nos appréhensions. Pendant longtemps, j'ai cru que chaque courrier l'apporterait et mes instances ont réussi à empêcher mon oncle de partir pour Ingolstadt. Je lui ai avancé les fatigues et peut-être les dangers d'un si long trajet et souvent j'ai regretté de ne pas pouvoir l'entreprendre moi-même. Je suppose que la tâche de rester à ton chevet est remplie par quelque vieille infirmière salariée, une personne incapable d'exaucer tes désirs, d'avoir les soins et les attentions de ta pauvre cousine. Mais tout cela est fini à présent : Clerval nous écrit en effet que tu vas mieux. J'espère vivement que tu vas nous confirmer très vite cette nouvelle de ta propre main.

« Guéris vite – et reviens-nous. Tu trouveras un foyer heureux et joyeux et des amis qui t'aiment tendrement. La santé de ton père est bonne. Il demande seulement de te voir et de s'assurer que tu vas bien. Si c'était le cas, il retrouverait toute sa contenance. Combien tu serais ravi de constater les progrès d'Ernest. Il a maintenant seize ans et il est plein d'énergie et d'esprit. Il souhaite être un vrai Suisse et prendre du service à l'étranger, mais nous ne pouvons pas nous séparer de lui, pas avant que son frère aîné soit de retour. Mon oncle n'est pas très chaud à l'idée qu'il embrasse la carrière militaire dans un pays lointain, mais Ernest ne possède pas ton sens de l'application. Il considère les études comme une chaîne odieuse. Son temps se passe au plein air : il escalade les collines et rame sur le lac. J'ai peur qu'il ne devienne oisif si nous ne lui permettons pas d'embrasser la carrière qu'il a choisie.

« Depuis que tu nous as quittés, peu de changement si ce n'est que nos chers enfants ont grandi. Le lac bleu et les montagnes auréolées de neige – voilà qui ne change jamais. Je pense que notre foyer paisible et nos cœurs comblés sont soumis aux mêmes lois immuables. Mes occupations ordinaires prennent tout mon temps et me distraient et je suis récompensée de mes efforts, en voyant autour de moi des visages heureux. Tout de même un changement depuis ton départ. Est-ce que tu te rappelles les circonstances dans lesquelles Justine Moritz est entrée dans notre famille ? Probablement pas. Je t'en raconte l'histoire en quelques mots. Madame Moritz, sa mère, était restée veuve avec quatre enfants. Justine, la troisième, avait toujours été la préférée de son père, mais sa mère, elle, par une étrange perversité, ne pouvait pas la supporter, de telle sorte qu'après la mort de M. Moritz elle la traita très mal. Ma tante s'en aperçut et, quand Justine eut douze ans, elle persuada la mère de la laisser vivre dans notre maison. Les institutions républicaines de notre pays ont favorisé des mœurs plus simples et plus modérées que celles des grandes monarchies, qui nous entourent. Il y a chez nous moins de différence entre les diverses classes de la population et celles-ci, ni plus pauvres ni plus méprisées, ont des comportements plus moraux. Un domestique à Genève, ce n'est pas du tout la même chose qu'un domestique en France ou en Angleterre. Et Justine, ainsi accueillie chez nous, a appris les devoirs d'une servante – une condition qui, dans notre pays, n'entraîne aucun préjugé d'ignorance ni aucun abandon de la dignité humaine.

« Justine, tu dois t'en souvenir, était notre préférée. Je me rappelle qu'un jour tu as prétendu qu'un seul de ses regards suffisait à chasser ta mauvaise humeur – et c'est là ce que dit

Arioste à propos de la beauté d'Angelica : elle semble avoir un cœur franc et généreux. Ma tante conçut un si grand attachement pour elle qu'elle décida de lui donner une éducation plus poussée qu'elle n'avait d'abord pensé le faire. Ce bienfait fut pleinement récompensé. Justine était la créature la plus reconnaissante du monde : je ne dis pas qu'elle le manifestait toujours, jamais d'ailleurs sa reconnaissance n'était exprimée verbalement, mais ses regards montraient en suffisance combien elle adorait sa protectrice. Quoique d'une nature gaie, voire un peu étourdie, elle prêtait la plus grande attention à chaque geste de ma tante. Elle la tenait pour le modèle de la vertu et cherchait à imiter sa façon de parler et ses allures, si bien qu'aujourd'hui encore elle me la rappelle.

« Quand ma tante que j'aimais tant mourut, nous étions trop absorbés par notre chagrin pour nous soucier de Justine qui lui avait prodigué ses soins avec la plus anxieuse affection. La pauvre Justine tomba malade − et pourtant d'autres malheurs l'attendaient.

« Les uns après les autres, ses frères et sœurs moururent, et sa mère, à l'exception de la fille qu'elle avait négligée, se retrouva sans enfants. Ceci la tourmenta et elle en vint à se dire que la mort de ses préférés était le jugement du ciel qui la punissait ainsi de sa partialité. Elle était catholique romaine et je crois que son confesseur partagea sa façon de voir. Et dès lors, quelques mois après ton départ pour Ingolstadt, Justine a été rappelée chez elle par sa mère repentante. Pauvre fille ! Elle pleurait en quittant notre maison. Elle avait fortement changé depuis le décès de ma tante : le chagrin avait rendu ses manières plus douces et plus affables, alors qu'elle s'était toujours distinguée par sa vivacité, et ce n'était pas la perspective d'habiter de nouveau avec sa mère qui pouvait la réjouir. Celle-ci manquait de consistance, parfois elle suppliait Justine d'oublier le mal qu'elle lui avait fait, mais, le plus souvent, elle la tenait responsable de la mort de ses frères et sœurs. Et plus elle se lamentait, et plus elle devenait irascible jusqu'à en perdre sa santé. À présent, elle repose en paix, car elle est morte l'hiver dernier, aux approches du froid. Justine est revenue chez nous et je t'assure que je l'aime tendrement. Elle est très intelligente, gentille et particulièrement belle. Comme je le disais tout à l'heure, ses allures et ses expressions évoquent sans cesse ma chère tante.

« Je dois aussi te parler, mon cher cousin, de notre petit William. Je voudrais que tu puisses le voir : il est très grand pour son âge, avec des yeux bleus et rieurs, des cils foncés et des cheveux bouclés. Quand il sourit, deux petites fossettes surgissent sur ses joues qui sont roses de santé. Il a déjà eu une ou deux petites épouses, mais c'est une jolie fillette de cinq ans qu'il préfère, Louisa Biron.

« À présent, mon cher Victor, j'espère que tu voudras être indulgent en ce qui concerne mes commérages sur le petit peuple de Genève. La jolie Miss Mansfield a déjà reçu des visites de félicitation, à l'occasion de son prochain mariage avec un jeune Anglais, John Melbourne. Manon, sa sœur qui est si laide, a épousé, l'automne dernier, le riche banquier, M. Duvillard. Quant à ton meilleur camarade de classe, Louis Manoir, il a connu plusieurs revers depuis le départ de Clerval de Genève. Mais il est en train de se remettre et on rapporte qu'il projette de se marier avec une jolie Française, Madame Tavernier. Elle est veuve et beaucoup plus âgée que lui, mais elle est fort admirée et elle plaît à tout le monde.

« J'étais dans de bonnes dispositions d'esprit pour t'écrire, mon cher cousin. Mais, au moment de conclure, je me sens anxieuse. Écris-moi, mon très cher Victor – une ligne – un mot qui sera une bénédiction pour nous. Remercie mille fois Henry pour sa gentillesse, son affection et ses nombreuses lettres. Nous lui sommes sincèrement reconnaissants. Adieu ! Mon cousin, prends soin de toi et, je t'en supplie, écris !

Elisabeth Lavenza,
Genève, 18 mars 17... »

« Chère Élisabeth ! m'exclamai-je après avoir lu sa lettre.

Je vais écrire aussitôt et vous délivrer de l'inquiétude que vous êtes tous en train d'éprouver. » J'écrivis, mais cet effort me fatigua énormément, bien que ma convalescence eût commencé et suivît normalement son cours. Une quinzaine de jours plus tard, je fus à même de quitter ma chambre.

Un de mes premiers soucis après mon rétablissement fut de présenter Clerval à plusieurs des professeurs de l'université. Avec ce qu'avait enduré mon esprit, j'effectuais là une démarche conventionnelle qui m'était pénible. Depuis la nuit fatale qui avait marqué la fin de mes travaux et le commencement de mes misères, j'avais conçu une violente antipathie pour le nom même de la philosophie naturelle. Au surplus, quand j'eus recouvré la santé, la vue d'un instrument de chimie faisait renaître mes peines et me rendait fébrile. Henry s'en aperçut et fit disparaître tous mes appareils. Il me poussa aussi à changer d'appartement, car il s'était rendu compte que j'étais très mal à l'aise dans la pièce qui me servait précédemment de laboratoire. Mais toutes les précautions prises par Clerval furent insuffisantes lors des visites que nous rendîmes aux professeurs. M. Waldman me tortura lorsqu'il fit, avec bonté et chaleur, l'éloge des progrès étonnants que j'avais réalisés dans le domaine scientifique. Mais il vit très vite que ce sujet me peinait et, n'en connaissant pas la cause réelle, il mit mon trouble sur le compte de la modestie et changea de sujet pour parler plutôt de la science en elle-même, avec le souhait, c'était évident, que je sorte de ma réserve. Que pouvais-je faire ?

Il cherchait à m'être agréable et il me tourmentait. Je sentais qu'il plaçait devant moi, un à un, ces instruments qui avaient provoqué ma lente et cruelle déchéance. Je souffrais à chacune de ses paroles, mais je ne pouvais pas lui révéler ma douleur. Clerval, dont les yeux et la sensibilité discernaient toujours rapidement les sensations des autres, détourna la conversation, alléguant en guise d'excuse sa totale ignorance – si bien que nos propos prirent un tour plus général. Je remerciai mon ami du fond du cœur, mais sans lui dire mot. Je vis bien qu'il était surpris, mais il n'essaya jamais de découvrir mon secret.

Même si je l'aimais avec un mélange d'affection et de respect qui ne connaissait pas de bornes, je ne pouvais néanmoins pas me décider à lui confier l'événement qui me harcelait sans cesse l'esprit, car j'avais peur qu'en le partageant il me ferait souffrir davantage.

M. Krempe ne fut pas aussi docile. Dans mon état, avec ma sensibilité à fleur de peau, ses éloges brusques et grossiers me firent même plus de mal que la bienveillante approbation de M. Waldman.

— Sacré nom ! s'écria-t-il. Croyez-moi, monsieur Clerval, il nous a tous dépassés ! Ah ! Regardez-moi si cela vous arrange, mais c'est l'entière vérité. Un jeune homme qui, il y a peu d'années encore, croyait en Cornelius Agrippa aussi fermement qu'en l'Évangile, est devenu aujourd'hui une des têtes de l'université. Et s'il ne s'arrête pas, nous ne ferons pas le poids à côté de lui. Ah, ah ! continua-t-il, tout en observant sur mes traits l'expression de mon trouble, monsieur Frankenstein est modeste, une excellente qualité chez un jeune homme. Les jeunes gens devraient se défier d'eux-mêmes, croyez-moi, monsieur Clerval. Je l'étais aussi quand j'étais jeune, mais cela se dissipe en un rien de temps.

Là-dessus, M. Krempe entreprit son propre éloge, ce qui, par bonheur, fit dévier la conversation d'un sujet qui me faisait lourdement souffrir. Clerval n'avait jamais partagé mes goûts pour la science naturelle et ses recherches littéraires différaient complètement de celles qui m'intéressaient. Il était venu à l'université dans le but de perfectionner ses connaissances des langues orientales et de réaliser de la sorte les projets qui lui tenaient à cœur. Décidé de poursuivre une carrière glorieuse, il tournait les yeux vers l'Orient, vers un domaine où son esprit aventureux s'épanouirait en toute liberté. Le persan, l'arabe, le sanscrit l'attiraient par-dessus tout et je ne fus pas long à le suivre sur cette voie-là. N'ayant jamais aimé l'inaction, voulant fuir mes pensées, haïssant mes premières études, j'étais dès lors d'autant plus disponible pour devenir le condisciple de mon ami. J'acquis non seulement des connaissances nouvelles, mais en outre, je trouvai une consolation à travers les œuvres des orientalistes. Au rebours de Clerval, je n'entrepris pas une étude critique de leurs dialectes, étant donné que je n'y voyais là qu'une distraction passagère. Si je lisais les écrivains orientaux, c'était uniquement pour comprendre le sens de leurs écrits et cela me dédommageait de mes peines. Leur mélancolie est apaisante, leur sérénité joyeuse vous élève à un degré que je n'ai jamais atteint en étudiant les auteurs des autres pays. Quand vous lisez leurs textes, la vie vous apparaît comme un jardin de roses ensoleillé – ce sont des sourires, les mimiques d'une belle ennemie, un feu qui vous consume le cœur. Quelle différence avec la poésie virile et héroïque de la Grèce et de Rome !

L'été se passa ainsi, et mon retour à Genève fut fixé pour la fin de l'automne. Mais divers incidents le différèrent – il y eut l'hiver, la neige, des routes impraticables, de telle sorte que mon voyage fut retardé jusqu'au printemps suivant. Je fus fort affligé par ce retard, car j'étais impatient de revoir ma ville natale et mes amis. En fait j'avais différé mon retour parce que je n'avais aucune envie de laisser Clerval dans une ville étrangère, avant qu'il n'y eût noué quelques relations. Cependant, l'hiver fut agréable, et le printemps, quoique plus tardif que de coutume, fut également beau.

Le mois de mai avait déjà commencé et j'attendais tous les jours la lettre qui fixerait la date de mon départ, quand Henry me proposa une excursion pédestre dans les environs d'Ingolstadt, afin que je puisse prendre congé du pays où j'avais si longtemps habité. J'acceptai avec plaisir cette proposition. J'aimais l'exercice physique et Clerval avait toujours été mon compagnon favori lors des randonnées que nous faisions çà et là dans mon pays natal.

Ce furent quinze jours de pérégrinations. Ma santé et mon moral m'étaient revenus depuis longtemps, et le bon air, les avatars habituels du voyage, les discussions avec mon ami me fortifièrent plus encore. Les études m'avaient retenu à l'écart de mes semblables et j'étais devenu un être asocial.

Clerval réussit à ranimer en mon cœur de meilleurs sentiments. Il m'apprit à aimer de nouveau la contemplation de la nature et le visage souriant des enfants. Excellent ami ! Comme tu m'aimais sincèrement, avec quel courage n'as-tu pas essayé d'élever mon âme au niveau de la tienne ! Des expériences égoïstes m'avaient miné l'esprit, mais par ta gentillesse et ta douceur tu m'as rendu l'équilibre ! Et je redevins la créature heureuse qui, il y a quelques années à peine, était aimée de tous et n'avait ni chagrin ni souci. Lorsque j'étais heureux, la nature avait le pouvoir de m'offrir les plus exquises sensations. Cette saison était vraiment divine : les fleurs printanières s'épanouissaient dans les haies, celles de l'été étaient sur le point d'éclore. Je n'étais plus la proie de ces pensées obsédantes qui, l'année dernière, en dépit de tous mes efforts, m'avaient terriblement tourmenté.

Henry se réjouissait de mon entrain et partageait sincèrement mon allégresse. Il s'efforçait de me distraire et m'exprimait toutes ses impressions. En cette occurrence, les ressources de son esprit m'étonnèrent : sa conversation était pleine d'imagination et, très souvent, à l'instar des conteurs persans et arabes, il inventait des histoires merveilleuses et passionnantes. Parfois aussi, il récitait mes poèmes préférés ou m'entraînait dans des discours où il se montrait extrêmement ingénieux.

Nous retournâmes à l'université un samedi après-midi. Les paysans dansaient et tous ceux que nous rencontrions semblaient gais et heureux. J'avais l'esprit libéré et je bondissais sous l'emprise d'une joie et d'une allégresse sans pareilles.

7

À mon retour, je trouvai cette lettre de mon père.

« Mon cher Victor,

« Tu as sans doute attendu avec impatience une lettre qui fixerait la date de ton retour parmi nous et je pensais tout d'abord ne t'écrire que quelques lignes, en mentionnant uniquement le jour où nous t'attendons. Mais ce serait là un service cruel que je ne peux pas te rendre. Quelle sera ta surprise, mon fils, au moment où tu t'attends à un accueil heureux et agréable, de ne recevoir au contraire que des nouvelles tristes et douloureuses ? Comment, Victor, te parler de notre malheur ? L'absence ne peut pas t'avoir rendu insensible à nos joies et à nos chagrins, et comment infliger cette peine à un fils si longtemps séparé de nous ? Je désire te préparer à cette triste nouvelle, mais je sais que c'est impossible. Je vois déjà tes yeux parcourir la page, à la recherche des mots qui t'apprendront l'horrible nouvelle.

« William est mort ! Ce doux enfant dont les sourires réjouissaient et réchauffaient le cœur, qui était si gentil, si gai ! Victor, il a été assassiné !

« Jeudi dernier (le 7 mai), ma nièce, tes deux frères et moi-même nous étions partis nous promener à Plainpalais. La soirée était chaude et sereine, et nous avons prolongé notre promenade plus tard que d'ordinaire. Il faisait déjà obscur quand nous avons décidé de rentrer et c'est à ce moment-là que nous avons découvert que William et Ernest, partis en avant, ne nous avaient pas rejoints. En attendant leur retour, nous nous sommes assis sur un banc. Bientôt Ernest apparut et nous demanda si nous avions vu son frère. Il dit qu'ils avaient joué ensemble, que William s'était éloigné pour se cacher, qu'il l'avait cherché en vain et qu'il avait attendu un long temps avant de revenir sur ses pas.

« Ces propos nous secouèrent fortement et nous continuâmes à chercher jusqu'à la tombée de la nuit. Élisabeth avança qu'il était peut-être rentré la maison. Mais il n'y était pas. Nous sommes retournés, munis de torches. Je ne pouvais pas me calmer, sachant que mon petit garçon était perdu et qu'il était exposé à l'humidité et à la fraîcheur de la nuit. Élisabeth aussi était fort anxieuse. Vers cinq heures du matin, j'ai découvert mon fils. Le soir précédent, il était svelte et en bonne santé ; à présent, je le voyais, étendu sur l'herbe, livide et sans vie. Sur son cou, figuraient encore les traces de doigt du meurtrier.

« Il fut conduit à la maison. L'angoisse qui se lisait sur mon visage ne trompa pas Élisabeth. Elle voulut absolument voir le corps. Tout d'abord, je tentai de l'en empêcher, mais, devant ses insistances, je la fis entrer dans la pièce où gisait mon fils. Elle examina son cou et, joignant les mains, elle s'écria : « Mon Dieu ! J'ai assassiné mon enfant chéri ! »

« Elle s'évanouit et ne reprit connaissance qu'à grand-peine. Quand elle reprit ses esprits, ce fut uniquement pour pleurer et gémir. Elle me raconta que le soir même William l'avait suppliée de lui laisser porter une précieuse miniature qu'elle avait reçue de sa mère. La miniature avait disparu et, sans aucun doute, elle avait été le mobile du meurtre. Jusqu'à ce jour, nous n'avons trouvé aucune trace de l'assassin, mais nous persistons dans nos recherches. Mais rien ne me rendra mon William adoré !

« Reviens, mon cher Victor ! Toi seul peux consoler Élisabeth. Elle se lamente sans cesse et s'accuse injustement d'être la cause de ce crime. Ses plaintes brisent mon âme. Nous sommes tous malheureux, mais n'est-ce pas une raison de plus, mon fils, de venir nous consoler ? Ta chère mère, hélas ! Victor, je le dis à présent, il faut remercier Dieu qu'elle ne soit plus en vie pour supporter ce drame cruel et affreux, la mort du plus jeune de ses enfants chéris !

« Reviens, Victor ! Non pas avec des pensées vengeresses contre l'assassin, mais avec des sentiments de paix et de douceur qui, loin de les envenimer, cicatriseront les blessures de notre esprit. Entre dans la maison du deuil, mon ami, mais avec bonté et affection pour tous ceux qui t'aiment, sans haine pour tes ennemis.

Ton père affectionné et affligé,

Alphonse Frankenstein.
Genève, 12 mai 17... »

Clerval, qui me dévisageait pendant que je lisais la lettre, fut surpris de constater le désespoir qui se lisait sur mon visage, alors que j'avais exprimé ma joie en recevant des nouvelles de mes amis. Je jetai la lettre sur la table et me cachai la tête entre les mains.

— Mon cher Frankenstein ! s'écria Henry quand il vit que je pleurais avec amertume. Tu es toujours aussi malheureux ?

Cher ami, qu'est-ce qui s'est passé ?

Je lui fis prendre la lettre, tandis que je marchais dans la pièce avec une extrême agitation. Les larmes jaillirent des yeux de Clerval quand il apprit la cause de ma misère.

— Je ne puis t'offrir aucune consolation, dit-il, cette catastrophe est irréparable. Qu'as-tu l'intention de faire ?

— Partir immédiatement pour Genève. Accompagne-moi, Henry, et commande les chevaux.

Alors que nous partions, Clerval voulut formuler quelques mots de consolation, mais il ne put exprimer que sa profonde sympathie.

— Pauvre William ! dit-il. Le cher enfant, il repose maintenant auprès de sa mère ! Celui qui l'a vu si joyeux, si jeune, si beau doit pleurer ce drame effroyable ! Mourir si misérablement, sentir l'étreinte d'un criminel ! Comment un criminel peut-il annihiler une innocence aussi radieuse ?

« Pauvre petit gars ! Nous n'avons qu'une consolation : ses amis pleurent et gémissent, lui il repose en paix. L'agonie a pris fin, ses souffrances ont disparu pour toujours. La terre est son refuge, mais il ne souffre plus. Il ne peut plus être un sujet de pitié : nous devons réserver ce sentiment pour ceux qui lui survivent. »

Ce furent les paroles de Clerval, alors que nous avancions dans les rues : elles s'imprimèrent dans mon cerveau et je devais m'en souvenir dans ma solitude. Mais, pour l'heure, les chevaux venaient d'arriver. Je montai dans un cabriolet et dis adieu à mon ami.

Mon voyage fut affreusement triste. Tout d'abord, j'avais voulu aller vite, car j'avais hâte d'apporter mon réconfort et ma sympathie à ma famille endeuillée. Mais, au fur et à mesure que je m'approchais de ma ville natale, je ralentis ma course. J'éprouvais les pires peines à maîtriser la multitude des sensations qui m'agitaient. J'évoquais les décors familiers que, depuis près de six ans, je n'avais plus revus. Comme tout s'était transformé dans l'intervalle ! Un événement dramatique s'était produit, mais des milliers de petits faits avaient dû également, par à-coups, transformer les choses et prendre un caractère décisif. La peur me torturait. Je craignais d'avancer, je redoutais mille contrariétés inconnues, indéfinissables, qui me faisaient trembler.

Je restai deux jours à Lausanne, dans ce pénible état d'esprit. Je contemplai le lac : ses eaux étaient calmes, tout alentour était tranquille, et les montagnes couvertes de neige, « ces palais de la nature », n'avaient pas changé. Par degrés, le calme et la quiétude des paysages me réconfortèrent et je poursuivis mon voyage en direction de Genève. La route emprunte le contour du lac, lequel se rétrécit aux approches de Genève. Je distinguai avec plus de netteté les flancs noirs du Jura et le radieux sommet du mont Blanc. Je pleurais comme un gosse. « Chères montagnes ! Mon lac merveilleux ! Comment accueillez-vous votre voyageur ? Vos sommets sont clairs, le ciel et le lac sont bleus et sereins. Est-ce un présage de paix ou un défi à mon malheur ? »

Je crains, mon ami, que vous ne vous ennuyiez à l'exposé de ces circonstances préliminaires, mais ce furent là des jours de bonheur relatif et je les évoque avec plaisir. Mon pays, mon pays tant aimé ! Qui mieux qu'un autochtone peut apprécier avec enchantement ces cours d'eau, ces montagnes et, par-dessus tout, ce lac splendide ?

Cependant, comme je me rapprochais de chez moi, le chagrin et la peur refirent surface. La nuit, tout autour, commençait à tomber et, quand je ne pus distinguer qu'avec peine les sombres montagnes, je me sentis plus déprimé encore. Le paysage m'apparaissait comme une vaste et obscure scène maléfique et je prévoyais sourdement que j'étais condamné à devenir la plus misérable des créatures. Hélas ! Ce pressentiment n'allait être infirmé que sur un seul point : dans tout le malheur que j'avais imaginé et redouté, je n'avais conçu que la centième partie des tourments que j'aurais à subir.

L'obscurité était totale lorsque j'arrivai dans les environs de Genève. Les portes de la ville étaient déjà fermées et je fus obligé de passer la nuit à Sécheron, un village situé à une demi-lieue de Genève. Le ciel était serein et, comme je me sentais incapable de prendre du repos, je décidai de me rendre à l'endroit où mon pauvre William avait été assassiné. Ne pouvant pas passer par la ville, je fis le tour du lac en bateau pour atteindre Plainpalais. Durant ce bref voyage, je vis des éclairs dessiner sur le sommet du mont Blanc d'extraordinaires figures. L'orage parut venir à grande vitesse. En arrivant, je me mis à gravir la colline afin d'en observer l'évolution. Oui, il avançait, les cieux s'étaient obscurcis et je sentais la pluie qui commençait déjà à tomber à grosses gouttes et à augmenter de violence.

Je quittai les parages et me remis à marcher, malgré l'obscurité, malgré l'orage qui se développait à chaque instant et le tonnerre qui grondait avec un bruit terrifiant au-dessus de ma tête. Ses échos se répercutaient du côté de Salève, du Jura et des Alpes savoyardes. Des éclairs énormes m'aveuglaient, illuminaient le lac et le faisaient ressembler à une vaste nappe de feu. Puis, un instant, tout fut plongé dans les ténèbres jusqu'à ce que mes yeux ne fussent plus éblouis. L'orage, comme cela se produit souvent en Suisse, surgissait en même temps en divers points du ciel. Le secteur le plus violent était situé exactement au nord de la ville, au-dessus de la partie du lac qui s'étend entre le promontoire de Bellerive et le village de Copête. Un autre orage projetait de faibles éclairs sur le Jura, alors qu'un troisième assombrissait et éclairait tour à tour le Môle, un mont pointu à l'est du lac. Tandis que j'observais la tempête, à la fois si belle et terrifiante, je progressais à grands pas. Cette guerre sublime qui se passait dans le ciel élevait mon âme. Je joignis les mains et m'exclamai : « William, mon cher ange ! Voilà tes funérailles, voilà ton chant funèbre ! » Et en prononçant ces paroles, j'aperçus au milieu de l'obscurité une silhouette qui se dérobait, tout près de moi, derrière un bouquet d'arbres. Je me figeai pour la repérer. Je ne pouvais pas être le jouet d'une méprise. Un éclair illumina l'apparition et me fit nettement distinguer ses contours. Sa stature gigantesque, la difformité de son aspect, trop hideux pour appartenir à l'humanité, m'apprirent sur-le-champ que c'était le misérable, l'épouvantable démon à qui j'avais donné la vie. Mais que faisait-il là ? Pouvait-il être (je frémis à cette idée) l'assassin de mon frère ? À peine cette pensée me traversa-t-elle l'esprit qu'elle s'imposa à moi. Mes dents claquaient et je dus m'appuyer contre un arbre pour ne pas fléchir. La silhouette me dépassa rapidement et disparut dans les ténèbres. Aucun être humain n'aurait pu détruire cet enfant. Il était le meurtrier ! Je ne pouvais plus en douter. Le seul fait que j'y avais pensé en constituait la preuve irréfutable. Je songeai à poursuivre le démon, mais ç'aurait été en vain, car déjà un nouvel éclair m'indiquait qu'il grimpait parmi les rochers, sur le proche versant perpendiculaire du mont Salève, la montagne qui, au sud, borde Plainpalais. Et bientôt il en atteignit le sommet et disparut.

Je restai immobile. Le tonnerre ne grondait plus, mais il pleuvait toujours et le paysage était enveloppé de ténèbres impénétrables. Les événements que j'avais tant cherché à oublier me revenaient à l'esprit : tout le processus de la création, l'apparition du monstre, la main tendue, auprès de mon lit, sa disparition. Deux années s'étaient maintenant écoulées depuis cette nuit où il avait reçu la vie. Était-ce son premier crime ? Hélas ! J'avais lâché dans le monde une créature dépravée qui se délectait dans le carnage et le mal. N'était-ce donc pas lui qui avait assassiné mon frère ?

On ne peut pas concevoir l'angoisse que j'éprouvai durant le reste de cette nuit. Je la passai dehors, dans le froid et la pluie, quoique je fusse insensible aux caprices du temps, tant mes esprits étaient assaillis par des scènes d'épouvante et de désespoir. La créature que j'avais déchaînée, à qui j'avais donné le pouvoir de commettre les actes les plus horribles – n'avait-elle pas tué mon frère ? –, je la considérais comme mon propre vampire, comme mon propre fantôme surgi de la tombe pour aller tuer tous ceux qui m'étaient chers.

Au lever du jour, je dirigeai mes pas vers la ville. Les portes étaient ouvertes et je me hâtai vers la maison de mon père. Ma première pensée fut de lui révéler ce que je savais de l'assassin et de le faire poursuivre immédiatement. Mais j'hésitai quand je réfléchis à l'histoire que je devais lui raconter. Un être que j'avais élaboré moi-même, à qui j'avais insufflé la vie et que j'avais rencontré en pleine nuit entre les précipices d'une montagne inaccessible ! Et je me souvins aussi de la fièvre qui s'était emparée de moi au moment d'accomplir cette création. Un récit aussi peu vraisemblable serait mis au compte du délire. Si quelqu'un m'avait rapporté une telle aventure, je l'aurais pris pour un fou. Au surplus, la nature étrange du monstre rendrait vaine toute poursuite, même si j'avais assez de crédit pour persuader les miens d'entreprendre des recherches. À quoi serviraient-elles d'ailleurs ? Qui pouvait être à même de s'emparer d'une créature qui avait pu gravir les flancs escarpés du mont Salêve ? Après avoir réfléchi, je décidai de me taire.

Il était près de cinq heures du matin quand je pénétrai dans la maison de mon père. Je dis aux domestiques de ne pas déranger ma famille et je gagnai la bibliothèque pour attendre l'heure habituelle du lever.

Six années s'étaient écoulées comme un rêve, mais en laissant une trace indélébile, et j'étais assis à la même place, là même où j'avais embrassé mon père avant mon départ pour

Ingolstadt. Cher et vénéré père ! Il était toujours là. Je contemplai le portrait de ma mère au-dessus de la cheminée. C'était un sujet historique, peint selon le désir de mon père : elle représentait Caroline Beaufort, dans l'agonie du désespoir, en pleurs devant le cercueil de son père décédé. Elle portait des vêtements de campagne et ses joues étaient pâles. Mais elle était si digne, si belle qu'il n'était pas possible d'éprouver de la pitié. Une miniature de William était accrochée au tableau et, en la découvrant, je fondis en larmes. J'étais ainsi absorbé quand Ernest entra. Il m'avait entendu arriver et s'était dépêché pour m'accueillir. La joie qu'il avait de me revoir était mêlée de tristesse.

— Sois le bienvenu, mon cher Victor, dit-il. Ah ! Comme j'aurais aimé que tu fusses là trois mois plus tôt, nous étions alors si joyeux et si heureux ! Tu viens à présent partager avec nous une douleur que rien ne peut alléger.

Mais ta présence, je l'espère, réconfortera notre père qui semble accablé par le chagrin. Tu persuaderas peut-être la pauvre Élisabeth de cesser ses vaines et pénibles accusations. Pauvre William ! Nous l'aimions, nous étions fiers de lui !

Les yeux de mon frère étaient remplis de larmes. Un profond désespoir m'envahit. Jusque-là, je n'avais fait qu'imaginer la tristesse de mon foyer désolé. La réalité s'imposait à moi comme une catastrophe plus terrible encore. J'essayai de calmer Ernest. Je lui demandai des précisions concernant mon père et celle que j'appelais ma cousine.

— Elle plus que tout autre, me dit Ernest, a besoin de réconfort. Elle s'accuse sans cesse d'être la responsable de la mort de notre frère et cela la rend très malheureuse.

Mais depuis qu'on a retrouvé le meurtrier…

— On a retrouvé le meurtrier ! Mon Dieu ! Mais est-ce possible ? Comment a-t-on pu le poursuivre ? C'est inconcevable. Autant essayer de saisir le vent ou de retenir un torrent de montagne avec un fétu de paille. Je l'ai vu, moi, cette nuit, il était libre !

— Je ne sais pas ce que tu veux dire, me répondit mon

frère avec un accent de surprise, mais à nos yeux cette découverte n'a fait que s'ajouter à notre misère. Tout d'abord personne ne voulait y croire et même Élisabeth, malgré toute l'évidence n'est pas convaincue. Et de fait, qui pourrait réellement croire que Justine Moritz qui a toujours été si aimable et si attachée à notre famille aurait été tout à coup capable de commettre un crime aussi abominable ?

— Justine Moritz ! Pauvre, pauvre fille, elle a donc été accusée ? Mais ce n'est pas vrai, tout le monde sait cela !

Personne n'y croit, n'est-ce pas, Ernest ?

— D'abord non effectivement. Mais certaines circonstances nous ont obligés à y croire. Son comportement a été si étrange qu'il a mis en lumière la réalité des faits. Je crains qu'on ne puisse plus en douter. On la juge aujourd'hui même, tu pourras t'en faire une opinion.

Ernest me raconta que le matin où avait été découvert le meurtre du pauvre William, Justine était tombée malade et qu'elle avait gardé le lit durant plusieurs jours. Pendant ce temps, une des domestiques avait par hasard examiné les vêtements qu'elle portait la nuit du meurtre et, dans une des poches, elle avait découvert la miniature représentant la mère d'Élisabeth – cette miniature qu'on avait tenue pour le mobile du crime. La servante l'avait montrée à une de ses collègues, laquelle, sans en toucher un mot à la famille l'avait apportée à un magistrat. C'était sur cette base que Justine avait été appréhendée.

Lorsqu'on l'avait accusée du meurtre, Justine s'était sentie si émue qu'on avait confirmé les soupçons qui pesaient sur elle. Ce récit était bizarre, mais il ne m'avait pas convaincu.

Aussi, je répliquai avec énergie :

— Mais tu te trompes. Moi, je connais l'assassin. Justine, la pauvre, l'excellente Justine est innocente.

À cet instant, mon père fit son apparition. Je vis le désespoir profondément tracé sur son visage, mais il s'efforça de m'accueillir avec chaleur. Après que nous eûmes échangé nos tristes salutations, il voulut manifestement parler d'autre chose que de notre malheur, mais déjà Ernest s'était exclamé :

— Mon Dieu, papa ! Ernest prétend qu'il connaît l'assassin du pauvre William.

— Nous le savons aussi malheureusement, répondit mon père. Et j'aurais préféré ne jamais le savoir plutôt que de découvrir tant de dépravation et d'ingratitude chez une personne que j'estimais au plus haut point.

Mon cher père, tu te trompes : Justine est innocente.

— Si c'est le cas, Dieu veillera à ce qu'elle ne souffre pas comme une coupable. On la juge aujourd'hui et j'espère, j'espère de tout mon cœur qu'elle sera acquittée.

Ces propos me calmèrent. J'étais fermement convaincu que Justine, comme du reste tout être humain, était innocente de ce meurtre. Je n'avais donc pas peur qu'on produise contre elle une preuve formelle, assez flagrante pour la condamner. Mais mon histoire n'était pas de celle qu'on pouvait raconter publiquement : l'incroyable horreur qu'elle renfermait semblerait absurde pour le commun des mortels. Et d'ailleurs existait-il, à part moi le créateur, quelqu'un qui pourrait croire, à moins de ne l'avoir vu, à la réalité de ce monument vivant de présomption et d'ignorance crasse que j'avais libéré sur le monde ? Nous fûmes bientôt rejoints par Élisabeth. Elle avait fortement changé depuis la dernière fois que je l'avais vue.

Elle avait plus de charme encore qu'à l'époque de son enfance. Elle avait, certes, la même candeur, la même vivacité, mais son être reflétait à présent la sensibilité et l'intelligence. Elle m'accueillit avec la plus grande affection.

— Ta venue, mon cher cousin, dit-elle, me remplit d'espoir.

Tu trouveras peut-être le moyen de prouver l'innocence de la pauvre Justine. Hélas ! Qui serait encore en sécurité, si elle devait être convaincue de crime ? Je crois en son innocence comme en la mienne, aussi sûrement ! Notre malheur est doublement affreux : non seulement nous avons perdu ce garçon que nous aimions tant, mais en outre cette pauvre fille que je chéris de tout mon cœur va être sans doute la proie d'un destin encore plus terrible. Si elle est condamnée, jamais plus je ne connaîtrai de joie.

Mais elle ne le sera pas, je suis certaine qu'elle ne le sera pas et je sais que je redeviendrai un jour heureuse, même après la mort du petit William !

— Élisabeth, Justine est innocente, dis-je. Et je suis à même de le prouver. Ne crains rien, essaye de reprendre tes esprits et sois sûre qu'elle sera acquittée.

— Comme tu es bon et généreux ! Tout le monde croit en sa culpabilité et cela me peine extrêmement. Moi, je crois que non, alors même que je suis désespérée de voir chacun se dresser contre elle !

Élisabeth se mit à pleurer.

— Très chère nièce, dit mon père, sèche tes larmes. Si Justine est, comme tu le penses, innocente, fais confiance à la justice de nos lois et au soin que je déploierai pour prévenir la plus petite ombre de partialité.

8

Jusqu'à onze heures, heure à laquelle devait commencer le procès, nous ne pûmes nous départir de notre tristesse.

Mon père et tous les autres membres de la famille étaient cités comme témoins, et je les accompagnai au tribunal.

Durant toute cette abominable parodie de justice, je souffris le martyre. On allait décider si le résultat de ma curiosité et de mes travaux inavouables serait la cause de la mort de deux êtres humains : l'un était un enfant charmant, plein d'innocence et de gaieté, l'autre allait connaître une fin plus affreuse encore, car l'infamie et l'horreur s'attachent toujours à la mémoire du meurtrier.

Justine était une fille méritante, elle avait toutes les qualités pour mener une vie heureuse et, à présent, par ma faute, on allait l'anéantir sous une tombe ignominieuse !

J'aurais préféré mille fois avouer moi-même le crime dont Justine était accusée. Mais j'étais absent au moment où il avait été commis et, si je faisais une déclaration en ce sens, on n'y aurait vu que les divagations d'un fou et je n'aurais pas pu disculper celle qui souffrait par ma faute.

Justine avait l'air calme. Elle avait revêtu des vêtements de deuil et ses traits, toujours attirants, en raison des sentiments qu'elle devait éprouver, dégageaient une beauté plus sereine encore. Elle semblait croire à son innocence et elle ne tremblait pas, bien qu'elle fût observée et haïe par un millier de personnes. Et, de fait, toute la grâce que sa beauté aurait pu susciter en d'autres circonstances était voilée dans l'esprit des spectateurs par l'énormité du crime qu'on lui attribuait. Elle était tranquille, mais sa tranquillité, évidemment, avait quelque chose de factice.

Comme sa confusion avait été considérée comme une preuve de sa culpabilité, elle s'appliquait à paraître courageuse. Quand elle entra dans la salle du tribunal, elle la parcourut des yeux et découvrit très vite où nous nous tenions. En nous voyant, elle versa une larme puis elle se maîtrisa rapidement et, avec un regard d'une tristesse affectueuse, elle parut nous prouver sa totale innocence.

L'audience fut ouverte. Après que l'avocat général eut déposé l'acte d'accusation, plusieurs témoins furent appelés. Certains faits étranges, en rapport les uns avec les autres, étaient suffisamment accablants pour ébranler quiconque n'avait pas, comme moi, la preuve formelle de son innocence. Elle était sortie la nuit du meurtre et, vers le matin, elle avait été aperçue par une maraîchère, à proximité de l'endroit où, plus tard, on avait découvert le corps de l'enfant assassiné. La maraîchère lui avait demandé ce qu'elle faisait là et Justine, d'un air bizarre, lui avait donné une réponse confuse et inintelligible. Elle était rentrée vers huit heures du matin et, comme on s'était inquiété de savoir ce qu'elle avait fait la nuit, elle avait répondu qu'elle était partie à la recherche de l'enfant et si on avait appris quelque chose à son propos. On lui avait montré le corps : une violente crise d'hystérie l'avait secouée et, durant plusieurs jours, elle avait dû garder le lit. On produisit bientôt la miniature qu'une des servantes avait trouvée dans les poches de Justine. Et lorsque Élisabeth, d'une voix cassée, reconnut que c'était elle qui, une heure avant le crime, l'avait passée autour du cou de William, un murmure d'horreur et d'indignation balaya le tribunal.

Justine fut appelée à se défendre. À mesure que le procès avançait, sa contenance avait fléchi. Ses traits exprimaient à la fois la surprise, l'horreur et l'accablement. De temps à autre, elle essayait de contenir ses larmes, mais, quand on lui donna la parole, elle reprit ses forces et parla d'une voix claire quoique vacillante.

— Dieu sait, dit-elle, que je suis absolument innocente.

Mais je ne prétends pas que mes protestations suffisent à m'acquitter. Je fonde mon innocence sur une totale et simple exposition des faits qui me sont reprochés, et j'espère que la bonne réputation dont j'ai toujours joui inclinera mes juges vers une interprétation favorable, là où certaines circonstances laissent apparaître le doute et l'équivoque.

Elle rapporta alors qu'avec la permission d'Élisabeth elle avait passé la soirée du crime chez une tante, à Chêne, un village situé à une lieue de Genève. À son retour, vers les neuf heures, elle avait croisé un homme qui lui avait demandé si elle savait quelque chose sur l'enfant qui était perdu. Elle avait été alarmée par ce récit et elle avait elle-même passé plusieurs heures à le rechercher. Les portes de Genève étant fermées, elle avait dû trouver refuge pour la nuit dans une grange, près d'un cottage dont elle connaissait les occupants, mais qu'elle n'avait pas voulu déranger. La plus grande partie de la nuit, elle avait veillé avant de s'endormir. Le matin, des bruits de pas l'avaient réveillée. Elle avait quitté son refuge afin de poursuivre ses recherches. Si elle n'était pas loin de l'endroit où gisait le corps, c'était sans qu'elle le sût. Et si les questions que lui avait posées la maraîchère l'avaient émue, c'était parce qu'elle avait passé une nuit blanche et que le sort du pauvre William était encore incertain. Quant à la miniature, elle n'avait aucune explication, à fournir.

— Je sais, continua la pauvre victime, que cette seule circonstance m'accable lourdement et inexorablement, mais je n'ai pas la possibilité de l'expliquer. Vous ayant exprimé mon ignorance à ce sujet, je ne puis qu'émettre des hypothèses sur les causes probables de la présence de la miniature dans ma poche. Mais là aussi je demeure perplexe. Je ne crois pas avoir des ennemis sur la terre, et certainement personne n'est animé du désir de me faire du mal. Est-ce le fait du meurtrier ? Je ne vois pas à quelle occasion il aurait pu agir de la sorte. Et d'ailleurs, s'il l'avait fait, pourquoi aurait-il volé le bijou pour s'en débarrasser aussi vite ?

« Je confie ma cause à la justice de mes juges, bien que je ne voie aucune raison d'espérer. Je demande la faveur que l'on questionne quelques témoins à mon propos. Si leurs dépositions ne vont pas à l'encontre de ma culpabilité présumée, je devrai être condamnée, malgré que je plaide pour mon salut et pour mon innocence. »

Plusieurs témoins qui la connaissaient depuis des années furent appelés et parlèrent en sa faveur. Toutefois, la peur et l'aversion du crime dont ils la croyaient coupable les timoraient et ne les incitaient pas à dire du bien d'elle.

Élisabeth se rendit compte que cet ultime recours – l'excellent caractère et l'irréprochable conduite de Justine – serait inefficace et, en proie à une violente agitation, elle demanda la permission de s'adresser à la cour.

— Je suis, dit-elle, la cousine du malheureux enfant qui a été assassiné, ou plutôt sa sœur, car j'ai été éduquée et élevée par ses parents bien avant qu'il ne fût né. On pourra dès lors juger indécent de ma part d'intervenir en cette occasion, mais lorsque je vois une créature sur le point de périr à cause de la couardise de ses prétendus amis, je désire être autorisée à prendre la parole afin de pouvoir dire ce que je sais d'elle. Je connais personnellement l'accusée. J'ai vécu dans la même maison qu'elle, une première fois pendant cinq ans, plus récemment, pendant deux ans. Durant toute cette période, elle m'a apparu comme la plus aimable, comme la plus dévouée des créatures. Elle a soigné madame Frankenstein, ma tante, quand celle-ci était malade, et ce fut avec la plus grande affection. Par la suite, elle s'est occupée de sa propre mère alors que sa santé s'aggravait. La conduite de Justine a forcé l'admiration de tout le monde. Puis elle est venue vivre dans la maison de mon oncle où elle a été aimée par toute la famille. Elle était extrêmement attachée à l'enfant qui est mort et se comportait envers lui comme la mère la plus attentionnée. Pour ma part, je n'hésite pas à dire que, contrairement à toutes les évidences, je crois et je suis certaine qu'elle est innocente. Elle n'a pas pu être tentée de commettre un geste pareil. Reste la miniature qui constitue la preuve capitale dont on l'accable : eh bien, si Justine avait émis le désir de la posséder, je la lui aurais donnée, tant je l'estime et je la respecte.

Un murmure d'approbation suivit le simple et vigoureux

appel d'Élisabeth, mais il saluait sa généreuse intervention et non la pauvre Justine vers laquelle le public indigné se retourna avec un surcroît de violence en l'accusant de la plus noire ingratitude. Elle avait pleuré pendant qu'Élisabeth parlait, mais elle ne fit aucune réponse.

Durant tout ce procès, ma propre agitation, ma fébrilité étaient extrêmes. Je croyais en son innocence, j'en étais convaincu. Se pouvait-il que le démon qui avait assassiné mon frère (je n'en doutais pas une minute) eût aussi, dans son immonde perversité, livré l'innocence à la mort et à l'ignominie ? Je n'étais pas capable de supporter l'horreur de ma situation – et lorsque je m'aperçus, à travers le tumulte de l'assistance et l'attitude des juges, que la malheureuse victime avait été condamnée, je me précipitai, la mort dans l'âme, hors du tribunal. Les tortures de l'accusée n'égalaient pas les miennes. Elle, elle était soutenue par l'innocence alors que les griffes du remords me lacéraient le cœur et ne me lâchaient plus.

Je passai une nuit épouvantable. Le matin, je retournai au tribunal. Mes lèvres et ma gorge étaient desséchées. Je n'osais pas poser la question fatale, mais j'étais connu et le magistrat devina la raison de ma visite. Les boules avaient été tirées. Elles étaient toutes noires et Justine avait été condamnée.

Je ne prétends pas décrire ce que je ressentis. J'avais eu auparavant des sensations d'horreur et j'ai essayé de les traduire de la manière la plus adéquate, mais aucun mot ne peut donner une idée du terrible désespoir que j'éprouvai alors. La personne à qui je m'adressais me dit que Justine avait déjà avoué sa culpabilité :

— Cette preuve, observa-t-elle, était superflue pour un cas aussi probant, mais nous sommes heureux de l'avoir eue.

Aucun de nos juges n'aime condamner un criminel sur des présomptions, aussi décisives soient-elles.

C'était là une nouvelle étrange et inattendue. Qu'est-ce que cela signifiait ? Mes yeux m'avaient-ils trompé ? Et moi étais-je réellement aussi fou que le monde entier m'aurait cru si j'avais révélé l'objet de mes soupçons ? Je me dépêchai de rentrer à la maison où Élisabeth, aussitôt, me demanda quel était le verdict.

— Ma cousine, lui dis-je, il s'est passé ce que tu avais prévu. Tous les juges préfèrent punir dix innocents plutôt que de libérer un seul coupable. Justine a avoué.

Ce fut un coup atroce pour la pauvre Élisabeth qui avait cru fermement à l'innocence de Justine.

— Hélas ! dit-elle, comment pourrais-je croire de nouveau en la bonté humaine ? Justine, que j'aimais et chérissais comme une sœur, comment pourrais-je voir la perfidie sur ces sourires innocents ? La douceur de son regard semblait la rendre incapable de méchanceté et de ruse. Et dire qu'elle a commis un meurtre !

Peu après, on apprit que la malheureuse victime avait exprimé le désir de voir ma cousine. Mon père souhaitait qu'Élisabeth ne s'y rendît pas, mais il la laissait libre d'agir à sa guise.

— Oui, dit Élisabeth, j'irai même si elle est coupable. Et toi, Victor, tu pourras m'accompagner, je ne me sens pas capable d'y aller seule.

L'idée de cette visite me torturait, mais je ne pouvais pas refuser.

Nous entrâmes dans la cellule obscure et nous aperçûmes Justine assise sur de la paille. Ses mains étaient ligotées et sa tête reposait sur ses genoux. Elle se dressa en nous voyant entrer. Quand nous fûmes seuls avec elle, elle se jeta aux pieds d'Élisabeth et se mit à pleurer. Ma cousine pleurait aussi.

— Oh ! Justine, dit-elle, pourquoi m'as-tu privée de ma dernière consolation ? Je comptais sur ton innocence et, bien que j'aie été très malheureuse, je ne le suis pas autant que maintenant.

— Vous aussi vous pensez que je suis foncièrement mauvaise ? Vous vous joignez donc à mes ennemis pour m'accabler et me tenir pour une criminelle ?

Des sanglots étouffaient sa voix.

— Lève-toi ma pauvre fille, dit Élisabeth ! Pourquoi te

mettre à genoux, si tu es innocente ? Je ne fais pas partie de tes ennemis. Je crois que tu n'es pas coupable, malgré toutes les charges qui pèsent sur toi, tant que je n'aurai pas entendu tes propres aveux. La rumeur, dis-tu, est fausse.

Ma chère Justine, sois assurée que rien ne pourra ébranler ma confiance en toi, excepté ta confession.

— J'ai avoué, mais c'est un mensonge. J'ai avoué, mais c'est pour obtenir l'absolution. Mais à présent ce mensonge pèse plus lourdement sur mon cœur que tous mes autres péchés. Que Dieu me pardonne ! Depuis ma condamnation, mon confesseur me harcèle. Il m'a tant épouvantée et menacée que je commence à penser que je suis bien le monstre qu'il décrit. Il me menace d'excommunication et me prédit l'enfer si je continue à nier. Chère madame, je n'ai eu aucune aide. Tout le monde m'a considérée comme une misérable vouée à l'ignominie et à la perdition. Que pouvais-je faire ? Dans ces moments de désespoir, j'ai proféré un mensonge et ce n'est qu'à présent que je me sens réellement misérable.

Elle s'interrompit, tout en larmes, puis reprit la parole.

— Je pensais avec horreur, madame, que vous auriez cru votre Justine, que vous aimiez tant et que votre tante a toujours tenue en plus haute estime, capable d'un meurtre que le diable seul aurait pu commettre. Cher William ! Cher enfant adoré ! Je le reverrai bientôt au ciel où nous serons tous heureux. Ce sera ma consolation à l'heure de ma mort.

— Oh ! Justine, pardonne-moi d'avoir douté de toi un seul instant. Pourquoi as-tu avoué ? Mais ne t'afflige pas, ma chère fille, n'aie pas peur. Je proclamerai, je prouverai ton innocence. J'ébranlerai le cœur de pierre de tes ennemis par mes larmes et mes prières. Tu ne mourras pas ! Toi, ma camarade de jeu, ma compagne, ma sœur, périr sur l'échafaud ! Non ! Non ! Jamais je ne pourrais survivre à un tel désastre !

Justine secoua douloureusement la tête.

— Je n'ai pas peur de mourir, dit-elle. Cette angoisse est passée. Dieu me soutient et me donne le courage d'affronter le pire. Je vais quitter un monde de tristesse et d'amertume. Si vous vous souvenez de moi, si vous avez la conviction que j'ai été condamnée injustement, je me résignerai au sort qui m'attend. Apprenez-moi, chère madame, à me soumettre sagement à la volonté du ciel.

Durant cette conversation, je m'étais retiré dans un coin de la cellule où je pouvais dissimuler l'horrible angoisse qui m'étreignait. Désespoir ! Qui oserait en parler ? La pauvre victime qui, le lendemain, allait passer l'effroyable frontière qui sépare la vie de la mort, ne ressentait pas une douleur aussi atroce, aussi amère que celle que j'éprouvais. Je serrais les mâchoires, je grinçais des dents, je gémissais du plus profond de mon âme. Justine tressaillit. Quand elle m'aperçut, elle s'approcha de moi.

— Cher monsieur, dit-elle, que vous êtes bon de m'avoir rendu visite. J'espère que vous ne me croyez pas coupable.

Il m'était impossible de répondre.

— Non, Justine, dit Élisabeth, il est autant convaincu que moi de ton innocence. Même lorsqu'il a su que tu avais avoué, il ne l'a pas cru.

— Je lui en suis reconnaissante. Dans ces derniers moments, j'éprouve la plus sincère gratitude pour tous ceux qui pensent à moi avec bonté. Comme l'affection des autres est précieuse quand on est frappé par le malheur ?

Elle en efface une grande partie – et je sens que je pourrai mourir en paix, maintenant que mon innocence est reconnue par vous, ma chère amie, et par votre cousin.

Ainsi essayait-elle de nous réconforter et se réconforter elle-même. Ainsi se résignait-elle. Mais moi, moi le véritable assassin, je sentais en moi remuer le ver vivant qui annihile tout espoir et toute consolation. Élisabeth pleurait dans le malheur. Mais sa misère était celle de l'innocence, tel un nuage qui passe devant la lune et l'assombrit un court instant sans en ternir l'éclat.

L'angoisse et le désespoir avaient pénétré au plus loin de mon cœur. Je portais en moi un enfer, un enfer que rien n'aurait pu consommer. Nous restâmes plusieurs heures auprès de Justine et ce ne fut qu'à grand-peine qu'Élisabeth parvint à s'arracher de ses bras.

— Je voudrais mourir avec toi, criait-elle, je ne pourrais pas vivre dans ce monde de misère !

Justine eut une expression attendrie, alors qu'elle contenait difficilement ses larmes. Elle embrassa Élisabeth et dit, d'une voix brisée par l'émotion : – Adieu, ma chère, ma douce Élisabeth, ma seule amie adorée ! Que le ciel dans sa bonté vous bénisse et vous protège ! Puisse ce malheur être le dernier que vous subirez ! Vivez, soyez heureuse et faites le bonheur des autres !

Et le lendemain, Justine mourut. L'éloquence déchirante d'Élisabeth pour modifier l'opinion des juges avait échoué.

À leurs yeux, la sainte était la meurtrière. Mes appels passionnés et indignés n'avaient servi à rien non plus. Et quand je reçus leurs réponses glacées, quand je compris leur rudesse, leurs raisonnements implacables, ma décision de passer aux aveux mourut sur mes lèvres.

J'aurais pu me déclarer fou, mais certainement pas révoquer la sentence de la malheureuse victime. Elle périt sur l'échafaud comme une criminelle !

Je me détournai des tortures de mon propre cœur pour me pencher sur le chagrin profond et muet d'Élisabeth. Cela aussi était mon œuvre ! Et la peine de mon père, et la désolation de cette maison autrefois si souriante – tout cela, je l'avais provoqué de mes mains ! Vous pleurez, mes chers amis, mais ce ne sont pas vos derniers pleurs ! Vous gémirez encore et l'écho de vos lamentations s'entendra de nouveau ! Frankenstein, votre fils, votre parent, votre enfant chéri, lui qui vous donnerait jusqu'à la dernière goutte de son sang, lui qui ne peut éprouver aucune joie si elle ne se reflète pas également sur vos visages, lui qui voudrait remplir l'air de ses bénédictions et passer son existence à vous servir, Frankenstein vous condamne et vous fait verser des pleurs ! Comme il serait heureux au-delà de tout espoir, si l'inexorable destin était satisfait, si la destruction prenait fin avant que la paix du tombeau ne succède à vos douloureux tourments !

Tels étaient les vœux de mon âme, brisée par le remords, l'horreur et le désespoir ! Et pendant ce temps-là, ceux que j'aimais pleuraient en vain sur les tombes de William et de Justine, les premières victimes de mes travaux impies.

9

Rien n'est plus pénible pour l'esprit humain, après que les sentiments ont été ruinés par une succession rapide d'événements, que de retrouver le calme et l'inaction qui excluent à la fois l'espérance et la peur. Justine était morte, elle était enterrée et moi j'étais vivant. Le sang coulait sans entraves dans mes veines, mais des vagues de remords et de désespoir m'oppressaient le cœur et je ne pouvais rien oublier. Je n'étais plus à même de dormir.

J'errais comme un esprit malfaisant, car j'avais été l'auteur d'actes immondes, horribles au-delà de toute expression, et d'autres, beaucoup d'autres (j'en étais persuadé) allaient encore survenir. Et pourtant mon cœur débordait d'affection et d'amour pour la vertu. J'étais entré dans la vie avec des intentions bienveillantes et j'avais souhaité, une fois que je réussirais à les mettre en pratique, me rendre utile à mes semblables. Maintenant, tout était détruit. Au lieu d'avoir la conscience sereine – ce qui m'aurait permis de considérer le passé avec satisfaction et d'aller vers l'avenir avec de nouveaux espoirs -, j'étais habité par le remords et par le sentiment de ma culpabilité. Et je vivais dans un enfer, au milieu de tortures sans nombre qu'aucun langage ne pourrait rendre.

Cet état d'esprit agit sur ma santé, laquelle, sans doute, ne s'était jamais entièrement rétablie depuis le premier choc qu'elle avait subi. Je fuyais le visage des hommes, le moindre bruit de joie ou de réjouissance m'énervait. La solitude était ma seule consolation – une profonde, une obscure, une mortelle solitude.

Mon père constata avec peine ce changement perceptible dans mon caractère et mes habitudes. Avec des arguments que lui inspiraient sa conscience sereine et sa vie sans reproche, il s'efforça de me donner courage, de me rendre la force qui dissiperait ce sombre nuage au sein duquel je vivais.

— Penses-tu, Victor, me dit-il, que je ne souffre pas moi aussi ? Personne ne pourrait aimer un enfant autant que j'ai aimé ton frère (pendant qu'il parlait, ses yeux se mouillèrent de larmes), mais n'est-ce pas un devoir pour ceux qui survivent de s'abstenir d'augmenter leur chagrin en manifestant exagérément sa propre douleur ? C'est là en outre un devoir envers toi-même, car une peine excessive empêche tout apaisement et même l'accomplissement du devoir quotidien sans lequel un homme ne peut pas vivre en société.

Ces conseils, quoiqu'excellents, étaient totalement inapplicables à mon cas. J'aurais été le premier à cacher ma peine et à consoler mes amis si, à côté de tous mes autres sentiments, n'étaient pas venus s'ajouter le remords et une terreur alarmante. Maintenant, je ne pouvais que répondre à mon père par des regards désespérés et essayer de me soustraire à sa vue.

Vers cette époque, nous nous retirâmes dans notre propriété de Bellerive. Ce changement était particulièrement bienvenu pour moi. La fermeture régulière des portes de la ville à dix heures et l'impossibilité d'aller sur le lac après cette heure avaient rendu fort désagréable mon séjour à l'intérieur des murs de Genève. J'étais libre à présent. Souvent, après que le reste de la famille se retirait pour la nuit, je prenais une barque et passais de longues heures sur l'eau. Et parfois, toutes voiles dehors, je me laissais pousser par le vent ou alors, après avoir ramé jusqu'au milieu du lac, je laissais mon embarcation dériver et je m'abandonnais à de sombres réflexions. Quand tout était silencieux alentour, quand il ne restait que moi comme créature inquiète au milieu de ce site si beau et si merveilleux – si l'on excepte quelques chauves-souris et quelques grenouilles dont le coassement rude et continu ne se percevait qu'aux abords du rivage –, j'étais régulièrement tenté de me précipiter dans le lac afin que ses eaux puissent se refermer à jamais sur moi et sur mes malheurs. Mais j'étais retenu par la pensée de l'héroïque Élisabeth que j'aimais tendrement et dont l'existence était fondée sur la mienne. Je pensais aussi à mon père et au frère qui me restait. Pouvais-je donc, par ma désertion honteuse, les laisser exposés, sans aucun moyen de défense, à la malice de la créature que j'avais moi-même déchaînée parmi eux ?

Dans ces moments-là, je pleurais amèrement et je souhaitais recouvrer la paix afin d'apporter aux miens la consolation et le bonheur. Mais ce n'était pas possible. Le remords étranglait le moindre espoir. J'avais été l'auteur des plus effroyables turpitudes et je vivais dans la crainte quotidienne de voir le monstre que j'avais créé perpétrer de nouveaux horribles forfaits. J'avais l'obscur sentiment que tout n'était pas fini et qu'il allait encore commettre quelque crime prodigieux qui, par leur énormité, effacerait peut-être le souvenir des précédents. Tout était à craindre aussi longtemps que vivrait un être cher. La répulsion que j'éprouvais pour le monstre était infinie.

Quand je pensais à lui, je grinçais des dents, mes yeux s'enflammaient et je désirais avec ardeur détruire la vie que j'avais conçue comme un dément. En songeant à ses crimes et à sa perversité, ma haine, ma volonté de revanche n'avaient aucune limite. J'aurais même entrepris un pèlerinage sur le plus haut sommet des Andes, s'il avait fallu précipiter le monstre parmi les rochers. Je voulais le revoir pour le damner, lui crier ma haine et venger la mort de William et de Justine.

Notre maison était la maison du deuil. La santé de mon père avait été fortement secouée par l'horreur des récents événements. Élisabeth était morose et abattue ; elle ne prenait plus aucun plaisir à ses occupations habituelles.

Toute joie lui semblait un sacrilège envers les morts.

Gémir, pleurer sans cesse, c'étaient, à ses yeux, les seuls tributs qu'il fallait payer à l'innocence détruite et bafouée.

Elle n'était plus du tout cette créature heureuse qui, lorsque nous étions jeunes, se promenait sur les bords du lac et parlait avec ravissement de nos futurs projets. Le premier de ces chagrins qui nous sont envoyés pour nous détourner du monde l'avait frappée et son obscure influence lui ravissait ses plus chers sourires.

— Quand je pense, mon cher cousin, disait-elle, à la fin pitoyable de Justine Moritz, je ne vois plus le monde et ses œuvres tels qu'ils m'apparaissaient auparavant.

Autrefois, je considérais les histoires de vice et d'injustice que je lisais ou que j'entendais raconter comme des légendes anciennes ou des diableries imaginaires. Du moins étaient-elles lointaines et plus familières à la raison qu'à l'imagination. Mais maintenant le malheur est venu à notre porte et l'être humain ressemble à mes yeux à un monstre assoiffé du sang des autres. Je suis injuste, à coup sûr. Tout le monde croyait la pauvre fille coupable et, si elle avait pu commettre le crime pour lequel elle a souffert, elle aurait été assurément la plus dépravée des créatures humaines. Pour posséder quelques bijoux, assassiner le fils de son bienfaiteur et ami, un enfant qu'elle avait soigné depuis sa naissance et qu'elle semblait aimer comme s'il était le sien ! Je ne pourrais consentir à la mort d'aucun être humain, mais je n'admets pas non plus qu'un criminel continue de vivre dans la société des hommes. Justine pourtant est innocente, je sais, je sens qu'elle est innocente. Tu partages mon opinion, tu me l'as dit. Hélas ! Victor, quand le mensonge ressemble à ce point à la vérité, qui peut s'assurer d'un bonheur durable ?

J'ai l'impression de marcher au bord d'un précipice où sont réunis des milliers de gens sur le point de me pousser parmi les abîmes. William et Justine ont été assassinés et leur meurtrier est en liberté : il circule librement dans le monde et peut-être est-il respecté. Même si, pour ces mêmes crimes, je devais être condamnée à l'échafaud, je ne voudrais pas échanger ma place contre celle de ce misérable !

J'écoutais ces paroles, la mort dans l'âme. J'étais moi, non pas en principe, mais en réalité, le véritable assassin.

Élisabeth avait lu l'angoisse sur mes traits. Elle me prit tendrement la main.

— Mon cher ami, dit-elle, tu dois te calmer. Ces

événements m'ont émue, et Dieu sait à quel point ! Mais je ne suis pas encore aussi malheureuse que toi. Il y a sur ton visage une expression de désespoir et parfois de vengeance qui me fait trembler. Cher Victor, bannis ces sombres passions. Rappelle-toi que tu es entouré d'amis qui mettent en toi toutes leurs espérances. As-tu perdu le pouvoir de les rendre heureux ? Ah ! Tant que nous nous aimons, tant que nous gardons notre confiance les uns dans les autres, ici, dans ce pays de paix et de beauté, le terroir natal, nous pouvons espérer la tranquillité. Mais qui pourrait perturber notre paix ?

Pareil langage, tenu par celle à qui j'attachais plus de prix qu'à n'importe quel autre don du ciel, n'aurait-il pas dû suffire à chasser le démon qui se dissimulait dans mon cœur ? Et, tandis qu'elle parlait, je m'approchai d'elle, comme mû par la terreur, craignant au même moment que le destructeur ne fût là pour me la dérober.

Ainsi, ni la tendresse d'une amitié, ni la beauté de la terre, ni celle des cieux ne pouvaient délivrer mon âme du malheur. Les accents de l'amour restaient sans effet. J'étais enveloppé par un nuage qu'aucune influence bénéfique ne pouvait franchir. Un cerf blessé traînant ses membres défaillants vers quelque recoin pour y contempler la flèche qui l'a transpercé et pour y mourir – voilà à quoi je ressemblais.

Parfois, il m'arrivait de résister à mon désespoir : le tourbillon des passions de mon âme me poussait à chercher, dans un exercice physique ou un déplacement, une diversion à son mal terrible. Ce fut au cours d'un accès de cette sorte que j'abandonnai brusquement la maison et gagnai les plus proches vallées des Alpes. Dans la magnificence de ses sites éternels, je voulais y chercher l'oubli de moi-même et de mes douleurs éphémères. Mes pas me conduisirent vers la vallée de Chamonix que j'avais souvent traversée, à l'époque de mon adolescence.

Six années s'étaient écoulées depuis : moi, j'étais une épave, mais rien n'avait changé dans ces paysages sauvages et immuables.

J'effectuai à cheval la première partie de mon voyage.

Puis, je louai une mule, la monture qui a le pied le plus sûr et qui circule le plus aisément sur les routes rocailleuses. Il faisait beau. C'était la mi-août, environ deux mois après la mort de Justine, l'époque affreuse d'où dataient tous mes malheurs. Le poids qui m'oppressait le cœur s'allégeait au fur et à mesure que je pénétrais plus avant dans le ravin de l'Arve. D'immenses montagnes et des précipices m'entouraient de toutes parts. Le brouhaha de la rivière grondait parmi les rochers, les cascades tumultueuses annonçaient le règne d'un être omnipotent – mais je n'avais plus peur, je n'étais plus décidé à fléchir, sauf en présence de celui qui avait créé ces éléments et qui les gouvernait. Plus je grimpais, plus la vallée prenait un aspect magnifique et grandiose. Des châteaux en ruines suspendus au bord des précipices, près des montagnes hérissées de sapins, l'Arve impétueuse, çà et là des chalets apparaissant parmi les arbres, tout figurait au décor d'une singulière beauté. Et cette beauté était plus grande encore, plus sublime grâce aux Alpes dont les dômes et les pyramides couverts d'une neige éclatante dominaient tout, comme s'ils appartenaient à un autre monde, habité par des êtres d'une autre race.

Je franchis le pont de Pélissier où le ravin, formé par la rivière, s'ouvrait devant moi et je commençai l'ascension de la montagne qui le surplombe. Peu après, j'entrai dans la vallée de Chamonix. Cette vallée est plus étonnante et plus sublime, mais moins belle et moins pittoresque que celle de Servox que je venais tout juste de traverser. Les hautes montagnes neigeuses en forment les limites les plus proches, mais je n'y voyais aucun château en ruines ni aucun champ fertile. D'immenses glaciers bordaient la route. J'entendis le roulement de tonnerre d'une avalanche et aperçus la fumée qui s'élevait sur son passage. Le mont Blanc, le suprême et magnifique mont Blanc, se dressait au-dessus des aiguilles environnantes et son extraordinaire sommet dominait toute la vallée.

Une sensation de plaisir depuis longtemps oubliée

m'envahit plusieurs fois durant ce voyage. Une courbe sur mon chemin, un nouvel objet aperçu tout à coup et identifié m'évoquaient les jours anciens et ravivaient les joies de mon adolescence. Le vent avec ses accents apaisants chuchotait des consolations à mes oreilles et la Nature, maternelle, m'invitait à ne plus pleurer. Et puis, de nouveau, cette influence bénéfique cessa d'agir – et je me trouvai enchaîné à mes chagrins, submergé par de tristes réflexions. J'éperonnai ma monture, m'efforçant d'oublier le monde, mes frayeurs et, par-dessus tout, de m'oublier moi-même. Mais bientôt, dans une crise de désespoir, je mis pied à terre et me jetai dans l'herbe, écrasé par l'horreur et par la honte.

À la fin, j'arrivai au village de Chamonix. L'épuisement succéda à la fatigue extrême que mon corps et mes esprits avaient endurée. Un court instant, je restai à la fenêtre de ma chambre, contemplant les éclairs livides qui jouaient sur le mont Blanc, écoutant le rugissement de l'Arve qui poursuivait son cours en contrebas. Ces bruits sourds eurent sur mes nerfs à fleur de peau l'effet d'une berceuse.

Lorsque je posai ma tête sur l'oreiller, je m'endormis aussitôt. Et je rendis grâce au sommeil que je sentais venir et qui me donnait l'oubli.

10

La journée suivante, je la passai à errer au milieu de la vallée. Je m'arrêtai près des sources de l'Arveiron qui sortent d'un glacier et descendent lentement le long des montagnes, comme pour barricader la vallée. Les flancs abrupts des hauts sommets se dressaient devant moi et j'étais dominé par un mur de glace. Alentour gisaient quelques sapins fracassés. Le silence solennel qui régnait dans ce glorieux sanctuaire de la nature n'était brisé que par le tumulte des eaux, la chute de quelque gigantesque fragment de roc, le grondement d'une avalanche ou l'écho, répercuté à travers les montagnes, du craquement de la glace accumulée qui, travaillant en silence et selon des lois immuables, éclatait et se brisait de loin en loin, tel un jouet entre ses mains. Ces paysages sublimes et magnifiques m'apportaient la plus grande consolation dont je pouvais bénéficier. Ils m'élevaient au-dessus de la petitesse humaine et, même s'ils n'effaçaient pas mes peines, ils me fascinaient et m'apaisaient. Dans une certaine mesure aussi, ils m'éloignaient des pensées dont j'avais tant souffert ces derniers mois. Je ne rentrai pour dormir qu'à la nuit tombante et mon sommeil était comme protégé par les innombrables paysages que j'avais admirés pendant toute la journée. Ils se réunissaient autour de moi, la neige inviolée des hauts sommets, les pics éclatants, les sapins, le ravin nu, l'aigle planant parmi les nuages – tous groupés pour me donner la paix.

Mais où étaient-ils passés le jour suivant, à mon réveil ? Le calme de mon âme avait été englouti dans mon sommeil et une sombre mélancolie s'empara de mes pensées. La pluie tombait à torrents, d'épaisses brumes dissimulaient les sommets des montagnes, au point que je ne pouvais même plus voir le visage de mes meilleurs amis. Mais il m'était possible de franchir leur voile nuageux et de retrouver leur obscure retraite. Qu'étaient pour moi la pluie et l'orage ? Ma mule fut amenée devant la porte et je décidai de gravir le sommet de Montanvert. Je me souvenais de l'effet qu'avait produit sur moi, la première fois que je l'avais vu, l'extraordinaire glacier en perpétuel mouvement. J'en avais ressenti une extase sublime qui avait donné des ailes à mon âme et m'avait éloigné du monde ténébreux pour me conduire vers la lumière et la joie. La vision de ce que la nature avait de grandiose et de majestueux m'ébranlait toujours l'esprit et me faisait oublier les soucis de l'existence. J'étais déterminé à partir sans guide, car je connaissais fort bien le chemin. Au reste, la présence d'une autre personne aurait détruit la grandeur solitaire du paysage.

La pente est escarpée, mais le sentier, avec ses petits détours successifs, permet l'accès au flanc perpendiculaire de la montagne. C'est un spectacle d'une terrifiante désolation. À de milliers d'endroits, on distingue des traces des avalanches de l'hiver. Des arbres détruits et déchiquetés jonchent le sol, certains sont totalement brisés, d'autres sont inclinés, tantôt sur des rochers, tantôt à la transversale sur des troncs. Le sentier, au fur et à mesure qu'on monte, est coupé par des ravins de neige, le long desquels, à tout moment, se précipitent des pierres.

L'un d'entre eux est particulièrement dangereux, car le moindre bruit, ne serait-ce que la voix d'un homme, provoque une vibration de l'air et celle-ci suffit pour anéantir celui qui parle. Les sapins ne sont ni grands ni touffus, mais plus sombres – ce qui ajoute à la sévérité du paysage. Je contemplai la vallée sous mes yeux : une forte brume montait des cours d'eau et allait couronner les sommets des montagnes d'en face, perdus parmi les nues obscures. Avec la pluie qui tombait, le ciel sombre, tout ce qui m'entourait dégageait la mélancolie. Hélas !

Pourquoi l'homme s'enorgueillit-il d'une sensibilité supérieure à celle de la brute ? Elle est seulement plus nécessaire. Si nos impulsions se bornaient à la faim, à la soif, au désir, nous pourrions être presque libres. Au contraire, nous sommes touchés par la plus petite brise qui souffle – ou même un simple mot, ou encore l'image que ce mot peut faire surgir en nous.

Nous dormons, un rêve peut empoisonner notre sommeil.
Nous nous levons, une pensée errante te perturbe notre journée.
Nous sentons, pensons, raisonnons, nous rions, nous pleurons,
Nous sommes pris par la douleur ou nous chassons notre chagrin.
C'est pareil : que nous soyons heureux ou malheureux ;
Le chemin du départ est toujours libre.
Pour l'homme, la veille ne ressemble pas au lendemain.
Rien ne peut durer sinon le changement !

Il était près de midi quand j'arrivai au bout de mon ascension. Je m'assis un moment sur un rocher qui dominait la mer de glace. Une brume l'enveloppait, ainsi que les montagnes alentour. Bientôt, une brise dissipa le nuage et je descendis sur le glacier. Sa surface est très inégale, un peu comme les vagues d'une mer agitée, pleine de hauts et de bas, avec de profondes crevasses. Le champ de glace n'a pas plus d'une lieue de largeur mais je mis près de deux heures pour le parcourir. La montagne opposée est un bloc rocheux perpendiculaire. Du côté où je me trouvais maintenant, le Montanvert se dressait juste en face de moi, à une distance d'une lieue. Au-dessus, c'était le mont Blanc, dans toute sa majesté. Je m'avançai au milieu d'un renfoncement de rochers, frappé par ce spectacle splendide et prodigieux. La mer, ou plutôt l'immense fleuve de glace, courait à travers les montagnes où dominaient les sommets. Leurs pics glacés et scintillants brillaient sous le soleil, au-dessus des nuages.

Mon cœur, tantôt encore empli de tristesse, se gonflait à présent d'un sentiment de joie. Je m'écriai :

— Esprits errants, si vraiment vous errez et si vous ne restez pas dans vos lits étroits, accordez-moi un peu de bonheur ou conduisez-moi, comme votre compagnon, loin des joies de l'existence !

J'avais à peine parlé lorsque j'aperçus soudain, à une certaine distance, la silhouette d'un homme qui avançait vers moi à une vitesse surhumaine. Il bondissait au milieu des cratères de glace, parmi lesquels je m'étais promené avec précaution. Sa stature aussi, tandis qu'il s'approchait, semblait exceptionnelle pour un homme. J'étais troublé.

Un brouillard passa sous mes yeux et je sentis que je perdais contenance. Mais, avec le vent glacial qui soufflait, je repris rapidement les esprits. Et je vis, lorsque la créature fut toute proche (spectacle extraordinaire et abhorré !), que c'était le monstre à qui j'avais donné la vie.

Je tremblai de rage et d'horreur, résolu à attendre sa venue avant d'engager avec lui un mortel combat. Il approcha.

Ses traits exprimaient une douloureuse angoisse, mêlée de dédain et de malice, alors que sa laideur atroce avait quelque chose de trop horrible pour un regard humain.

Mais je me gardai de l'observer. La rage et la haine m'avaient tout d'abord privé de parole et je ne la retrouvai que pour exprimer ma fureur et mon abomination.

— Démon ! m'exclamai-je. Oses-tu donc m'approcher ? N'as-tu pas peur de ma cruelle vengeance, que mon bras ne te fracasse la tête ? Va-t'en, vile créature ! Ou plutôt, non, reste, que je te réduise en poussière ! Ah ! Si je pouvais, en supprimant ta misérable existence, rappeler à la vie ces victimes que tu as si diaboliquement assassinées !

— Je m'attendais à cet accueil, me répondit le monstre.

Tous les hommes détestent les malheureux. À quel point doivent-ils me haïr alors, moi qui suis la plus malheureuse de toutes les créatures vivantes ! Toi cependant, mon créateur, toi tu me détestes et tu me repousses, moi qui suis ta créature à laquelle tu es lié par des liens qui ne peuvent être brisés que par la mort de l'un de nous deux.

Tu te proposes de me tuer. Comment oses-tu ainsi jouer avec ta vie ? Accomplis ton devoir envers moi et j'accomplirai le mien envers toi et envers le reste de l'humanité. Si tu acceptes de te rallier à mes conditions, je te laisserai en paix, toi et tous les tiens. Mais si tu refuses, je me nourrirai de la mort jusqu'à me rassasier du sang de tous ceux qui te sont chers !

— Monstre abhorré ! Créature ignominieuse ! Les tortures de l'enfer ne suffiraient pas à venger tes crimes. Misérable démon ! Tu me reproches ta création. Viens donc, que je puisse éteindre la flamme que j'ai si stupidement fait jaillir en toi !

Ma rage n'avait aucune limite. Je me jetai sur lui mû par tous les sentiments qui peuvent armer un homme à en tuer un autre.

Il m'évita aisément et me dit :

— Du calme ! Écoute-moi d'abord avant de déverser ta haine contre moi. N'ai-je pas assez souffert que tu veuilles encore augmenter mon malheur ? La vie, bien qu'elle ne soit pour moi qu'une accumulation d'angoisse, m'est précieuse et je la défendrai. Rappelle-toi, tu m'as fait plus puissant que toi, ma taille est plus grande que la tienne et mes membres sont plus souples que les tiens. Mais je ne tenterai pas à m'opposer à toi ! Je suis ta créature et je serai même doux et docile envers mon maître et mon seigneur naturels si, pour ta part, tu faisais comme moi. Oh ! Frankenstein, ne sois pas équitable envers les autres et injuste envers moi seul. Tu me dois ta justice – davantage : ta clémence et ton affection. Oui, rappelle-toi que je suis ta créature. Je devrais être ton Adam, mais je ne suis qu'un ange déchu que tu prives de toute joie. Partout je vois le bonheur et moi, moi seul, j'en suis irrévocablement exclu. J'étais généreux et bon, c'est le malheur qui a fait de moi un monstre. Rends-moi heureux et je serai de nouveau vertueux.

— Va-t'en ! Je ne veux plus t'entendre. Il ne peut pas y avoir de relation entre toi et moi : nous sommes des ennemis. Va-t'en ou mesurons nos forces dans un combat et que l'un de nous périsse !

— Comment puis-je t'émouvoir ? Est-ce que mes supplications sont impuissantes à te faire regarder avec bienveillance cette créature qui t'implore et qui demande bonté et compassion ? Crois-moi, Frankenstein, j'étais généreux, mon âme débordait d'amour et d'humanité. Mais ne suis-je pas seul, pitoyablement seul ? Et toi, mon créateur, tu me hais ! Quel espoir puis-je mettre en tes semblables qui ne me doivent rien ? Ils me méprisent et me détestent. Les montagnes désertes et les glaciers sont mon seul refuge. J'ai erré ici de nombreux jours. Les cavernes de glace que je suis le seul à ne pas craindre sont mes abris, les seuls que les hommes ne me disputent pas. Je bénis les cieux limpides, ils me sont plus cléments que tes semblables. Si la multitude humaine connaissait mon existence, elle ferait ce que tu fais et elle viendrait me détruire, les armes à la main. Moi je la hais puisqu'elle m'abhorre ! Je ne ferai aucun pacte avec mes ennemis. Je suis misérable et ils partageront ma misère. Il est dans ton pouvoir cependant de me rendre justice et de délivrer le monde du fléau. Sans cela, non seulement toi et ta famille, mais encore des milliers d'autres gens, vous serez précipités dans le tourbillon de ma fureur ! Aie de la compassion, ne me chasse pas. Écoute mon histoire et, quand tu l'auras entendue, abandonne-moi ou plains-moi après avoir jugé ce que je mérite. Mais écoute-moi : les lois humaines permettent que les coupables soient d'abord entendus avant d'être condamnés, si sanglants soient leurs forfaits. Prête-moi attention, Frankenstein. Je suis accusé de meurtre et pourtant tu ne pourrais pas, en toute conscience, détruire ta propre créature. Oh ! L'éternelle justice humaine ! Je ne te demande pas de m'épargner. Écoute-moi seulement et, après, si tu le peux et si tu le veux, détruis ton œuvre de tes propres mains !

— Pourquoi, ripostai-je, rappelles-tu à mon souvenir des circonstances qui me font souffrir quand bien même j'en suis le misérable artisan et l'auteur ? Maudit soit le jour, monstre abominable, où tu as vu pour la première fois la lumière ! Maudites soient (et je me maudis moi-même) les mains qui t'ont fabriqué ! Tu m'as rendu malheureux au-delà de toute expression. Tu m'as ôté le pouvoir de considérer si je suis juste ou non envers toi. Va-t'en ! Délivre-moi de la vue de ton corps détestable !

— Voilà, mon créateur, comment je le ferai, dit-il.

Et il plaça devant mes yeux ses mains abominables. Je les repoussai avec violence.

— Je voulais seulement, reprit-il, t'épargner la vue d'un spectacle que tu abhorres. Veux-tu m'écouter un peu et m'accorder ta compassion ! Au nom des vertus que je possédais autrefois, je te le demande. Écoute mon histoire. Elle est longue et étrange, et la température de ces lieux n'est pas bonne pour ton organisme. Viens dans ma retraite sur la montagne. Le soleil est déjà haut dans le ciel. Avant qu'il ne descende se cacher derrière les cimes neigeuses et n'aille éclairer un autre monde, tu auras entendu mon histoire et tu pourras te décider. Il dépend uniquement de toi que je quitte pour toujours le voisinage des hommes et mène une vie innocente ou que je devienne un fléau pour tes semblables et la cause de ta propre ruine.

Après avoir parlé, il se mit à avancer au milieu des glaces.

Je le suivis. Mon cœur était lourd et je ne lui avais pas répondu. Mais, tout en marchant, je songeai aux divers arguments qu'il m'avait fournis et je me décidai à écouter son histoire. J'étais en partie poussé par la curiosité et la pitié avait entraîné ma décision. Jusque-là, j'avais supposé qu'il était l'assassin de mon frère et j'étais impatient de savoir s'il allait confirmer ou infirmer mon point de vue.

Pour la première fois aussi, je sentais les devoirs, d'un créateur envers sa créature et je comprenais que je devais m'occuper de son bien avant de me plaindre de sa méchanceté. Ces raisons m'avaient poussé à accéder à sa demande. Nous traversâmes les glaces et escaladâmes le roc opposé. L'air était froid et la pluie recommençait à tomber. Nous entrâmes dans la hutte. Le monstre avait l'air d'exulter. Moi, j'avais toujours le cœur lourd et j'étais abattu. Mais j'avais décidé de l'écouter et je m'assis près du feu que mon odieux compagnon alluma. Alors, il commença son histoire.

11

« J'ai beaucoup de peine à me rappeler les premiers moments de mon existence. Les événements de cette période m'apparaissent confus et indistincts. Une multitude de sensations étranges m'agitait. Je voyais, j'entendais, je sentais, je touchais – tout de façon simultanée –, mais il me fallut un certain temps avant d'apprendre à faire la distinction entre mes divers sens. Peu à peu, je m'en souviens, une violente lumière m'excita si bien que je fus obligé de fermer les yeux. Surgit alors l'obscurité et j'en fus troublé, mais à peine en avais-je eu conscience qu'en ouvrant les yeux je revis la lumière. Je me mis à marcher et je descendais, je crois, lorsque se produisit un grand changement dans mes sensations. Auparavant, des corps sombres et opaques m'entouraient, impossible de toucher ou de voir. Mais voilà que je découvrais que je pouvais me mouvoir en toute liberté et que j'étais capable de surmonter et de contourner les obstacles. La lumière m'oppressait de plus en plus et la chaleur me gênait, au fur et à mesure que je marchais, à telle enseigne que je recherchai un endroit où il y avait de l'ombre. Ce fut une forêt près d'Ingolstadt. Là, je me reposai en bordure d'un ruisseau, jusqu'à être tourmenté par la faim et par la soif. Cela m'arracha de ma torpeur. Je mangeai des baies que je dénichai sur des arbres ou que je ramassai par terre. J'étanchai ma soif au ruisseau et je m'étendis sur le sol pour trouver le sommeil.

« Il faisait sombre quand je me réveillai. J'avais froid et je me sentis effrayé, comme si, indistinctement, je me rendais compte de ma désolation. Avant de quitter ton appartement, ayant éprouvé une sensation de froid, je m'étais couvert de quelques vêtements, mais ce n'était pas assez pour me prémunir contre la rosée nocturne. Je n'étais qu'un être misérable, pauvre et sans secours. Je ne connaissais rien, je ne pouvais rien distinguer. Alentour tout me parut hostile. Je m'assis et pleurai.

« Bientôt, une légère lueur jaillit dans le ciel et j'éprouvai une sensation de plaisir. Je me dressai et aperçus une forme rayonnante parmi les arbres. Je la contemplai avec admiration. Elle bougeait lentement, mais elle éclairait mon chemin et je repartis à la recherche de baies. Il faisait encore froid, pourtant je découvris sous un arbre un large manteau dont je me couvris avant de me rasseoir par terre. Aucune pensée précise ne m'occupait l'esprit. Tout était confus. Je sentais la lumière, la faim, le froid, l'obscurité. D'innombrables bruits me tintaient aux oreilles et, de toutes parts, montaient des parfums multiples. La seule chose que je pouvais distinguer était la lune lumineuse et je la fixai avec ravissement. Il y eut plusieurs jours et plusieurs nuits. La durée de la nuit avait fortement diminué, lorsque je commençai à différencier mes diverses sensations. Progressivement, je vis le ruisseau où j'allais boire et les arbres sous les feuillages desquels je m'abritais. Je fus émerveillé quand je découvris pour la première fois qu'un son agréable qui m'avait souvent charmé les oreilles provenait de la gorge des petites créatures ailées qui, de temps à autre, interceptaient la lumière à mes yeux. Je commençai aussi à observer de façon beaucoup plus nette les formes qui m'entouraient et à percevoir les limites de la rayonnante voûte de lumière au-dessus de moi. Parfois, j'essayais d'imiter les sons mélodieux des oiseaux, mais sans succès. Et parfois aussi j'éprouvais le besoin d'exprimer mes sensations de ma propre manière, mais les sons rudes et inarticulés qui sortaient de mes lèvres m'épouvantaient et je retombais dans le silence.

« La lune avait disparu de la nuit puis elle resurgit sous une forme, plus mince, et j'étais toujours dans la forêt. Dans l'intervalle, mes sensations étaient devenues bien distinctes et mon cerveau enregistrait chaque jour des idées nouvelles. Mes yeux commençaient à s'habituer à la lumière et à percevoir les objets dans leur forme la plus exacte. Je discernais l'insecte au milieu de l'herbe et, peu à peu, une herbe d'une autre. Je découvrais que le moineau n'émettait que des sons saccadés, alors que le chant du merle ou de la grive était doux et harmonieux.

« Un jour que j'étais tiraillé par le froid, je dénichai un feu que des vagabonds avaient abandonné et cette découverte de la chaleur fut pour moi un délice. Dans ma joie, je plongeai ma main parmi les braises brûlantes, mais je la retirai à la hâte en poussant un cri de douleur. Comme il est curieux, pensais-je, que la même cause produise des effets opposés ! J'examinai les matériaux du feu et vis avec contentement qu'ils étaient composés de bois. Je réunis rapidement quelques branches, mais elles étaient trop humides et elles ne s'enflammèrent pas. J'en fus peiné et je m'assis pour contempler l'évolution du feu. Le bois humide que j'avais placé près du foyer sécha et, de lui-même, se mit à brûler. Je réfléchis à ce phénomène puis, après avoir ramassé un tas de branches, j'en découvris la cause et m'efforçai de réunir une grande quantité de bois afin de les faire sécher et d'avoir une bonne provision. Quand tomba la nuit et que je voulus me reposer, j'eus grand-peur que mon feu n'en vînt à s'éteindre. Je le recouvris soigneusement de bois sec et de feuilles et plaçai au-dessus des branches humides. Puis, après avoir déployé mon manteau, je me couchai sur le sol et m'endormis.

« Il faisait jour à mon réveil et mon premier soin fut d'examiner le feu. Je le découvris et une légère brise le ranima rapidement. En observant cela, il me vint l'idée de fabriquer avec des branches un écran qui ranimerait les braises alors qu'elles seraient près de s'éteindre. Quand la nuit revint, je vis avec plaisir que le feu donnait aussi bien la lumière que la chaleur et, grâce à cette découverte, j'eus le moyen d'améliorer ma nourriture, car celle que les vagabonds avaient abandonnée à cet endroit était cuite et beaucoup plus savoureuse que les baies que je cueillais sur les arbres. Aussi, essayai-je de préparer ma nourriture de la même façon, en la plaçant sur les braises vives. Utilisées de la sorte, les baies se gâtaient, mais les noisettes et les racines, elles, avaient un meilleur goût.

« Cependant, la nourriture se faisait rare et il m'arrivait parfois de passer une journée entière à chercher en vain des glands pour calmer les démangeaisons de la faim. Je décidai dans ces conditions de quitter l'endroit où j'avais séjourné jusque-là et d'en chercher un autre où mes rares besoins pourraient être plus aisément satisfaits. Tandis que j'émigrais, je regrettai amèrement la perte de ce feu que j'avais déniché par hasard et que je ne savais pas comment reproduire. Durant plusieurs heures, je m'appliquai sérieusement à résoudre cette difficulté, mais je fus bientôt obligé de renoncer à mon projet. Enveloppé dans mon manteau, je traversai le bois en direction du soleil couchant. Je passai trois jours à déambuler et, finalement, je découvris la plaine. La nuit précédente, il avait beaucoup neigé et les champs étaient uniformément blancs. Leur aspect était désolant. Je constatai que mes pieds gelaient sur la substance froide et humide qui recouvrait le sol.

« Il était à peu près sept heures du matin et je voulais à tout prix de la nourriture et un abri. À la fin, j'aperçus une petite cabane sur une éminence et sans doute avait-elle été construite pour les besoins d'un berger. C'était là, à mes yeux, un spectacle nouveau et j'en examinai la structure avec la plus grande curiosité. Trouvant la porte ouverte, j'entrai. Un vieil homme était assis près d'un feu sur lequel il préparait son repas. Il se retourna en entendant du bruit. Dès qu'il m'aperçut, il poussa un hurlement et, désertant sa cabane, il se mit à courir à travers champs, à une vitesse que son grand âge ne laissait pas supposer. Son apparence, différente de tout ce que j'avais vu jusqu'alors, sa fuite me surprirent. Mais j'étais ravi par l'allure de la cabane. Le sol était sec, la pluie et la neige ne pouvaient y pénétrer – un endroit aussi charmant et aussi divin à mes yeux que Pandaemonium aux démons de l'enfer après leurs épreuves dans le lac de feu. Je dévorai avidement les restes du repas du berger – du pain, du fromage, du lait, du vin, un aliment que je n'ai plus aimé par la suite. Puis, rongé de fatigue, je m'étendis sur un tas de paille et je m'endormis.

«Je me réveillai vers midi. Encouragé par la chaleur du soleil qui brillait avec éclat sur le sol blanc, je décidai de poursuivre mon voyage. Je ramassai ce qui restait encore du repas, le fourrai dans une besace que je trouvai et m'avançai parmi les champs de nombreuses heures. Au coucher du soleil, j'étais aux abords d'un village. Quel spectacle miraculeux ! Les cabanes, les cottages charmants, les maisons imposantes éveillèrent tour à tour mon admiration. Les légumes dans les jardins, le lait et le fromage que je voyais exposés à la fenêtre de certains chalets excitèrent mon appétit. J'entrai dans l'un des plus beaux, mais j'avais à peine mis le pied à l'intérieur que les enfants se mirent à crier et qu'une femme s'évanouit. Tout le village était en effervescence. Certains fuyaient, d'autres m'attaquèrent jusqu'à ce que, gravement blessé par les pierres et les autres projectiles qu'on me lançait, je me sauve dans la plaine et aille peureusement me réfugier dans une petite hutte, toute basse, et dont l'apparence, comparée aux demeures du village, était misérable. Cette hutte, pourtant, était contiguë à un joli et agréable chalet où, après la triste expérience que je venais de faire, je n'osai pas entrer. Mon refuge en bois était si bas que j'avais toutes les difficultés à y rester, sans baisser la tête. Le sol était constitué de terre battue, mais il était sec. Et bien que le vent y entrât par d'innombrables fissures, l'abri me parut excellent contre la neige et la pluie.

«C'était donc là ma retraite. Je m'étendis par terre, heureux d'avoir trouvé un asile, si misérable fût-il, contre l'inclémence de la saison et, plus encore, contre la barbarie des hommes.

«Au matin, je me glissai hors de mon abri afin d'inspecter le chalet adjacent et pour voir si je pouvais rester dans la hutte que j'avais découverte. Elle était située derrière le chalet, entre une porcherie et un petit étang. Il n'y avait qu'une seule ouverture et c'était par-là que je m'étais glissé.

Je l'occultai et la bouchai avec des pierres et du bois pour n'être vu par personne, mais de telle sorte que je puisse à l'occasion y repasser. La lumière dont je jouissais était celle de la porcherie, mais elle était suffisante.

« Après avoir aménagé mon abri et après avoir disposé de la paille sur le sol, je me retirai, car je venais de voir, à quelque distance, la silhouette d'un homme et je me souvenais trop bien du traitement que j'avais subi la nuit précédente pour me fier à lui. Mais j'avais préalablement pris soin d'assurer ma subsistance pour la journée : j'avais du pain et une tasse avec laquelle je pourrais boire, plus facilement qu'en m'aidant de mes mains, l'eau pure qui coulait près de mon abri. Le sol était légèrement surélevé, ce qui le rendait parfaitement sec, et, grâce à la proximité de la cheminée du chalet, la température était supportable.

« Étant ainsi pourvu, je décidai de rester dans cette hutte jusqu'au moment où se produirait un événement qui changerait ma destinée. C'était effectivement un paradis comparé à la forêt, mon précédent abri, avec les branches gorgées d'eau et le sol humide. Je mangeai mon repas avec plaisir. J'étais sur le point de retirer une planche pour aller puiser de l'eau lorsque je perçus un bruit de pas. À travers une petite fissure, j'aperçus une jeune créature qui, avec un seau sur la tête, passait devant ma hutte. Il s'agissait d'une jeune fille d'allure accorte, très différente des servantes que j'ai eu l'occasion de voir depuis dans les chalets et les fermes. Et pourtant elle était pauvrement habillée – une jupe très ordinaire de couleur bleue et un corsage de toile. Ses cheveux blonds étaient tressés sans aucune parure. Elle avait l'air sereine, mais triste. Je la perdis de vue, mais, au bout d'un quart d'heure, elle reparut avec son seau qui à présent était partiellement rempli de lait. Comme elle s'avançait, visiblement gênée par son fardeau, un jeune homme qui affichait le même air de mélancolie vint à sa rencontre. Il prit le seau et le porta lui-même jusqu'au chalet. Elle le suivit et ils disparurent tous les deux. Mais bientôt, je revis le jeune homme. Il portait des outils à la main et gagnait le champ derrière le chalet. Quant à la jeune fille, elle travaillait tantôt dans la maison tantôt dans la cour.

« En inspectant mon logis, je remarquai qu'une des fenêtres du chalet avait jadis formé une paroi, mais que les vitres avaient été remplacées par des planches. J'y découvris là une fente très minuscule, mais suffisante pour laisser passer le regard. Par cet interstice, j'aperçus une agréable petite pièce, chaulée et propre, mais presque dépourvue de meuble. Dans un coin, près d'un feu modeste, se tenait un vieillard, la tête entre les mains dans une attitude de désolation. La jeune fille était occupée à se mettre de l'ordre dans le chalet, mais, à un moment donné, elle alla, retirer un objet dans un tiroir qu'elle garda entre les mains avant de prendre place à côté du vieil homme, lequel se mit à jouer d'un instrument qui produisait des sons plus doux que la voix de la grive ou du rossignol. C'était un spectacle délicieux, même pour moi, pauvre misérable ! qui n'avais jamais rien contemplé d'aussi beau. Les cheveux argentés et l'agréable expression du vieux fermier suscitèrent mon respect et, devant les doux gestes de la fille, j'étais saisi d'amour. Il joua un air tendre et triste qui, je m'en aperçus, arracha des larmes chez son aimable compagne, mais le vieillard n'y fit vraiment attention que lorsqu'elle se mit à sangloter. Il prononça alors quelques mots et la jolie créature, abandonnant son ouvrage, s'agenouilla à ses pieds. Il la releva et lui sourit avec tant de gentillesse et d'affection que j'éprouvai des sensations d'une nature particulièrement accablante. C'était un mélange de peine et de plaisir que je n'avais connu auparavant, que ce fût avec la faim ou le froid, que ce fût avec la chaleur ou l'appétit. Je m'éloignai de la fenêtre, incapable de supporter ces émotions.

« Plus tard, le jeune homme fut de retour, portant une charge de bois sur ses épaules. La fille l'accueillit à la porte, l'aida à décharger son fardeau et prit quelques bûches qu'elle alla disposer sur le feu du chalet. Puis, ils se retirèrent tous les deux dans un coin où il lui montra un grand pain et un morceau de fromage. Elle parut satisfaite et partit arracher quelques racines et des plantes dans le jardin avant de les mettre dans l'eau puis sur le feu. Alors, elle reprit son travail, tandis que le jeune homme gagnait le jardin et s'activait à y bêcher et enlever des racines. Cette besogne l'occupa presque une heure. La jeune fille le rejoignit ensuite et ils entrèrent ensemble dans le chalet.

« Pendant ce temps-là, le vieillard était resté pensif. Toutefois, avec le retour de ses compagnons, il prit un air plus joyeux et ils s'assirent, pour manger. Le repas fut rapidement avalé. La jeune fille remit de l'ordre dans le chalet pendant que le vieillard, appuyé au bras du jeune homme, se promenait quelques minutes au soleil. Rien n'aurait pu dépasser en beauté le contraste entre ces deux généreuses créatures. L'un était âgé, avec des cheveux d'argent et un visage rayonnant de bonté et d'amour. L'autre était jeune, il y avait de la grâce sur ses traits, quoique son regard et son attitude exprimassent le dépit et le désespoir. Le vieillard regagna le chalet et le jeune homme, avec d'autres outils que ceux qu'il avait employés le matin, partit en direction des champs.

« Lorsque tomba la nuit, ce fut avec une extrême stupéfaction que je découvris que les fermiers pouvaient prolonger la lumière au moyen de bougies, et je fus heureux de constater que le coucher du soleil ne mettait pas fin au plaisir que j'avais à les observer. Le soir, la jeune fille et son compagnon s'employèrent à des tâches variées que je ne compris pas. Quant au vieillard, il reprit cet instrument qui rendait des sons mélodieux et qui, ce matin déjà, m'avait ravi. Après avoir achevé son travail, le jeune homme commença, non pas à jouer, mais à émettre des sons monotones qui n'avaient aucune ressemblance, ni avec l'harmonie de l'instrument du vieillard ni avec le chant des oiseaux. Je devais apprendre par la suite qu'il lisait à haute voix, mais, à cette époque, je ne connaissais rien de la science des mots et des lettres.

« Et, après s'être occupée de la sorte pendant un petit temps, la famille éteignit les lumières et se retira, je suppose pour se reposer. »

12

« Étendu sur la paille, je ne parvenais pas à dormir. Je pensais aux événements de la journée. Ce qui m'avait le plus étonné, c'étaient les manières affables de ces gens. J'aurais voulu me joindre à eux, mais j'avais peur. Je me souvenais trop bien du traitement que les villageois barbares m'avaient fait subir la nuit précédente et je décidai, quelle que fût la conduite que j'aurais à tenir par la suite, de rester tranquillement dans mon abri, à observer les fermiers et à essayer de découvrir mes motifs qui influençaient leurs actions.

« Les fermiers se levèrent le matin suivant avec le soleil. La jeune femme mit de l'ordre dans le chalet et prépara la nourriture. Le jeune homme partit après son premier repas.

« La routine de cette journée fut identique à celle de la veille. Le jeune homme était constamment occupé à l'extérieur et la fille se livrait à ses diverses et laborieuses occupations. Le vieillard, lui, je m'en rendis compte bientôt, était aveugle : il passait tout son temps à jouer de son instrument ou à méditer. Rien ne pouvait égaler l'amour et le respect que les jeunes fermiers portaient à leur vénérable compagnon. Ils lui rendaient avec douceur et affection toute une série de petits services et, en récompense, il leur adressait de gentils sourires.

« Mais ils n'étaient pas tout à fait heureux. Le jeune homme et sa compagne se tenaient souvent à l'écart et donnaient l'impression de pleurer. Je ne voyais pas la cause de leur infortune, mais j'en étais profondément touché. Si des êtres aussi attentifs étaient malheureux, il n'était pas tellement étrange que moi, une créature imparfaite et solitaire, je fusse misérable. Mais pourquoi étaient-ils éprouvés ? Ils possédaient une charmante maison (du moins m'apparaissait-elle ainsi) et un certain confort. Ils avaient du feu pour se chauffer quand ils avaient froid et des viandes délicieuses quand ils avaient faim. Ils portaient de bons vêtements. Bien plus : ils s'aimaient les uns les autres, ils se parlaient et échangeaient chaque jour des regards d'affection et de tendresse. Que signifiaient leurs larmes ? Exprimaient-elles réellement de la peine ? Je fus d'abord incapable de répondre à ces questions, mais une attention soutenue et le temps finirent par expliquer de nombreux faits qui, au premier abord, m'avaient paru des énigmes.

« Une très longue période s'écoula avant que je ne découvrisse une des causes du malheur de cette aimable famille : c'était la pauvreté dont elle souffrait à un degré extrême. Leur nourriture se composait uniquement des légumes du jardin et du lait d'une vache qui avait fort maigri durant l'hiver et que ses maîtres avaient grand-peine à nourrir. Ils devaient souvent, je crois, être terriblement tiraillés par la faim, plus particulièrement les deux jeunes fermiers qui, la plupart du temps, présentaient de la nourriture au vieillard et ne gardaient rien pour eux.

« Ce trait de bonté m'émut beaucoup. J'avais pris l'habitude, durant la nuit, de voler une partie de leurs aliments pour ma propre consommation, mais, quand je me rendis compte qu'en agissant de la sorte je mécontentais les fermiers, je m'en abstins et me contentai de baies, de noix et de racines que je ramassais dans un bois tout proche.

« Je découvris aussi un autre moyen susceptible de les assister dans leurs labeurs. J'avais constaté que le jeune homme passait chaque jour beaucoup de temps à réunir du bois pour le foyer familial. Aussi, durant la nuit, je m'emparai de ses outils — dont très vite j'avais découvert l'usage — et ramenai à la maison assez de provisions pour plusieurs jours.

« Je me souviens que, la première fois que je fis cela la jeune femme, alors qu'elle venait d'ouvrir la porte le matin, parut extrêmement étonnée en voyant la grande pile de bois sur le seuil. Elle prononça à haute voix quelques paroles et le jeune homme la rejoignit — et lui aussi exprima surprise. Je remarquai avec plaisir que ce jour-là il ne se rendit pas dans la forêt, mais qu'il passa son temps à réparer son chalet et à cultiver le jardin.

« Insensiblement, j'en vins à faire une découverte d'une importance plus grande encore. Je m'aperçus que ces gens-là possédaient un moyen de communiquer leur expérience et, leurs sentiments par des sons articulés. Je découvris que les mots dont ils se servaient produisaient tantôt le plaisir ou la peine, tantôt le sourire ou la tristesse dans les gestes ou sur la physionomie de ceux qui les entendaient. C'était là, sans nul doute, une science divine et je désirai ardemment l'acquérir. Mais toutes mes tentatives en ce sens échouèrent. Leur prononciation était rapide et les mots qu'ils employaient ne semblaient pas avoir de rapport immédiat avec les objets visibles, et j'étais incapable de découvrir le moindre indice qui aurait pu me permettre de comprendre leurs références. Cependant, avec une grande application, après être resté dans ma hutte le temps de plusieurs révolutions lunaires, je découvris les noms qu'ils donnaient dans leurs dialogues à la plupart de leurs objets familiers. J'appris et employai les mots « feu », « lait », « pain » et « bois ». J'appris aussi les noms des fermiers eux-mêmes. Le jeune homme et sa compagne en avaient chacun plusieurs, mais le vieillard un seulement qui était « père ». La fille était appelée « sœur » ou « Agatha », et le jeune homme « Félix », « frère » ou « fils ». Je ne pourrais pas décrire ma joie quand je compris quelles idées étaient appropriées à chacun de ses sons et quand je fus à même de les prononcer moi aussi. Je distinguai d'autres mots encore, mais sans pouvoir les comprendre ni les appliquer, tels que « bon », « très cher », « malheureux ».

« Ainsi se passa l'hiver. Les manières affables et la sympathie des fermiers me les rendirent très chers. Quand ils étaient malheureux, je me sentais déprimé. Quand ils se réjouissaient, je partageais leur allégresse. En dehors d'eux, je voyais peu de gens et jamais personne d'autre n'entrait dans la ferme. Mais les autres avaient des allures frustes et grossières et, par comparaison, ma sympathie pour mes amis ne faisait qu'augmenter. Le vieillard, je pouvais le constater, cherchait souvent à encourager ses enfants – ainsi qu'il les appelait quelquefois – et à dissiper leur mélancolie. Il parlait alors avec un accent de gaieté, avec une expression de bonté qui me procurait du plaisir, Agatha l'écoutait avec respect, les yeux parfois remplis de larmes qu'elle essayait de faire disparaître sans qu'il s'en aperçût. Mais je remarquai que son visage et sa voix étaient généralement beaucoup plus radieux, après qu'elle avait écouté les exhortations de son père. Ce n'était pas pareil avec Félix. Il était toujours le plus triste du groupe et, malgré mon manque d'expérience, il me donnait l'impression d'avoir davantage souffert que ses compagnons. Pourtant, s'il avait une physionomie plus affligée, sa voix était caressante, plus douce que celle de sa sœur, surtout quand il s'adressait au vieillard.

« Je pourrais mentionner d'innombrables exemples qui illustreraient clairement les bonnes dispositions de ces aimables fermiers. Au milieu de la pauvreté et de la gêne, Félix offrait spontanément à sa sœur la première petite fleur blanche qui avait percé sous le tapis de neige. Très tôt le matin, avant qu'elle ne fût levée, il balayait la neige qui obstruait le chemin de l'étable, tirait de l'eau du puits et ramenait chez lui une provision de bois, qu'une main inconnue, à son grand étonnement, continuait de lui fournir. Pendant la journée, il travaillait, je crois, dans une ferme du voisinage, car il partait souvent tôt le matin et ne rentrait que le soir, sans rapporter du bois. À d'autres moments, il travaillait au jardin, mais, comme il y avait peu de besogne en cette saison froide, il faisait la lecture au vieillard et à Agatha.

« Ces lectures, au début, m'avaient extrêmement intrigué. Mais, peu à peu, je me rendis compte que les sons qu'il émettait lorsqu'il parlait étaient les mêmes que ceux qu'il émettait lorsqu'il lisait. Je supposai donc qu'il trouvait sur le papier des signes qui lui permettaient de parler et qu'il comprenait et je voulus moi aussi les connaître. Mais était-ce possible puisque je ne pouvais pas saisir les sons correspondant à ces signes ? Néanmoins, je fis de notables progrès en ce domaine, mais ils n'étaient pas suffisants pour me permettre de suivre une conversation quelconque, quelle que fût l'application avec laquelle je m'attelais à cette tâche. J'avais une grande envie de révéler ma présence aux fermiers, mais je m'apercevais bien que je ne devais rien tenter avant d'avoir réussi à maîtriser leur langage – et peut-être, en étant capable de parler, pouvais-je aussi faire oublier la difformité de ma figure, car sur ce point-là aussi j'avais appris à mesurer les différences existant entre nous.

« J'avais admiré la perfection des corps des fermiers – leur grâce, leur beauté, la délicatesse de leur allure. Comme j'étais terrifié lorsque je voyais mon reflet dans l'eau ! La première fois, je m'étais jeté en arrière, ne pouvant pas croire que c'était moi que le miroir réfléchissait. Mais lorsque je fus pleinement convaincu que j'étais un authentique monstre, je ressentis une profonde, une humiliante amertume. Hélas ! Je ne connaissais pas tout à fait encore les conséquences fatales de ma misérable difformité !

« À mesure que le soleil devenait plus chaud et que les journées s'allongeaient, la neige disparaissait et je voyais les arbres dépouillés et la terre noire. À partir de ce moment-là, Félix travailla davantage et les traces pénibles de la famine s'évanouirent. Leur nourriture, ainsi que je m'en aperçus par la suite, était frugale, mais saine. Elle suffisait à leurs besoins. Plusieurs nouvelles sortes de plantes poussèrent dans le jardin qu'ils cultivaient. Et tous les jours, à mesure que la saison avançait, les signes de confort se multiplièrent.

« Quand il ne pleuvait pas, le vieillard, soutenu par son fils, effectuait sa promenade quotidienne. J'appris ainsi le terme qu'on employait quand l'eau tombait du ciel. Ce phénomène-là était fréquent, mais, très vite, un grand vent séchait la terre et la saison devenait de plus en plus agréable.

« Ma manière de vivre dans mon abri ne variait pas. Durant la matinée, j'observais les allées et venues des fermiers et, lorsqu'ils étaient pris par leurs diverses occupations, je dormais. Le reste de la journée, je les guettais encore. À l'heure où ils allaient se coucher, s'il y avait la lune et que la nuit était claire, je gagnais les bois pour pourvoir à ma propre nourriture et ramener au chalet du combustible. À mon retour, et aussi souvent que c'était nécessaire, j'enlevais la neige du sentier et accomplissais certaines besognes que j'avais vu faire par Félix. Et je remarquais que ces travaux, exécutés par une main invisible, les étonnaient toujours aussi grandement. Une ou deux fois, à ce propos, je les entendis employer des mots comme « bon génie » ou « merveilleux », mais j'ignorais alors la signification de ces termes.

« Mes pensées, à présent, devenaient plus agiles et j'avais hâte de découvrir les raisons d'être et les sentiments de ces charmantes créatures. J'étais curieux de savoir pourquoi Félix avait l'air si malheureux et Agatha si triste. Je pensais (pauvre fou !) qu'il était en mon pouvoir de leur restituer le bonheur. Quand je dormais ou quand j'étais absent, l'image du vénérable père aveugle, de la douce Agatha et du beau Félix me hantait l'esprit. Je les tenais pour des êtres supérieurs qui seraient les arbitres de mon futur destin. J'imaginais mille manières de me présenter à eux et de me faire accueillir, je pressentais leur panique, mais je me disais que par mon comportement affable et mes paroles conciliantes je pourrais gagner leur faveur d'abord et ensuite leur amitié.

« Toutes ces réflexions m'exaltaient et me poussaient à m'appliquer avec une ardeur nouvelle à l'étude de leur langue. Mes organes étaient rudes peut-être, mais souples et, même si ma voix ne possédait pas la douce intonation de la leur, je prononçais déjà certains mots que j'avais compris avec une réelle facilité. C'était un peu comme dans l'histoire de l'âne et du petit chien – l'âne dont les intentions étaient affectueuses, nonobstant ses façons bourrues, méritait à coup sûr un meilleur traitement que celui d'être battu et répudié.

« Les averses rafraîchissantes et l'agréable température printanière changèrent l'aspect de la nature. Les hommes qui avant ce changement semblaient s'être cachés dans les cavernes se dispersèrent et s'adonnèrent à diverses sortes de culture. Les oiseaux émirent des notes plus caressantes et les feuilles se mirent à bourgeonner sur les arbres. Heureuse, heureuse nature ! Demeure des dieux qui, il y a peu encore, était glaciale, humide et malsaine ! Mes esprits s'élevaient devant le visage enchanteur de la nature. Le passé s'effaçait de ma mémoire, le présent était tranquille et l'avenir s'annonçait riche d'espoir et de joie ! »

13

« Mais j'en arrive rapidement à la partie la plus émouvante de mon histoire. Je vais relater les événements qui m'ont touché et qui, de ce que j'étais alors, ont fait ce que je suis devenu aujourd'hui.

« Le printemps progressait à grands pas. La température s'adoucit et le ciel s'éclaircit. J'étais surpris de constater que ce qui auparavant n'était que désert et tristesse se parait à présent de fleurs et de verdure. Mes sens étaient charmés et excités par mille senteurs délicieuses, par mille spectacles merveilleux.

« Ce fut lors d'une de ces journées, tandis que les fermiers se reposaient après leur travail – le vieillard jouait de la guitare et ses enfants l'écoutaient –, que je m'aperçus que les traits de Félix étaient mélancoliques au-delà de toute expression. De loin en loin, il soupirait. Son père s'arrêta de jouer et, à son attitude, je supposai qu'il était inquiet de savoir pourquoi son fils était triste. Félix répondit avec un accent joyeux et le vieillard allait recommencer à jouer lorsque quelqu'un frappa à la porte.

« C'était une cavalière, accompagnée d'un paysan qui lui servait de guide. Elle était tout habillée de noir et portait un voile épais. Agatha lui posa une question et, pour toute réponse, l'étrangère ne prononça que le nom de Félix. Sa voix était musicale, mais assez différente de celle de mes amis. En entendant son nom, Félix s'empressa auprès de la dame, laquelle, lorsqu'elle le vit, releva son voile et je pus voir un visage d'une beauté angélique. Ses cheveux noirs étaient étrangement tressés. Ses yeux étaient sombres, doux, mais vifs. Ses traits étaient proportionnés, son teint éclatait de fraîcheur, ses joues se coloraient d'un rose délicat.

« Félix parut ravi de la voir, car toute trace de tristesse

disparut, de son visage et celui-ci rendit une expression de joie extatique dont je ne le croyais pas capable. Ses yeux étincelèrent et ses joues rougirent de plaisir : à ce moment je me dis qu'il était aussi beau que l'étrangère. Elle semblait la proie de sentiments divers. Elle essuya quelques larmes qui lui coulaient des yeux et tendit la main à Félix. Il la baisa avec cérémonie et l'appela, pour autant que j'aie bien compris, sa douce Arabe. Elle ne parut pas comprendre, mais sourit. Il l'aida à descendre de cheval et, après avoir congédié le guide, il l'introduisit dans le chalet. Une conversation s'engagea alors entre lui et son père, et la jeune étrangère alla s'agenouiller devant le vieil homme et voulut lui baiser la main. Mais il la releva et l'embrassa avec affection.

« Bientôt, je me rendis compte que l'étrangère prononçait des sons articulés et semblait posséder un langage qui lui était propre, si bien qu'elle ne comprenait pas mes amis, pas plus que mes amis, eux, ne la comprenaient. Ils échangèrent de nombreux signes que je ne saisis pas davantage, mais je voyais que cette présence répandait la joie dans le chalet et dissipait le chagrin des fermiers, comme le soleil dissipe le brouillard matinal. Félix avait l'air plus particulièrement heureux et c'était avec des sourires radieux qu'il s'affairait auprès de son Arabe. Agatha, la douce Agatha, étreignit les mains de la jolie étrangère et, en désignant son frère, elle effectua des signes qui semblaient dire qu'il avait été fort triste jusqu'ici. Quelques heures s'écoulèrent. Tous les visages exprimaient la joie, mais j'en ignorais la cause. Mais bientôt, par la répétition fréquente du même son qu'ils prononçaient et que l'étrangère, pour sa part, ne cessait pas de reproduire, je constatai qu'elle cherchait à apprendre leur langue. Et l'idée me vint tout à coup que je pouvais moi-même me servir de cet enseignement pour des fins similaires. Pour cette première leçon, l'étrangère apprit plus ou moins vingt mots. Je connaissais la plupart d'entre eux, mais je pus tirer profit des autres.

« À la nuit tombante, Agatha et l'Arabe se retirèrent les premières. Au moment de se séparer, Félix embrassa les mains de l'étrangère et dit : « Bonsoir, douce Safie. » Il veilla encore longtemps, tout en parlant avec son père. Comme il répétait régulièrement ce nom, je supposai que leur hôtesse était au centre de leur conversation. Je désirais de tout cœur les comprendre. Mais, en dépit de tous mes efforts, ce fut absolument impossible.

« Le matin suivant, Félix partit travailler et, après qu'Agatha eut achevé ses besognes habituelles, l'Arabe s'assit aux pieds du vieillard. Elle lui prit sa guitare et se mit à jouer des airs si étrangement beaux qu'ils m'arrachèrent à la fois des larmes de joie et de tristesse. Elle chanta et sa voix d'une chaude sonorité s'éleva aussi douce, aussi pure que celles des rossignols dans les bois.

« Quand elle se tut, elle tendit la guitare à Agatha qui, tout d'abord, la refusa. Puis, elle joua un air simple et se mit à chanter, elle aussi, mais sa voix, même si elle était douce, ne ressemblait pas à celle, merveilleuse, de l'étrangère. Le vieillard parut transporté de joie et prononça quelques paroles qu'Agatha s'efforça d'expliquer à Safie – et tout semblait indiquer qu'il tenait à manifester la joie que lui inspirait la musique.

« Et maintenant les jours s'écoulaient aussi paisiblement que par le passé, avec cette différence que, sur le visage de mes amis, la joie avait pris la place de la tristesse. Safie était toujours gaie et heureuse. Elle et moi, nous fîmes de rapides progrès dans l'étude du langage, si bien qu'en deux mois je pouvais commencer à comprendre la plupart des mots utilisés par mes protecteurs.

« Dans l'intervalle, la terre noire s'était couverte d'herbes et les plaines vertes s'étaient hérissées d'innombrables fleurs, douces à l'odorat et à la vue, telles des étoiles luminescentes parmi la pénombre des bois. Le soleil était de plus en plus chaud, les nuits devinrent claires et embaumées. Mes escapades nocturnes me procuraient un plaisir beaucoup plus grand, bien qu'elles fussent considérablement raccourcies par le coucher tardif et le lever matinal du soleil. Pendant la journée, je ne m'aventurais plus jamais à l'extérieur, craignant toujours le traitement que j'avais subi, la première fois que j'étais entré dans un village.

« Je m'appliquais chaque jour davantage, car je voulais maîtriser la langue le plus rapidement possible. Je peux me vanter d'avoir fait des progrès plus rapides que l'Arabe qui comprenait peu de choses et parlait par bribes et morceaux, tandis que, pour ma part, je saisissais et étais à même de reproduire la plupart des mots qui étaient prononcés.

« Tout en apprenant à parler, j'étudiai aussi la science des lettres qui était enseignée à l'étrangère – et ainsi s'ouvrait sur mon chemin un vaste champ de merveille et de joie.

« Le livre dans lequel Félix instruisait Safie était *Les ruines ou méditations sur les révolutions des Empires* de Volney. Je n'aurais jamais pu comprendre le sens de cet ouvrage si Félix, en le lisant, ne donnait pas à tout moment des explications. Il avait choisi cet ouvrage, disait-il, parce que son style déclamatoire imitait les auteurs orientaux. Grâce à cette œuvre, j'acquis une connaissance générale de l'histoire et une vue d'ensemble sur les divers empires existant dans le monde. Je découvris de la sorte les mœurs, les gouvernements et les religions des différentes nations de la terre. J'entendis parler de la nonchalance des Asiatiques, du stupéfiant génie et de l'intelligence des Grecs, des guerres et des vertus extraordinaires des anciens Romains – et puis de leur décadence et du déclin de leur immense empire –, de la chevalerie, du christianisme et des rois. Et j'entendis également parler de la découverte de l'Amérique et, comme Safie, je fus ému en apprenant quel sort misérable avait été réservé à ses premiers habitants.

« Ces merveilleuses relations m'inspirèrent des sentiments étranges. L'homme était-il donc à la fois si puissant, si vertueux, si généreux, si vicieux et si vil ? À certains moments, il apparaissait comme un agent du principe du mal et, à d'autres, comme une expression de la noblesse et de la bonté. Être un homme grand et vertueux, c'était, semble-t-il le plus grand honneur qui pouvait échoir à une créature sensible. Être vil et vicieux, ainsi que beaucoup d'individus l'avaient été, c'était la dégradation la plus basse, une condition plus abjecte que celle de la taupe aveugle ou du misérable ver de terre. Longtemps, je ne pus concevoir comment un homme pouvait aller jusqu'à tuer un de ses semblables ni pourquoi il existait des lois et des gouvernements. Mais, lorsque j'en appris beaucoup plus sur le vice et les carnages, mon étonnement cessa et je m'en détournai avec dégoût et répulsion.

« Chaque conversation entre les fermiers me faisait découvrir à présent de nouvelles merveilles. Ce fut en suivant l'enseignement que Félix dispensait à la jeune Arabe que me fut expliqué l'étrange système qui régissait la société humaine : j'entendis parler de la division de la propriété, de l'immense richesse des uns, de l'extrême pauvreté des autres, de la lignée, de la descendance, du sang bleu.

« Ces propos me poussèrent à réfléchir sur moi-même. Je m'aperçus que le bien le plus estimé par les créatures humaines était une origine haute et pure à laquelle la richesse était unie. Avec un seul de ces avantages, un homme pouvait être respecté. Sans cela, il était tenu, sauf en de rares exceptions, pour un vagabond ou un esclave, condamné à sacrifier ses forces au profit de quelques élus ! Et moi alors, qu'est-ce que j'étais ? J'ignorais absolument tout de ma création et de mon créateur, mais je savais que je ne possédais ni fortune, ni amis, ni aucune sorte de bien et qu'en revanche j'avais été pourvu d'une figure hideuse, difforme et repoussante. Je n'étais certes pas un individu normal. J'étais néanmoins plus agile que les hommes et je pouvais subsister avec une nourriture plus fruste. Je supportais plus aisément les températures les plus extrêmes. Ma taille était plus colossale. Quand je regardais autour de moi, je ne voyais, je n'entendais parler personne qui me ressemble. Étais-je donc un monstre, un accident sur la terre que tous les hommes fuyaient et rejetaient ?

« Je ne pourrais pas décrire l'angoisse qui me tirailla après de telles réflexions. J'essayais de les chasser, mais mon chagrin ne faisait qu'augmenter avec mon savoir. Oh !

Pourquoi ne suis-je pas toujours resté dans ma forêt natale ? Je n'y aurais connu ni la faim, ni la soif, ni la chaleur !

« Oh ! Comme il est étrange d'apprendre ! La connaissance s'accroche à l'esprit dès qu'elle l'a touché, comme le lichen sur le rocher. Je souhaitais souvent me débarrasser de toute pensée, de toute sensation, mais j'appris qu'il n'y avait qu'un seul moyen de se délivrer de sa peine, et ce moyen-là était la mort – un état que je craignais sans même le comprendre. J'admirais la vertu et les bons sentiments et j'aimais les manières affables et les grandes qualités de mes fermiers. Mais, avec eux, je n'avais aucune relation, si ce n'est celles que j'avais obtenues par ruse en restant ni vu ni connu, ce qui en fait ravivait mon désir de me trouver parmi eux. Les gentilles paroles d'Agatha, les sourires enjoués de la charmante Arabe n'étaient pas pour moi. Les encourageantes exhortations du vieillard et l'agréable conversation de Félix ne l'étaient pas non plus. Comme j'étais malheureux et misérable !

« D'autres enseignements m'impressionnèrent davantage. J'appris qu'il existait une différence entre les sexes, que les enfants naissaient et grandissaient. J'entendis parler de la joie d'un père devant le sourire d'un bébé, des traits d'esprit des adolescents, de l'amour et du soin qu'apportait une mère pour élever sa famille, de l 'intelligence qui s'épanouit et qui se développe chez les jeunes. De frère, de sœur, de tous ces multiples liens de parenté qui unissent entre elles les créatures humaines.

« Mais où étaient mes amis et mes relations ? Aucun père n'avait veillé sur moi, aucune mère ne m'avait comblé de sourires et de caresses. Ou, si cela avait été le cas, toute mon existence passée n'était plus qu'un néant, qu'un vide aveugle dans lequel je ne distinguais rien. Aussi loin que je pouvais me rappeler, j'avais toujours eu la même taille et les mêmes proportions. Et je n'avais jamais vu un être qui me ressemblait ou qui avait accepté d'entrer en relation avec moi. Qu'est-ce que j'étais ? La question revenait sans cesse et je ne pouvais y répondre que par des soupirs.

« Je vous expliquerai bientôt vers quoi tendaient tous ces sentiments, mais laissez-moi d'abord vous reparler des fermiers dont l'histoire suscitait en moi des sentiments divers – indignation, joie, émerveillement –, lesquels aboutissaient toujours à me faire aimer et respecter davantage mes protecteurs (car je me plaisais à les appeler ainsi, innocent, trompé que j'étais !). »

14

« Un certain temps s'écoula avant que je ne connaisse l'histoire de mes amis. Elle ne manqua pas d'impressionner profondément mon esprit, d'autant qu'elle éclairait toute une série de faits qui, pour quelqu'un d'aussi inexpérimenté que moi, étaient aussi intéressants que merveilleux.

« Le nom du vieillard était De Lacey. Il descendait d'une noble famille française et, durant de nombreuses années, il avait vécu dans l'opulence, le respect de ses supérieurs et la considération de ses pairs. Son fils avait été élevé pour servir son pays et Agatha fréquentait les dames de la plus haute noblesse. Quelques mois encore avant mon arrivée, ils vivaient dans une grande et luxueuse ville nommée Paris, entourés d'amis, jouissant de tous les privilèges que procuraient leur rang, la vertu, l'intelligence, le goût et une fortune considérable.

« Le père de Safie avait été la cause de leur ruine. C'était un marchand turc. Il habitait déjà Paris depuis quelques années lorsque, pour une raison que je ne pus comprendre, il avait été banni par son gouvernement. Il avait été arrêté et jeté en prison le jour même où Safie arrivait de Constantinople pour venir vivre avec lui. Il avait été jugé et condamné à mort. L'injustice de cette sentence était par trop flagrante. Tout Paris s'en était indigné. L'on prétendait que c'était moins à cause du forfait qu'il avait commis qu'on l'avait condamnée qu'à cause de sa religion et de sa richesse.

« Par hasard, Félix avait assisté au procès. Quand il avait appris la décision de la cour, il avait été horrifié et indigné. À ce moment-là, il avait fait le vœu solennel de délivrer cet homme et de faire l'impossible pour y aboutir. Après qu'il avait plusieurs fois essayé en vain de s'introduire dans la prison, il s'était aperçu qu'une fenêtre grillagée, dans une partie non gardée du bâtiment, donnait accès à la cellule du malheureux mahométan. Celui-ci, lié avec des chaînes, attendait dans le désespoir l'exécution de l'atroce sentence. Une nuit, Félix atteignit la grille et dévoila ses intentions au prisonnier. Le Turc, aussi étonné que ravi, encouragea alors son sauveteur en lui promettant des récompenses et de l'argent. Félix repoussa cette offre avec mépris. Néanmoins, quand il vit l'adorable Safie qui avait l'autorisation de rendre visite à son père lui exprimer par gestes son immense gratitude, il ne put pas s'empêcher de penser que le prisonnier détenait en elle un trésor qui le récompenserait largement de ses efforts et son hardiesse.

« Le Turc, très vite, se rendit compte de l'impression que sa fille avait exercée sur Félix et il s'efforça d'intéresser davantage son sauveteur à son sort en lui promettant le mariage, dès qu'il serait conduit dans un lieu sûr. Félix était si généreux qu'il accepta cette proposition, bien qu'il vît là aussi le gage d'un bonheur futur.

« Durant les jours suivants, tandis qu'il préparait l'évasion du marchand, son ardeur fut encore attisée par les nombreuses lettres que lui adressait la jeune fille. Elle avait trouvé le moyen de s'exprimer dans sa langue, par l'intermédiaire d'un domestique qui était au service du Turc et qui connaissait le français. Elle le remerciait dans les termes les plus chaleureux pour les efforts qu'il comptait mettre en œuvre et, en même temps, elle déplorait tendrement son propre sort.

« J'ai des copies de ces lettres, car j'ai trouvé le moyen, pendant mon séjour dans la hutte, de me procurer le nécessaire pour écrire : elles sont souvent de la main de Félix ou d'Agatha. Avant mon départ, je te les remettrai : elles serviront de preuve à mon histoire. Mais pour l'heure, comme le soleil est déjà très bas, je n'aurai le temps que de te les résumer.

« Safie y disait que sa mère était une Arabe chrétienne qui avait été capturée et réduite en esclavage par les Turcs. Mais comme elle était très belle elle avait conquis le cœur du père de Safie qui l'avait épousée. La jeune fille parlait en termes fervents de sa mère qui, née libre, méprisait l'esclavage auquel à présent elle était réduite. Elle avait élevé sa fille dans les principes de la religion et lui avait appris à développer son intelligence et à affirmer son indépendance d'esprit – ce que l'Islam interdit aux femmes. Elle était morte, mais ses préceptes avaient touché Safie de manière indélébile. Pour rien au monde, elle ne voulait retourner en Asie et être enfermée dans un harem où elle n'aurait que des divertissements puérils, indignes à ses yeux, elle qui nourrissait à présent de grandes idées et cherchait à s'épanouir. Le projet d'épouser un chrétien, de vivre dans un pays où les femmes avaient l'occasion de tenir un rang dans la société, c'était inespéré pour elle.

«Le jour de l'exécution du Turc était fixé et ce fut au cours de la nuit précédente que se déroula l'évasion. Au matin, l'homme se trouvait déjà à plusieurs lieues de Paris. Félix s'était procuré des passeports au nom de son père, de sa sœur et de lui-même. Au préalable, il avait communiqué son plan à son père, lequel l'avait aidé en quittant sa maison, sous le prétexte d'un voyage, en fait pour aller se cacher avec sa fille dans un quartier retiré de Paris.

«Félix conduisit les fugitifs à travers la France jusqu'à Lyon et de là, par le mont Cenis, ils avaient gagné Livourne où le marchand avait décidé d'attendre une occasion favorable pour rallier une région quelconque sous dépendance turque.

«Safie décida de rester avec son père jusqu'au moment de son départ, d'autant que le Turc avait renouvelé sa promesse d'unir sa fille à son libérateur. Et Félix demeura avec eux dans cette attente. Il eut dès lors le temps de jouir de la compagnie de la jeune Arabe qui lui portait l'affection la plus simple et la plus tendre. Ils se parlaient par l'intermédiaire d'un interprète et, plus souvent, en s'échangeant des regards. Safie lui chantait les mélodies de son pays natal.

«Le Turc voyait cette intimité d'un œil favorable et, apparemment, encourageait les espoirs des jeunes amoureux.

Dans son cœur néanmoins, il échafaudait d'autres plans. Il répugnait à l'idée d'unir sa fille à un chrétien, mais il avait peur de la réaction de Félix, s'il se montrait trop réservé : il savait qu'il était dans le pouvoir de son libérateur de le livrer aux autorités italiennes. Il élabora une multitude de plans pour prolonger sa duperie, tant que ce serait nécessaire. En réalité, il se préparait secrètement à emmener sa fille avec lui, à l'heure de son départ. Ses projets furent facilités avec les mauvaises nouvelles en provenance de Paris.

« Le gouvernement français prit extrêmement mal l'évasion de sa victime et mit tout en œuvre pour rechercher et punir le complice. Le complot de Félix avait été rapidement découvert et De Lacey et Agatha avaient été jetés en prison. Ces nouvelles ébranlèrent Félix et l'arrachèrent de son rêve de bonheur. Son père qui était âgé et aveugle ainsi que sa sœur se trouvaient en prison, alors que lui, il était libre et en compagnie de quelqu'un qu'il aimait. Cette pensée, il fut incapable de la supporter. Il prit de rapides dispositions avec le Turc : si ce dernier trouvait l'occasion de s'échapper avant son retour, il veillerait à placer Safie dans un couvent de Livourne. Là-dessus, Félix se sépara de la belle Arabe et partit en hâte pour Paris. Il se livra à la justice, espérant ainsi faire libérer De Lacey et Agatha.

« Il ne devait pas réussir. Ils restèrent tous les trois en prison pendant cinq mois avant d'être jugés. Le verdict les priva de leur fortune et les condamna à un exil perpétuel, en dehors de leur pays natal.

« Ils dénichèrent un asile misérable en Allemagne, là où moi-même je les découvris. Félix y apprit bientôt que le Turc perfide, pour lequel lui et sa famille avaient tant enduré, avait su que son sauveur était ruiné et, au mépris de ce que le jeune homme avait fait pour son bien, il avait quitté l'Italie avec sa fille. Par dérision, il avait envoyé à Félix une petite somme d'argent pour l'aider avait-il dit, à refaire surface.

« C'étaient là les circonstances qui avaient miné le cœur de Félix et qui avaient fait de lui, à l'époque où je l'avais vu pour la première fois, le plus malheureux de la famille. Il aurait pu supporter la pauvreté et, comme les revers avaient affermi son courage, il s'en serait fait une gloire. Toutefois l'ingratitude du Turc et la perte de Safie étaient des maux plus terribles, plus irréparables encore. Et voilà que la venue de la jeune fille avait remodelé son existence.

« Quand la nouvelle parvint à Livourne que Félix avait perdu sa fortune et son rang, le marchand ordonna à sa fille de ne plus penser à celui qu'elle aimait, mais de préparer leur retour au pays natal. Un tel commandement révolta la nature généreuse de Safie. Elle chercha bien à protester, mais son père, au comble de l'irritation, réitéra son ordre tyrannique.

« Quelques jours plus tard, le Turc entra dans l'appartement de sa fille et lui dit qu'il avait de bonnes raisons de croire que sa présence à Livourne avait été découverte et qu'il pourrait être rapidement livré au gouvernement français. C'est pourquoi il avait loué un bateau qui le conduirait à Constantinople et il comptait y partir dans quelques heures. Il se proposait de laisser Safie sous la garde d'un serviteur de confiance. Elle devrait le rejoindre par la suite, avec la plus grande partie de ses biens qui n'étaient toujours pas parvenus à Livourne.

« Une fois seule, Safie se demanda quel rôle elle devait tenir, quel était le meilleur parti à prendre dans cette situation. Reséjourner en Turquie la répugnait – sa religion, son cœur lui interdisaient en outre de le faire. Grâce à certains papiers de son père qui lui tombèrent entre les mains, elle apprit l'exil de son amant et découvrit le nom de l'endroit où il s'était retiré. Elle hésita un peu puis se décida à agir. Elle prit avec elle quelques bijoux qui lui appartenaient et de l'argent, et quitta l'Italie en compagnie d'une servante qui, bien qu'elle fût née à Livourne, connaissait des rudiments de turc. Elles partirent pour l'Allemagne.

« Safie atteignit sans encombre une ville, à quelque vingt lieues de la ferme des De Lacey. Mais là sa servante tomba gravement malade. Safie la soigna avec la plus grande affection. La jeune servante devait néanmoins mourir et Safie, qui ne connaissait ni la langue de ce pays ni les usages en vigueur dans le monde, resta tout à fait seule. Par bonheur, elle tomba dans de bonnes mains. Comme l'Italienne avait, avant de mourir, mentionné le nom de l'endroit où elles devaient se rendre, la femme qui les avait toutes deux hébergées chez elle s'occupa de Safie et fit en sorte qu'elle puisse arriver, saine et sauve, dans le chalet de son amant. »

15

« Telle était l'histoire de mes chers amis. Elle exerça sur moi une profonde impression et, à travers les aspects de la vie sociale qu'elle abordait, j'appris à aimer les vertus et à haïr les vices de l'humanité.

« Jusque-là, j'avais considéré le crime comme un mal lointain. La bonté et la générosité, je les avais sans cesse sous les yeux et cela suscitait en mon être le désir de devenir un acteur sur cette scène où naissaient et s'exprimaient tant de qualités admirables. Mais, au moment où je vous parle les progrès que je fis sur le plan intellectuel, je ne dois pas omettre un événement qui se produisit au début du mois d'août de la même année.

« Une nuit, alors que je me rendais comme d'habitude dans le bois tout proche pour dénicher ma nourriture et rapporter du combustible à mes protecteurs, je trouvai sur le sol une valise de cuir qui contenait quelques vêtements et des livres. Je m'en emparai aussitôt et gagnai ma cabane. Par bonheur, les livres étaient écrits dans la langue dont j'avais appris les éléments dans le chalet. Il s'agissait du Paradis perdu, d'un tome des Vies de Plutarque et des Souffrances de Werther. La possession de ces trésors me procura une joie énorme. Sans discontinuer, pour le plus grand bien de mon esprit, j'entrepris la lecture de ces histoires alors que mes amis, eux, vaquaient à leurs occupations quotidiennes.

« Il m'est difficile de vous décrire ce que je ressentis alors. Ces livres faisaient naître en moi une infinité d'images et de sensations qui, parfois, me menaient jusqu'à l'extase, mais qui, le plus souvent, me jetaient dans la dépression la plus noire. Dans les souffrances de Werther, en plus de l'intérêt de cette histoire simple et émouvante, tant d'opinions sont débattues et une telle lumière est jetée sur des sujets qui jusque-là m'avaient toujours paru obscurs que j'y trouvai une source inépuisable de spéculations et d'étonnement. Les gestes naturels et domestiques qui y sont décrits, les états d'âme amoureux s'harmonisaient parfaitement avec ce que je ressentais moi-même vis-à-vis de mes protecteurs et avec tous les désirs que je nourrissais. Toutefois, je tenais, Werther pour l'être le plus divin que j'avais jamais contemplé ou imaginé. Loin de toute prétention, il était une créature profondément simple. Les discussions sur la mort et le suicide me remplissaient d'étonnement, mais moi je ne prétendais pas trancher la question. Seulement, j'inclinais vers les opinions du héros dont je pleurais la mort, sans la comprendre avec exactitude.

« Tout en lisant d'ailleurs, je faisais de fréquents parallélismes avec mes propres sentiments et ma propre condition. Je me trouvais semblable et en même temps étranger aux personnages de mes lectures et à ceux dont j'écoutais les conversations. Je sympathisais avec eux et je les comprenais en partie, mais je n'avais pas l'esprit clair. Je ne dépendais de personne, je n'étais lié à personne. « La route de mon départ était libre » : personne ne pleurerait ma disparition. J'étais hideux, doté d'une taille gigantesque. Quelle en était la raison ? Qui étais-je ? Qu'étais-je ? D'où est-ce que j'étais issu ? Quelle était ma destinée ? Ces questions me tiraillaient sans cesse, mais j'étais incapable de les résoudre. Le tome des Vies de Plutarque que je possédais avait trait à l'histoire des premiers fondateurs des républiques de l'Antiquité. Ce livre n'eut pas sur le moi le même effet que Les Souffrances de Werther. Avec Werther, j'avais appris à connaître l'abattement et la mélancolie. Plutarque, lui, m'inspira des pensées élevées : il m'éleva au-dessus de la sphère misérable de mes réflexions égoïstes pour me faire aimer et admirer les héros des époques anciennes. Beaucoup de choses parmi les lectures dépassaient mon entendement et mon expérience : je n'avais qu'une très vague notion des royaumes, des immenses étendues de pays, des grands fleuves, des océans immenses. Les villes, les énormes rassemblements humains, je les ignorais totalement. Le chalet de mes protecteurs avait été la seule école où j'avais étudié la nature humaine. Et pourtant ce livre me faisait entrevoir de nouveau, de vastes champs d'action. Je lus que des hommes s'occupaient des affaires publiques – qu'ils gouvernaient et qu'ils massacraient leurs semblables. Je sentais monter en moi une forte attirance pour la vertu et l'horreur du vice, si tant est que je comprenais la signification de ces termes, car à mes yeux tout était relatif et je ne les appliquais qu'au plaisir et qu'à la souffrance. Poussé par ces sentiments, j'étais bien sûr amené à admirer les législateurs les plus pacifiques, Numa, Solon, Lycurgue, plutôt que Romulus ou Thésée. L'existence patriarcale de mes protecteurs ne fit que consolider ces impressions dans mon esprit. Peut-être que si ma première révélation du genre humain avait été provoquée par un jeune soldat, avide de gloire et de batailles j'aurais été animé par des sensations fort différentes.

« Il reste que *Le paradis perdu* me marqua d'une tout autre manière. Je le lus comme j'avais lu les autres livres qui m'étaient tombés entre les mains – comme s'il s'agissait d'une histoire vraie. Il m'inspira tout l'étonnement et toute la stupeur que peut inspirer un dieu omnipotent parti en guerre contre ses créatures. Et il m'arrivait souvent de comparer, certaines des situations décrites avec celles que je vivais. Comme Adam, je n'étais à première vue lié à personne dans l'existence. Mais, sur bien d'autres points, son cas était différent du mien. C'était une créature parfaite, heureuse et prospère, qui avait été pétri par les mains de Dieu et, qui avait été protégée par son Créateur. Il lui était permis de converser avec des êtres qui lui étaient supérieurs et de s'instruire, alors que moi j'étais misérable, démuni et seul. À plus d'une reprise, je considérai Satan comme l'entité qui personnifiait ma condition, car souvent, comme lui, quand je voyais que mes protecteurs étaient heureux, je sentais la douloureuse morsure de l'envie.

« Un autre événement vint renforcer et confirmer ces

impressions. Peu de temps après mon installation dans la cabane, je découvris quelques papiers dans la poche d'un vêtement que j'avais pris dans votre laboratoire. Tout d'abord, je les négligeai, mais maintenant que j'étais en mesure de déchiffrer les caractères de leur écriture, je me mis à les étudier avec attention. C'était ton journal des quatre mois qui avaient précédé ma création. Tu y décrivais minutieusement chaque étape de l'évolution de ton travail, à côté de circonstances ayant trait à ta vie de tous les jours. Tu te souviens sans aucun doute de ces notes. Les voici ! Tout ce qui concerne mes origines maudites y est consigné. Chaque détail de cette chaîne de faits horribles y est mis en relief. Et y est donnée aussi la description précise de mon odieuse et repoussante personne, en des termes qui accusent ta propre horreur et qui rendent la mienne indélébile. J'étais dégoûté en lisant cela. « Maudit soit le jour de ma naissance ! » m'écriai-je.

« Créateur maudit ! Pourquoi as-tu fabriqué si hideux que même toi tu détournes avec dégoût ? Dieu dans sa pitié a fait l'homme beau et attirant, d'après sa propre image. Mais ma forme n'est qu'une caricature de la tienne – et rendue plus répugnante encore parce qu'elle lui ressemble. Satan, lui, avait des comparses, des diables pour l'admirer et l'encourager. Mais moi je suis seul et haï. Voilà à quoi je songeais dans ma solitude et mon désespoir. Pourtant, lorsque je pouvais contempler les qualités de mes voisins, leur amabilité et leur bienveillance, je me persuadais que dès l'instant où ils s'apercevraient que je leur vouais de l'admiration ils me prendraient en pitié et ne feraient pas attention à ma laideur. Pouvaient-ils fermer leur porte à un être qui, fût-il monstrueux, réclamait leur compassion et leur amitié ? Je décidai à tout le moins de ne pas désespérer et de me préparer d'une manière ou d'un autre à un entretien dont dépendrait mon sort. Je différai ma tentative à plusieurs mois, car l'importance que j'attachais à sa réussite m'inspirait aussi la crainte d'essuyer un échec. En outre, je constatais que mon savoir augmentait avec l'expérience de chaque jour et je ne voulais pas amorcer ce contact avant que quelques autres mois n'eussent ajouté à ma sagacité.

« Dans l'intervalle, certains changements s'étaient produits au chalet. La présence de Safie répandait le bonheur parmi ses occupants et je remarquai qu'il y régnait une plus grande abondance. Félix et Agatha passaient davantage de temps à se distraire et à discuter et, dans leurs tâches, ils étaient aidés par des domestiques. Ils ne paraissaient pas riches, mais ils étaient contents et heureux. Leurs sentiments étaient sereins et paisibles alors que les miens devenaient chaque jour plus tumultueux. Tout en développant mon savoir, je voyais de plus en plus clairement quel misérable j'étais. Il est vrai que j'étais plein d'espoir – espoir qui s'évanouissait pourtant lorsque j'apercevais mon reflet, dans l'eau ou mon ombre au clair de lune, même si ce n'était là qu'une image tenue et inconsistante.

« Je m'encourageais à chasser ces inquiétudes et à me préparer pour l'épreuve que j'étais décidé à subir dans quelques mois. Parfois, je laissais mes pensées sortir des sentiers de la raison et errer parmi les jardins du paradis, et j'imaginais que de charmantes et aimables créatures sympathisaient avec moi et m'arrachaient de mes ténèbres, tandis que des sourires de consolation irradiaient leur visage angélique. Mais ce n'était que des rêves – il n'y avait pas d'Ève pour me charmer et détruire mes peines. J'étais seul. Je me souvenais des supplications d'Adam à son Créateur. Où était le mien ? Il m'avait abandonné et, le cœur amer, je le maudissais !

« L'automne se passa ainsi. Avec surprise et regret, je vis les feuilles se flétrir et tomber et la nature reprendre son aspect froid et triste, telle qu'elle était la première fois que j'avais découvert les forêts et la lune. Pourtant je ne souffrais pas des rigueurs du climat, étant donné que ma conformation me disposait à mieux supporter le froid que la chaleur. Ma plus grande joie avait été le spectacle des fleurs, des oiseaux, des beautés estivales. Quand tout cela disparut, je reportais toute mon attention sur les habitants du chalet.

La fuite de l'été n'avait nullement perturbé leur bonheur. Ils s'aimaient et s'appréciaient mutuellement, chacun trouvait sa joie chez l'autre et ce n'était pas les contingences extérieures qui pouvaient les affliger. Plus je les voyais, plus grand, était mon désir de solliciter leur protection et leur tendresse. Mon cœur brûlait de connaître et d'aimer ces êtres si généreux. Voir leurs doux regards se poser sur moi avec affection, c'était l'idéal vers lequel je tendais. Je n'osais pas penser qu'ils se détourneraient de moi avec horreur et dédain. Le pauvre qui s'arrêtait devant leur porte n'était jamais éconduit. Je demandais à la vérité de plus grands trésors qu'un peu de nourriture ou de repos : j'exigeais leur affection et leur sympathie. Et de cela, je ne me croyais pas indigne.

« L'hiver avançait. Le cycle complet des saisons s'était déroulé depuis que je m'étais éveillé à la vie. Durant cette période, je m'appliquai uniquement à préparer le plan qui me ferait pénétrer dans le chalet de mes protecteurs. J'élaborai de nombreux projets et me décidai finalement à entrer dans la maison lorsque le vieil aveugle serait seul. J'avais assez de sagacité pour me rendre compte que ma laideur physique avait constitué le principal objet d'horreur pour ceux qui m'avaient entrevu. Ma voix, quoique rude, n'avait en elle-même rien de terrible. Je pensais donc qu'en l'absence de ses enfants je pouvais gagner la confiance et la médiation du vieux De Lacey et qu'à travers lui je pourrais me faire accepter par mes jeunes protecteurs.

« Un jour, comme le soleil brillait sur les feuilles rougeâtres qui jonchaient le sol et, bien qu'il ne fît pas chaud, répandait la joie, Safie, Agatha et Félix partirent en promenade, de telle sorte que le vieillard, ainsi que je l'avais espéré, resta seul chalet. Quand ses enfants se furent éloignés, il prit sa guitare et se mit à jouer des airs à la fois tristes et doux, plus tristes et plus doux que tous ceux que j'avais entendus auparavant. Tout d'abord, ses traits s'illuminèrent de plaisir, mais, au fur et à mesure qu'il jouait, ils devinrent sombres et tristes. À la fin, laissant de côté son instrument, il se plongea dans ses pensées.

«Mon cœur battait très vite. C'était l'heure, le moment décisif – mes espoirs allaient se réaliser ou être anéantis. Les domestiques s'étaient rendus à une foire toute proche. Alentour le chalet, tout était silencieux. L'occasion était excellente. Pourtant, au moment où j'allais exécuter mon plan, mes nerfs lâchèrent et je m'écroulai sur le sol. Je me relevai et, faisant appel à tout mon courage, je déplaçai les planches que j'avais disposées devant ma cabane pour dissimuler ma retraite. L'air frais me ravigota. Avec un regain de détermination, je m'approchai de la porte du chalet.

«Je frappai.

«— Qui est là ? demanda le vieillard. Entrez.

«J'entrai.

«— Excusez mon intrusion, dis-je, je suis un voyageur et je cherche du repos. Vous m'obligeriez grandement si vous me permettiez de m'asseoir quelques minutes près du feu.

«— Venez donc, dit De Lacey. J'essayerai dans la mesure de mes moyens de vous aider, mais, malheureusement, mes enfants ne sont pas à la maison et je suis aveugle. Je crains d'éprouver quelque difficulté à vous procurer de la nourriture.

«— Ne vous dérangez pas, mon cher hôte. J'ai de la nourriture. J'ai seulement besoin de chaleur et de repos.

«Je m'assis et il y eut un silence. Je savais que chaque minute était précieuse pour moi, mais je ne voyais pas de quelle manière commencer l'entretien. Ce fut le vieillard qui reprit la parole.

«— Votre accent me laisse supposer que vous êtes mon compatriote. Êtes-vous Français ?

«— Non. Mais j'ai été éduqué par une famille française et votre langue est la seule que je connaisse. Je compte à présent solliciter la protection d'amis que j'aime de tout mon cœur et qui, je l'espère, seront affectueux avec moi.

«— Ce sont des Allemands ?

«— Non, ils sont Français. Mais changeons de sujet. Je suis une malheureuse créature abandonnée, j'ai beau regarder autour de moi, je n'ai aucun parent, aucun ami sur la terre.

Ces gens aimables dont je viens de vous parler, ils ne m'ont jamais vu et ils ignorent tout de moi. Je suis tiraillé par la peur, car, si j'échoue, je serai pour toujours en marge du monde.

« — Ne désespérez pas. Se trouver sans ami est effectivement une disgrâce, mais le cœur des hommes, quand ils ne sont pas guidés par l'égoïsme, déborde d'amour et de charité. Gardez donc toutes vos espérances. Si ces amis-là sont bons et affectueux, vous ne devez pas désespérer.

« — Ils sont bons ! Ce sont les meilleures créatures au monde ! Malheureusement, ils ne sont pas tout à fait disposés à mon égard. Mes intentions sont parfaites. Jusqu'ici, mon existence a été innocente et, à un certain degré, naïve. Pourtant de fatales préventions leur ferment les yeux et, loin de me considérer comme un ami sensible et généreux, ils me tiennent pour un monstre détestable.

« — C'est regrettable eh effet ! Mais si vous êtes réellement sans reproche, pouvez-vous leurrer ces gens ?

« — C'est à cette tâche que je m'applique. Elle provoque chez moi une angoisse indicible. J'aime tendrement ces amis. Depuis de nombreux mois, à leur insu, je leur ai rendu quotidiennement des services, mais ils croient que je leur veux du mal. C'est précisément ce préjugé que je voudrais vaincre.

« — Et où résident vos amis ?

« — Non loin d'ici.

« Le vieillard s'interrompit avant de poursuivre.

« — Si vous voulez sans réserve aucune me confier les détails de votre histoire, je pourrais peut-être vous défendre auprès d'eux. Je suis aveugle et je suis incapable d'apprécier votre physionomie, mais il y a quelque chose dans vos propos qui me persuade que vous êtes sincère. Je suis un pauvre, un exilé pourtant ce sera pour moi un vrai plaisir de rendre service à un de mes semblables.

« — Quel homme excellent vous êtes ! Je vous remercie et j'accepte votre offre généreuse. Vous me redonnez du courage. Je suis sûr qu'avec votre aide je ne serai pas banni de la société et privé de la sympathie des hommes.

« — Le ciel l'interdit ! Même si vous étiez réellement un criminel, on ne pourrait que vous pousser au désespoir et non vous inciter à la vertu. Moi aussi, je suis malheureux. Ma famille et moi, nous avons été condamnés, quand bien même nous étions innocents. Jugez donc si je ne suis pas insensible à votre détresse !

« — Comment puis-je vous remercier, vous mon seul bienfaiteur ? De vos lèvres jaillissent les premières paroles de bonté qui me soient adressées. Je vous serai toujours reconnaissant. L'humanité dont vous faites preuve en ce moment me garantit que ma rencontre avec mes amis sera une réussite.

« — Puis-je connaître leur nom et leur, adresse ?

« Je me tus. Ainsi donc, me dis-je, est venu le moment de me décider, celui qui me comblera de bonheur ou qui m'en privera pour toujours. J'essayai vainement de trouver la fermeté nécessaire pour lui répondre et cet effort anéantit toutes mes énergies. Je tombai sur une chaise et me mis à sangloter. À cet instant, j'entendis les pas de mes jeunes protecteurs. Je n'avais plus une seule seconde à perdre. Je saisis la main du vieillard et criai : « — Il est grand temps ! Sauvez-moi, protégez-moi ! C'est vous et votre famille, ces amis que je cherchais. Ne m'abandonnez pas alors que l'heure de mon épreuve vient de sonner !

« — Grand Dieu ! s'exclama le vieillard. Qui êtes-vous ?

« À cet instant s'ouvrit la porte du chalet et Félix, Safie et Agatha entrèrent. Comment décrire leur épouvante et leur stupéfaction lorsqu'ils m'aperçurent ? Agatha s'évanouit. Safie, incapable de secourir son amie, se précipita hors du chalet. Félix, lui, bondit sur moi et, avec une force surhumaine, m'arracha des genoux de son père. Saisi de fureur, il me jeta sur le sol et me frappa violemment avec un bâton. J'aurais pu lui briser les membres, comme le lion en présence d'une antilope. Mais mes forces, paralysées par la fièvre, défaillirent et je me retins. Je vis qu'il allait me refrapper. Vaincu par la douleur et l'angoisse, je sortis du chalet et, dans le tumulte général, courus me cacher dans ma cabane. »

16

« Maudit, maudit créateur ! Pourquoi est-ce que je vis ? Pourquoi, à cet instant, n'ai-je pas éteint l'étincelle de vie que tu as si étourdiment allumée en moi ? Je ne sais pas. Le désespoir ne s'était pas encore emparé de mon être ; je n'étais animé que par la rage et que par la vengeance. C'était avec délectation que j'aurais détruit le chalet et ses occupants, que je me serais réjoui de leurs cris d'épouvante et de leur malheur.

« Quand la nuit tomba, je quittai ma cabane et allai me promener dans le bois. À présent, je n'éprouvais plus la crainte d'être découvert. Je libérai mon angoisse en poussant des hurlements effroyables. Ainsi qu'une bête sauvage qui vient briser ses chaînes, je détruisais les objets qui se dressaient devant moi, fonçant parmi les, taillis à la vitesse d'un cerf. Oh ! Quelle affreuse nuit j'ai passée ! Les froides étoiles se moquaient de moi, les arbres dépouillés étendaient leurs branches au-dessus de ma tête, de loin en loin la douce voix d'un oiseau venait déchirer l'universel silence. Tout, sauf moi, se reposait ou s'amusait. Et moi, démon parmi les démons, je portais l'enfer en mon sein. Ne trouvant personne avec qui sympathiser, je voulais arracher les arbres, semer autour de moi la ruine et la destruction avant de m'asseoir pour admirer mon œuvre.

« Mais c'était là, un paroxysme insupportable. Ces excès physiques m'avaient fatigué et je m'étendis sur l'herbe humide, frappé d'impuissance et de désespoir. Parmi les myriades d'hommes existait-il un seul qui pourrait avoir pitié de moi ou qui pourrait me secourir ? Devais-je éprouver de la bonté envers mes ennemis ? Non ! À partir de ce moment-là, je déclarai la guerre au genre humain et, par-dessus tout, à celui qui m'avait façonné et qui avait provoqué chez moi cette détresse intolérable. Le soleil se leva. J'entendis des voix d'homme et me rendis compte qu'il n'était pas possible de regagner mon abri pendant la journée. Je me cachai dans d'épais taillis, déterminé à passer les heures suivantes à réfléchir sur ma situation.

« Le soleil qui brillait agréablement et l'air pur me rendirent jusqu'à un certain point ma tranquillité. En songeant à ce qui s'était déroulé au chalet, je ne pus pas m'empêcher de croire que j'avais fait preuve de trop de précipitation. J'avais, à coup sûr, agi avec imprudence. Il était clair que mes propos m'avaient rallié la confiance du père et j'avais commis une faute en exposant mon horrible corps à ses enfants. J'aurais dû m'habituer au vieux De Lacey et ensuite seulement me montrer au reste de la famille, quand tout le monde aurait été préparé à cette rencontre. Mais je ne pensais pas que mes erreurs étaient irréparables. Après avoir réfléchi, je décidai de retourner au chalet, de revoir le vieil homme et de tenter par mes arguments de le gagner à ma cause.

« Ces pensées m'apaisèrent et, dans l'après-midi, je tombai dans un profond sommeil. Mais ma fièvre était telle que je ne pus pas faire des rêves tranquilles. L'horrible scène qui avait eu lieu le jour précédent surgissait à tout instant devant mes yeux. Les femmes prenaient la fuite et Félix, hors de lui, m'arrachait des genoux de son père. Je m'éveillai épuisé. Je vis qu'il faisait déjà nuit. Je sortis de ma cachette et partis à la recherche de nourriture.

« Quand ma faim fut apaisée, je dirigeai mes pas vers le sentier familier qui menait au chalet. Tout y était calme. Je me glissai dans ma cabane et attendis en silence l'heure habituelle à laquelle la famille se levait. Cette heure arriva. Le soleil était déjà haut dans le ciel, mais personne n'apparut. Je tremblai violemment, appréhendant quelque terrible malheur. L'intérieur du chalet était sombre et je n'entendais rien bouger. Comment faire comprendre l'angoisse de cette attente ?

« Bientôt deux paysans s'amenèrent. Ils s'arrêtèrent près

du chalet et se mirent à parler avec des gestes violents. Je ne comprenais pas ce qu'ils disaient, car ils parlaient la langue du pays, différente de celle de mes protecteurs. Peu après pourtant, Félix surgit avec un autre homme. J'étais surpris, car je savais qu'il n'avait pas quitté la maison ce matin et j'attendis anxieusement afin de découvrir à travers ses paroles, l'explication de cet étrange comportement.

« — Savez-vous, lui dit son compagnon, que vous allez être obligés de payer trois mois de loyer et que vous allez perdre la récolte de votre jardin ? Je ne désire pas obtenir d'injustes avantages et je vous demande de réfléchir quelques jours encore avant de vous décider.

« — C'est absolument inutile, répondit Félix. Nous ne pouvons plus retourner habiter dans cette maison. La vie de mon père est menacée, à la suite des horribles événements dont je vous ai fait part. Mon épouse et ma sœur ne pourront jamais oublier leur épouvante. Je vous prie de ne plus revenir sur cette question. Prenez possession de votre demeure et laissez-nous changer d'endroit.

« Tout en parlant, Félix tremblait à l'extrême. Avec son compagnon, il entra dans le chalet. Ils y restèrent quelques minutes puis repartirent. Je ne devais plus jamais revoir aucun des De Lacey.

« Toute la journée, je ne bougeai pas de mon abri, abattu et découragé. Mes protecteurs étaient partis et ils avaient brisé le seul lien qui me reliait au monde. Pour la première fois, des sentiments de vengeance et de haine m'emplirent le cœur et je ne pouvais rien faire pour les maîtriser. Me laissant emporter par le courant, je glissais vers la destruction et la mort. Quand je pensais à mes amis, à la voix douce de De Lacey, aux beaux yeux d'Agatha, à la splendide Arabe, ces dispositions-là s'évanouissaient et j'étais pris d'un accès de larmes. Et pourtant je me disais aussi qu'ils m'avaient chassé et abandonné et ma colère reprenait le dessus, une colère aveugle qui me poussait à détruire furieusement des objets inanimés, à défaut de m'attaquer à des êtres humains. Au milieu de la, nuit, je plaçai une grande quantité de bois autour du chalet. Puis, après avoir saccagé toutes les cultures du jardin, je patientai un peu avant de me mettre à l'œuvre.

« Plus tard, un vent violent bondit des bois et dispersa rapidement les nuages qui sillonnaient le ciel. L'ouragan s'accrut ainsi qu'une avalanche et fit jaillir en moi une espèce de folie, renversant toutes les frontières de la raison et de la réflexion. Je mis le feu à une branche d'arbre sèche et me mis à danser furieusement autour du chalet que j'avais vénéré, les yeux fixés vers l'ouest, là où la lune approchait de l'horizon. À la fin, ses contours disparurent et j'allumai ma torche. Je hurlai et j'attisai le paille, les bûches, les branchages que j'avais réunis. Le vent aviva les flammes, lesquelles très vite encerclèrent le chalet, s'y collèrent, le léchèrent avec leurs langues meurtrières et fourchues.

« Une fois que je fus convaincu qu'il n'y avait plus aucun moyen de sauver le bâtiment, je quittai le voisinage et allai me réfugier dans les bois.

« Et maintenant, avec le monde contre moi, où allais-je conduire mes pas ? Je décidai de fuir loin du théâtre de mes malheurs. Mais, puisque j'étais haï et méprisé, toute contrée devait m'être également hostile. Et puis, finalement, je pensai à ton existence. J'avais appris par tes papiers que tu avais été mon père, mon créateur. Qui pouvait être plus attentionné à mon égard sinon celui qui m'avait donné la vie ? Parmi les leçons que Félix avait dispensées à Safie, la géographie n'avait pas été négligée. J'avais appris de la sorte la situation respective des différents pays du globe. Tu avais indiqué Genève comme nom de ta ville natale et je pris la décision de m'y rendre.

« Mais comment allais-je m'orienter ? Je savais que je devais voyager vers le sud-ouest pour arriver à destination et je n'avais pour seul guide que le soleil. J'ignorais les noms des villes par lesquelles je devais passer et il n'était pas possible que je me renseigne auprès d'un être humain quelconque. Toutefois, je n'étais pas désespéré. De toi seul j'espérais du secours, même si jusque-là je n'avais éprouvé pour toi que de la haine. Créateur insensible et sans cœur ! Tu m'avais doté de perception et de passions et puis tu m'avais rejeté comme un objet horrible et méprisable aux yeux de l'humanité. Mais ce n'est qu'à toi que je pouvais réclamer de la pitié et de l'aide, ce n'était qu'à toi que je pouvais demander cette justice que je cherchais en vain auprès de toutes les autres créatures humaines.

« Mon périple fut long, émaillé d'atroces souffrances. C'était la fin de l'automne quand je quittai la région où j'avais séjourné si longtemps. Je voyageais uniquement la nuit, craignant de rencontrer le visage d'un homme. Autour de moi, la nature dépérissait et le soleil perdait sa chaleur. J'affrontai la nuit et la neige. Les rivières étaient gelées et la surface de la terre était dure et froide, sans le moindre abri. Oh, terre ! Combien de fois n'ai-je pas voué à la malédiction celui qui avait été la cause de mon existence ! Ma bonté naturelle avait disparu et tout m'acheminait vers la haine et l'amertume. Plus j'approchais de ta maison, plus je sentais l'esprit de vengeance souffler sur moi. Il neigeait ; les rivières étaient gelées, mais je ne prenais pas de repos. J'avais peu d'indications pour me diriger, mais je possédais une carte du pays, quoique souvent je m'écartasse de ma route. Mon angoisse ne me laissait aucun répit. Aucun avatar ne pouvait venir alimenter ma fureur et ma disgrâce. Néanmoins, il s'en produisit un lorsque j'arrivai à la frontière suisse : le soleil avait recouvré sa chaleur et la terre recommençait à verdir. Mais cela ne fit que renforcer mes sentiments d'amertume et de répulsion.

« D'ordinaire, je me reposais pendant la journée et ne voyageais que la nuit, lorsque j'étais certain de ne pas être vu par des hommes. Un matin cependant, remarquant que ma route traversait une épaisse forêt, je me risquai à poursuivre mon chemin après le lever du soleil. C'était un des premiers jours du printemps et j'étais sous le charme de la luminosité et de la douceur de l'atmosphère. Je me sentais bien : la tendresse et le plaisir revivaient en moi, alors même qu'ils m'avaient semblé morts depuis longtemps. À moitié surpris par ses sensations nouvelles, je m'y abandonnai, oubliant ma solitude et ma laideur et j'osai être heureux. De douces larmes me coulèrent sur les joues et je levai même mes yeux humides vers le soleil qui me gratifiait d'une telle joie.

« Je continuai à marcher à travers les sentiers de la forêt jusqu'à en atteindre la lisière où coulait une rivière profonde et rapide. De nombreux arbres, à présent en fleurs, y plongeaient leurs branches. Je m'étais arrêté là, ne sachant trop quel sentier il me fallait suivre, lorsque j'entendis des bruits de voix qui m'incitèrent à me dissimuler à l'ombre d'un cyprès. J'y étais à peine caché qu'une fillette surgit en courant et en riant comme si quelqu'un lui venait sur les talons. Elle poursuivit sa course le long des berges abruptes de la rivière. Soudain ; son pied glissa et elle chuta au milieu du rapide courant. Je me précipitai hors de ma cachette et, au prix d'un effort extrême, je parvins à la saisir et à le sortir de l'eau. Elle était sans connaissance et, avec tous les moyens dont je disposais, j'entrepris de la ranimer, quand je fus tout à coup interrompu par l'arrivée d'un paysan, sans doute la personne que fuyait la fillette. En m'apercevant, il se rua sur moi, m'arracha la fille des mains et se précipita vers la partie la plus sombre de la forêt. Je le suivis à toute vitesse, sans savoir pourquoi. Dès que l'homme vit que je m'approchais, il s'empara de son fusil, le pointa vers mon corps et tira. Je tombai sur le sol. Redoublant de vélocité, mon agresseur s'échappa au milieu de la forêt.

« Voilà comment on me remerciait pour ma bienveillance ! J'avais sauvé un être humain de la mort et, pour toute récompense, je recevais une blessure qui me faisait tordre de douleur. Les sentiments de bonté et de tendresse auxquels je m'étais abandonné un peu plus tôt, firent place à une rage démoniaque et je me mis à grincer des dents. Excité par la souffrance, je vouai une haine et une vengeance éternelles à l'humanité tout entière. Mais mon mal eut raison de moi. Mon pouls faiblissait et je m'évanouis.

« De nombreuses semaines, je menai une existence misérable dans les bois, essayant de guérir ma blessure. La balle s'était logée dans mon épaule et je ne savais pas si elle s'y trouvait toujours ou si elle en était sortie – et dans ce cas, je n'avais aucun moyen de l'extraire. Mes souffrances, en outre, étaient avivées par l'accablante impression d'injustice et d'ingratitude dont j'avais été la victime. Chaque jour, je criais vengeance – une vengeance profonde et mortelle, la seule qui aurait pu compenser les outrages et l'angoisse que j'endurais.

« Au bout de quelques semaines, ma plaie se cicatrisa et je poursuivis mon voyage. Ce n'était plus l'éclat du soleil ni les brises printanières qui pouvaient alléger mes tourments. Toute allégresse était une insulte à mon dépit et me faisait ressentir plus douloureusement encore que je n'étais pas destiné à la joie et au plaisir.

« Pourtant mes fatigues touchaient à leur fin et, deux mois plus tard, j'arrivai dans les environs de Genève.

« Comme le soir tombait, je me réfugiai dans un abri au milieu des champs afin de réfléchir à la manière dont j'allais t'aborder. J'étais épuisé, j'avais faim, j'étais trop malheureux pour jouir de la douce brise du soir ou admirer le soleil qui se couchait derrière les merveilleuses montagnes du Jura.

« À ce moment, un léger sommeil dissipait déjà ma rancœur quand je fus réveillé par l'arrivée d'un beau garçon qui, plein d'agilité, venait en courant vers l'abri que je m'étais choisi. Et soudain, en le voyant, j'eus l'idée qu'une petite créature ne pouvait pas avoir, elle, de préjugés et qu'elle n'avait assez vécu pour connaître l'épouvante et la laideur. Aussi, si je parvenais à m'emparer de lui, si je réussissais à en faire un ami et un compagnon, je ne serais plus seul dans ce monde peuplé d'hommes. Obéissant à mon impulsion, je saisis le garçon au passage et l'attirai vers moi. Dès que ma physionomie lui fut révélée, il plaça ses mains devant les yeux et poussa un cri formidable. Je lui tirai énergiquement les mains du visage et lui dis :

« — Pourquoi fais-tu cela, mon enfant ? Je n'ai pas l'intention de te nuire. Écoute-moi.

« Il se débattit violemment.

« — Lâchez-moi, hurla-t-il. Monstre ! Abominable

créature ! Vous voulez me manger et me mettre en pièces. Vous êtes un ogre. Laissez-moi partir ou je le dirai à mon papa.

« — Tu ne reverras plus jamais ton père, mon garçon. Tu dois venir avec moi !

« — Hideux monstre ! Laissez-moi partir. Mon papa est un syndic. C'est M. Frankenstein. Il vous punira. Vous n'oserez pas me garder !

« — Frankenstein ! Tu es donc de la famille de mon ennemi, de celui envers lequel je nourris une éternelle vengeance. Tu seras ma première victime !

« L'enfant se débattait toujours et m'accablait d'injures qui me déchiraient le cœur. Je le pris à la, gorge pour le faire taire, mais, en un rien de temps, il tomba mort à mes pieds.

« Je contemplai ma victime et mon cœur se gonfla d'exultation et d'un triomphe infernal. En battant des mains, je m'écriai :

« — Moi aussi, je peux créer la désolation. Mon ennemi n'est pas invulnérable. Cette mort le remplira de désespoir et mille autres misères le tourmenteront et l'annihileront !

« Comme j'avais les yeux sur l'enfant, je vis quelque chose briller sur son cou. Je m'en emparai. C'était le portrait d'une très belle femme. En dépit de ma hargne, il me séduisit et me fascina. Pour un court moment, je fus sous le charme de ses yeux sombres frangés de longs cils et de ses lèvres exquises. Mais très vite ma rage reprit le dessus. Je me rappelai que j'étais à jamais privé des joies qu'une créature aussi belle aurait pu m'octroyer et je me dis que si celle dont je contemplais le visage me voyait elle n'aurait plus cet aspect délicieux, mais une expression de dégoût et d'horreur.

« Peux-tu t'étonner que de telles pensées aient attisé ma fureur ? Je me demande pourquoi sur le moment même, au lieu de donner libre cours à mes sentiments de douleur par des exclamations, je ne me suis pas précipité parmi les hommes en cherchant, au risque de perdre la vie, de les tuer.

« Mais ces pensées m'avaient épuisé et je quittai l'endroit où j'avais commis le meurtre afin de dénicher un abri plus sûr. J'entrai dans une grange qui m'avait paru vide. Sur la paille, une femme y dormait. Elle était jeune, pas aussi belle que celle qui figurait sur le portrait, avenante pourtant, pleine de charme et de santé. Je me dis qu'une telle créature était de celles dont les radieux sourires ne me seraient jamais destinés. Je me penchai sur elle et lui murmurai :

« — Réveille-toi, ma douce, ton amant est à tes côtés – il est prêt à te donner sa vie pour un seul de tes regards affectueux. Réveille-toi, mon amour !

« La femme qui dormait remua et un frisson de terreur me parcourut. Et si elle se réveillait effectivement, si elle me voyait, si elle me maudissait, si elle dénonçait mon meurtre ? Elle le ferait sans nul doute dès qu'elle ouvrirait les yeux et m'apercevrait. Cette idée attisa ma folie, ranima ma hargne. Non, ce ne serait pas moi qui souffrirais, mais elle ! Le crime que j'avais commis parce jamais je n'aurais pu obtenir tout ce qu'elle aurait dû me donner, ce serait le sien. Elle en était la cause, c'est elle qu'on punirait. Grâce aux leçons de Félix sur les lois sanguinaires des hommes, j'avais appris à présent comment faire le mal. Je me penchai de nouveau et glissai soigneusement le portrait dans un des plis de sa robe. Elle bougea encore et je pris la fuite.

« Durant quelques jours, je hantai l'endroit où s'étaient produits ces événements, tantôt dans l'espoir de te voir, tantôt de quitter à jamais le monde et ses misères. Finalement, j'allai errer dans les montagnes et j'en ai exploré tous les recoins, animé par une passion brûlante que toi seul tu peux satisfaire. Nous ne nous séparerons pas avant que tu n'aies accédé à ma demande. Je suis seul et misérable. L'homme ne veut pas de moi. Seule une femme, aussi laide et aussi horrible que moi, souffrirait ma compagnie. Elle devrait être de la même engeance et avoir tous mes défauts. Cet être-là, c'est à toi de le créer ! »

17

La créature se tut et me regarda fixement, dans l'attente d'une réponse. Mais j'étais décontenancé, perplexe, incapable d'ordonner suffisamment mes idées pour comprendre toute l'étendue de cette proposition. Il reprit la parole :

— Tu dois créer une femme avec laquelle je peux vivre et partager toutes les affections qui sont nécessaires à mon existence. Toi seul, tu le peux. Je l'exige et c'est un droit que tu ne peux pas me refuser.

La dernière partie de son récit avait réveillé en moi la colère qui s'était estompée, alors qu'il me racontait sa vie paisible au chalet. Mais, avec ce qu'il avait dit, il ne m'était plus possible de contenir ma rage.

— Je refuse, lui répondis-je. Et aucune torture ne réussirait à m'arracher mon accord. Tu peux faire de moi l'homme le plus misérable, mais tu ne pourras jamais m'abaisser à ce point ! Créer une autre créature pareille à toi pour que vous jetiez ensemble la désolation sur le monde ? Va-t'en !

Je t'ai répondu. Tu peux me torturer, mais je n'accepterai jamais !

— Tu te trompes, reprit le monstre. Au lieu de te menacer, je suis disposé à discuter avec toi. Si je suis mauvais, c'est parce que je suis malheureux. Ne suis-je pas banni et repoussé par tout le genre humain ? Toi, mon créateur, tu veux m'anéantir et triompher. Réfléchis donc et demande-toi pourquoi je devrais avoir de la pitié envers ceux qui n'en manifestent pas à mon égard ? Tu n'appellerais pas cela un meurtre si tu pouvais me précipiter dans une de ces crevasses et détruire mon corps, ton œuvre, de tes propres mains ? Dois-je avoir du respect pour l'homme qui me méprise ? Qu'il ait de l'affection pour moi et, au lieu de lui faire du mal, je le servirai s'il l'accepte avec des larmes de gratitude. Mais ce n'est pas possible : les sentiments humains forment une barrière infranchissable pour notre union. Jamais pourtant je ne me soumettrai à un esclavage aussi abject. Je veux venger les injustices que j'ai subies.

Si je ne peux pas inspirer l'amour, je répandrai la peur, et principalement sur toi, mon plus grand ennemi, parce que tu m'as créé et que je nourris envers toi une haine inextinguible. Je serai l'instrument de ta destruction jusqu'à te retourner le cœur et te faire maudire le jour où tu es né !

Tout en parlant, il était tiraillé par une rage féroce. Ses traits étaient parcourus de contorsions tellement épouvantables qu'aucun regard humain n'aurait pu les supporter. Puis, il se calma et poursuivit :

— J'avais l'intention d'être raisonnable. Mon emportement m'est nuisible, car tu dois te dire que c'est toi qui es la cause de mes excès. Si quelqu'un m'accordait des sentiments de bienveillance, je les lui rendrais au moins au centuple. Pour plaire à une seule créature, je ferais la paix avec l'humanité tout entière. Mais je ne veux pas non plus me laisser aller à des rêves de bonheur qui ne peuvent pas s'accomplir. Ce que je te demande est raisonnable et commode – une créature du sexe opposé aussi affreuse que moi. C'est là une maigre consolation, mais c'est aussi tout ce que je peux recevoir et je m'en contenterai. Il est vrai que nous serons des monstres à l'écart du monde, mais, pour cette même raison, nous serons davantage attachés l'un à l'autre. Nos vies ne seront pas heureuses, mais elles seront sans tache et je serai libéré de la détresse que j'éprouve. Oh, mon créateur, rends-moi heureux !

Fais en sorte que je te sois reconnaissant ! Laisse-moi me rendre compte que je suis à même de susciter la sympathie de quelqu'un. Ne rejette pas ma requête !

J'étais secoué. Je tremblais en pensant aux conséquences possibles d'une telle solution, mais je sentais aussi qu'il y avait du vrai dans ses arguments. Son récit et les sentiments qu'il exprimait prouvaient qu'il était une créature qui avait du bon sens. Est-ce que moi qui l'avais fait je ne devais pas lui offrir des bribes de bonheur, pour autant que cela était dans mon pouvoir ? Il remarqua que mes sentiments s'étaient modifiés et dit :

— Si tu consens, plus jamais aucune créature humaine ne me reverra. Je partirai pour les vastes contrées sauvages de l'Amérique du Sud. Ma nourriture n'est pas celle des hommes, je ne tue ni l'agneau ni le chevreuil pour apaiser ma faim. Les racines et les baies me suffisent largement.

Ma compagne aura la même complexion que la mienne et se contentera de la même chose. Nous ferons notre couche parmi les feuilles. Le soleil brillera pour nous comme pour les hommes et fera naître notre nourriture. Cette description que je te donne est paisible et humaine et tu dois sentir que ce serait faire preuve de méchanceté et de cruauté que de me refuser cela. Tu as été impitoyable envers moi, mais maintenant je lis la compassion dans ton regard. Permets-moi de profiter de cet instant favorable et laisse-moi te persuader d'obtenir ce que je désire avec tant d'ardeur.

— Tu me proposes, dis-je, de fuir la proximité des hommes et de gagner des contrées sauvages où les animaux seront tes seuls compagnons. Toi qui cherches l'amour et la sympathie des êtres humains, comment pourrais-tu persévérer dans cet exil ? Tu reviendras, tu redemanderas leur affection et tu rencontreras de nouveau leur haine.

Tes passions diaboliques renaîtront et tu auras alors une compagne pour t'aider dans ton œuvre de destruction. Ce n'est pas possible. Cesse de discuter là-dessus, car je ne suis pas d'accord.

— Comme tes sentiments sont inconstants ! Il y a quelques instants encore, tu étais touché par mes paroles. Pourquoi mes doléances te rendent-elles de nouveau hostile ? Je le jure sur cette terre où je suis, sur toi qui m'as fabriqué, si tu me donnes une compagne, je quitterai le voisinage des hommes et j'irai me réfugier, s'il le faut, dans les lieux les plus sauvages ! Mes passions diaboliques n'existeront plus puisque je connaîtrai l'affection. Ma vie se passera paisiblement et, à l'heure de ma mort, je ne maudirai pas mon créateur.

Ces mots eurent un étrange effet sur moi. J'avais pitié de lui et, en même temps, je voulais le consoler. Mais, lorsque je le regardais, quand je voyais sa masse difforme ballotter au moment où il prenait la parole, mon cœur se soulevait et je me sentais horrifié et dégoûté. J'essayai de chasser ces sensations. Je pensais que si je pouvais éprouver de la sympathie pour lui, je n'avais pas le droit de lui refuser non plus ce maigre bonheur qu'il était en mon pouvoir de lui accorder.

— Tu jures, dis-je, que tu seras bon. Tu t'es déjà montré si malicieux que j'ai naturellement toutes les raisons de me méfier de toi ! Et si tout cela était une feinte destinée à accroître ton triomphe et à précipiter ta soif de vengeance ?

— Comment cela ? Je ne veux pas qu'on se moque de moi et j'exige une réponse. Si je n'ai ni attache ni affection, la haine et le vice seront mon lot. L'amour annihilerait la cause de mes crimes et je deviendrai une créature dont l'existence serait ignorée de tous. Mes vices sont les fruits de cette solitude forcée que j'abhorre. Les vertus grandiront nécessairement en moi lorsque je vivrai en communion avec une de mes semblables. J'éprouverai les sentiments d'un être sensible et je ferai alors partie, au lieu d'en être exclu, du processus ordinaire de l'existence.

Je pris le temps de réfléchir à tout ce qu'il venait de développer et aux divers arguments auxquels il avait recouru. Je songeai qu'il avait eu, au début de son existence, quelques qualités et que par la suite celles-ci avaient subi un choc, à cause du mépris que lui avaient manifesté ses protecteurs. Dans mes calculs, je ne pouvais pas ne pas tenir compte de sa force et de ses menaces.

Une créature qui était capable de vivre parmi les glaciers et de fuir le long des précipices inaccessibles possédait un pouvoir contre lequel il était vain de lutter. Après avoir longuement médité, je conclus qu'en toute justice je devais, aussi bien pour lui que pour tous mes semblables, répondre favorablement à sa requête. Aussi je me tournai vers lui pour lui dire :

— J'accepte ce que tu me demandes, à condition que tu me jures formellement de quitter l'Europe pour toujours ainsi que tout lieu où il y aurait des hommes, une fois que je t'aurai donné cette femme qui t'accompagnera dans ton exil.

— Je le jure, cria-t-il, par le soleil, par le ciel, par le feu de l'amour qui me consume le cœur, que, si tu exauces ma prière, jamais plus tu ne me reverras. Rentre donc dans ta maison commence ton travail. J'en attendrai le résultat avec une angoisse immense. Mais n'aie pas peur, quand tout sera prêt, je ferai mon apparition !

Sur ces mots, il me quitta précipitamment, craignant sans doute que je ne change d'avis. Je le vis descendre la montagne à toute vitesse, tel un aigle qui volait, et disparaître rapidement parmi les ondulations de la mer de glace.

Son récit avait occupé une journée entière et le soleil touchait déjà l'horizon quand il partit. Je savais que je devais me dépêcher de rejoindre la vallée si je ne voulais pas être surpris par les ténèbres. Mais j'avais le cœur lourd et ma démarche était lente. Je peinai sur les petits sentiers montagneux, mes pas manquaient de fermeté, tant j'étais indécis, remué par tous les événements de la journée. La nuit était déjà fort avancée lorsque je parvins au refuge situé à mi-route et je m'assis auprès d'une fontaine. De loin en loin, au milieu des nuages qui passaient, brillaient les étoiles. Des sapins sombres se dressaient devant moi et, par places, des arbres déracinés jonchaient le sol. C'était un spectacle d'une solennité extraordinaire qui m'arracha des pensées étranges. Je pleurai amèrement. Angoissé, je joignis les mains et m'écriai :

— Oh ! Étoiles, nuages, vents ! Vous vous moquez tous de moi ! Si vous me prenez en pitié, débarrassez-moi de toute sensation, de toute mémoire ! Réduisez-moi à néant.

Sinon, partez, partez et laissez-moi parmi les ténèbres !

C'étaient des pensées misérables et ridicules, mais j'ai du mal à vous dire combien j'étais accablé par la vue de ces étoiles qui scintillaient sans relâche, alors que soufflaient les rafales de vent, comme si c'était un violent sirocco qui allait me consumer.

Il faisait jour quand j'arrivai au village de Chamonix. Je ne pris aucun repos et me rendis immédiatement à Genève. Même au plus profond de mon cœur, je ne pouvais pas interpréter mes sentiments – ils m'écrasaient, comme le poids d'une montagne, et leurs excès étouffaient ma détresse. Tel était mon état d'esprit en rentrant chez moi. Je pénétrai dans la maison et me présentai à ma famille. Mon air hagard, abattu, provoqua une forte émotion. Mais je ne répondis à aucune question et parlai à peine. J'avais le sentiment d'être mis au ban de la société, comme si je n'avais plus le droit de réclamer de l'affection comme si jamais plus je ne pouvais partager la joie des miens. Et, pourtant, même à ce moment-là, je les adorais. Pour les sauver, je décidai de me consacrer à l'œuvre la plus abominable qui fût. La perspective de cette tâche me remettait en mémoire, comme dans un rêve, les événements de la veille et cette pensée seule était pour moi toute la réalité de la vie.

18

Des jours et des jours, des semaines et des semaines s'étaient écoulés depuis mon retour à Genève et je n'avais toujours pas trouvé le courage nécessaire pour commencer ma tâche. J'avais peur de la vengeance du monstre déçu et pourtant je ne parvenais pas à dominer la répugnance que j'éprouvais devant la besogne qui m'était imposée. Je m'aperçus que je ne pouvais pas fabriquer une créature femelle, sans consacrer de nombreux mois à des recherches approfondies et à de longues expériences.

J'avais entendu parler de certaines découvertes qui avaient été réalisées par un philosophe anglais dont le savoir devait m'aider à réussir et je songeais souvent à demander à mon père la permission de me rendre en Angleterre.

Cependant, je profitais de la moindre occasion pour ajourner ce voyage et j'hésitais toujours à effectuer le premier pas dans une entreprise dont l'urgence commençait à m'apparaître de moins en moins nécessaire.

Un changement, en outre, s'était opéré en moi. Ma santé, qui jusque-là avait été précaire, tendait à se rétablir. Quant à mes esprits, lorsqu'ils n'étaient pas troublés par le souvenir de la promesse que j'avais faite, ils recouvraient lentement leur équilibre. Mon père assistait à ce changement avec plaisir et cherchait toujours les meilleurs moyens de dissiper ma mélancolie qui, de temps à autre, resurgissait encore et dont les ténèbres épaisses compromettaient le retour de la lumière. Dans ces moments-là, je me réfugiais dans la solitude la plus totale.

Des journées entières, je restais seul sur le lac, dans une petite barque, observant les nuages, écoutant dans le silence le clapotis de l'eau. Mais la fraîcheur de l'air et l'éclat du soleil m'aidaient à reprendre mon équilibre et, quand je rentrais à la maison, je répondais à l'accueil de ma famille par des sourires plus spontanés, et le cœur plus léger.

Au retour d'une de ces promenades, mon père me parla en aparté :

— Je suis heureux de constater, mon cher fils, que tu as repris tes anciennes distractions et que tu sembles redevenir toi-même. Et pourtant tu restes affligé et tu fuis la société. Pendant un certain temps, je me suis perdu en conjecture à ce propos, mais aujourd'hui une idée m'a frappé et, si elle est fondée, je te prie de la reconnaître.

Une réserve de ta part sur ce point serait non seulement regrettable, mais elle ne ferait que multiplier nos souffrances.

Je tremblais violemment tandis que mon père m'exhortait.

— Je t'avoue, mon fils, que j'ai toujours considéré ton mariage avec Élisabeth comme la base de notre bonheur familial et comme une garantie pour mes années de vieillesse. Vous êtes attachés l'un à l'autre depuis votre plus tendre enfance. Vous avez fait vos études ensemble et il semble que vos caractères et vos goûts vous destinent entièrement l'un vers l'autre. Mais l'expérience humaine est aveugle et il n'est pas impossible que ces projets que je crois bénéfiques soient au contraire réduits à néant. Toi, peut-être, tu ne la tiens que pour une sœur et tu ne souhaites pas qu'elle puisse devenir ta femme. Qui sait ?

Existe-t-il quelqu'un d'autre que tu aimes ? Te considérant être engagé envers Élisabeth pour des questions d'honneur, peut-être luttes-tu contre l'amour, ce qui pourrait expliquer les tourments que tu sembles ressentir.

— Rassure-toi, mon cher père, j'aime tendrement et sincèrement ma cousine. Je n'ai jamais rencontré une autre femme qui ait suscité en moi, comme Élisabeth, plus d'admiration et d'affection. Mon avenir et mes projets sont entièrement fondés sur ce mariage.

— Que tu m'aies fait part de tes sentiments sur ce sujet, mon cher Victor, me procure une joie que je n'ai plus éprouvée depuis longtemps. Puisqu'il en est ainsi, notre bonheur est assuré, nonobstant les récents événements qui nous ont tant bouleversés. Mais c'est justement la tristesse qui semble te ronger si fort que j'aimerais dissiper. Dis-moi donc si tu vois une objection à ce que le mariage soit célébré dans les plus brefs délais. Nous avons été très malheureux et ce qui s'est passé, il y a peu, a mis en péril notre tranquillité quotidienne. Je suis arrivé à l'âge où il en faut. Toi tu es jeune et je ne pense pas, puisque nous possédons une fortune suffisante, qu'un mariage à ton âge puisse aller à l'encontre de tes projets que tu as formés.

Mais ne va pas croire non plus que je désire t'imposer ton bonheur ni qu'un retard de ta part me causerait quelque désagrément. Interprète mes propos simplement et réponds-moi, je t'en conjure, en toute confiance et en toute sincérité.

J'avais écouté mon père en silence et, pendant un certain temps, je me sentis incapable de lui répondre. Je ressassais une multitude de pensées dans l'espoir d'arriver à une conclusion. Hélas ! L'idée d'une union rapide avec Élisabeth m'effrayait et m'accablait. J'étais lié par une promesse solennelle que je n'avais pas encore tenue et que je ne pouvais pas rompre. Si je le faisais, les pires malheurs allaient s'abattre sur ma famille et sur moi-même ! Pouvais-je participer à une fête alors qu'un tel poids me pesait sur les épaules et me faisait baisser la tête vers le sol ? Je devais tenir mon engagement et laisser le monstre partir avec sa compagne avant de recouvrer la joie et la paix dans le mariage.

Je me souvenais aussi qu'il était indispensable que j'entreprenne un long voyage en Angleterre ou qu'à tout le moins j'engage une correspondance avec ce philosophe qui avait fait des découvertes dont j'aurais besoin pour accomplir ma tâche, bien que ce moyen-là fût particulièrement lent et peu commode. De surcroît, j'éprouvais un insurmontable dégoût à l'idée d'engager cette affreuse besogne dans la maison de mon père, tout près de ceux que j'aimais. Je savais qu'une infinité d'accidents pouvaient se produire – et le moindre d'entre eux serait de nature à révéler une histoire qui ferait frémir d'horreur. Et puis, je savais aussi qu'il m'arrivait de temps à autre de perdre le contrôle de moi-même et d'être dans l'impossibilité de dissimuler les terribles pensées dont j'étais envahi alors que je m'adonnais à mes occupations inhumaines. Pour les reprendre, il fallait que je me sépare des miens. Et une fois que je commencerais ma tâche, je pourrais rapidement la mener à son terme avant de retrouver la paix et le bonheur dans ma famille. Ma promesse exécutée, le monstre partirait pour toujours. À moins qu'un accident (une lubie de mon imagination ?) ne vînt détruire l'abominable créature et ne me libérât à jamais de mon esclavage.

Ces sentiments dictèrent ma réponse. J'exprimai à mon père mon désir de gagner l'Angleterre, mais lui cachai les véritables raisons de ma requête. Je m'employai à ne pas éveiller ses soupçons et je fis avec tant d'ardeur qu'il céda bientôt à ma demande. Après une longue période de mélancolie noire dont l'intensité et les effets confinaient au délire, il fut heureux de constater que je pouvais éprouver quelque joie à l'idée d'entreprendre un voyage et il souhaita que ce changement d'atmosphère et de nombreuses distractions ramèneraient, avant mon retour, complètement mon équilibre.

La durée de mon absence fut laissée à mon appréciation.

Quelques mois seulement ou une année, c'était selon. Mon père eut l'agréable attention de me proposer un compagnon de voyage. Sans m'avertir, il s'arrangea, avec la complicité d'Élisabeth, pour que Clerval se joignît à moi à Strasbourg. Cela perturbait la solitude qui était nécessaire à l'accomplissement de ma tâche. Toutefois, pour le début du voyage, la présence de mon ami ne pouvait en rien me gêner et je me réjouis même du fait qu'ainsi me seraient épargnées de longues heures de réflexion solitaire et accablante. En outre, Henry pouvait au besoin intervenir au cas où le monstre surgirait. Si j'avais été seul, il aurait pu sans doute, de temps à autre, m'imposer son horrible présence pour me rappeler que ma tâche devait être menée à bonne fin ou pour en contrôler l'avancement.

Et donc je partirais pour l'Angleterre et il fut décidé que mon mariage avec Élisabeth se déroulerait aussitôt que je serais de retour. En raison de son grand âge, mon père n'était pas désireux de le retarder outre mesure. Quant à moi, j'y voyais la promesse d'une récompense à mes travaux immondes – la consolation après mes affreux tourments. J'allais donc vivre dans l'attente de ce jour où, libéré de mon misérable esclavage, je pourrais en appeler à Élisabeth et, par mon union avec elle, oublier mon passé.

Tandis que je me préparais à mon voyage, une pensée me hantait et m'emplissait de crainte et fébrilité. Durant mon absence, j'allais laisser les miens dans l'ignorance de leur ennemi, sans défense devant ses attaques, si jamais mon départ le mettait hors de lui. Mais le monstre m'avait promis de me suivre partout où j'irais : m'accompagnerait-il aussi en Angleterre ? En elle-même, cette hypothèse était extravagante, mais, d'un autre côté, elle me rassurait, car elle garantissait le salut de ma famille. J'étais angoissé à l'idée que les choses se passent autrement. Pendant tout le temps où je resterais sous l'empire du monstre, je devais me laisser aller aux impulsions du moment. J'avais la nette impression qu'il suivrait mes pas et n'exposerait pas ma famille au péril de ses machinations.

Ce fut à la fin du mois de septembre que je quittai mon pays natal. Comme j'avais moi-même nourri ce projet de voyage, Élisabeth l'accepta, mais elle était inquiète à l'idée que, loin d'elle, je pouvais connaître la tristesse et le chagrin. Par ses soins, Clerval m'avait été adjoint – et pourtant un homme ne voit pas toujours les mille et une circonstances de la vie qui retiennent l'attention d'une femme. Élisabeth aurait voulu que je revienne vite. Une multitude d'émotions la saisirent au moment des adieux et elle se mit à pleurer en silence.

Je me ruai dans la voiture qui devait me conduire, ignorant presque où je partais, ne sachant trop ce qui se passait autour de moi. Je me souvins seulement – et cela m'angoissait plus que tout – que je donnai des ordres pour que mes instruments chimiques soient placés dans mes bagages. La tête en feu, je traversai de nombreux et magnifiques paysages, mais mes yeux ne se fixaient pas dessus. Je n'étais capable de penser qu'au but de mon voyage et qu'à la tâche à laquelle je devais me livrer.

Ma morne indolence dura plusieurs jours, tandis que je parcourais de nombreuses lieues. Quand j'arrivai à Strasbourg, j'attendis Clerval quarante-huit heures jusqu'à ce qu'il arrivât. Hélas ! Quel contraste entre nous ! Il s'emballait devant chaque paysage, se réjouissait des magnificences du soleil couchant, et était plus ravi encore quand l'aube pointait et que naissait un nouveau jour. Il me désignait les couleurs changeantes du décor et la configuration des cieux.

— Voilà la vie, s'écriait-il, voilà les joies de l'existence.

Mais toi, mon cher Frankenstein, pourquoi es-tu si dépité et si triste ?

Il est vrai que j'étais assailli par des pensées obscures et que je ne m'intéressais ni au soleil couchant ni aux éclats lumineux qui se réfléchissaient sur le Rhin. Ah, mon ami, vous auriez trouvé plus de plaisir dans le journal de Clerval qui admirait les paysages avec les yeux de la sensibilité et de l'allégresse qu'à écouter mon histoire ! Je n'étais qu'un être misérable, hanté par une malédiction qui me coupait de toute joie !

Nous avions décidé de descendre le Rhin en bateau de Strasbourg à Rotterdam où nous pourrions nous embarquer pour Londres. Lors de ce voyage, nous avons longé de nombreuses îles plantées de saules et vu plusieurs villes très belles. Nous nous arrêtâmes un jour à Mannheim et, une semaine après notre départ de Strasbourg, nous atteignîmes Mayence. En aval, le cours du Rhin y devient de plus en plus pittoresque. Le fleuve y est plus rapide et serpente autour de collines guère élevées, mais plus abruptes et plus splendides. Nous vîmes de nombreux châteaux en ruines érigés au bord des précipices, alentour des forêts noires, hautes et inaccessibles. Cette partie-là du Rhin offre en effet une singulière variété de paysages. À tel endroit, vous voyez des rochers, des châteaux en ruines dominant d'extraordinaires crevasses, avec le Rhin obscur en contrebas. Et puis, soudain, vous contournez un promontoire et ce sont de riches vignobles qui s'étalent sur les coteaux verdoyants et bientôt, le long du fleuve, des villes populeuses. Nous voyagions à l'époque des vendanges et, tout en glissant sur les eaux, nous entendions le chant des paysans. Même moi, en dépit de mon abattement, en dépit de ces pensées amères qui me passaient sans cesse par la tête, j'étais ravi. Étendu sur le bateau, je contemplais le ciel bleu sans nuages et j'avais l'impression de goûter à une tranquillité à laquelle je n'étais plus habitué depuis longtemps. Et si telles étaient mes sensations, comment décrire celles d'Henry ? Il se croyait transporté dans une région féerique et ressentait une allégresse rarement éprouvée par un être humain.

— J'ai déjà vu, me dit-il, les plus beaux sites de notre pays.

« J'ai visité les lacs de Lucerne et d'Uri où les montagnes enneigées descendent vers l'eau jusqu'à la perpendiculaire en projetant leurs ombres noires et impénétrables et qui seraient un monde de ténèbres si de nombreux îlots verdoyants n'offraient pas au regard un aspect plus gai.

« J'ai vu ces lacs au moment de la tempête quand le vent soulevait les flots et donnait une idée de ce que doit être un cyclone sur l'océan immense, j'ai vu les vagues se précipiter au pied des montagnes à l'endroit où le prêtre et sa maîtresse ont été ensevelis sous l'avalanche et où, selon la rumeur, leur voix, la nuit, se mêle encore aux rafales de vent. J'ai vu les montagnes du Valais et celles du Vaud, mais cette région, Victor, me fascine plus que toutes ces merveilles. Les montagnes suisses possèdent une étrange majesté, mais il y a ici, sur les rives de ce fleuve superbe, un charme incomparable. Regarde ce château au-dessus du précipice – et celui-là sur l'île, presque dissimulé sous les feuillages des arbres. Et regarde encore ce groupe de paysans qui reviennent de leur vigne. Et ce village à moitié caché par les replis de la colline. Oh! L'esprit qui hante et protège ces lieux est plus proche de l'homme que celui qui habite nos glaciers et qui se réfugie dans les recoins les plus retirés des montagnes de notre pays! »

« Clerval! Cher ami! Même aujourd'hui, je suis heureux de rapporter tes paroles et t'adresser l'éloge que tu mérites tant! » C'était un être formé dans « la poésie de la nature ».

Son imagination libre, enthousiaste, n'avait d'égal que la bonté de son âme! Il débordait d'affections, et son amitié possédait cette nature dévouée et merveilleuse que les grands esprits tiennent d'ordinaire pour fantaisistes. Les sympathies humaines ne suffisaient pourtant pas à lui combler le cœur. Le spectacle de la nature que d'autres ne se contentent que d'admirer, il l'aimait avec ardeur.

Le bruit de la cataracte
Le hantait comme une passion : le roc grandiose,
La montagne, la forêt profonde et obscure,
Leurs couleurs et leurs formes lui donnaient
De l'appétit.
Un sentiment, un amour
Qui n'avait besoin d'aucun autre charme
Produit par la raison ni d'aucun attrait
Qui ne soit offert par les yeux.

Où se trouve-t-il à présent? Cet être exquis est-il perdu à jamais? Cet esprit si alerte, si plein de fantaisie et d'imagination, cet inventeur de mondes qui n'existaient que pour lui – aurait-il réellement péri? N'existe-t-il plus qu'à mon souvenir? Non, ce n'est pas possible. Ton corps, comme modelé par les dieux, ta beauté rayonnante ont disparu, mais ton esprit souffle encore et console ton compagnon misérable.

Pardonnez-moi cet accès de tristesse. Ces simples mots ne sont qu'un maigre tribut pour mettre mon ami en valeur, mais ils apaisent mon cœur qui se serre d'angoisse à son souvenir. Je vais continuer mon histoire.

Passé Cologne, nous sommes descendus à travers les plaines hollandaises. Nous y avons décidé de poursuivre notre voyage en chaise de poste, le vent nous étant contraire et le courant du fleuve trop lent pour notre progression.

Notre voyage perdit dès lors cet intérêt que lui procurait la beauté du paysage, mais nous arrivâmes en quelques jours à Rotterdam où nous devions prendre la mer pour l'Angleterre. C'était une matinée claire de la fin du mois de décembre lorsque, pour la première fois, apparurent les falaises blanches de la Grande-Bretagne. Les rives de la Tamise nous offrirent un nouveau spectacle, car elles étaient plates et fertiles et parce que chaque ville nous rappelait un événement historique. Nous vîmes le fort de Tilbury qui évoquait l'Armada espagnole, Gravesend, Woolwich ainsi que Greenwich – autant de villes dont j'avais entendu parler chez moi.

Et, finalement, nous aperçûmes les nombreux clochers de Londres, dominés par le dôme de Saint-Paul et par la Tour, célèbre dans l'histoire de l'Angleterre.

19

Nous décidâmes de rester et de séjourner plusieurs mois à Londres, cette ville si célèbre et si merveilleuse. Clerval brûlait de rencontrer les hommes les plus géniaux et les plus talentueux de l'époque, mais moi je n'y voyais qu'un intérêt secondaire. Ce qui me préoccupait principalement, c'étaient les moyens d'obtenir les informations nécessaires pour mettre ma promesse en œuvre. Très vite, je me servis des lettres d'introduction que j'avais apportées avec moi et qui étaient adressées aux physiciens les plus éminents.

Si mon voyage avait été effectué à l'époque où encore dans la joie, il m'aurait procuré les plus belles satisfactions. Mais les affres avaient perturbé mon existence et j'allais rendre visite à ces personnes uniquement pour obtenir des informations qu'eux seuls étaient capables de me fournir et qui m'intéressaient au plus haut point. Toute société me tapait sur les nerfs. Seul, je pouvais m'abandonner à contempler la terre et les cieux.

La voix d'Henri m'apaisait également – et j'avais alors l'illusion d'une sérénité passagère. Mais bientôt, des visages joyeux que je voyais emplissaient mon cœur de désespoir. Il me semblait qu'une insurmontable barrière s'était dressée entre les hommes et moi, et cette barrière était souillée par le sang de William et de Justine : l'évocation des événements qui se rattachaient à ces deux noms ravivait ma détresse !

En Clerval, je revoyais l'image de ce que j'avais été autrefois. Il était curieux, avide d'acquérir l'expérience et le savoir. La différence des mœurs qu'il observait était pour lui une source inépuisable d'enseignement et de plaisir. Il avait, lui aussi, un but qu'il poursuivait depuis longtemps. Il voulait se rendre aux Indes, car il croyait que la connaissance qu'il avait des diverses langues et de la civilisation de ce pays l'aiderait beaucoup à contribuer au progrès de la colonisation et du commerce européens. Et c'était avant tout en Grande-Bretagne qu'il pouvait mettre ses projets en exécution. Il n'était jamais désœuvré et son bonheur aurait été complet si je n'avais été toujours triste et déprimé. Je m'efforçais le plus possible de lui cacher mes peines, car je ne voulais pas l'empêcher de goûter à ses plaisirs naturels qui ceux sont que rencontre un homme qui n'a pas de soucis et qui n'est pas hanté par de désagréables souvenirs, au moment où il pénètre dans un nouveau milieu. Je refusais souvent d'accompagner Henri sous prétexte d'un autre engagement, car je voulais rester seul. Je commençais par ailleurs de réunir les matériaux qui serviraient pour ma nouvelle création et c'était une torture pour moi, équivalente à celle qui consisterait à recevoir, à l'infini, des gouttes d'eau sur la tête. Chaque fois qu'une pensée avait trait à mon travail, je vivais une angoisse extrême et chaque fois qu'un propos y faisait allusion, mes lèvres tremblaient et mon cœur battait avec précipitation.

Au bout de quelques mois de notre séjour à Londres, nous reçûmes une lettre d'un Écossais qui, autrefois, nous avait rendu visite à Genève. Il nous parlait des beautés de son pays natal et nous demandait si elles n'étaient pas de nature à prolonger notre voyage jusqu'à Perth où il habitait. Clerval était désireux d'accepter aussitôt l'invitation. Quant à moi, bien que je détestasse la compagnie des gens, j'étais ravi de revoir les montagnes, les fleuves et toutes ces merveilles dont la nature s'est servie pour parer ses lieux de prédilection.

Nous étions arrivés en Angleterre au début du mois d'octobre et nous étions maintenant en février. Nous décidâmes d'entreprendre ce voyage vers le nord à la fin du mois suivant. Pour effectuer le trajet, nous ne voulions pas emprunter la grand-route d'Édimbourg, mais plutôt visiter Windsor, Oxford, Matlock, les lacs du Cumberland, de telle sorte que notre périple se termine vers la fin du mois de juin. Dans mes bagages, j'emportai mes instruments chimiques et le matériel que j'avais réuni, décidé à achever mes travaux dans un coin obscur, sur les montagnes du nord de l'Écosse.

Nous quittâmes Londres le 27 mars et nous demeurâmes quelques jours à Windsor pour y découvrir ses magnifiques forêts. Pour nous qui étions des montagnards, c'était là un décor nouveau. Les chênes majestueux, le gibier abondant, les nobles troupeaux de cerfs – autant de choses que nous ne connaissions pas.

De là, nous partîmes pour Oxford. Comme nous entrions dans la ville, nous avions la tête pleine du souvenir des événements qui s'y étaient déroulés, près d'un siècle et demi plus tôt. C'était ici que Charles Ier avait rassemblé ses troupes. La ville lui était restée fidèle, alors que la nation entière l'avait abandonné pour se ranger sous la bannière du Parlement et de la liberté. Le souvenir de ce souverain malheureux et de ses compagnons – l'affectueux Falkland, l'insolent Goring –, de la reine et de son fils donnait un intérêt particulier à chaque quartier de la ville où, supposait-on, ils avaient séjourné. L'esprit des siècles passés y avait trouvé un refuge et nous en cherchions les traces avec ravissement. Mais si de telles réminiscences n'excitaient pas l'imagination, la ville en elle-même offrait suffisamment de beautés pour susciter notre admiration.

Les collèges sont anciens et pittoresques, les rues pour la plupart attrayantes, et l'Isis qui tourne autour de la ville à travers les prairies verdoyantes s'élargit en une nappe tranquille où se reflète un ensemble majestueux de tours, de clochers, de dômes au milieu des arbres séculaires.

Ce spectacle me plaisait, bien que ma joie fût altérée par le souvenir du passé et par la crainte du futur. J'étais fait pour le bonheur le plus paisible. Durant ma jeunesse, je n'avais jamais été saisi par la tourmente et, si parfois l'ennui me prenait, la contemplation de ce qu'il y avait de merveilleux dans la nature ou l'étude de ce qu'il y avait de plus beau et de meilleur dans les œuvres des hommes venait me distraire et me rendre l'équilibre. Mais je n'étais plus qu'un arbre foudroyé – la détresse avait rongé mon âme. Je sentais que je ne survivrais que pour une seule chose : offrir le spectacle d'un être misérable qui serait un objet de pitié pour les autres et de souffrance pour moi-même.

Nous restâmes un long temps à Oxford. Nous nous y promenions dans les environs et nous cherchions à identifier chaque site qui aurait pu évoquer l'époque la plus troublée de l'histoire de l'Angleterre. Ces courts voyages d'exploration étaient régulièrement prolongés par suite des choses intéressantes qui se présentaient à nous.

Nous visitâmes ainsi la tombe de l'illustre Hampden et l'endroit où était tombé ce patriote. Pendant un moment, mon âme s'élevait alors au-dessus des peurs misérables et vulgaires pour s'unir à de grandes idées de liberté et de sacrifice dont ces monuments étaient la lumière et le souvenir. Et j'osais, quelques brefs instants, me libérer de mes chaînes et regarder alentour, l'esprit libre et fier ; mais le fer avait trop profondément pénétré ma chair et, tremblant et désespéré, je recouvrais ma lamentable condition.

Nous abandonnâmes Oxford avec regret pour gagner Matlock qui était notre prochaine étape. Jusqu'à un certain point, les campagnes qui environnent ce village ressemblent aux paysages suisses. Mais tout y est à une échelle plus petite et les collines verdoyantes n'ont pas cette blanche couronne des Alpes qui coiffe toujours les montagnes couvertes de sapins de mon pays natal. Nous visitâmes la merveilleuse grotte et les petits musées d'histoire naturelle où les curiosités sont exposées de la même façon que dans les collections de Servox et de Chamonix. Ce dernier nom me fit trembler quand je l'entendis prononcer par Henry, et je me hâtai de quitter Matlock où s'était produite cette sinistre association d'idées.

Après Derby, poursuivant toujours notre voyage vers le nord, nous passâmes deux mois dans le Cumberland et le Westmorland. Je pouvais à présent m'imaginer me trouver dans les montagnes suisses. De légères traces de neige qui demeuraient encore sur les flancs nord des montagnes, les lacs et le cours des torrents tumultueux m'étaient des spectacles chers et familiers. Ici, en outre, nous nouâmes quelques relations qui me permirent de goûter à un bonheur illusoire. Par comparaison, l'allégresse de Clerval dépassait de loin la mienne. Son esprit s'exaltait dans la compagnie d'hommes de talent et il puisait en lui-même des capacités et des ressources dont il n'aurait jamais fait preuve s'il avait fréquenté des gens qui lui étaient inférieurs.

— Je pourrais passer ma vie ici, me disait-il. Parmi ces montagnes, je regretterais à peine la Suisse et le Rhin.

Mais il s'aperçut aussi que la vie d'un voyageur comporte autant de fatigue que de joie. Il avait toujours l'esprit en éveil et quand il commençait à se reposer, il était à peine amené à délaisser quelque chose qui lui avait procuré du plaisir que déjà un nouvel objet retenait toute son attention, jusqu'à ce que celui-ci également fût remplacé par un autre.

Nous venions tout juste de visiter les divers lacs du Cumberland et du Westmorland et nous lier d'affection avec quelques-uns des habitants qu'arriva la date de notre rendez-vous avec notre ami écossais et que nous dûmes poursuivre notre voyage. Pour ma part, je n'en étais pas fâché. J'avais depuis un certain temps négligé ma promesse et j'avais peur que cela eût contrarié le monstre : il pouvait être resté en Suisse et se venger sur mes parents.

Cette idée m'obsédait et venait me troubler chaque fois que j'aurais pu jouir de repos et de calme. J'attendais mon courrier avec une fiévreuse impatience. Si les lettres avaient quelque retard, j'étais malheureux et je nourrissais mille frayeurs. Et quand elles arrivaient, quand je reconnaissais l'écriture d'Élisabeth ou de mon père, j'avais peur de les lire et je craignais toujours le pire. Parfois, je croyais que le démon me courait derrière et qu'il était capable, pour punir mon retard, d'assassiner mon compagnon. Lorsque ces pensées-là me passaient par la tête, je ne quittais pas Henry un seul instant, je le suivais comme son ombre pour le protéger contre une éventuelle attaque du destructeur. J'avais l'impression que j'avais moi-même commis quelque crime odieux et que j'étais hanté par ce souvenir.

J'étais innocent, mais j'avais effectivement attiré sur ma tête une horrible malédiction, aussi mortelle que si j'avais été coupable.

Je visitai Édimbourg, l'œil triste, l'esprit ailleurs. Et pourtant cette ville aurait dû intéresser la plus malheureuse des créatures humaines. Clerval ne l'aima pas autant qu'Oxford dont le caractère antique lui avait fortement plu. Toutefois, la beauté, la symétrie de la partie neuve d'Édimbourg, les châteaux romantiques qui se trouvaient à proximité, les plus charmants du monde – Arthur's Seat, St Bernard's Well – et les collines du Pentland furent à ses yeux une compensation et le remplirent de joie et d'admiration. Mais moi j'étais impatient d'arriver au terme de notre voyage.

Après une semaine, nous partîmes d'Édimbourg pour gagner Perth, après avoir passé par Coupar, St Andrew's et longé les rives de la Tay. Là, notre ami nous attendait.

Mais je n'étais pas d'humeur à me réjouir, ni à parler avec des étrangers, ni même à m'enquérir de leur santé et de leurs projets avec cette amabilité dont un invité doit faire preuve. Je me contentai dès lors de dire à Clerval que j'envisageais de visiter l'Écosse tout seul.

— Et toi, amuse-toi bien, lui dis-je. Prenons cet endroit comme lieu de rendez-vous. Je serai absent un mois ou deux – et surtout que mes déplacements ne te tracassent pas. J'ai besoin, pour un certain temps, de calme et de solitude. Quand je serai de retour, j'espère bien avoir le cœur plus léger et me trouver dans des dispositions d'esprit assez semblables aux tiennes.

Henry voulut me dissuader, mais, voyant que je tenais fermement à ce projet, il n'insista plus et me demanda seulement que je lui écrive souvent.

— Je préférerais, me dit-il, être à tes côtés dans tes randonnées solitaires plutôt que de me trouver avec ces Écossais que je ne connais pas. Hâte-toi donc, mon cher ami, de revenir pour qu'avec toi je me sente de nouveau comme au pays, car voilà des sentiments que je ne peux pas éprouver durant ton absence.

Abandonnant mon ami, je décidai de me retirer dans un coin perdu de l'Écosse pour achever mes travaux dans la solitude. Je ne doutais pas que le monstre m'y suivrait et qu'une fois ma tâche terminée il me réclamerait sa compagne.

Avec ces résolutions, je traversai les montagnes du nord et choisis, pour théâtre de mes opérations, une des îles les plus éloignées des Orcades. C'était un endroit qui convenait assez bien à mon travail, en fait une île rocheuse dont les flancs étaient continuellement battus par les vagues. Le sol y était pauvre et c'est à peine s'il offrait un peu de pâtures à quelques vaches. Quant aux habitants ils n'étaient que cinq dont les membres malades et décharnés prouvaient la vie lamentable. Pour disposer de légumes, de pain et même d'eau fraîche, ils devaient, lorsqu'ils pouvaient se permettre ce luxe, gagner le continent, à cinq miles de là.

Dans toute l'île, il n'y avait que trois misérables cabanes dont une, au moment où j'arrivai, était inoccupée. Je la louai. Elle se composait de deux pièces où dominaient la crasse et l'abandon. Le toit de chaume s'était effondré, les murs n'avaient plus de plâtre et la porte était sortie de ses gonds. Je procédai à quelques réparations, achetai des meubles et pris possession de cette bâtisse – ce qui aurait dû sans doute étonner les habitants de l'île s'ils n'étaient pas à ce point englués dans leur sordide misère. De la sorte, je vécus à l'abri des regards et de toute gêne et même une distribution de vêtements et de nourriture ne me valut presque aucun remerciement, tant ces gens-là, habitués à souffrir, étaient incapables d'avoir les réactions humaines les plus élémentaires.

La matinée, je la consacrais au travail. Le soir, quand le temps était favorable, j'allais me promener sur la plage de galets pour écouter les vagues mugir et bondir à mes pieds. C'était un spectacle monotone, mais qui variait toujours. Je songeais à la Suisse. Comme elle était différente de ce paysage désolé et terrifiant ! Ses collines sont couvertes de vignobles, ses chalets sont disséminés à travers les plaines !

Ses superbes lacs reflètent des cieux bleus et sereins et, lorsqu'ils sont remués par les vents, leur tumulte, comparé au rugissement de l'océan immense, n'est qu'un jeu d'enfant.

J'avais ainsi réparti mon temps au début. Mais, au fur et à mesure que je progressais dans mon travail, il m'horrifiait et me pesait de plus en plus. Parfois, des journées entières, je ne me sentais plus capable de pénétrer dans mon laboratoire et, à d'autres moments, je travaillais nuit et jour pour achever ma tâche. Mais je m'étais attelé à une œuvre inouïe. À l'époque de ma première expérience, une espèce d'enthousiasme fou m'avait empêché de voir l'horreur de ce que je faisais. Mes esprits avaient été totalement accaparés par l'accomplissement de ma tâche et mes yeux ne voyaient pas l'horreur grandissante. Mais à présent j'agissais de sang-froid et souvent, au milieu de mon travail, mon cœur se soulevait.

Pris, occupé par la plus épouvantable besogne, plongé dans une solitude où rien ne venait, ne fût-ce qu'une seconde, distraire mon attention, je perdis peu à peu mon équilibre. Je devenais irritable et fébrile. À chaque instant, j'avais peur de rencontrer mon persécuteur. Parfois, je restais assis, les yeux fixés sur le sol, n'osant pas les lever, dans la crainte de voir surgir l'objet même de mes effrois. Et je n'osais plus non plus m'éloigner de la vue de mes semblables de peur que le monstre, me sachant seul, ne vînt réclamer sa compagne. Et pourtant je progressais et mon travail avait déjà considérablement avancé. J'envisageais son achèvement avec un espoir trouble que je n'osais même plus mettre en question, malgré les terribles et obscurs pressentiments que je nourrissais au fond de mon cœur.

20

Un soir, je me trouvais dans mon laboratoire. Le soleil avait disparu et la lune venait juste de se lever au-dessus de la mer. Il ne me restait plus assez de lumière pour travailler et je demeurai là, perplexe, me demandant si j'allais abandonner ma tâche pour la nuit ou si, en m'appliquant plus encore, je ne pourrais pas plus vite la mener à bonne fin. Comme je m'interrogeais, une foule de pensées vinrent m'assaillir et je me mis à réfléchir sur les conséquences de mon acte. Trois ans plus tôt, je m'étais déjà engagé dans la même voie et j'avais créé un démon dont l'effroyable barbarie m'avait déchiré le cœur et avait fait naître en moi les remords les plus amers. Et maintenant, j'étais sur le point de fabriquer une autre créature dont je ne savais pas quelles seraient les dispositions d'esprit. Elle pouvait être mille fois plus mauvaise que la première et prendre plaisir à tuer et à semer la désolation.

Le démon, lui, avait juré de quitter le voisinage des hommes et de se cacher dans les déserts. Mais que dire de sa compagne ? Elle qui, selon toute probabilité, allait devenir un animal doué de pensée et de raison, refuserait peut-être de se soumettre à un pacte conclu avant sa création. Et s'ils se haïssaient mutuellement ? Le monstre qui existait déjà et qui avait en horreur sa propre difformité n'allait-il pas se détester plus encore quand il verrait sous ses yeux sa réplique féminine ? Et celle-ci également serait peut-être amenée à se détourner de lui pour préférer la beauté des hommes ? Si jamais elle l'abandonnait, il se retrouverait seul, ulcéré par cette nouvelle provocation faite par une créature de son espèce.

Si même ils quittaient l'Europe et allaient habiter les déserts du Nouveau Monde, l'un des premiers effets de cette sympathie dont le monstre avait tant besoin serait une procréation – une race de démons se propagerait sur le monde et, tout en semant la terreur, mettrait l'existence du genre humain en péril. Avais-je le droit, pour servir mes propres intérêts, d'infliger cette malédiction sur les générations à venir ? J'avais d'abord été touché par les sophismes de l'être que j'avais créé je m'étais laissé impressionner par ses menaces diaboliques, mais, maintenant, pour la première fois, le péril que constituait ma promesse s'imposa à moi. Je tremblai en pensant que les générations futures me maudiraient comme la peste, moi qui n'avais pas hésité, pour sauvegarder ma propre paix, de compromettre sans doute la survie de la race humaine tout entière.

Je frissonnai. Mon cœur se souleva tout à coup, lorsque, redressant la tête, je vis au clair de lune le monstre qui me fixait par la fenêtre. Un rictus immonde lui tordait les lèvres au moment où il me regardait, alors qu'il était venu constater l'état d'avancement des travaux qu'il m'avait imposés. Ainsi donc, il m'avait suivi dans mes périples ! Il avait parcouru les forêts, s'était dissimulé dans des grottes, s'était réfugié parmi les bruyères et les landes désertes ! Et, à présent, il venait pour apprécier mes progrès et exiger que je remplisse ma promesse jusqu'au bout.

Tandis que je le regardais, sa figure exprima la traîtrise et la malice la plus noire. Je me rendis compte à quel point j'avais été fou de lui promettre une créature qui lui ressemblerait et, tremblant à l'excès, je mis en pièce tout ce que j'avais entrepris. Le monstre me vit détruire la créature dont l'existence future allait lui assurer le bonheur et, avec un hurlement de désespoir et de vengeance, il disparut.

Je quittai le laboratoire et, après avoir fermé la porte à clef, je fis le serment solennel de ne plus jamais reprendre mes travaux. Puis, d'un pas hésitant, je gagnai ma chambre à coucher. J'étais seul. Personne n'était à mes côtés pour dissiper ma tristesse et m'arracher de ce climat oppressant de cauchemar épouvantable.

Les heures s'écoulèrent. Je me tenais près de la fenêtre et regardais en direction de la mer. Elle était presque immobile, car le vent était tombé. Toute la nature se reposait sous le regard tranquille de la lune. Quelques barques de pêcheurs se détachaient seulement sur l'eau et, de loin en loin, une brise légère amenait jusqu'à moi le bruit des voix des pêcheurs qui se hélaient. Je percevais le silence, bien que je n'eusse pas tout à fait conscience de son étendue. Mais soudain, j'entendis un bruit de rame le long du rivage et quelqu'un débarqua tout près de ma maison.

Quelques minutes plus tard, je m'aperçus que ma porte grinçait, un peu comme si on cherchait à ouvrir avec douceur. Je tremblais de la tête aux pieds. J'avais le pressentiment de savoir qui c'était et je me dis que je devais appeler un de mes voisins. Mais j'éprouvais cette impression d'abandon qu'on a si souvent dans les rêves, quand on essaie en vain de chasser un danger qui vous menace : je ne pouvais pas bouger.

Bientôt, je perçus des bruits de pas dans le couloir. La porte s'ouvrit et le monstre que je craignais fit son apparition. Il ferma la porte, s'approcha de moi et me dit d'une voix assourdie :

— Tu as détruit l'œuvre que tu avais commencée. Quelle est donc ton intention ? Oserais-tu rompre ta promesse ? J'ai essuyé bien des souffrances et des misères. J'ai quitté la Suisse en même temps que toi, j'ai parcouru les rives du Rhin, traversé ses îles couvertes de saules et les sommets de ses montagnes. De nombreux mois, j'ai vécu au milieu des landes anglaises et dans des endroits déserts, en Écosse. J'ai dû affronter la fatigue, le froid, la faim. Pourrais-tu annihiler mes espérances ?

— Va-t'en ! Je romps mon engagement ! Jamais je ne créerai un être qui te ressemble, qui ait ta laideur et tes turpitudes !

— Esclave ! J'ai parlé avec toi, il y a quelque temps, mais tu as montré que tu étais indigne de ma condescendance ! Souviens-toi que je suis puissant. Tu te crois peut-être malheureux, mais je peux t'accabler plus encore au point que tu en viendras à détester la lumière du jour. Tu es mon créateur, mais moi je suis ton maître. Tu obéiras !

— L'heure de mon hésitation est révolue et voilà que commence l'ère de ton pouvoir. Tes menaces ne pourront pas me pousser à accomplir un acte de cruauté. Au contraire, elles ne font que renforcer ma détermination de ne pas créer ta compagne de vice. Pourrais-je, de sang-froid, lâcher sur la terre un démon qui ne se complaît que dans le meurtre et le mal ? Va-t'en ! Je suis inébranlable et tes paroles ne pourraient qu'exaspérer ma fureur !

Le monstre lut sur mon visage à quel point j'étais déterminé et, dans sa rage impuissante, il se mit à grincer les dents.

— Chaque être humain, s'écria-t-il, peut s'associer à un de ses semblables, chaque animal est doté d'une femelle et tu voudrais que je reste seul ? J'avais des sentiments d'affection et on n'y a répondu que par la haine et le mépris. Homme ! Tu peux me détester, mais fais attention ! Tes jours se passeront dans la souffrance et le malheur et bientôt je frapperai le coup qui t'enlèvera la paix pour toujours. Seras-tu heureux si moi je devais ramper sous le poids de ma détresse ? Tu as la possibilité de me priver de toute passion, mais la vengeance, elle, restera. La vengeance qui me sera aussi indispensable que la lumière et la nourriture ! Je mourrai peut-être, mais auparavant toi, mon tyran et mon bourreau, tu maudiras le soleil qui verra toutes tes infortunes. Prends garde, parce que je suis sans peur et tout-puissant ! Je vais te guetter avec la ruse du serpent pour venir te piquer avec son venin ! Homme, tu te repentiras des maux que tu m'infliges !

— Cela suffit, démon ! N'empoisonne pas l'air de tes paroles immondes ! Je t'ai fait part de ma décision et je ne suis pas lâche pour céder devant tes menaces. Disparais, je reste inflexible !

— C'est bien, je m'en vais, mais rappelle-toi, tu me retrouveras la nuit de tes noces.

Je bondis sur lui et m'exclamai :

— Odieuse créature ! Avant de signer mon arrêt de mort, essaie d'assurer ta propre survie !

Je voulus le saisir, mais il m'évita et se précipita hors de la maison. Après quelques instants, je le vis sur sa barque qui filait sur l'eau à la vitesse d'une flèche, et bientôt il disparut au milieu des vagues.

Tout était de nouveau silencieux, mais les paroles du monstre résonnaient encore à mes oreilles. Bouillant de rage, je voulais poursuivre l'assassin et le précipiter dans l'océan. Perturbé à l'extrême, je me mis à arpenter ma chambre, tandis que mon imagination me suggérait mille figures qui me tourmentaient et me faisaient souffrir.

Pourquoi ne l'avais-je pas suivi pour me mesurer avec lui dans un combat mortel ? Mais je l'avais laissé partir et il avait gagné directement le continent. Je tremblais en me demandant quelle serait la prochaine victime offerte en sacrifice à son insatiable vengeance. Et je me rappelai alors ses paroles : « Tu me retrouveras la nuit de tes noces. » C'était donc à ce moment-là que s'accomplirait ma destinée. Ce jour-là j'allais mourir et ainsi seraient satisfaits ses instincts pervers. Cette idée me fit peur.

Pourtant, comme je pensais à ma tendre Élisabeth, la voyant verser des larmes de tristesse parce qu'on avait arraché de ses bras celui qu'elle aimait, pour la première fois depuis des mois je me mis à pleurer et je décidai de tout entreprendre pour ne pas succomber aux griffes de mon ennemi.

La nuit se passa, et le soleil se leva sur l'océan. J'étais un peu plus calme, si tant est qu'on puisse parler de calme quand la rage la plus violente cède la place au désespoir le plus profond. Je quittai ma maison où s'était déroulée l'épouvantable scène de la nuit dernière et allai me promener le long du rivage. La mer me fit l'impression d'une barrière insurmontable dressée entre mes semblables et moi. Oh ! Si au moins cela avait été possible ! J'aurais voulu passer mon existence sur ce rocher dénudé, péniblement, sans aucun doute, mais ne devant plus subir le choc soudain d'un malheur. Si je partais, ce serait pour être sacrifié ou pour voir un de ceux que j'aimais tomber sous l'empire du démon que j'avais moi-même créé.

J'errai sur l'île comme un spectre inquiet, séparé de tout ce qui était ma joie, meurtri par cette séparation. Vers midi, alors que le soleil était à son zénith, je me couchai sur l'herbe et m'abandonnai à un profond sommeil. J'avais veillé toute la nuit précédente, j'avais les nerfs à bout et les yeux alourdis par la fatigue et la tourmente. Le sommeil où je me perdis me fit du bien. Quand je me réveillai, je sentis que j'appartenais à nouveau au genre humain et me mis à réfléchir sur les événements avec une plus grande lucidité. Néanmoins, les paroles du monstre, tel un glas, me résonnaient toujours aux oreilles. On aurait dit qu'elles faisaient partie d'un rêve et, en même temps, elles étaient distinctes et réellement oppressantes.

Le soleil était déjà bas et je me trouvais sur la grève en train d'apaiser ma faim en mangeant une galette de maïs, quand je vis une barque de pêcheur venir vers moi ainsi qu'un homme qui m'apportait un paquet. Ce paquet contenait des lettres en provenance de Genève et une qui m'avait été adressée par Clerval. Il disait qu'il perdait un peu son temps et que ses amis de Londres souhaitaient son retour pour conclure les négociations qu'il avait entamées en vue de son départ aux Indes. Celui-ci, il ne désirait pas le retarder davantage, mais puisque son séjour à Londres serait suivi, plus vite qu'il ne l'avait supposé, d'un très long voyage, il me suppliait de lui accorder le plus de temps possible. Il voulait donc que je quitte mon île solitaire et le rencontre à Perth d'où nous pourrions repartir vers le sud. Cette lettre, jusqu'à un certain point, me rappelait vers la vie et je décidai de prendre la route dans les deux jours.

Toutefois, avant de partir, il me fallait encore accomplir une tâche qui me dégoûtait. Je devais emballer mon matériel et, pour ce faire, entrer dans la pièce qui avait été le théâtre de mon odieuse besogne et manipuler des instruments dont la vue m'horripilait. Le lendemain, à l'aube, je m'armai de courage et ouvris la porte de mon laboratoire. Les restes de la créature inachevée que j'avais détruite étaient jonchés sur le sol et j'eus l'impression que j'avais mutilé la chair vivante d'un être humain. J'hésitai, avant de reprendre mes esprits et de pénétrer dans le laboratoire. En tremblant, j'emportai mes instruments hors de la pièce, mais je me dis que je ne pouvais pas abandonner là les restes de mon œuvre, sinon pour exciter l'horreur et la suspicion chez les paysans. Aussitôt, je les réunis dans un panier sur lequel je plaçai une grande quantité de pierres et je décidai de le jeter dans la mer, cette même nuit. Puis, je descendis sur la place et me mis à nettoyer et à ranger mon matériel.

Depuis la nuit où le démon m'était apparu, j'avais subi une transformation radicale – et aucun être humain peut avoir changé à ce point. Auparavant, je considérais que ma promesse devait être tenue, en dépit du profond désespoir qu'elle faisait naître en moi et nonobstant toutes les conséquences possibles. Mais à présent, il me semblait qu'un voile s'était déchiré devant mes yeux et que, pour la première fois, je voyais les choses clairement. Pas un seul instant, ne me revint l'idée de reprendre mes travaux.

Certes existait toujours la menace que le monstre faisait peser sur moi, mais je ne pensai pas qu'un acte volontaire de ma part pût l'annihiler. Je savais que créer un second monstre semblable au premier était la marque de l'égoïsme le plus abject et le plus atroce et je bannis de mon esprit toute pensée qui m'aurait amené à une autre conclusion.

La lune se leva entre deux ou trois heures du matin. À ce moment, je mis mon panier dans une petite embarcation et m'éloignai des côtes d'environ quatre miles. L'endroit était parfaitement solitaire. Quelques bateaux gagnaient la terre, mais je les évitai. J'avais le sentiment que j'étais sur le point de commettre un crime affreux et j'avais atrocement peur de rencontrer un être humain. Bientôt, la lune qui brillait jusque-là disparut derrière un épais nuage et je profitai de l'obscurité pour jeter mon panier dans la mer. J'entendis un clapotis, comme le panier fendait les flots. Le ciel était devenu nuageux, mais l'air était pur, quoique refroidi par le vent du nord qui s'était levé. Mais cela me rafraîchit et me causa une sensation si agréable que je voulus encore rester sur l'eau. Je bloquai le gouvernail et m'étendis au fond de l'embarcation. Des nuages cachaient la lune, les ténèbres s'épaississaient et je n'entendais plus que le bruit du bateau fouetté par les vagues. Bercé par ce murmure, je m'endormis après très peu de temps.

Combien de temps suis-je resté là ? Je ne pourrais pas le dire, mais, lorsque je me réveillai, je m'aperçus que le soleil brillait déjà très haut au milieu des cieux. Le vent était violent, et les vagues soulevaient de plus en plus fortement mon petit bateau. Je me rendis compte que le vent soufflait du nord-est et que je devais me trouver très loin de l'endroit où je m'étais embarqué. Je m'efforçai de changer de trajectoire, mais, très vite, je constatai que par là je risquais de faire chavirer mon bateau.

Dans ces conditions, ma seule ressource consistait à me laisser pousser par le vent. J'avoue que ma panique était grande. Je n'avais pas de boussole avec moi et je connaissais si mal la géographie de cette partie du monde que la position du soleil ne pouvait pas me servir. J'aurais pu dériver vers l'Atlantique et y connaître les affres de la faim et de la soif avant d'être englouti par les eaux qui grondaient et mugissaient alentour. Il y avait déjà plusieurs heures que j'étais parti et je commençais à éprouver les tourments de la soif – prélude à d'autres souffrances. Je regardai les cieux qui étaient couverts de nuages, lesquels, sans cesse, étaient poussés par les vents. Puis je contemplai la mer : elle pouvait être ma tombe.

— Monstre ! m'écriai-je. Ta tâche est donc accomplie !

Je songeai à Élisabeth, à mon père, à Clerval – ils étaient abandonnés, désormais à la merci des passions et des instincts sanguinaires du monstre. Et cette pensée ne fit qu'attiser mon désespoir et me fit tellement souffrir que maintenant encore, alors que le drame va connaître son déroulement, j'en frémis.

Plusieurs heures se passèrent ainsi. Puis, petit à petit, tandis que le soleil descendait sur l'horizon, le vent ne devint plus qu'une brise légère et les vagues furent moins fortes. Mais la houle, elle, ne disparut pas. Je me sentais malade, incapable de tenir le gouvernail, lorsque soudain j'aperçus des falaises en direction du sud.

Épuisé comme je l'étais par la fatigue et la détresse que j'avais dû endurer durant des heures, j'eus pourtant, la subite certitude que j'allais revivre. Mon cœur s'emplit de joie et des larmes coulèrent de mes yeux.

Comme les sentiments sont variables, comme est étrange cet amour de la vie qui transcende l'excès de la tourmente !

En me servant d'une partie de mes vêtements, je fabriquai une autre voile et mis rapidement le cap sur la terre.

C'était, à première vue, une terre sauvage et rocailleuse, mais, comme j'approchais, j'aperçus aisément des traces de culture. Je vis des navires en bordure du rivage et me trouvai tout à coup transporté dans le monde des hommes civilisés. Je longeai soigneusement les côtes et me guidai sur un clocher dont je pouvais distinguer le sommet au-delà d'un promontoire. Comme j'étais extrêmement faible, je décidai de gagner directement la ville où je pourrais plus facilement me procurer de la nourriture. Par bonheur, j'avais de l'argent sur moi. En contournant le promontoire, j'aperçus une charmante ville ainsi qu'un joli port où j'entrai, heureux d'avoir pu échapper à mon triste sort.

Tandis que j'amarrais mon bateau et pliais les voiles, quelques personnes arrivèrent vers l'endroit où je me tenais. Elles semblaient fort surprises de me voir, mais, au lieu de me porter secours, elles se mirent à parler entre elles avec des gestes qui, en toute autre occasion, m'auraient inquiété. Je remarquai uniquement qu'elles parlaient anglais et c'est dans cette langue que je leur adressai la parole :

— Mes chers amis, dis-je, auriez-vous l'amabilité de me faire connaître le nom de cette ville et de me dire où je suis ?

— Vous le saurez bientôt, me répondit un homme d'une

voix rude. Peut-être vous trouvez-vous dans un endroit qui ne sera pas vraiment à votre goût, mais, ce qui est sûr, c'est qu'on ne demandera pas votre avis pour vous loger.

J'étais particulièrement surpris de recevoir une réponse aussi brutale d'un étranger et j'étais tout aussi déconcerté de lire l'hostilité sur le visage de ses compagnons.

— Pourquoi me répondez-vous aussi bourrument, dis-je. Ce n'est certes pas dans les habitudes des Anglais d'accueillir les étrangers de façon inhospitalière !

— Je ne sais pas, dit l'homme, quelle peut être l'habitude des Anglais, mais c'est l'habitude des Irlandais de haïr les vermines !

Tandis que se poursuivait ce curieux dialogue, je voyais la foule rapidement grossir. Les visages exprimaient un mélange d'intérêt et de colère qui, peu à peu, me troubla et me fit peur. Je demandai le chemin d'une auberge, mais on ne me répondit pas. Je m'avançai et un murmure s'éleva de la foule qui me suivait et m'entourait. Alors surgit un individu qui n'avait pas l'air agréable et qui me tapa sur l'épaule.

— Venez, monsieur, me dit-il, vous devez me suivre chez M. Kirwin et vous expliquer avec lui.

— Qui est M. Kirwin ? Pourquoi dois-je m'expliquer ? Je ne suis pas dans un pays libre ?

— Oui, monsieur, libre pour les gens honnêtes. M. Kirwin est magistrat et vous vous expliquerez avec lui sur la mort d'un homme qui a été assassiné ici, la nuit dernière.

Cette réponse me fit tressaillir, mais, très vite, je me contrôlai. J'étais innocent – et je pouvais aisément le prouver. Je suivis donc mon guide en silence et je fus conduit dans une des plus belles maisons de la ville. Je n'étais pas loin de tomber de fatigue et de faim, mais, avec la foule qui m'entourait, je me dis qu'il était bon de ne pas me laisser aller, car une défaillance aurait pu signifier à leurs veux que j'avais peur ou que j'étais coupable.

Pourtant, je ne m'attendais guère à la calamité qui allait survenir quelques instants plus tard et étouffer dans l'horreur et le désespoir toute crainte d'ignominie et de mort.

Il faut que je m'interrompe un peu, car je dois rassembler toutes mes forces pour me rappeler dans le moindre détail les événements faramineux que je vais vous relater.

21

Je fus bientôt conduit devant un magistrat, un vieillard bienveillant aux allures calmes et distinguées. Il me regarda néanmoins avec une certaine gravité puis, se tournant vers les gens qui m'accompagnaient, il demanda quels étaient les témoins de l'affaire.

Une demi-douzaine d'hommes se présentèrent. Le magistrat désigna l'un d'entre eux, lequel fit sa déposition.

Il déclara qu'il était parti pêcher, la veille au soir, avec son fils et son beau-frère, Daniel Nugent, mais que vers dix heures, après avoir observé que le vent du nord était en train de se lever, ils avaient préféré regagner le port. C'était une nuit sans lune, extrêmement obscure. Au lieu d'accoster dans la rade, ils avaient mouillé selon leur habitude, dans une crique, plus ou moins deux miles plus bas. Il était parti le premier, muni d'une partie du matériel de pêche, alors que ses compagnons le suivaient à quelque distance. Comme il avançait le long de la grève, il avait heurté du pied quelque chose et s'était de tout son long étalé sur le sol. Ses compagnons lui avaient porté secours et, à la clarté de leur lanterne, ils s'étaient rendu compte qu'il était tombé sur le corps d'un homme mort, selon toute apparence. Ils avaient d'abord cru que c'était là le cadavre d'un noyé, rejeté par la mer sur le rivage. Mais, par la suite, ils avaient remarqué que les vêtements de l'homme n'étaient pas mouillés et même que le corps n'était pas encore tout à fait froid. Ils l'avaient immédiatement transporté dans la maison d'une vieille femme qui habitait les environs et avaient essayé en vain de le ranimer. Tout semblait indiquer qu'il s'agissait d'un jeune homme qui devait avoir dans les vingt-cinq ans. À première vue, il avait été étranglé et, en dehors d'une marque de doigt noire autour du cou, on ne voyait sur lui aucune trace de violence.

La première partie de cette déposition ne me concernait nullement. Mais, lorsque fut mentionnée la marque de doigt, je me souvins du meurtre de mon frère et me sentis extrêmement secoué. Mes membres tremblaient, un voile me couvrit les yeux et je dus m'appuyer sur une chaise pour me retenir. Le magistrat m'observait d'un œil attentif et, naturellement, mon attitude ne présageait rien de bon.

Les propos du pêcheur furent confirmés par son fils. Mais quand Daniel Nugent prit la parole, il affirma catégoriquement que, juste avant la chute de son compagnon, il avait vu un bateau où il n'y avait qu'un homme, à une faible distance du rivage. Et, pour autant qu'il était possible d'en juger à la lueur des quelques rares étoiles, c'était là le même bateau que celui dans lequel j'avais accosté.

Puis, une femme qui vivait près de la plage et s'était tenue sur le seuil de sa maison pour guetter le retour des pêcheurs déclara qu'une heure avant qu'on ne lui apprenne la découverte du corps, elle avait aperçu un bateau n'ayant qu'un seul homme à bord, tout près du rivage, non loin de l'endroit où on avait trouvé le cadavre.

La femme chez qui les pêcheurs avaient apporté la malheureuse victime confirma les faits. Le corps n'était pas froid. On l'avait étendu sur un lit et on l'avait frictionné. Bien que le jeune homme fût sans vie, Daniel s'était rendu en ville pour quérir un apothicaire.

Plusieurs autres personnes furent interrogées au sujet de mon accostage. Elles s'accordèrent pour dire que, par suite du vent du nord qui s'était levé au milieu de la nuit, il était presque certain que j'avais dérivé durant de nombreuses heures et que j'avais été contraint de revenir tout près de mon point de départ. En outre, ils firent observer que j'avais vraisemblablement amené le corps d'un autre endroit et que, ne connaissant sans doute pas la côte, j'avais gagné le port, sans savoir quelle distance séparait la ville du lieu où j'avais déposé le cadavre.

Après avoir écouté ces déclarations, M. Kirwin souhaita

me conduire dans la pièce où on avait placé le corps, en attendant l'inhumation. Il voulait sans doute se rendre compte de l'effet qu'exercerait sur moi ce spectacle.

L'idée lui était probablement venue au moment où j'avais manifesté une grande fébrilité, alors que les circonstances du meurtre étaient décrites. Je fus donc emmené à l'auberge, escorté par le magistrat et par de nombreuses autres personnes. Les étranges coïncidences de cette nuit fatidique ne pouvaient pas manquer de m'impressionner.

Pourtant, comme je savais très bien que j'étais en train de discuter avec les habitants de mon île à l'heure où le cadavre avait été découvert, je ne me faisais aucune inquiétude sur les conséquences de cette affaire.

J'entrai dans la pièce où on avait déposé le corps et m'approchai du cercueil. Comment décrire mes réactions en découvrant le cadavre ? Je me sens encore sous le coup de l'horreur et je ne peux pas penser à cet épouvantable instant sans souffrir le martyre. L'interrogatoire, la présence du magistrat et des témoins, tout, comme dans un rêve, disparut de mon esprit lorsque je vis, couché devant moi le corps inanimé de Henry Clerval. Je chancelai et, me précipitant sur lui, je m'écriai :

— Mes machinations criminelles ont donc eu également raison de ton existence, mon cher Henry ! J'ai déjà détruit deux êtres humains. D'autres victimes vont encore succomber ! Mais toi, Clerval, mon ami, mon bienfaiteur…

Un homme ne peut pas supporter longtemps une telle douleur : en proie à de violentes convulsions, je fus conduit hors de la pièce.

La fièvre me saisit. Pendant deux mois, je fus entre la vie et là mort. Mes délires, je l'appris plus tard, étaient effroyables. Je m'accusais du meurtre de William, de Justine, de Clerval. Parfois, je suppliais ceux qui m'assistaient de détruire le démon qui me tiraillait. Parfois aussi, je sentais les doigts du monstre qui me serraient le cou et je hurlais de terreur. Par bonheur, comme je m'exprimais dans ma langue maternelle, seul M. Kriwin me comprenait. Mais mes gesticulations et mes cris suffisaient à effrayer les autres témoins.

Pourquoi ne suis-je pas mort ? Moi qui suis l'homme le plus misérable de la terre, j'aurais dû, n'est-ce pas, disparaître dans l'oubli et le néant ? La mort emporte bien d'innombrables enfants en qui leurs parents avaient mis toutes leurs espérances ! Et combien de fiancés et de jeunes amants, après avoir connu le plaisir et l'ivresse, sont du jour au lendemain menés au tombeau et rongés par les vers ! De quoi étais-je donc fait pour résister à toutes ces épreuves qui sans cesse, comme la roue des supplices, venaient me torturer ?

Mais j'étais condamné à vivre. Au bout de deux mois, comme au sortir d'un rêve, je m'aperçus que j'étais en prison, étendu sur un grabat, entouré de gardiens, de verrous, de barrières et de tout ce qui se trouve dans un cachot. C'était un matin, je me le rappelle, quand je me rendis compte de ma situation. J'avais oublié les détails des événements que j'avais vécus et il me semblait seulement qu'un grand désastre s'était abattu sur moi.

Mais, alors que je regardais alentour et voyais les fenêtres pourvues de barreaux et l'exiguïté de mon cachot, tout me revint en mémoire et je tressaillis de chagrin.

Le bruit réveilla une femme âgée qui dormait sur une chaise, à côté de moi. Elle était garde-malade, la femme d'un des geôliers. Ses traits exprimaient tous les vices qui caractérisent cette race de gens. Les lignes de son visage étaient grossières et rudes, comme celles des personnes habituées à voir ma misère, sans jamais s'en émouvoir. Le ton de sa voix traduisait la plus totale indifférence. Elle me parla en anglais et son intonation me frappa comme si je l'avais déjà perçue du fond de mon délire.

— Vous vous sentez mieux à présent ? me demanda-t-elle.

Je lui répondis dans la même langue, d'une voix affaiblie :

— Je crois que oui. Mais si tout cela est vrai, si tout cela n'est pas un rêve, je regrette d'être encore en vie et de ressentir tant de souffrance et tant d'horreur.

— Pour ça, oui, me répondit la vieille femme, si vous voulez parler du monsieur que vous avez tué, je crois qu'il aurait mieux fallu que vous fussiez mort, car j'ai l'impression qu'on va être dur envers vous ! Mais ce ne sont pas mes affaires ! Je suis ici pour vous soigner et pour vous aider à vous rétablir et je remplis consciencieusement mon office. Ce serait bien si tout le monde en faisait autant.

Je me détournai avec dégoût de cette femme qui était capable d'adresser des paroles aussi inhumaines à un homme qui venait tout juste d'échapper à la mort. Mais je me sentais encore faible, dans l'impossibilité de réfléchir à tout ce qui s'était passé. Tous les événements de ma vie me semblaient avoir été des rêves. Parfois, je me demandais aussi si c'était vrai, car rien ne se présentait à mon esprit avec la clarté d'une évidence.

Au fur et à mesure que ces images floues se précisaient, je devenais plus fiévreux. Les ténèbres se pressaient autour de moi. Il n'y avait personne à mes côtés pour me parler d'une voix douce et affectueuse – aucune main pour me secourir. Le médecin venait, me prescrivait des remèdes que la vieille femme préparait à mon intention. Mais le premier me manifestait de l'indifférence et, sur le visage de la seconde, ne se reflétait que la rudesse. Qui, en dehors du bourreau qui était payé pour me pendre, pouvait s'intéresser au sort d'un assassin ?

C'étaient là les idées qui me traversaient l'esprit.

Cependant, j'appris bientôt que M. Kirwin avait eu pour moi les meilleures attentions. Il avait fait en sorte que ma geôle fut la plus convenable de la prison (mais elle restait bien misérable) et que je puisse être secouru par un médecin et une garde-malade. Il est vrai qu'il ne venait pas me voir souvent : quoiqu'il fût désireux de soulager les souffrances d'un être humain, il ne voulait sans doute pas assister aux tourments et aux lamentables divagations d'un assassin. Il venait donc, de temps à autre, constater que l'on ne me négligeait pas trop, mais ses visites étaient brèves et fort espacées.

Un jour, alors que peu à peu je me rétablissais, j'étais assis sur une chaise, les yeux à moitié ouverts, le visage aussi livide que celui d'un mort, plongé dans ma propre misère, et je me disais qu'il valait mieux que je meure plutôt que de retrouver un monde où tout me rappellerait mes infortunes. En même temps, je songeais à me déclarer coupable et à me soumettre aux épreuves de la loi ainsi que Justine l'avait fait, alors même qu'elle était innocente.

Comme ces pensées me venaient, la porte de ma cellule s'ouvrit et M. Kirwin fit son apparition. Son visage exprimait la sympathie et la compassion. Il s'assit sur une chaise à côté de moi et m'adressa la parole en français.

— Je crains que cet endroit ne vous rebute, dit-il. Puis-je faire quelque chose qui serait de nature à améliorer votre sort ?

— Je vous remercie, mais tout cela n'a plus d'importance pour moi. Je ne pourrais plus jamais sur cette terre recevoir de consolation.

— Je sais que la sympathie d'un étranger risque d'être sans effet sur quelqu'un comme vous, frappé d'une si curieuse disgrâce. Mais j'espère que bientôt vous pourrez quitter ce lieu de misère, car je ne doute pas qu'on réussira à trouver un témoignage qui vous innocentera de ce crime.

— C'est bien le dernier de mes soucis. Par un étrange concours de circonstances, je suis devenu le plus misérable des mortels. Persécuté et torturé comme je l'ai été et comme je le suis, puis-je encore craindre la mort ?

— Rien en effet n'est plus affreux ni plus triste que tout ce qui s'est passé dernièrement. À la suite d'un accident bizarre, vous avez été jeté sur ce rivage, réputé pour son hospitalité, puis aussitôt arrêté et accusé de meurtre. Et la première chose qu'on a mise sous vos yeux, c'est le corps de votre ami, tué de manière inexplicable et placé en quelque sorte par quelque démon sur votre chemin.

Tandis que M. Kirwin parlait, en dépit du trouble que me causait le rappel de mes souffrances, j'étais fortement surpris d'apprendre qu'il en savait beaucoup sur moi. Je suppose qu'il lut l'étonnement sur mes traits, car il s'empressa d'ajouter :

— Après que vous êtes tombé malade, tous les papiers qui se trouvaient sur vous m'ont été apportés. Je les ai examinés afin de pouvoir découvrir quelque renseignement susceptible de mettre votre famille au courant de vos malheurs et de votre état. J'ai trouvé quelques lettres et, entre autres, une de votre père.

Immédiatement, j'ai écrit à Genève. Depuis que j'ai envoyé ma lettre, deux mois se sont écoulés. Mais vous êtes toujours malade et maintenant encore vous tremblez.

Vous devez être à l'abri de toute émotion.

— Attendre me serait mille fois plus pénible ! Dites-moi donc qui est mort, quel autre meurtre il me faut à présent pleurer !

— Votre famille se porte bien, dit M. Kirwin avec gentillesse, et il y a ici un ami qui est venu vous rendre visite.

J'ignore la raison pour laquelle cette idée s'imposa à moi, mais, à cet instant, je crus que c'était l'assassin qui était venu pour me narguer et me rendre responsable de la mort de Clerval, afin de me pousser de nouveau à satisfaire son désir satanique. Je mis la main devant mes yeux et poussai un cri de désespoir :

— Oh ! Chassez-le ! Je ne peux pas le voir ! Pour l'amour de Dieu, ne le laissez pas entrer !

M. Kirwin me considéra d'un air troublé. Il ne pouvait pas s'empêcher de tenir mon exclamation pour une présomption de ma culpabilité et me dit d'un ton sévère :

— J'aurais pensé, jeune homme, que la présence de votre père aurait été la bienvenue et voilà qu'elle vous inspire une vive répulsion !

— Mon père ! m'écriai-je, tandis que tous les muscles de mon visage se relâchaient et que disparaissait mon trouble. Mon père est donc venu ? Quel homme merveilleux ! Mais où est-il ? Pourquoi ne se dépêche-t-il pas ?

Mon changement d'attitude surprit le magistrat et lui fit

plaisir. Sans doute pensait-il que mon exclamation n'avait été qu'un retour éphémère de mon délire. Et de nouveau il devint affable. Il se leva et quitta la pièce avec la garde-malade. Un moment plus tard, mon père entrait.

Rien, à cet instant, n'aurait pu me procurer une joie plus complète que cette arrivée. Je lui tendis les mains et m'écriai :

— Tu es donc sain et sauf !… Et Élisabeth… Et Ernest ?

Mon père me calma et m'assura que tout le monde allait bien. En abordant des sujets qui étaient chers à mon cœur, il s'efforça ensuite de me redonner courage. Mais bientôt il se rendit compte qu'une prison n'était pas un havre de bonheur.

— Quel endroit tu habites, mon fils ! dit-il, en regardant tristement les fenêtres grillagées et l'aspect sinistre de la cellule. Tu étais parti en voyage pour trouver le bonheur, mais la fatalité s'acharne sur toi. Le pauvre Clerval…

Le nom de mon ami assassiné me causa, dans l'état d'abattement où je me trouvais, une profonde émotion et j'éclatai en sanglots.

— Hélas ! Oui, mon père, répondis-je, une terrible fatalité me poursuit et je dois vivre pour l'accomplir. Si ce n'était pas le cas, je serais déjà tombé sur le cercueil d'Henry !

On ne nous permit pas de converser plus longtemps, étant donné que mon état de santé précaire nécessitait le calme le plus absolu. M. Kirwin revint et insista pour que je n'épuise pas mes forces dans un effort trop grand. Mais l'apparition de mon père avait ressemblé à mes yeux à celle d'un ange secourable et, peu à peu, je recouvrai ma santé.

Tandis que la maladie disparaissait, je tombai toutefois dans une sombre mélancolie que rien ne réussissait à dissiper. L'image de Clerval me hantait sans cesse – Clerval assassiné ! À plus d'une reprise, l'extrême agitation dont j'étais la proie fit craindre à mon entourage une dangereuse rechute. Hélas ! Pourquoi tenaient-ils tant à préserver une existence affreuse et misérable ? C'était sûrement pour que j'accomplisse ma destinée qui, à présent, approche de son terme. Bientôt, oh très bientôt ! La mort aura raison de mes tourments et me délivrera de cet écrasant fardeau de souffrance que je porte avec moi.

Et, une fois la justice exécutée, je connaîtrai le repos. Bien qu'elle fût constamment présente dans mon esprit, la mort me paraissait cependant lointaine. Des heures et des heures, je restais assis, immobile, prostré, attendant une catastrophe brutale qui nous engloutirait, mon destructeur et moi dans ses ruines.

L'ouverture des assises approchait. Il y avait déjà trois mois que j'étais en prison et, quoique je fusse encore très faible et toujours exposé à une rechute, je fus contraint de parcourir une centaine de miles pour gagner la ville où siégeait le tribunal. M. Kirwin s'occupa lui-même de convoquer les témoins et de pourvoir à ma défense. On m'épargna la disgrâce de paraître en public comme un criminel, car l'affaire ne fut pas débattue devant la cour qui décide de la peine de mort.

Après avoir établi la preuve que je me trouvais bien dans les Orcades quand le corps de mon ami avait été découvert, le grand jury m'acquitta. Et, quinze jours après mon transfert, j'étais donc libéré. Le fait que j'étais ainsi lavé de tout soupçon soulagea mon père : j'allais de nouveau respirer l'air pur et revenir au pays natal. Mais je ne partageais pas ses sentiments : les murs d'une prison ou ceux d'un palais, pour moi c'était du pareil au même.

Désormais ma vie était empoisonnée. Le soleil avait beau briller pour moi, comme pour ceux qui ont le cœur en paix, je ne voyais alentour que des ténèbres épaisses, je ne distinguais aucune lueur, sinon celle que reflétaient deux yeux horribles. Et parfois c'étaient aussi les yeux d'Henry, obscurcis par la mort, les orbites sombres à demi cachées par les paupières et par la frange des cils. Et parfois encore c'étaient les yeux humides et nébuleux du monstre, tels que je les avais vus la première fois dans ma chambre à Ingolstadt.

Mon père essayait de ranimer en moi des sentiments d'affection. Il me parlait de Genève que j'allais revoir bientôt, d'Élisabeth, d'Ernest. Mais ses paroles me faisaient gémir. De loin en loin, certes, je ressentais un besoin de bonheur et je pensais mélancoliquement à ma cousine que j'aimais ou, envahi par la maladie du pays, je brûlais de revoir le lac bleu et le Rhône rapide qui me plaisaient tellement à l'époque de mon adolescence. Mais mon état général était la torpeur et peu m'importait alors de me trouver en prison ou de contempler de magnifiques paysages. Mes hébétudes n'étaient traversées que par des accès d'angoisse et de désespoir. Et dans ces moments-là, je ne songeais qu'à mettre fin à mes jours et j'aurais sans doute commis cet acte violent si je n'avais pas été l'objet d'une surveillance rigoureuse.

Il me restait pourtant un devoir à accomplir et ce souvenir eut finalement raison de mon désespoir égoïste. Il était nécessaire que je regagne Genève dans les plus brefs délais pour veiller sur la vie des miens et guetter l'arrivée du meurtrier. Si j'avais de la chance, je trouverais le lieu de sa retraite – à moins qu'il n'osât lui-même se manifester de nouveau, auquel cas, je devais, par un coup infaillible, tuer cette créature monstrueuse que j'avais douée d'une caricature d'âme plus monstrueuse encore. Mon père, lui, souhaitait retarder notre départ, car il craignait que je ne supporte pas les fatigues du voyage, tant j'étais meurtri – l'ombre d'un être humain. J'étais sans force et, nuit et jour, rongé par la fièvre.

Pourtant, comme je me montrais inquiet et impatient de quitter l'Irlande, mon père crut bon de céder. Nous prîmes place à bord d'un navire qui partait pour Le Havre et, avec un vent favorable, nous quittâmes les côtes irlandaises. Il était minuit. Étendu sur le pont, je regardai les étoiles et écoutai le bruissement des vagues. Je bénissais l'obscurité qui dérobait l'Irlande à ma vue et mon cœur battait de joie à l'idée que, bientôt, j'allais revoir Genève. Le passé me donnait l'impression d'avoir été un odieux cauchemar.

Pourtant, le vaisseau où je me trouvais, le vent qui me poussait loin des rivages de l'Irlande, la mer alentour, tout attestait que je n'avais vécu un songe et que Clerval, mon meilleur ami, avait été la victime du monstre que j'avais créé. En pensée, j'évoquais ma vie entière – ma sérénité quand je me trouvais avec ma famille à Genève, la mort de ma mère, mon départ pour Ingolstadt. Je me rappelais en tremblant le fol enthousiasme qui m'avait poussé à créer mon hideux ennemi et je revoyais la nuit où la vie lui avait été donnée. Je fus incapable de poursuivre le cours de mes pensées : mille sensations m'oppressèrent et je me mis à pleurer amèrement.

Depuis que ma santé s'était rétablie, j'avais pris l'habitude de prendre chaque soir un peu de laudanum, car cette drogue me donnait la possibilité de recouvrer le repos nécessaire pour me maintenir en vie. Accablé par le souvenir de mes multiples malheurs, je bus le double de la dose ordinaire et bientôt m'endormis profondément.

Mais le sommeil ne m'arracha pas de mes pensées et une infinité d'images sordides me traversèrent l'esprit. Vers le matin, une sorte de cauchemar me saisit. Je sentais autour de mon cou les mains du monstre et je ne pouvais pas m'en dégager. Des hurlements et des cris me résonnaient aux oreilles. Mon père qui veillait sur moi s'en rendit compte et me réveilla. Les vagues nous entouraient, le ciel était nuageux, mais le démon n'était pas là. J'éprouvai une impression de sécurité, l'impression que s'était produite une trêve entre le présent et mon avenir irréversible et tragique. Ce fut une sorte d'oubli paisible, celle-là même que l'esprit humain, en de telles occasions, suscite si facilement.

22

Notre voyage était achevé. Une fois débarqués, nous nous rendîmes à Paris. Mais je dus bientôt admettre que j'avais présumé de mes forces et que je devais me reposer avant d'aller plus loin. Dans ses soins et ses attentions, mon père était infatigable, mais il ignorait les causes originelles de mes souffrances et recourait à des méthodes qui étaient sans effet sur mon mal incurable. Il voulait que je m'amuse en société et moi je ne pouvais pas voir le visage d'un être humain. Oh ! Non. Les hommes, je les considérais plutôt comme des frères et même mes créatures les plus viles, de la même façon que les plus nobles, m'attiraient. Mais voilà, il me semblait que je n'avais pas le droit de les fréquenter. J'avais déchaîné parmi eux un ennemi dont la seule joie consistait à verser le sang et à se délecter du malheur. Comme chaque homme, comme tous les hommes me haïraient et me mettraient au ban de la société s'ils pouvaient connaître mes actes abominables et les crimes que j'avais engendrés !

À la fin, mon père n'insista plus pour que je mêle au monde et s'efforça de vaincre mon désespoir par la force de ses arguments. Il pensait souvent que j'avais été profondément marqué par l'accusation de meurtre qu'on avait fait peser sur moi et essayait de me montrer que mon orgueil était dérisoire.

— Hélas ! Mon père, dis-je, comme tu me connais mal ! Les hommes avec tout ce qu'ils ont comme sentiments et comme passions seraient réellement avilis si un être aussi misérable que moi pouvait avoir de l'orgueil. Justine, la pauvre Justine, était innocente, plus innocente que moi et pourtant on l'a également accusée de meurtre et on lui a ôté la vie ! C'est à cause de moi, c'est moi qui l'ai tuée !

William, Justine, Henry, ils sont tous morts par ma faute !

Pendant mon emprisonnement, mon père m'avait souvent entendu tenir les mêmes propos. Lorsque je m'accusais de la sorte, il semblait parfois sur le point de me demander une explication, mais, à d'autres moments, il avait l'air d'attribuer mes paroles au délire, comme si, pendant que j'étais malade, cette idée s'était présentée à moi et qu'elle avait continué à me poursuivre au cours de ma convalescence. J'évitais toute explication et ne révélai jamais rien concernant le monstre que j'avais fabriqué.

J'étais persuadé qu'on me prendrait pour un fou et, pour cette raison, je gardais le silence. Du reste je n'avais aucune envie non plus de révéler un secret qui plongerait mon auditeur dans la consternation et serait de nature à lui inspirer l'effroi et l'horreur. Je réprimais dès lors mon brûlant désir de sympathie et ne soufflais mot alors même que j'aurais donné le monde en échange de mon fatal secret. Et pourtant, contre mon gré, je laissais échapper mes propos comme celles que j'ai rapportées. Je ne pouvais pas les expliquer, mais, en les prononçant, je soulageais passablement mon mal mystérieux.

Ce fut lors d'une telle circonstance que mon père me dit avec une expression d'étonnement :

— Mon cher Victor, de quoi parles-tu ? Je t'en prie, ne prononce plus ces mots !

— Je ne suis pas fou ! m'écriai-je vivement. Le soleil et le ciel qui ont été les témoins de mes actes savent que je dis la vérité. Je suis l'assassin de toutes ces victimes innocentes. Elles sont mortes à cause de mes machinations. J'aurais préféré mille fois verser mon propre sang, goutte à goutte, pour leur sauver la vie ! Mais je n'ai pas pu le faire, je ne pouvais pas sacrifier le genre humain tout entier !

La fin de mon propos fit croire à mon père que j'avais l'esprit dérangé et aussitôt il changea de sujet, en s'efforçant de donner un autre cours à mes pensées. Il cherchait par tous les moyens à effacer de ma mémoire le souvenir des événements qui s'étaient produits en Irlande.

Il n'y faisait jamais allusion, pas plus qu'il ne parlait de mes autres souffrances.

Avec le temps, je devins plus calme. J'avais toujours le cœur plein d'angoisse, mais je ne parlais plus de mes crimes de façon incohérente. Il me suffisait d'en avoir conscience. En faisant un violent effort sur moi-même, je brimais la voix impérieuse de ma tourmente, quand bien même je désirais parfois la révéler au monde entier. Ma conduite était plus paisible, plus équilibrée qu'elle ne l'avait jamais été depuis mon voyage sur la mer de glace.

Quelques jours avant que nous quittions Paris pour nous rendre en Suisse, je reçus d'Élisabeth la lettre suivante.

« Mon cher ami,

« C'est avec la plus grande joie que j'ai accueilli la lettre de mon oncle en provenance de Paris. Vous n'êtes donc plus très loin et je puis espérer vous revoir dans moins de deux semaines. Mon pauvre cousin, comme tu as dû beaucoup souffrir. Je m'attends à te trouver plus pâle encore que tu ne l'étais à ton départ de Genève. L'hiver s'est passé fort tristement, tant j'étais dans l'anxiété. Mais je souhaite te retrouver plus détendu, plus tranquille, le cœur parfaitement en paix.

« Je crains néanmoins que tu ne sois toujours dans les mêmes dispositions d'esprit que celles qui te rendaient si malheureux il y a un an – et peut-être, au fil du temps, éprouves-tu plus de chagrin encore. Mais je m'en voudrais de te troubler en ce moment, alors que tu as déjà été si malmené. Il n'empêche ! J'ai conversé avec mon oncle avant son départ pour l'Irlande et j'en conclus qu'une explication est nécessaire entre nous.

« Une explication ! Vas-tu te demander. Quelle explication Élisabeth veut-elle donner ? Si tu te poses réellement cette question, c'est que mes préoccupations sont sans fondement et que mes doutes n'ont aucune raison d'être. Mais tu es loin de moi et il est possible que cette explication te fasse peur et qu'en même temps tu la souhaites. Si c'est le cas, je ne peux pas retarder plus longtemps ce besoin que j'ai de t'écrire ce que j'ai si souvent voulu exprimer pendant ton absence, mais que je n'ai jamais eu le courage d'entreprendre.

« Tu sais bien, Victor, que depuis notre enfance nos parents ont caressé l'espoir que nous nous mariions. Quand nous étions jeunes, ils en parlaient déjà et ils avaient la certitude que ce projet serait réalisé. À cette époque, nous nous aimions comme des camarades de jeu et je crois qu'au fur et à mesure que nous avons grandi nous sommes devenus des amis chers. Souvent, un frère et une sœur éprouvent l'un pour l'autre une profonde affection sans que l'amour entre en ligne de compte. Pourquoi n'en serait-il pas ainsi pour nous ? Dis-le-moi, mon cher Victor. Je t'en prie, réponds-moi, pour notre bonheur à tous deux, sincèrement : est-ce que tu n'en aimes pas une autre ?

« Tu as voyagé, tu as passé plusieurs années de ta vie à Ingolstadt et je t'avoue, mon ami, que lorsque, l'automne dernier, je t'ai vu si malheureux, cherchant la solitude, fuir la compagnie de tout le monde, je n'ai pas pu m'empêcher de croire que tu regrettais ton engagement, mais que tu te sentais obligé, pour une question d'honneur, de répondre aux vœux de tes parents, quand bien même ton cœur s'y opposait. Mais c'est à un mauvais raisonnement. Je le confesse : je t'aime, Victor. Dans mes rêves, tu m'apparais toujours comme mon ami, comme mon compagnon le plus fidèle. Mais c'est ton bonheur que je désire autant que le mien, et je te déclare que si ton mariage devait t'être imposé et non librement consenti j'en serais éternellement malheureuse. Je pleure en pensant que tu pourrais te sacrifier au mot « honneur », alors que tu as été frappé par les plus cruelles calamités et que seuls l'amour et la joie sont de nature à te rendre ton équilibre. Moi je t'aime d'un amour désintéressé et je ne voudrais pas attiser tes tourments en me dressant comme un obstacle devant tes désirs. Ah ! Victor, sois assuré que ta cousine et ta camarade de jeu t'aiment trop sincèrement pour ne pas envisager avec crainte une telle solution. Sois heureux, mon ami, et si tu réponds à ma demande, sois certain que rien sur terre ne pourrait troubler ma tranquillité.

« Mais que cette lettre ne te perturbe pas. Ne me réponds ni demain, ni après-demain, ni même avant ton retour si elle devait te peiner. Mon oncle m'enverra des nouvelles de ta santé et si je distingue un seul sourire sur tes lèvres quand nous nous rencontrerons, un sourire qui aurait pour origine une de mes initiatives, je n'aurais plus besoin d'aucun autre bonheur.

Elisabeth Lavenza,
Genève, le 18 mai 17… »

Cette lettre me remit en mémoire la menace du monstre que j'avais oubliée : tu me retrouveras la nuit de tes noces ! C'était ma condamnation ! Cette nuit-là, le démon mettrait tout en œuvre pour me détruire et m'enlever le rayon de bonheur qui aurait pu, partiellement, me consoler de mes souffrances. Cette nuit-là, ses crimes trouveraient leur apothéose dans ma propre mort. Bien ! Il en serait donc ainsi ! Nous allions engager un combat décisif et, s'il sortait victorieux, j'aurais la paix et son pouvoir sur moi serait terminé. S'il était vaincu, je reviendrais un homme libre. Hélas ! Quelle liberté ? Celle dont jouit le paysan après que sa famille a été massacrée sous ses yeux, quand sa ferme a été détruite, quand ses labours ont été dévastés et qu'il se retrouve seul, sans toit, sans bien – mais libre !

Voilà comment serait ma liberté, sauf qu'avec Élisabeth je posséderais un trésor, malheureusement un trésor que j'aurais reçu avec d'horribles remords et le sentiment d'une culpabilité qui me poursuivrait jusqu'à la fin de mes jours.

Douce, tendre Élisabeth ! Je lus et relus sa lettre – et d'agréables sensations se glissèrent en moi, suscitant des chimères d'amour et d'allégresse. Mais la pomme avait déjà été mangée et l'ange levait le bras pour m'interdire toute espérance. Pourtant, pour rendre Élisabeth heureuse, j'étais prêt à mourir. Si le monstre mettait sa menace à exécution, la mort était inévitable. Mais est-ce que mon mariage précipiterait mon destin ? Le monstre pouvait en effet avancer de quelques mois la date de ma destruction et, s'il soupçonnait que pour ma part j'envisageais de retarder mon mariage, épouvanté par ses menaces, il trouverait sûrement un autre moyen, peut-être plus terrible encore, d'assouvir sa vengeance. Il avait juré de venir la nuit de mes noces, mais cela ne voulait pas dire que dans l'intervalle il ne se manifesterait pas. Et d'ailleurs, pour bien me montrer qu'il avait soif de sang, n'avait-il assassiné Clerval, immédiatement après avoir proféré ses menaces ?

Aussi je me dis que, puisque mon mariage dans les plus brefs délais faisait à la fois le bonheur de ma cousine et celui de mon père, je ne pouvais plus le retarder, quelle que fût l'intention du monstre d'attenter à ma vie.

Ce fut dans cet état d'esprit que j'écrivis à Élisabeth. Ma lettre était sereine et affectueuse.

« Je crains, ma chérie, lui disais-je, que nous ne récoltions pas beaucoup de bonheur sur cette terre. Pourtant, celui que je peux encore trouver est en toi. Chasse donc tes craintes sans fondement. C'est à toi seul que j'ai consacré ma vie et c'est vers toi que vont tous mes efforts. J'ai un secret, Élisabeth, un secret abominable. Quand il te sera révélé, tu en frémiras d'horreur et alors, loin d'être surprise de ma misère, tu t'étonneras que je vive toujours après tout ce que j'ai enduré. Je te rapporterai cette effrayante et lamentable histoire le lendemain de notre mariage, car, ma chère cousine, une parfaite confiance doit régner entre nous. Mais jusque-là, je t'en conjure, n'en fais ni mention ni allusion. Je te le demande avec force et je sais que tu en tiendras compte. »

Une semaine après la réception de la lettre d'Élisabeth, nous arrivâmes à Genève. La délicieuse fille m'accueillit avec beaucoup de chaleur, mais des larmes lui montèrent aux yeux dès qu'elle vit que j'avais maigri et que j'avais les joues brûlantes de fièvre. Elle aussi avait changé. Elle était plus mince et elle avait un peu perdu de cette magnifique vivacité qui faisait son charme autrefois.

Pourtant, sa gentillesse, ses regards pleins de compassion la rendaient plus apte à devenir la compagne d'un être aussi déprimé et aussi misérable que moi.

La tranquillité dont je jouissais alors ne dura pas longtemps. Mes souvenirs me rendaient fou et quand je songeais à ce qui s'était passé, j'étais la proie d'une véritable crise de démence. Tantôt, je devenais furieux, enragé ; tantôt, je restais immobile, avachi. Je ne parlais plus, je ne regardais personne et, sans remuer, je ressassais la multitude des malheurs qui s'étaient abattus sur moi.

Élisabeth seule avait le pouvoir de m'arracher de mes souffrances. Ma douce voix m'apaisait lorsque j'étais transporté par la passion, et elle m'insufflait des sentiments humains quand j'étais sous le coup de la torpeur. Elle pleurait avec moi et sur moi. Et, dès lors que je recouvrais la raison, elle me grondait et veillait à inspirer chez moi un peu de résignation. Ah ! Ceux qui sont malheureux peuvent bien se résigner, mais un coupable, lui, ne trouve jamais la paix ! Les tortures du remords empoisonnent la sérénité qu'on rencontre parfois dans un excès de chagrin.

Peu après mon arrivée, mon père aborda la question de mon mariage très prochain avec Élisabeth. Je gardai le silence.

— As-tu donc pris un autre engagement ?

— Pas le moins du monde. J'aime Élisabeth et j'envisage notre union avec joie. Fixons donc la date. Dans la vie ou dans la mort, je me consacrerai au bonheur de ma cousine.

— Ne parle pas de la sorte, mon cher Victor. Nous avons déjà dû affronter de grands malheurs, mais nous devons nous rattacher davantage l'un à l'autre et reporter vers ceux qui nous restent l'amour que nous avions pour ceux que nous avons perdus. Notre cercle de famille s'est réduit, mais il y a lieu de resserrer plus encore nos liens d'affection mutuels, et quand le temps aura adouci notre désespoir, naîtront de nouveaux objets d'attachement et ils remplaceront tous ceux dont nous avons été si cruellement privés.

Tels étaient les conseils de mon père. Mais le souvenir de la menace me hantait toujours et vous ne vous étonnerez pas que, devant la toute-puissance que le monstre avait manifestée à travers ses actes sordides, me fût venue l'idée qu'il était invincible. Quand il avait prononcé ces mots, tu me trouveras la nuit de tes noces, j'y avais vu un avertissement dont l'issue était inévitable. La mort pouvait-elle être un mal pour moi si Élisabeth, elle, restait en vie ? Aussi, ce fut d'un air content et même joyeux que je décidai avec mon père, sous réserve du consentement de ma cousine, que la cérémonie aurait lieu dans dix jours. En même temps, j'imaginais fixer l'heure de mon destin.

Grand Dieu ! Si j'avais pu, un seul instant, deviner les intentions diaboliques de mon implacable ennemi, je me serais plutôt exilé à jamais de mon pays natal et je me serais résigné à errer à travers le monde, comme un paria, au lieu de consentir à ce malheureux mariage ! Mais, comme s'il avait possédé un pouvoir magique, le monstre m'avait dissimulé ses véritables intentions. Alors que je pensais avoir préparé ma propre mort, je hâtais celle d'un être que j'aimais.

Comme approchait la date fixée du mariage, soit par lâcheté, soit en raison de quelques pressentiments, je me sentais fléchir. Mais je cachais mes états d'âme en me montrant joyeux, de telle sorte des sourires et la joie illuminaient le visage de mon père, sans réussir néanmoins à leurrer Élisabeth. Elle envisageait notre union avec sérénité où pourtant affleurait une certaine crainte, résultant des malheurs que nous avions subis. Elle avait sans doute peur que ce bien-être, en apparence sûr et tangible, ne disparût soudain comme un rêve et ne laissât d'autre trace qu'un profond et immense regret.

Les préparatifs allaient bon train. Nous recevions des visites de félicitation et tout donnait l'impression de l'allégresse. Je dissimulais autant que je le pouvais l'anxiété qui me rongeait le cœur et semblais sans détour m'intéresser aux plans de mon père, lequel était peut-être occupé à dresser le décor de ma propre tragédie. Grâce à ses démarches, il avait pu obtenir du gouvernement autrichien qu'une partie du patrimoine d'Élisabeth lui soit restituée. Elle possédait une petite maison de campagne en bordure du lac de Côme et il avait été décidé qu'aussitôt après notre mariage nous partirions pour la villa Valenza et que nous passerions nos premiers jours de bonheur près de ce lac superbe.

Entre-temps, je pris toutes mes précautions pour me défendre au cas où le monstre aurait voulu ouvertement s'attaquer à moi. Je portais sans cesse sur moi des pistolets et un poignard et j'étais toujours sur mes gardes pour prévenir la moindre ruse. Par-là, je m'assurais une plus grande tranquillité. À la vérité, à mesure qu'approchait le jour de la cérémonie, la menace du monstre me semblait illusoire, peu susceptible de troubler ma paix et, du coup, le bonheur que j'espérais trouver dans le mariage prenait chaque jour plus de poids – et cela se confirmait aussi par le fait que j'entendais à tout moment dire autour de moi que rien ne pouvait plus désormais mettre cet événement en péril.

Élisabeth semblait heureuse. Ma sérénité contribuait largement à assurer le calme de son esprit. Mais le jour où nos désirs et ma propre destinée allaient enfin s'accomplir, elle devint mélancolique et un triste pressentiment s'empara d'elle. Peut-être pensait-elle au formidable secret que je lui avais promis de révéler, le jour après notre mariage. Dans le même temps, mon père rayonnait de joie et ne voyait dans la mélancolie de sa nièce qu'un signe de timidité.

Après la cérémonie, de nombreux invités se réunirent dans la maison de mon père. Il avait été convenu qu'Élisabeth et moi commencerions notre voyage par eau et qu'après avoir dormi à Evian nous le poursuivrions le lendemain.

La journée était belle, le vent favorable, tout souriait à notre voyage de noces.

Ce furent les derniers moments de ma vie pendant lesquels j'éprouvai encore des sentiments de bonheur.

Nous voguions à bonne allure. Le soleil chauffait, mais

nous étions protégés par une espèce de dais et admirions la beauté du paysage – le mont Salève, les jolies berges de Montalègre et, à une certaine distance, dominant tout, le magnifique mont Blanc et l'ensemble des montagnes enneigées qui s'efforcent vainement de rivaliser avec lui.

Parfois, au-delà de la rive d'en face, nous voyions le puissant Jura opposer ses flancs obscurs aux ambitieux qui veulent quitter leur pays natal, former une infranchissable barrière devant l'envahisseur qui aurait voulu le réduire en esclavage.

Je pris Élisabeth par la main.

— Tu es triste, mon amour. Ah ! Si tu connaissais mes souffrances passées, si tu connaissais celles que je dois encore subir, tu mettrais tout en œuvre pour que je puisse goûter aujourd'hui mes dernières heures de joie, loin de tout désespoir.

— Sois heureux, mon cher Victor, me répondit Élisabeth.

Il n'y a ici, je pense, rien qui puisse te perturber. Sois certain que si la joie ne se lit pas sur mon visage, mon, cœur, lui, est comblé. Quelque lointain pressentiment m'empêche de trop m'épancher, mais je ne veux pas écouter cette voix sinistre. Regarde comme nous progressons, comme les nuages qui tantôt couvrent et tantôt découvrent le sommet du mont Blanc rendent le panorama plus beau encore. Peux-tu entendre les innombrables poissons qui nagent dans l'eau limpide où nous pouvons distinguer chaque caillou au fond du lac ?

Quel jour divin ! Comme la nature entière semble heureuse et sereine. Élisabeth essayait ainsi de chasser de ses pensées et des miennes toute trace de préoccupation mélancolique. Mais son humeur était changeante : à certains moments, la joie brillait dans ses yeux puis de nouveau, elle se laissait aller à la rêverie.

Le soleil descendait à l'horizon. Nous avions passé la Durance et nous observions ses méandres à travers les ravins et le long des collines. Ici, les Alpes enserraient le lac et nous approchions de l'amphithéâtre de montagnes qui le bordent à l'est. Le clocher d'Evian brillait au-dessus des bois qui entourent la ville et au pied des chaînes de montagnes qui la surplombent.

Le vent qui jusqu'alors nous avait entraînés avec une rapidité étonnante ne devint plus qu'une légère brise. Son souffle suffisait à peine à rider l'eau et à agiter faiblement les arbres. Nous étions près du rivage d'où nous parvenaient des senteurs délicieuses de fleurs et de foin.

Le soleil disparut à l'horizon comme nous débarquions et je sentis resurgir en moi les effrois et les tourments qui allaient bientôt s'accomplir et me ronger pour toujours.

23

Il était huit heures quand nous descendîmes du bateau. Un court moment, nous nous promenâmes sur la berge pour jouir du soleil couchant, puis nous nous retirâmes dans l'auberge. De là nous contemplâmes encore le paysage – les eaux, les bois, les montagnes obscurcis par la nuit, mais dont les contours noirs restaient visibles.

Le vent qui s'était calmé au sud soufflait maintenant de l'ouest avec une grande violence. La lune avait déjà atteint son apogée et commençait à descendre. Elle était de loin en loin cachée par les nuages qui passaient devant elle, plus rapides qu'un vol de vautour. Le lac reflétait l'image d'un ciel tourmenté, rendue plus mouvante encore par les vagues qui commençaient à surgir. Soudain, les cieux furent à l'orage et la pluie se mit à tomber. Toute la journée durant, j'étais resté calme. Cependant, comme la nuit voilait les contours des objets, une multitude de frayeurs m'agitèrent l'esprit. J'étais à la fois anxieux et sur mes gardes, tandis qu'avec ma main droite je serrais un pistolet que j'avais dissimulé sur ma poitrine. Chaque bruit me faisait peur, mais j'étais bien décidé à défendre chèrement ma vie et à poursuivre le duel jusqu'à ce que mon adversaire fût tué ou que je meure.

Élisabeth observait mon agitation, l'air timide et sans rien dire. Mais, il y avait quelque chose dans mon regard qui dut lui inspirer de la frayeur, car elle me dit bientôt en tremblant :

— Pourquoi tu t'agites ainsi, mon cher Victor. De quoi as-tu donc peur ?

— Oh ! Calme-toi, calme-toi, mon amour, répondis-je. Cette nuit – et puis tout sera bien. Cette nuit est un cauchemar, un véritable cauchemar !

Au bout d'une heure passée ainsi, je compris soudain quelle chose horrible serait pour mon épouse le combat que j'étais sur le point d'engager et je l'invitai énergiquement à se retirer, décidant de la rejoindre que lorsque la situation du monstre me serait exactement connue.

Elle me laissa donc et je continuai pendant un certain temps à circuler au milieu des corridors de l'auberge, inspectant chaque recoin qui aurait pu servir de cachette à mon adversaire. Mais je ne découvris aucune trace de lui et je commençais déjà à supposer qu'il y avait beaucoup de chance qu'il ne mît pas sa menace à exécution, lorsque tout à coup j'entendis un cri terrible et effrayant.

Il venait de la chambre où Élisabeth s'était retirée. La vérité, toute la vérité s'imposa à moi : je laissai tomber les bras et tous mes muscles se figèrent. Je sentis que mon sang se glaçait et venait chatouiller l'extrémité de mes membres. Mais cela ne dura qu'un instant. Un autre cri jaillit et je me ruai vers la chambre.

Grand, Dieu ! Pourquoi ne suis-je pas mort à ce moment-là ? Pourquoi suis-je ici à vous relater l'anéantissement de ma seule espérance et de la plus pure des créatures humaines ? Elle gisait, inerte et sans vie, en travers du lit, la tête pendante, les traits livides, contractés, à moitié cachés par sa chevelure. Où que je me tourne, je vois la même image – les bras ballants, étendue sur son lit nuptial, telle que le meurtrier l'avait laissée. Pourrais-je encore vivre après cela ? Hélas ! La vie est obstinée : elle se cramponne à vous même quand on la déteste. À cet instant, je perdis connaissance et m'écroulai sur le sol.

Lorsque je retrouvai mes esprits, les gens de l'auberge m'entouraient. Leur physionomie exprimait une indicible terreur, mais cette terreur-là me semblait une caricature, l'ombre des sentiments qui m'accablaient. Je m'écartai d'eux et gagnai la chambre où gisait le corps d'Élisabeth, mon amour, mon épouse, si vivante, si douce, si belle, il y a quelques minutes à peine. Elle n'était plus dans la position dans laquelle je l'avais découverte la première fois. À présent, elle avait la tête appuyée sur un bras. Un mouchoir lui couvrait le visage et le cou. J'aurais pu croire qu'elle dormait.

Je me ruai sur elle et l'enlaçai avec ardeur, mais la rigidité de ses membres et le froid de sa chair me disaient que je ne tenais plus entre mes bras cette Élisabeth que j'avais tant aimée et tant chérie. Sur son cou apparaissaient les traces de doigt criminelles et aucun souffle ne s'échappait de ses lèvres.

Tandis que je me tenais penché sur elle, dans l'agonie du désespoir, je levai les yeux. Jusqu'à cet instant, les fenêtres de la chambre étaient sombres et j'éprouvai une espèce de panique en voyant la lueur jaune et pâle de la lune illuminer la pièce. À l'extérieur, les volets n'étaient pas mis. Avec une sensation d'horreur indescriptible, je vis à travers la fenêtre ouverte la plus hideuse, la plus abominable des figures. Une grimace tordait les traits du monstre. Il semblait se moquer et, d'un doigt immonde, me désigner le corps de ma femme. Je me précipitai vers la fenêtre, tirai mon pistolet de ma poitrine et fis feu.

Mais il m'évita, changea de place et alla, à la vitesse de l'éclair, plonger dans le lac. Le coup de feu attira une foule de gens dans la chambre.

Je montrai l'endroit où le monstre avait disparu et nous suivîmes ses traces en bateau. On jeta des filets, mais en vain. Au bout de plusieurs heures, nous rentrâmes bredouilles. Quelques-unes des personnes qui m'accompagnaient étaient d'avis que le monstre n'avait jamais existé que dans mon imagination. Pourtant, après avoir débarqué, d'autres entreprirent des recherches dans la région et partirent dans plusieurs directions, vers les bois et les vignobles.

Je pris le risque de me joindre à eux et m'éloignai quelque peu de la maison. Ma tête se mit à tourner, je me mis à tituber comme un homme ivre et tombai, à bout de force.

Un voile me couvrait les yeux et la fièvre prme brûlait le corps. Dans cet état, tout juste conscient de ce qui m'arrivait, je fus ramené et déposé sur un lit. Mes regards fouillaient la chambre, comme s'ils cherchaient quelque chose que j'aurais perdu.

Après un certain temps, je me levai et d'instinct, me

traînai vers la chambre où reposait le corps de mon amour. Des femmes en pleurs l'entouraient. Je me penchai sur Élisabeth et me mis à pleurer moi aussi. Aucune idée ne me venait à l'esprit, mes pensées erraient de-ci de-là, tournaient confusément autour de mes malheurs et de leurs causes. J'étais perdu dans un nuage d'étonnement et d'horreur. La mort de William, l'exécution de Justine, le meurtre de Clerval, l'assassinat de mon épouse ! À ce même moment, je ne savais pas non plus si mon père et mon frère étaient à l'abri des ruses du démon. Mon père était peut-être en train de se battre avec lui et Ernest gisait mort à ses pieds. Cette pensée me fit frissonner et me rappela à l'action. Je me mis en branle et décidai de regagner Genève le plus rapidement possible.

Il n'y avait pas de chevaux disponibles et je dus retourner par le lac. Mais le vent n'était pas favorable et il pleuvait à verse. Toutefois, le jour se levait et je pouvais raisonnablement espérer arriver avant la nuit. Je pris avec moi des rameurs et me mis également à la tâche, car j'avais toujours constaté que l'exercice physique soulageait mes tourmentes morales. Mais ma misère était telle, j'avais été à ce point remué que je n'avais plus aucune force. Je lâchai les rames et, la tête entre les mains, je m'abandonnai à la détresse. Si je levais les yeux, je voyais ces paysages qui m'avaient tellement ravi autrefois et que j'avais contemplés, la veille encore, avec celle qui n'était plus qu'une ombre, qu'un souvenir. Les larmes jaillirent de mes yeux. Depuis un moment, la pluie avait cessé et je pouvais apercevoir les poissons qui sillonnaient l'eau et que j'avais déjà observés quelques heures auparavant : c'était Élisabeth qui avait attiré mon attention sur eux.

Rien n'est plus pénible à l'esprit humain qu'un grand et brusque changement. Le soleil avait beau briller, les nuages avaient beau s'épaissir, rien ne pouvait plus désormais m'apparaître comme la veille. Un démon m'avait ravi tout espoir d'un bonheur futur ! Aucune créature n'était plus misérable que moi. De mémoire d'homme, aucun événement n'a jamais été plus épouvantable.

Mais pourquoi m'étendre sur les incidents qui suivirent l'effroyable catastrophe ? Ce que j'ai vécu est une histoire d'horreur. L'apogée est atteint – et ce que je dois vous rapporter encore risque d'être fastidieux. Sachez donc que tous les amis, les uns après les autres, m'ont été ravis et que je suis resté dans la désolation. Mes forces s'épuisent et je dois encore, brièvement, vous raconter la fin de cette affreuse histoire.

J'arrivai à Genève. Mon père et Ernest étaient vivants, mais mon père s'effondra sous le coup de la nouvelle que je lui rapportais. Je le vois encore, ce merveilleux vieillard ! Ses regards erraient dans le vague, il avait perdu ce qui l'avait tant charmé, ce qui faisait son délice – son Élisabeth qui était plus que sa fille, à laquelle il avait voué toute l'affection qu'un homme ressent, au déclin de sa vie, quand il n'a que peu d'attaches et qu'il s'accroche avec énergie à ce qui lui reste. Maudit, maudit soit le monstre qui a infligé le malheur à cet homme vénérable et qui l'a condamné à mourir de chagrin ! Mon père n'aurait pas pu survivre à toutes ces horreurs qui s'étaient accumulées sur lui. Soudain, toute sa vitalité s'évanouit et il fut incapable de se lever de son lit. Quelques jours plus tard, il mourait dans mes bras.

Qu'advint-il alors de moi ? Je ne sais pas. Je perdis toute sensation, si ce n'est que des chaînes et des ténèbres m'entouraient. Parfois, il est vrai, je rêvais que je me promenais au milieu des vallons fleuris et des prés en compagnie de mes amis d'enfance, et puis je me réveillais et me voyais dans une geôle. J'étais frappé d'hébétude. Par la suite, je repris progressivement conscience de mes malheurs et de la situation dans laquelle je me trouvais. Je fus relâché. On m'avait déclaré fou et, durant plusieurs mois, selon ce que j'ai pu apprendre, une cellule solitaire avait été mon seul logement.

La liberté pourtant ne m'aurait servi à rien si je n'avais pas eu, au fur et à mesure que ma raison me revenait, le désir de me venger. Alors que j'étais assailli par le souvenir de mes malheurs, je commençai à m'interroger sur leurs causes – sur le monstre que j'avais créé, l'abominable démon que j'avais lâché sur le monde pour me détruire.

Quand j'y pensais, une rage folle s'emparait de moi, je désirais, je priais ardemment pour qu'il pût tomber entre mes mains et que je fusse en mesure d'accomplir ma vengeance sur sa tête maudite.

Ma haine ne se borna pas longtemps à des souhaits inutiles. Je me mis également à réfléchir sur les moyens les plus sûrs d'arriver à mes fins. Dans cet ordre d'idée, à peu près un mois après ma libération, je me rendis auprès d'un magistrat de la ville qui s'occupait des affaires criminelles et lui dis que j'avais une accusation à porter, que je connaissais l'assassin de ma famille et que je voulais qu'il usât de toute son autorité pour mettre la main sur le coupable.

Le magistrat m'écouta avec attention et gentillesse.

— Soyez assuré, monsieur, dit-il, que je ne ménagerai aucune peine pour retrouver le scélérat.

— Je vous remercie. Mais écoutez la déposition que j'ai à vous faire. C'est, il est vrai, un récit si étrange que je craindrais que vous n'y accordiez aucun crédit, s'il n'y avait un fait, apparemment extraordinaire, qui devrait entraîner votre conviction. Mon histoire est du reste si logique qu'on ne pourrait pas la confondre avec un rêve et je n'ai aucune raison de vous mentir.

L'attitude que j'avais adoptée était pressante, mais calme.

J'avais formé le projet de poursuivre mon destructeur jusque dans la mort et cette décision avait quelque peu adouci ma détresse et m'avait momentanément réconcilié avec la vie. Je rapportai donc brièvement mon histoire, mais avec fermeté et précision, en donnant les dates de chaque événement, sans jamais me laisser aller à l'invective ni à la colère.

D'abord, le magistrat parut totalement incrédule, mais, comme je continuais, il devint plus attentif et plus intéressé. Je le voyais souvent frissonner d'horreur.

Parfois, une vive surprise, dépourvue de tout scepticisme,

se peignait sur son visage.

Je terminai mon récit en disant :

— Telle est la créature que j'accuse et que je vous demande de faire arrêter et de punir en usant de tout votre pouvoir. C'est votre devoir de magistrat, et je crois, j'espère que les sentiments d'un homme comme vous ne seront pas révoltés si vous exercez vos fonctions en pareil cas.

Ce point amena un grand changement d'attitude chez mon auditeur. Il avait écouté mon histoire avec cette sorte de demi-croyance qu'on accorde aux récits de fantômes et aux événements surnaturels. Mais, quand je l'eus pressé d'agir officiellement, toute son incrédulité reprit le dessus.

Il me répondit toutefois avec douceur :

— Je voudrais volontiers vous aider dans cette tâche, mais la créature dont vous m'avez parlé semble posséder une force qui annihilerait tous mes efforts. Qui serait capable de suivre un animal qui peut traverser une mer de glace et se réfugier dans des grottes et des trous où aucun être humain n'oserait s'aventurer ? Au surplus, plusieurs mois se sont passés depuis qu'elle a commis ses crimes et personne ne peut dire aujourd'hui où elle erre et dans quelle région elle habite maintenant.

— Je ne doute pas qu'elle se cache quelque part près de l'endroit où je réside et, si elle avait effectivement trouvé refuge dans les Alpes, on peut la traquer comme un chamois et l'abattre comme une bête de proie. Mais je devine vos sentiments. Vous n'accordez aucun crédit à mon histoire et vous n'avez pas l'intention de poursuivre mon ennemi et d'aller le châtier dans sa retraite.

Avec ces mots, la colère avait éclaté dans mes yeux. Le magistrat en fut troublé.

— Vous vous méprenez, dit-il. Je vais agir et, s'il est en mon pouvoir de capturer le monstre, soyez assuré qu'il sera puni selon ses crimes. Mais j'ai peur, d'après ce que vous m'avez dit vous-même de sa puissance, que ce ne soit pas possible. Aussi, tout en vous promettant de prendre toutes les mesures qui s'imposent, je pense que vous devez vous attendre à un échec.

— Il ne peut pas en être ainsi ! Mais tout ce que je pourrais vous dire n'a que peu de poids. Ma soif de vengeance ne vous concerne pas. Bien que je sache que c'est là un vice, je vous avoue qu'elle me dévore et qu'elle est devenue ma seule passion. Ma rage est indicible quand je pense que le tueur que j'ai lâché dans le monde vit toujours. Vous refusez ce que je vous demande. J'ai une autre possibilité : je vais moi-même, au péril de ma vie, détruire le monstre !

Je tremblais à l'extrême en prononçant ces mots. Il y avait de l'extravagance dans mes manières et aussi, je n'en doute pas, cette espèce de frénésie hautaine qui, dit-on, saisissait les martyrs de l'Antiquité. Mais pour un magistrat de Genève dont l'esprit était accaparé par d'autres idées que le dévouement et l'héroïsme, cette noblesse d'âme devait beaucoup ressembler à de la démence. Il s'efforça de me calmer, comme une nourrice calmerait un enfant, et tint mon histoire pour le fruit de mon délire.

— Monsieur ! m'écriai-je, en dépit de l'orgueil de votre savoir, comme vous êtes ignorant ! Assez ! Vous ne savez pas ce que vous dites. Furieux et troublé, je me séparai du magistrat et me retirai aussitôt chez moi pour réfléchir à un autre moyen d'action.

24

Je n'avais dès lors plus qu'une seule idée en tête et rien d'autre n'existait pour moi. J'étais gagné par la fureur. Il n'y avait que la vengeance pour me donner la force de vivre et de résister : elle modulait tous mes sentiments et me permettait de tenir le coup avec calme, sans quoi le délire – si, ce n'est la mort – aurait eu raison de moi.

Ma première résolution fut de quitter Genève à jamais. Le pays qui, à l'époque où j'étais heureux et entouré d'affection, m'était si cher m'était devenu, dans l'adversité, détestable. Je pris avec moi un peu d'argent ainsi que quelques bijoux qui avaient appartenu à ma mère et je partis.

Et ainsi débutèrent mes pérégrinations qui ne cesseront qu'avec ma mort. J'ai traversé une grande partie de la terre et j'ai vécu toutes ces aventures que connaissent les voyageurs dans les déserts et les contrées barbares.

Comment ai-je survécu à tout cela ? Que de fois ne me suis-je pas couché sur le sable, épuisé, en appelant la mort ! Mais ma soif de revanche me maintenait en vie et je ne voulais pas mourir en laissant derrière moi mon adversaire !

Quand je quittai Genève, mon premier soin fut de retrouver les traces de mon ennemi diabolique. Mais je n'avais aucun plan précis et j'errais de nombreuses heures autour de la ville, ne sachant trop où me diriger. Comme la nuit approchait, je me surpris à l'entrée du cimetière où reposaient William, Élisabeth et mon père. J'y pénétrai et m'approchai de leur tombe. Tout était silencieux, sauf que le vent agitait doucement les branches des arbres. La nuit était quasiment noire et le décor avait quelque chose de solennel qui aurait touché même l'être le moins émotif. Il me semblait que les esprits des défunts flottaient alentour et projetaient sur ma tête une ombre que je pouvais sentir, mais que je ne voyais pas.

La profonde tristesse de cette scène eut d'abord pour effet de raviver rapidement ma rage et mon désespoir. Ils étaient morts ! Moi, moi je vivais ! Leur assassin aussi était en vie et, pour le détruire, je devais mener une existence lamentable. Je m'agenouillai dans l'herbe, baisai la terre et m'écriai, les lèvres tremblantes :

— Par cette terre sacrée sur laquelle je m'agenouille, par les ombres qui m'entourent, par le profond et infini chagrin qui me dévore, par toi également, ô Nuit, et les esprits qui règnent sur toi, je jure de poursuivre le démon qui est la cause de ma détresse, même si dans ce combat je dois périr ! C'est pour cette raison que je veux vivre. Pour exécuter cette vengeance qui m'est chère, je dois encore contempler le soleil et fouler l'herbe verte de la terre qui, autrement, disparaîtrait pour toujours de ma vue. Et j'en appelle à vous aussi, esprits des morts, et à toi, souffle errant de la vengeance, pour m'aider et me guider dans cette tâche ! Puisse le monstre sinistre et diabolique connaître l'agonie la plus profonde ! Puisse-t-il, lui aussi, éprouver ce désespoir qui aujourd'hui me tourmente !

J'avais entamé ma conjuration avec une solennité et une emphase qui m'assuraient presque que les esprits des défunts que j'avais aimés m'approuvaient, mais, en même temps que mes dernières paroles, ma fureur reprit le dessus et la rage me laissa sans voix.

Alors, dans le silence de la nuit, éclata un énorme rire diabolique – et longuement, douloureusement, il me résonna aux oreilles. Les montagnes en répercutèrent l'écho et j'eus l'impression qu'alentour l'enfer même se moquait et se riait de moi. À cet instant, j'aurais sûrement eu un geste de folie et j'aurais mis fin à ma misérable existence, si mon serment n'avait pas été prononcé et si je ne m'étais pas voué à la vengeance. Le rire mourut et cette voix familière, détestable, s'éleva, toute proche, et m'adressa dans un murmure parfaitement distinct :

— Je suis satisfait, misérable créature ! Tu as décidé de vivre et je suis satisfait !

Je bondis vers l'endroit d'où avait surgi la voix, mais le démon avait disparu. Soudain, la lune qui s'était levée éclaira la silhouette difforme et monstrueuse qui fuyait avec une incroyable vitesse. Je me mis en chasse – et depuis des mois et des mois, cette tâche me prend tout entier. Très vaguement guidé, j'ai suivi le Rhône, mais en vain. Et puis ce furent les eaux bleues de la Méditerranée.

Par un hasard étrange, j'ai vu une nuit le monstre lui-même s'embarquer sur un navire qui partait pour la mer Noire. Je pris ce même navire, mais il m'avait échappé, je ne sais pas comment.

À travers les steppes tartares et russes, j'ai continué à suivre ses traces, bien qu'il m'échappât toujours. Parfois, des paysans, terrifiés par son horrible apparition, m'indiquaient la route. Parfois aussi, c'était le monstre lui-même qui laissait des traces derrière lui, de peur que je n'arrête mes poursuites ou que je ne décide, dans mon désespoir, de mourir. Puis, avec la tombée des neiges, je pouvais voir sur la plaine blanche les empreintes de ses pas. Vous qui entrez tout juste dans la vie, vous qui ne connaisse ni les chagrins ni les tourments, comment pouvez-vous comprendre ce que j'ai éprouvé et ce que j'éprouve encore ? Le froid, la faim, la fatigue – voilà les moindres de mes maux ! J'étais possédé par un démon, l'enfer se trouvait en moi-même. Pourtant, quelque bon génie me surveillait encore et guidait mes pas aux heures où j'étais meurtri, où je me débattais dans d'inextricables difficultés. De temps à autre, quand j'étais rongé par la faim, quand les forces me manquaient, je trouvais de quoi manger dans un lieu désert et cela me ravigotait. C'étaient, il est vrai, souvent des aliments grossiers, comme ceux que mangeaient les paysans de la région, mais je ne doutais pas que ces vivres avaient été déposés là par les esprits dont j'avais imploré le soutien. Et souvent aussi, quand régnait la sécheresse et que j'avais terriblement soif, des nuages venaient obscurcir le ciel et la pluie qui tombait alors me permettait d'étancher ma soif, avant de disparaître.

Je suivais, si cela était possible, les cours d'eau. Mais d'ordinaire le monstre les évitait, car c'était là que les populations étaient les plus nombreuses. Aux autres endroits, il y avait peu de gens et je devais généralement me nourrir de la chair des animaux sauvages que je rencontrais sur ma route. J'avais de l'argent et, en en distribuant un peu, je gagnais la confiance des villageois, ou encore je leur offrais l'animal que j'avais tué après en avoir prélevé un petit morceau pour moi, en échange d'un feu et de quelques ustensiles de cuisson.

Telle qu'elle se passait, ma vie m'était sans doute odieuse et ce n'est que dans le sommeil que je goûtais un peu de joie. Ô sommeil béni ! Souvent, quand ma misère était à son comble, le repos m'entraînait vers les rêves les plus délicieux. Les esprits veillaient sur moi et m'apportaient quelques moments ou quelques heures de félicité afin que je garde assez de force pour remplir ma mission. Sans cela, j'aurais sombré dans la propre détresse. Et pendant la journée, j'étais soutenu et enhardi par les espérances de la nuit. Dans mon sommeil, je voyais mes amis, mon épouse, mon pays tant aimé. Je voyais le doux visage de mon père, j'entendais la voix limpide d'Élisabeth, je retrouvais Clerval resplendissant de jeunesse et de santé.

Quand une longue marche m'avait exténué, je me persuadais souvent que j'avais vécu un cauchemar et qu'avec la nuit je retrouverais la rassurante réalité auprès de mes chers amis. Quel immense attachement j'avais pour eux ! Comme je m'accrochais à leur corps ! Ils me hantaient même pendant mes heures de veille et je pouvais croire qu'ils vivaient toujours ! Dans de tels moments, ma soif de vengeance s'évanouissait et je poursuivais ma route sur les traces du démon, davantage comme un devoir que le ciel m'avait imposé, comme si une force dont je n'étais pas conscient me poussait à agir, que parce que je le voulais de plein gré.

Je ne connaissais pas les réactions du monstre. De temps à autre, il laissait des inscriptions sur des écorces d'arbre ou sur des rochers. Elles me guidaient et ravivaient ma fureur. « Mon règne n'est pas encore achevé, disait ainsi l'un de ses messages, tu vis, mais ma puissance est absolue. Suis-moi. Je me dirige vers les glaces éternelles du pôle Nord, où tu subiras les contraintes du froid et du gel auxquelles moi je suis insensible. Tu trouveras tout près d'ici, si tu ne me suis pas de trop loin, un lièvre mort. Mange-le et reprends des forces. Allons, mon ennemi ! Nous devons encore lutter pour nos existences, et avant que n'arrive le jour de notre confrontation, tu dois encore endurer de nombreuses heures de souffrance et de misère. »

Ignoble démon ! De nouveau, je jure de me venger. De nouveau, je te voue, abominable créature, à la torture et à la mort ! Jamais je n'abandonnerai mes recherches, pas avant que l'un de nous meure ! Et quelle extase alors, quand je rejoindrai Élisabeth et mes amis disparus qui, d'ores et déjà, ont préparé la récompense de mon dur labeur et de mon horrible pèlerinage !

Tandis que se poursuivait mon périple vers le nord, il neigeait de plus en plus et le froid augmentait tellement qu'il devenait difficile de le supporter. Les paysans ne bougeaient plus de leurs chaumières. Seuls quelques-uns d'entre eux, les plus vigoureux, s'aventuraient encore à l'extérieur pour capturer des animaux qui sortaient de leur trou afin de subvenir à leur faim. Les rivières étaient recouvertes de glace et il était impossible de se procurer du poisson. J'étais ainsi privé de mon principal moyen de subsistance.

Le triomphe de mon ennemi se concrétisait au fur et à mesure que se multipliaient mes propres difficultés. Une des inscriptions qu'il avait laissées était rédigée ainsi : « Prépare-toi. Tes souffrances ne font que commencer. Mets une fourrure sur toi et fais provision de nourriture, car nous allons bientôt entreprendre un voyage qui va, pour mon plus grand agrément, accroître encore tes souffrances. »

Ces mots ironiques ranimaient mon courage et ma

persévérance. Jamais je n'abandonnerais mon projet. En priant le ciel de m'aider, je continuai avec une farouche détermination à traverser des déserts immenses jusqu'à ce qu'au loin m'apparût l'océan, formant une ultime barrière à l'horizon. Oh ! Comme il différait des mers bleues du sud ! Couvert de glace, il ne se détachait de la terre que parce qu'il avait un aspect plus sauvage et plus âpre.

Lorsqu'ils avaient aperçu la Méditerranée du haut des contreforts de l'Asie, les Grecs avaient pleuré de joie et salué avec allégresse la fin de leurs épreuves. Moi, je ne pleurai pas. Je m'agenouillai, le cœur palpitant, et remerciai l'esprit qui m'avait guidé et qui m'avait conduit jusqu'ici sain et sauf. J'allais y rencontrer mon adversaire et me mesurer avec lui, au mépris de tous ses sarcasmes.

Quelques semaines auparavant, je m'étais procuré un traîneau et des chiens, ce qui m'avait permis de traverser les neiges à grande vitesse. Je ne savais pas si le monstre disposait des mêmes avantages, mais je constatai qu'au lieu de perdre tous les jours du terrain sur lui j'en gagnais et qu'ainsi, au moment où je me trouvais en vue de l'océan, il n'avait plus qu'une seule journée d'avance sur moi. J'espérais donc le rattraper avant qu'il n'eût atteint le rivage. Ma détermination augmenta encore et, deux jours plus tard, j'arrivai à un misérable hameau situé sur la côte.

Je m'enquis du monstre auprès des habitants et obtins des renseignements précis. Ils me dirent qu'en effet une gigantesque créature avait surgi la nuit précédente. Armé d'un fusil et de plusieurs pistolets, il avait provoqué la panique et fait fuir les occupants d'une chaumière isolée.

Il leur avait pris leurs provisions pour l'hiver et les avait mises sur un traîneau auquel il avait attelé de nombreux chiens. Puis, le soir même, au grand soulagement des villageois effrayés, il avait poursuivi sa course dans une direction où il n'y avait aucune terre. On supposait qu'il allait périr rapidement, emporté par la glace ou englouti au milieu des banquises éternelles.

En apprenant cela, j'eus un moment de désespoir. Il

m'avait échappé et je devais entreprendre une longue et périlleuse randonnée vers les icebergs, affrontant un froid que même les indigènes ne devaient supporter que très mal et qui pour moi, originaire d'un pays au climat tempéré, risquait d'être fatidique. Mais, à l'idée que le démon vivrait et triompherait, ma soif de vengeance reprit le dessus et, comme une marée formidable, domina tous mes autres sentiments. Après un court repos pendant lequel les esprits des défunts m'apparurent et m'incitèrent à mener ma tâche jusqu'au bout, je me préparai à repartir.

J'échangeai mon traîneau contre un autre mieux adapté au terrain polaire et, après avoir réuni une grande quantité de provisions, je quittai le pays.

J'ignore combien de jours se sont écoulés depuis, mais j'ai enduré des tourments que je n'aurais pas été capable de vaincre si je n'avais pas eu en moi le sentiment que la cause que je défendais était juste. Souvent, d'immenses et d'imposantes montagnes de glace me barraient le passage et je pouvais entendre le grondement des eaux souterraines qui menaçaient de m'engloutir. Puis, de nouveau, le gel s'intensifiait et ma route redevenait plus sûre.

D'après la quantité de provisions que j'avais consommées, je m'aperçus que mon voyage durait déjà depuis trois semaines. À tout moment, l'accomplissement de ma vengeance était différé et, chaque fois je versais des larmes de découragement. Et il est vrai que je succombais de plus en plus au désespoir. Un jour, après que les pauvres bêtes qui me traînaient au prix de grands efforts étaient parvenues au sommet d'une montagne de glace, l'une d'elles, à bout de force, mourut et je me mis à contempler avec angoisse le site qui s'étendait devant moi.

Soudain, mon regard surprit un point sombre au sein de l'immensité. J'essayai de découvrir ce que cela pouvait être et je poussai un cri de joie lorsque je me rendis compte qu'il s'agissait d'un traîneau d'où se détachait une silhouette gigantesque qui m'était familière. Oh ! Comme mon cœur fut envahi d'espoir ! Des larmes chaudes jaillirent de mes yeux et je me hâtai de les essuyer pour ne pas perdre le démon de vue. Mais mes larmes ne tarissaient pas, tant j'étais ému, et j'éclatai bel et bien en sanglots.

Ce n'était pourtant pas le moment de perdre son temps. Je me débarrassai du chien mort et je nourris abondamment les autres. Puis, après une heure de repos absolument nécessaire, nonobstant les circonstances, je repris ma route. Le traîneau était encore visible et je ne le perdais pas de vue, sauf de loin en loin quand il disparaissait derrière des blocs de glace. Mais, de plus en plus, je gagnais sur lui. Deux jours plus tard, mon ennemi n'était plus qu'à un mile de moi. Mon cœur bondissait.

Tout à coup, alors même que j'allais pouvoir me mesurer avec le monstre, mes espoirs furent annihilés : sa trace m'avait échappé. Je perçus un bruit de tonnerre, le vent se leva et les eaux souterraines se mirent à gronder de façon de plus en plus terrifiante. J'allai plus vite, mais en vain.

La mer tonitruait et, avec des secousses de tremblement de terre, la glace se rompit et craqua dans un tumulte formidable. Ce fut vite fini : en quelques minutes une mer bouillonnante avait surgi entre mon ennemi et moi et déjà je dérivais sur un petit bloc de glace qui fondait sans cesse et me préparait à la mort la plus affreuse.

De terribles heures se passèrent ainsi. Mes chiens moururent et j'allais moi-même succomber sous le poids de mes innombrables tourments, lorsque j'ai aperçu votre navire tirant son ancre et que j'ai eu l'espoir de vivre encore. Je ne savais pas que des bateaux s'aventuraient si loin dans le nord et la chose me stupéfia. Je détruisis dare-dare une partie de mon traîneau pour me fabriquer des rames et je parvins ainsi, malgré mon extrême faiblesse, à faire avancer mon radeau de glace dans la direction de votre navire. J'étais décidé, au cas où vous comptiez aller vers le sud, de m'en remettre à la merci de la mer plutôt que d'abandonner ma tâche. J'espérais même vous demander un canot afin de poursuivre le monstre. Mais vous vous dirigiez vers le nord. Je n'avais plus de force quand vous m'avez pris à bord de votre navire où j'aurais pu rapidement sombrer dans une mort que je redoute encore, car je n'ai toujours pas accompli ma mission.

Oh ! Quand donc les esprits qui me guident et qui m'ont conduit vers le monstre m'accorderont-ils le repos auquel j'aspire ? Ou bien dois-je mourir et lui doit-il rester en vie ?

S'il en est ainsi, jurez-moi, Walton, qu'il n'échappera pas et que vous le poursuivrez afin que sa mort soit ma vengeance. Mais oserais-je vous demander d'entreprendre ce pèlerinage, d'endurer tous ces tourments que j'ai subis ?

Non, je ne suis pas égoïste. Et pourtant, quand je serai mort, s'il devait vous apparaître, si les pourvoyeurs de la vengeance devaient le conduire jusqu'à vous, jurez-moi qu'il ne survivra pas – jurez-moi qu'il ne triomphera pas de mes malheurs et qu'il ne pourra plus avoir la possibilité d'augmenter encore la liste de ses crimes immondes ! Il est volubile et persuasif et il a déjà réussi par ses paroles à avoir une emprise sur moi. Ne vous fiez pas à lui ! Son âme est aussi diabolique que son corps, pleine de méchanceté et de ruses abjectes. Ne l'écoutez pas !

Rappelez-vous les noms de William, de Justine, de Clerval, d'Élisabeth, de mon père, du misérable Victor, et enfoncez-lui votre épée dans le cœur ! Je serai près de vous et je guiderai votre arme !

Récit de Walton (suite)

Le 26 août, 17...

Vous venez de lire cette étrange et terrifiante histoire, Margaret. Est-ce que vous ne sentez pas votre sang se glacer d'horreur ? Parfois, saisi de douleur, Frankenstein était incapable de continuer son récit. À d'autres moments, sa voix, déjà hésitante, se brisait et ce n'était qu'avec peine qu'il prononçait ces paroles chargées d'angoisse. Ses beaux yeux brillaient tantôt d'indignation et tantôt ils exprimaient la tristesse et la plus profonde amertume.

Mais il lui arrivait aussi de maîtriser son propos et de relater les événements les plus horribles d'une voix tranquille, sans le moindre signe d'énervement. Puis, comme un volcan qui entre en éruption, son visage changeait tout à coup d'expression et, avec une fureur sauvage, il lançait des imprécations à son adversaire.

Son histoire est logique et, selon toute apparence, elle dit la vérité. Mais je vous avoue que les lettres de Félix et de Safie qui m'ont été montrées et l'apparition du monstre à proximité de notre navire m'ont beaucoup plus convaincu, que les protestations du malheureux, aussi énergiques et cohérentes qu'elles fussent. Assurément, ce monstre existe ! Je n'en doute pas – et je reste même confondu de surprise et d'admiration. À plusieurs reprises, j'ai cherché à savoir comment Frankenstein avait précisément créé le monstre, mais sur ce point il a été impénétrable.

— Êtes-vous fou, mon ami ? me dit-il. À quoi vous pousse donc votre déraisonnable curiosité ? Voudriez-vous également créer un être qui serait votre ennemi le plus démoniaque sur la terre ?

Laissez, laissez cela ! Tirez une leçon de mes malheurs et

faites en sorte de ne pas en attirer sur vous !

Frankenstein s'était rendu compte que tout en suivant son histoire je prenais des notes. Il me demanda de les lui montrer. Il corrigea et développa lui-même de nombreux passages, surtout pour donner plus de vie et d'esprit aux conversations qu'il avait eues avec le monstre.

— Puisque vous avez consigné mon histoire, dit-il, je ne voudrais pas qu'elle passe à la postérité sous une forme mutilée et de façon incomplète.

Pendant une semaine, j'écoutai ainsi le récit le plus étrange jamais conçu. L'intérêt que je portais à mon hôte dont les manières étaient toujours nobles et affables influença beaucoup mes pensées et mes sentiments.

J'aimerais l'aider, mais puis-je donner le conseil de vivre à un homme aussi misérable, aussi privé de toute consolation ? Oh, non ! La seule joie qu'il pourra connaître encore, c'est celle que lui procurera la paix au moment de mourir. Pour l'heure, c'est dans la solitude et le délire qu'il trouve un peu de soulagement. Lorsqu'il rêve, il croit parler avec ses amis et, par ce biais, il se console de ses malheurs ou se convainc qu'il doit assouvir sa vengeance.

Pour lui, ce ne sont pas des phantasmes : il est persuadé que les siens, venus d'un autre monde, se mettent à converser avec lui. Et cette conviction confère à ses songeries une telle solennité que non seulement elles impressionnent, mais qu'en outre elles semblent vraies.

Nos discussions n'ont pas toujours trait au récit de ses malheurs. Dans le domaine littéraire, ses connaissances sont vastes et il a l'esprit vif et lucide. Son éloquence est aussi persuasive que touchante. Quand il rapporte un événement pathétique ou qu'il cherche à susciter la pitié ou la tendresse, je ne peux pas l'écouter sans avoir les larmes aux yeux. Quelle généreuse créature devait-elle être autrefois pour rester dans l'adversité aussi noble, aussi admirable ! Au demeurant, il a l'air d'être conscient de sa valeur et de l'étendue de sa déchéance.

— Quand j'étais plus jeune, me dit-il, je me croyais

destiné à entreprendre de grandes tâches. J'avais beaucoup de sensibilité, mais je possédais aussi une froideur de jugement qui m'eût servi pour d'illustres travaux. Ce sentiment de ma valeur personnelle m'a soutenu dans des circonstances où d'autres se seraient laissés abattre, car je trouve qu'il est criminel de gaspiller en chagrin des talents qui peuvent être utiles à ses semblables. Quand je songeais à l'œuvre que j'avais accomplie, rien moins que la création d'un animal sensible et doué de raison, je ne pouvais pas me comparer à de vulgaires inventeurs. Mais cette idée qui m'a exalté au commencement de ma carrière ne me sert aujourd'hui qu'à me plonger dans l'avilissement. Toutes mes spéculations, tous mes espoirs ne sont plus rien et, comme l'archange qui aspirait à la toute-puissance, je suis dans un enfer éternel. Mon imagination était vive, mes facultés d'analyse et d'application étaient intenses et c'est par l'union de toutes ces qualités que m'est venue l'idée de créer un être humain et de mettre mon projet à exécution. Même maintenant, je ne peux pas évoquer sans enthousiasme mes idéaux, alors que mon œuvre n'était que balbutiante. Avec mes projets, je traversais les cieux, tantôt exalté par ma puissance, tantôt secoué en songeant à ce qui en résulterait. Depuis mon enfance, j'ai été nourri par de grands espoirs et par de magnifiques ambitions. Mais comme je suis tombé bas !

« Oh, mon ami, si vous m'aviez connu alors, vous ne me reconnaîtriez plus aujourd'hui dans ma déchéance ! Rarement, j'étais la proie du doute. Mon destin me conduisait au plus haut jusqu'au jour où je suis tombé pour ne plus jamais, jamais relever la tête ! Dois-je donc perdre cet être admirable ? J'ai longtemps cherché un ami, une personne avec laquelle je pourrais sympathiser et que j'aimerais. Et voilà que je la trouve sur ces mers désertes, mais j'ai bien peur de ne l'avoir rencontrée que pour la perdre tout aussitôt. J'aurais voulu réconcilier Frankenstein avec la vie, mais il en repousse l'idée.

« Je vous remercie, Walton, me dit-il, pour vos aimables

intentions à l'égard d'un être aussi misérable que moi, mais quand vous me parlez de nouveaux liens et de nouvelles affections, croyez-vous qu'ils pourraient remplacer ceux que j'ai perdus ? Quel homme pourrait tenir près de moi la place de Clerval, quelle femme celle d'Élisabeth ? Même quand cet attachement n'est pas parfait, les compagnons de notre enfance exercent sur nous un pouvoir auquel ne peuvent prétendre les amis qu'on se fait par la suite. Ils connaissent nos penchants juvéniles qui, même s'ils se modifient plus tard, ne se volatilisent jamais. Ils peuvent juger nos actes avec plus de discernement, car ils en savent les raisons. Un frère ou une sœur ne peut pas suspecter l'autre de tromperie ou de duplicité, à moins que ces symptômes-là n'apparaissent très tôt. En revanche, un ami, quelle que soit la force de l'attachement qu'on lui porte, peut, à son corps défendant, être l'objet d'une suspicion. Pourtant, mes amis à moi m'étaient chers, non pas par l'effet de l'habitude ou de la proximité, mais parce qu'ils avaient leurs qualités propres. Où que je me trouve, j'entends la douce voix d'Élisabeth, les paroles que Clerval me glisse à l'oreille. Ils sont morts et c'est du fond de ma solitude que je dois me persuader de préserver encore ma vie. Si j'étais engagé dans une tâche qui serait considérablement utile à l'humanité, je vivrais pour la mener à bien. Mais mon destin n'est plus là. Je dois poursuivre et détruire le monstre que j'ai créé. Ce n'est qu'alors que j'aurai rempli mon rôle sur la terre et que je pourrai mourir. »

Le 2 septembre

Ma sœur bien aimée, je t'écris alors que le danger me guette, sans savoir si je reverrai encore l'Angleterre et tous mes amis qui y demeurent. Je suis entouré de montagnes de glace qui ne permettent aucune issue et menacent à tout instant notre navire. Les braves garçons que j'ai persuadés de me suivre attendent que je les aide, mais je n'ai rien à leur donner. Il y a quelque chose de terriblement désastreux dans notre situation, mais ni le courage ni l'espoir ne me manquent.

C'est affreux de penser que la vie de ces gens dépend de moi. Si nous devons périr, ce sera à cause de mes projets insensés.

Mais vous, Margaret, quel sera alors votre état d'âme ?

Vous n'allez pas entendre parler de ma disparition et vous attendrez avec anxiété mon retour. Les années se passeront, le désespoir vous aura minée et pourtant vous garderez au fond de vous-même un peu de confiance. Oh, ma sœur bien aimée, la perspective d'un tel chagrin me paraît plus cruelle que ma propre mort ! Mais vous avez un mari et de charmants enfants. Vous pouvez être heureuse.

Que les cieux vous bénissent, vous et les vôtres !

Mon malheureux hôte me considère avec la plus tendre compassion. Il essaye de me redonner espoir et me parle comme si la vie était un bien qu'il estime encore. Il me rappelle que tels accidents ne sont pas rares dans ces régions et que des navigateurs y ont échappé. Et, malgré moi, ses promesses m'encouragent. Chacun des marins subit le charme de son éloquence. Lorsqu'il prend la parole, on ne désespère plus longtemps et nos forces nous reviennent, au point que les immenses montagnes de glace qui nous encerclent semblent à nos yeux des taupinières qui ne pourraient pas résister devant le bon vouloir des hommes. Mais ces impressions-là sont passagères.

Chaque jour de désillusion augmente la frayeur des marins et je crains presque une mutinerie provoquée par leur désespoir.

Le 5 septembre

Il vient de se produire une scène qui sort du commun et, bien qu'il soit peu probable que ces papiers ne vous parviennent jamais, je ne peux pas m'empêcher de vous la rapporter.

Nous sommes toujours entourés par des montagnes de

glace, et le danger d'être écrasés sous leur pression est toujours aussi grand. Il fait un froid excessif. Dans ce paysage désolé, plusieurs de mes compagnons ont déjà trouvé la mort. La santé de Frankenstein décline de jour en jour. La fièvre brille dans ses yeux. Il est épuisé. Après le moindre effort fourni, il retombe immédiatement dans l'apathie la plus complète.

J'ai mentionné dans ma dernière lettre que je craignais une mutinerie. Ce matin, comme je fixais le visage blême de mon ami – ses yeux à moitié clos et ses membres inertes –, j'ai été surpris par une demi-douzaine de marins qui demandaient d'être reçus dans ma cabine. Ils entrèrent et leur leader prit la parole. Il me dit que ses compagnons et lui-même avaient été choisis par l'équipage afin de m'adresser une requête qu'en toute justice je ne pouvais pas refuser. Nous étions encerclés par la glace et nous étions sans doute dans l'impossibilité de jamais nous en dégager. Pourtant si la glace se brisait quand même et nous offrait ainsi un passage, l'équipage croyait que j'aurais l'audace de poursuivre mon voyage et que j'exposerais tout le monde à de nouveaux périls. Aussi insistaient-ils pour que je prenne l'engagement formel de mettre aussitôt le cap vers le sud, au cas où le navire ne serait plus bloqué.

Ce discours me troubla. Je n'étais pas encore au fond du désespoir et je n'avais pas encore eu l'idée de rebrousser chemin, si la mer devenait libre. Mais avais-je le droit, en toute équité, de rejeter cette demande ? J'hésitais à répondre lorsque Frankenstein qui était d'abord resté silencieux et qui du reste semblait trop faible pour entendre quoique ce fût se redressa tout à coup. Ses yeux étincelaient et ses traits exprimaient une vague vitalité. Il se tourna vers les hommes.

— À quoi pensez-vous ? dit-il. Qu'est-ce que vous exigez de votre capitaine ? Allez-vous si facilement vous détourner de votre but ? N'avez-vous pas dit que cette expédition était glorieuse ? Et pourquoi l'est-elle d'ailleurs ? Non pas parce que ce périple était commode et serein comme dans les mers du sud, mais parce qu'il comporte plein de dangers et d'effrois, parce que, devant chaque nouvel obstacle, il vous a fallu faire appel à votre courage et à votre ténacité, parce que le péril et la mort vous environnent, parce que vous aviez une mission à accomplir. Voilà pour quelle raison elle est glorieuse, voilà pour quelle raison cette entreprise est honorable !

« Vous étiez promus à devenir les bienfaiteurs de l'humanité, afin que vos noms figurent à côté de ceux qui ont affronté la mort pour le plus grand bien de leurs semblables. Et maintenant alors que l'illusion du danger se présente à vous ou, si vous préférez, alors que vous êtes confrontés à une première épreuve d'envergure, vous reculez et vous vous contentez de passer pour des hommes incapables de supporter le froid et l'adversité. Pauvres hommes ! Vous êtes frileux et vous voulez rentrer vous chauffer près d'un feu ! Pourquoi vous êtes-vous préparés à cette expédition ? Vous n'aviez pas besoin de quitter vos maisons et d'exposer votre capitaine à la défaite et à la honte, uniquement pour prouver que vous étiez des lâches ! Oh ! Soyez des hommes – ou même plus que des hommes ! Montrez-vous aussi fermes que le roc ! Cette glace n'est pas faite de la même matière que vos cœurs.

« Elle peut changer et ne pas résister devant votre détermination. Ne retournez pas dans vos familles avec, sur le front, les stigmates du déshonneur. Rentrez chez vous comme des héros qui ont lutté, qui ont triomphé, qui ne savent pas ce qu'est la fuite devant l'ennemi ! »

Il avait parlé d'une voix si sereine, avec une intonation qui s'adaptait tellement bien aux sentiments exprimés dans son discours, son regard reflétait si bien le courage et l'héroïsme que les marins, cela ne vous surprendra pas, en furent émus. Ils se dévisagèrent, incapables de répondre.

Je pris la parole. Je les priai de se retirer et de réfléchir à ce qui avait été dit. Je précisai que je ne les conduirais pas vers le nord, si cela allait à l'encontre de leur désir, mais que j'espérais les voir méditer et sentir renaître leur courage.

Ils partirent. Je me tournai vers mon compagnon : il était

retombé dans son apathie et semblait presque inanimé.

J'ignore comment tout cela va se terminer, mais je sais que je préférerais mourir plutôt que de rentrer chez moi sans avoir mené ma tâche à bien. Je crains néanmoins que ce ne soit là mon sort.

Mes hommes ne sont pas animés par des idées de gloire et d'honneur et ils ne pourront pas davantage supporter les épreuves qui se présentent à nous.

Le 7 septembre

Les dés sont jetés. J'ai accepté de rebrousser chemin, à moins que les glaces ne nous détruisent avant ! Voilà comment, par la couardise et l'indécision, mes espoirs s'envolent. Je rentre déçu, sans avoir appris ce que je cherchais. Je n'ai pas assez de sagesse pour me résigner calmement à cette injustice.

Le 12 septembre

C'est fini ! Je rentre en Angleterre. J'ai perdu mes espoirs d'être utile et illustre. J'ai perdu mon ami. Mais je vais essayer, ma chère sœur, de vous rapporter les événements dans le détail. Tant que je voguerai vers l'Angleterre et vers vous, je ne veux pas me laisser abattre.

Le 9 septembre, la glace s'est mise à bouger. Nous avons entendu au loin comme des coups de tonnerre et les blocs de glace se brisaient, craquaient de toutes parts. Nous courions un énorme danger, mais, comme nous ne pouvions rien faire non plus, mon attention s'est portée sur mon hôte dont l'état de santé avait tellement empiré qu'il ne pouvait plus du tout quitter son lit. La glace se déchirait devant nous et nous dérivions rapidement vers le nord. Le vent soufflait de l'ouest, si bien que le onzième passage en direction du sud se trouva entièrement dégagé.

Quand les marins s'en aperçurent et constatèrent que leur retour vers le pays natal était, selon toute apparence, assuré, ils poussèrent de vibrants cris de joie et s'agitèrent durant de longs moments. Frankenstein qui sommeillait se réveilla et s'enquit de la cause de tout ce vacarme.

— Ils crient, lui dis-je, parce qu'ils vont bientôt rentrer en Angleterre.

— Vous allez donc réellement rebrousser chemin ?

— Hélas, oui ! Je ne peux pas m'opposer à leur requête, je ne peux pas les exposer davantage aux dangers et il faut que je retourne.

— Faites-le, si vous le voulez, mais moi je ne peux pas. Il vous est possible d'abandonner votre projet, mais le mien m'a été imposé par le Ciel. Je ne désobéirai pas. Je suis à bout de force, mais les esprits qui m'assistent me donneront sûrement encore un peu de vigueur.

Tout en prononçant ces mots, il essaya de sortir de son lit, mais cet effort lui coûta trop. Il retomba et s'évanouit.

Il lui fallut beaucoup de temps avant de se remettre et plus d'une fois je crus qu'il avait bel et bien expiré. À la fin, il ouvrit les yeux. Il respirait avec peine et était incapable de parler. Le médecin lui donna un calmant et ordonna qu'on ne le dérange point. Il me fit savoir par la suite que mon ami n'avait plus, à n'en pas douter, que quelques heures à vivre.

Le diagnostic était prononcé, je n'avais plus qu'à me morfondre et qu'à attendre. Je m'assis sur son lit et l'examinai. Ses yeux étaient clos et je crus qu'il dormait.

Mais soudain il m'appela d'une voix faible et, me faisant signe d'approcher, il se mit à me parler.

« Hélas ! Mes forces m'abandonnent ! Je sens que je vais bientôt mourir et lui, mon ennemi et mon persécuteur, va continuer de vivre. Ne croyez pas, Walton, que dans mes derniers moments j'éprouve encore de la haine et nourrisse ce brûlant désir de me venger. Mais je sens qu'il est juste que je souhaite la mort de mon adversaire. Durant ces derniers jours, j'ai fait mon examen de conscience. Je ne pense pas que je suis blâmable. Dans un accès d'enthousiasme fou, j'ai créé un être doué de raison et je devais lui assurer, pour autant que la chose était possible, le bien-être et le bonheur.

C'était là mon devoir, mais j'en avais un autre aussi, bien plus important : envers les créatures de mon espèce ! Il dépendait de moi qu'elles soient heureuses ou misérables ! Et c'est la raison pour laquelle j'ai refusé de doter le monstre d'une compagne. J'ai bien fait, je crois. Dans le mal, il a témoigné d'une perversité et d'un égoïsme exceptionnels. Il a tué mes amis, il a voué à la mort des êtres sensibles et heureux et j'ignore jusqu'où peut mener cette soif de destruction. Oui, c'est une créature abominable et il faut qu'elle meure pour que les autres vivent ! C'est moi qui devais accomplir cette mission mortelle, mais j'y ai failli.

« Poussé par des motifs égoïstes et cruels, je vous ai demandé de la remplir à ma place. Mais à présent, si je vous renouvelle ma demande, c'est seulement au nom de la raison et de la vertu.

« Mais je ne peux exiger de vous que vous renonciez pour autant à votre patrie ni à vos amis. Puisque vous rentrez en Angleterre, vous n'aurez plus désormais beaucoup de chance de rencontrer le monstre. Mais je vous laisse apprécier mon point de vue et décider ce que vous estimez devoir faire, d'autant que ma lucidité est déjà perturbée par l'approche de la mort. Je n'ose pas vous presser d'agir, car je suis peut-être encore sous le coup de la passion.

« Je supporte toutefois très mal l'idée qu'il vit toujours et qu'il pourrait être l'instrument de nombreux autres crimes. Il reste qu'en ce moment même, pour la première fois depuis des années, je suis heureux — heureux parce que je vais mourir. Déjà les silhouettes des êtres que j'ai aimés sont proches et j'ai hâte de leur tendre les bras. Adieu, Walton ! Cherchez le bonheur dans le calme et évitez l'ambition, même si ce n'est que celle, à première vue innocente, qui a trait à la science et aux découvertes. Mais pourquoi tenir ce discours ? J'ai pour ma part échoué dans mes travaux, mais un autre pourrait réussir. »

Sa voix faiblissait au fur et à mesure qu'il parlait.

Finalement, épuisé par l'effort, il sombra dans le silence.

Une demi-heure plus tard, il tenta de nouveau de

m'adresser la parole, mais en vain. Il me serra doucement la main et ses yeux se fermèrent pour toujours, tandis qu'un tendre sourire se figeait sur ses lèvres.

Margaret, en quels termes puis-je vous rapporter la fin prématurée de ce glorieux esprit ? Et comment m'exprimer pour vous faire comprendre la profondeur de mon chagrin ? Tout ce que je pourrais vous dire serait inadéquat et insuffisant. Je pleure, je suis enveloppé par un nuage de désespoir. Mais je vogue vers l'Angleterre et peut-être vais-je y trouver une consolation.

Je suis interrompu. Que signifie ce tapage ? Il est minuit, le vent souffle convenablement et l'homme de quart, sur le pont, ne remue guère. Mais voilà un nouveau bruit. On dirait la voix d'un homme – une voix très rauque. Cela provient de la cabine où repose le corps de Frankenstein.

Je dois me lever et aller voir. Bonne nuit, ma sœur.

Grand Dieu ! À quelle scène ai-je donc assisté ! Je ne peux pas me la rappeler sans tressaillir. Je me demande même si je serai capable de vous la narrer dans le détail. Et pourtant l'histoire que je vous ai racontée serait incomplète sans cette stupéfiante catastrophe finale.

Je pénétrai donc dans la cabine où se trouvait la dépouille de mon ami. Sur elle était penchée une silhouette que mes mots sont impuissants à décrire – elle avait une taille gigantesque, aux proportions difformes et inhabituelles.

Telle qu'elle se tenait, elle avait le visage caché par de longues mèches de cheveux. Elle tendait une main énorme dont la couleur et la texture évoquaient celles d'une momie. Quand elle entendit que je m'approchais, elle cessa ses plaintes horribles et douloureuses et fit un pas en direction de la fenêtre. Jamais je n'ai vu tant d'épouvante sur un visage d'une hideur aussi monstrueuse. Malgré moi, je fermai les yeux et je songeai à ce que j'avais promis de faire en présence de ce tueur. Je lui ordonnai de ne pas bouger.

Il se figea, me considéra avec étonnement, regarda de nouveau la dépouille de son créateur et parut oublier que je me trouvais là. Sa posture, ses gestes, tout chez lui accusait la rage la plus sauvage et la passion la plus incontrôlable.

— Voilà une autre de mes victimes ! s'écria-t-il. Avec cette mort, mes crimes sont consommés et prend fin la série de mes tourments ! Oh, Frankenstein ! Créature généreuse et admirable, à quoi bon à présent te demander pardon ? Je t'ai donc tué après avoir tué tous ceux que tu aimais !

Hélas ! Il est déjà froid, il ne peut pas me répondre !

Il haletait. Ma première impulsion fut d'accomplir mon devoir et d'obéir à l'ultime requête de Frankenstein en supprimant son ennemi. Mais un mélange de curiosité et de compassion me retenait. Je m'approchai de l'incroyable créature, sans oser de nouveau lever les yeux sur elle, tant sa laideur était inhumaine et repoussante. J'essayai de lui parler, mais aucun mot ne jaillit à mes lèvres. Le monstre continuait à s'adresser des reproches douloureux et incohérents. À la fin, comme il se calmait un peu et que sa passion se relâchait, je réussis à lui parler.

— Votre repentir, dis-je, est désormais superflu. Si vous aviez écouté la voix de votre conscience et si vous aviez obéi à l'aiguillon du remords, si vous n'aviez pas poussé à l'extrême votre soif de vengeance diabolique, Frankenstein serait toujours en vie !

— Mais vous rêvez ? me répondit le monstre. Vous croyez donc que je ne souffre pas et que je n'ai pas de remords ? Lui, poursuivit-il en désignant la dépouille, lui n'a pas éprouvé la dix-millième partie des souffrances que j'ai endurées alors que je perpétrais mes crimes ! J'agissais égoïstement et, en même temps, mon cœur était empoisonné par le remords. Croyez-vous que les râles de Clerval ont été une douce musique à mes oreilles ? Mon cœur était fait pour susciter l'amour et la sympathie et, quand j'ai été forcé de me tourner vers le mal et de haïr le monde, il a dû supporter le changement au prix des tourments les plus inimaginables !

« Après l'assassinat de Clerval, je suis retourné en Suisse, l'âme meurtrie. J'avais pitié de Frankenstein et ma pitié me faisait horreur. Je me suis détesté ! Mais quand j'ai appris que lui, l'auteur de mon existence et de ma détresse indicible, aspirait au bonheur, quand j'ai découvert que, tout en accumulant les peines et le désespoir sur moi, il recherchait la paix dans des sentiments et des émotions que je ne pouvais connaître, l'envie et une profonde indignation m'ont inspiré une terrible soif de vengeance. Je me suis souvenu de la menace que j'avais proférée et j'ai décidé de la mettre à exécution. Je savais que je me préparais ainsi une torture plus mortelle encore, mais j'étais l'esclave et non le maître d'une impulsion que j'abominais, mais à laquelle je devais obéir. Mais lorsque la jeune femme est morte ! Non, cette fois-là, je n'ai rien ressenti ! J'avais chassé tout sentiment, évacué tout scrupule pour mieux jouir de mon désespoir. À ce point, je n'avais plus qu'à adapter mon caractère à la situation que j'avais choisie. Accomplir mes desseins démoniaques devint pour moi une passion insatiable. Et maintenant, elle est consommée et voilà ma dernière victime ! »

Tout d'abord, je fus touché par ces paroles qui étaient l'expression de sa détresse. Puis, je me souvins que Frankenstein m'avait parlé de son éloquence et de son pouvoir de persuasion et, tandis que mon regard tombait de nouveau sur le corps de mon ami, mon indignation fut à son comble.

— Misérable ! m'écriai-je. Comment avez-vous l'audace de venir vous lamenter sur un désastre dont vous êtes l'auteur ? Vous jetez une torche enflammée sur un pâté de maisons et, lorsqu'elles ont brûlé, vous venez vous asseoir sur les ruines et vous en pleurez la disparition ! Vil hypocrite ! Si celui qui vous chagrine tant vivait encore, il serait toujours l'objet, la proie de votre immonde vengeance. Ce n'est pas de la pitié que vous ressentez. Vous vous lamentez uniquement parce que la victime de vos instincts pervers n'est plus sous votre empire !

— Oh ! Ce n'est pas vrai, ce n'est pas vrai, dit-il en m'interrompant, bien que je comprenne que mes actes vous inspirent une telle impression. Je ne vous demande pas de compatir à ma misère. Jamais chez personne je n'ai trouvé de la sympathie ! Quand je la cherchais au début, c'était par amour de la vertu, parce que mon cœur débordait d'affection. Mais aujourd'hui quels sentiments pourrais-je partager ? Tant que dureront mes souffrances, je souffrirai seul ! À ma mort, l'horreur et l'opprobre survivront à ma mémoire. Autrefois, mon imagination tissait des rêves de vertu, de gloire et d'allégresse. Autrefois, j'espérais rencontrer des êtres qui, ne tenant pas compte de ma laideur, m'aimeraient pour toutes ces qualités qui m'animaient. Des pensées d'attachement et de dévotion me nourrissaient. Mais le crime m'a dégradé et m'a rabaissé au rang de l'animal le plus vil. Aucune faute, aucun mal, aucune perversité, aucune détresse n'est comparable à la mienne. Quand je parcours l'effrayant catalogue de mes forfaits, je ne peux pas croire que je suis cette même créature qui avait ces visions sublimes et transcendantes de beauté et de bonté. Mais il en va ainsi. Les anges déchus deviennent les démons du mal. Et pourtant même les ennemis de Dieu et des hommes trouvent dans l'abjection des amis et des partenaires. Moi, je suis seul.

« Vous qui appelez Frankenstein votre ami, vous semblez connaître mes crimes et mes infortunes. Mais il y a une chose qu'il n'a pas pu vous dire – les heures, les mois de misère que j'ai vécus, rongé par mes passions dévorantes ! Et j'ai eu beau détruire les espérances de mon créateur, je n'ai jamais pu satisfaire mes propres désirs. Ils sont toujours aussi ardents et aussi inassouvis. J'ai constamment cherché l'amour et l'amitié – mais pour être banni ! Pourquoi cette injustice ? Suis-je donc le seul fautif alors que l'humanité entière a péché contre moi ? Pourquoi ne pas haïr Félix qui a refusé mon amitié et m'a fermé sa porte ? Pourquoi ne pas détester le paysan qui a voulu tuer celui qui avait sauvé son enfant ? Non, ce sont tous des êtres vertueux et immaculés ! Et moi, moi je suis misérable et abandonné, je ne suis qu'un avorton qu'on méprise, qu'on refoule et qu'on bafoue ! En me rappelant ces injustices, le sang boue encore dans mes veines.

« Oui, c'est vrai que je suis misérable ! J'ai tué des êtres adorables et sans défense, j'ai étranglé un innocent dans son sommeil, j'ai assassiné une créature qui n'avait jamais rien fait de mal, ni à moi ni à personne. Oui, j'ai voué à la misère mon créateur, un homme exceptionnel qui aurait dû inspirer le respect et l'admiration de ses semblables. Je l'ai poursuivi jusqu'à ce qu'il devienne cette lamentable dépouille. Il est là, dans le froid de la mort ! Vous me haïssez, mais votre dégoût ne peut pas égaler celui que je ressens pour moi-même. Lorsque je regarde ces mains qui ont fait le mal, je pense au cœur qui les a conçues et j'attends le moment où elles se poseront sur mes yeux et où je n'aurai plus honte de mes actes.

« N'ayez pas peur, je ne serai plus l'instrument d'autres forfaits. Ma tâche est désormais accomplie. Ni votre mort, ni celle d'aucun autre homme n'est à présent nécessaire pour que s'achève mon destin ! Ma vie seule suffit. Soyez assuré que je vais très bientôt effectuer ce sacrifice. Je quitterai votre vaisseau sur le radeau de glace qui m'a conduit et je gagnerai l'extrémité la plus septentrionale du globe. Et là, je réunirai tout ce qui peut brûler pour édifier mon bûcher funéraire et réduire en cendres ma misérable carcasse. Ainsi, mes restes ne pourront jamais éveiller la curiosité dans le cerveau d'un homme qui voudrait créer un être semblable à moi. Je vais mourir. Je ne connaîtrai plus jamais les tourments qui m'ont rongé ni ces rêves impossibles. Celui qui m'a appelé à la vie est mort et, quand moi-même je ne serais plus, notre souvenir à tous les deux s'évanouira pour toujours. Je ne contemplerai plus le soleil ni les étoiles, je ne sentirai plus le vent sur mon visage. Lumière, sentiments, sensations, tout sera éteint. C'est à ce prix que je trouverai le bonheur. Il y a des années, quand pour la première fois les images du monde se sont présentées à moi, quand j'ai senti la réconfortante chaleur de l'été, quand j'ai perçu le bruissement des feuilles et les chants des oiseaux, tout m'était cher et je n'aurais pas voulu mourir. À présent, la mort est mon unique consolation. Envenimé par mes crimes, tiraillé par le remords le plus amer, où pourrais-je trouver le repos si ce n'est dans la mort ?

« Adieu ! Je vous quitte, vous êtes le dernier être humain

que j'aurais vu. Adieu, Frankenstein ! Si tu vivais toujours, si tu nourrissais toujours contre moi ta soif de vengeance, c'est en me laissant vivre qu'elle aurait été la mieux assouvie ! Mais ce n'est pas ainsi que les choses se sont passées ! Tu voulais me détruire pour que je ne cause pas davantage de désastres. Et pourtant si, d'une manière qui m'est inconnue, tu n'as pas cessé de penser et de sentir, sache que tu n'aurais pas trouvé une meilleure vengeance que celle que je subis en ce moment. Oui, tu as souffert, mais pas autant que moi, car l'aiguillon du remords ne cessera d'exciter mes plaies que lorsque la mort les aura fermées pour toujours !

« Mais bientôt, s'écria le monstre avec une ardeur triste et solennelle, je vais mourir et tout ce que j'éprouve pour l'heure disparaîtra ! Bientôt, cette détresse qui me consume prendra fin ! Je vais monter triomphalement sur mon bûcher funéraire et j'exulterai dans la torture des flammes dévorantes. Puis, leur éclat s'éteindra et mes cendres seront balayées par le vent jusqu'à la mer. Mon esprit dormira en paix, ou, s'il peut penser encore, il pensera sûrement à toute autre chose.

Adieu ! »

Après avoir prononcé ces mots, il bondit par la fenêtre de la cabine et sauta sur le radeau de glace qui flottait près du navire. Il fut bientôt emporté par les vagues et disparut dans les ténèbres lointaines.

Le miroir des événements actuels, ou la Belle au plus offrant, Histoire à deux visages

Félix Nogaret

> *… Ridendo dicere verum.*
> *Quis vetat ?*

À Paris,
L'an de notre Salut 1790,
Et le deuxième de la Liberté.

Si vous ne voulez que vous amuser, parcourez-moi. Si vous voulez éclairer le peuple et le servir, passez vite à la page 69 de cet ouvrage (*), lisez et suivez le conseil que je vous donne. Ainsi les pénitents bleus, les pénitents gris, les pénitents blancs, les pénitents verts et tous les masques de cette espèce seront moins à redouter.

(*) *La dédicace de Félix Nogaret pour son ami M. Léchevau, Commis au Département des boulets, ainsi qu'un avant-propos de plusieurs pages ne sont pas inclus dans ce texte qui ce concentre sur « l'historiette érotico-politico-patriotique » de la « belle orpheline ». De même, le tableau « Massacres » présent à la fin de l'ouvrage n'a pas été reproduit vu sa longueur. Ces pages peuvent être consultées sur l'ouvrage original disponible à la Bibliothèque Nationale de France.*

LA BELLE AU CONCOURS

Chapitre I

*Aglaonice forme le projet de se marier, et propose sa main aux
conditions que l'on verra.*

Est-ce un mal, est-ce un bien pour une fille d'être
maîtresse d'elle-même à quinze ans ? En attendant la solution
de cette question, qui a ses difficultés, vu d'un côté les
entraves de la dépendance ; de l'autre, vu l'abus qu'une jeune
personne peut faire de la liberté ; je vous dirai, mes frères,
une histoire du temps passé, qu'il ne faut pas regarder
comme apocryphe ; car je la tiens d'un voyageur véridique,
dont le trisaïeul l'avait oui raconter à un sage, qui la tenait de
son grand-père, qui l'avait lu dans le Sérapou, avant que les
livres de cette bibliothèque fussent employés à chauffer les
bains d'Alexandrie.

Syracuse, après le siège mémorable qu'elle essuya de la
part de Marcellus, jouissait enfin (quoique rangée au nombre
des pays conquis par les Romains), d'une liberté soumise aux
lois, et des douceurs d'une paix profonde. Pareils aux oiseaux
printaniers qui rappellent la verdure, après le souffle mortel
des hivers, les arts que les tyrans avaient effarouchés,
revenaient dans ce beau séjour fixer leur domicile. La
réputation que laissait Archimède attirait aussi de fort loin les
amateurs des hautes sciences, curieux de voir les débris de
ces instruments de guerre qui, pendant trois années
consécutives, avaient repoussé l'ennemi, tant de fois étonné
de faire des pertes aussi considérables. Jamais cette ville
n'avait vu dans son sein tant d'hommes d'un génie inventif,
réunis de tous les coins de la terre. Tous étaient dans une
admiration qui tenait de la stupéfaction ; tous disaient qu'il
n'y avait point de génie comparable au célèbre géomètre qui

avait si longtemps défendu Syracuse ; mais cet hommage était accompagné d'un tel découragement, qu'aucun de ces hommes, autre part si vantés, ne prenait la peine de donner ici la plus légère idée de ses talents. Ainsi la brillante clarté du flambeau du jour fait disparaître la faible lueur des astres de la nuit.

Aglaonice, jeune fille de dix-sept ans, orpheline de père et de mère, n'ayant pour tous parents qu'une sœur moins jeune qu'elle, et pour tout bien qu'une beauté dont elle pouvait tirer parti ; se mit en tête de faire agir tous ces beaux génies-là. Il ne lui fallait, pour y réussir, que le consentement de Marcus Cornélius (1), prêteur romain, brave homme âgé de soixante ans, pour qui une jolie fille n'était pas encore indifférente ; mais d'une probité si reconnue, que le Sénat, intéressé à captiver le cœur des Syracusains, s'était persuadé, avec raison, qu'on ne pouvait pas faire un meilleur choix. Aglaonice avait vu plus d'une fois le prêteur siégeant dans sa chaise curule ; mais son imposante gravité, l'appareil résultat d'un grand nombre de Juges placés autour de lui, et peut-être encore la foule des auditeurs, l'avaient un peu effarouchée. Il n'y a rien de tel que de prendre la magistrature au saut du lit. Aglaonice (sans s'informer des pontifes, si elle prenait un jour faste ou un jour néfaste) (2), s'en fut donc un matin chez Cornélius, et comme elle le trouva beaucoup moins sérieux en déshabillé qu'avec sa longue robe bordée de pourpre ; elle lui demanda gaiement s'il ne verrait pas avec plaisir tous ces grands faiseurs de machines, depuis si longtemps dans l'inaction, prendre enfin l'essor, et laisser à Syracuse quelque monument de leur savoir ? Assurément, lui répondit Cornélius. Je conviens, que de cent choses imaginées par ces Messieurs, il y en a quatre-vingt-dix-neuf à peu près inutiles ; mais enfin, puisqu'il est reconnu que sur cent, il peut s'en trouver une bonne, c'est une acquisition qui n'est pas à dédaigner. Au reste, quels sont vos moyens ? Ce n'est pas vous, sans doute, qui vous proposez de mettre à l'ouvrage ces habiles travailleurs ? — Vous m'excuserez, lui répondit Aglaonice. Le bon magistrat se mit à rire. Il crut qu'il avait deviné son secret ; mais ce fut une erreur de sa part. Aglaonice vertueuse sans pruderie ; sachant que la jeunesse et la beauté sont des trésors inappréciables, pensait à les mettre en balance avec les talents lucratifs, qui lui feraient un sort de nature à échapper à la critique. Quelle que fût l'idée qui passa par la tête du Prêteur, comme il est rare qu'un homme en place refuse rien à la beauté ; faites tout ce qu'il vous plaira, lui répondit-il, et il ne put se défendre de lui baiser amoureusement la main.

Le jour suivant Aglaonice, taxée depuis longtemps d'indifférence par une jeunesse aussi volage qu'empressée ; tourmentée, persécutée pour se choisir un amant, ou du moins un mari ; Aglaonice, dis-je, fait publier par un Hérault, dans Epypole, dans Ortygie, dans Achradine, dans Néapolis, enfin dans tous les quartiers de Syracuse, qu'elle est disposée à écouter les propositions de mariage qu'on voudra bien lui faire, mais qu'elle ne donnera sa main qu'à un Mécanicien inventeur de quelque machine, qui prouve non seulement son habileté, mais encore qu'il connaît bien le cœur des femmes. Quant à la naissance du personnage, c'était le moindre de ses soucis. *Nobilitas fub amore jacet.*

Chapitre II

Deux aspirants se présentent : l'un offre un trépied mobile ; l'autre un petit chariot et un vaisseau d'ivoire.

La proposition originale de cette beauté sans pareille se répandit dans toute la Sicile, passa jusqu'en Italie et par-delà. Aglaonice ne tarda pas à se voir assiégée de visites. Tous ceux qui se croyaient assez de talents pour concourir, voulaient, avant tout juger du prix qui leur était proposé : mais de plus, un même artiste repassant dix fois le jour ; la belle risquait d'être étouffée par la foule de ses adorateurs. Elle prit le parti d'aller de nouveau chez le Prêteur, persuadée qu'elle obtiendrait un logement où il y aurait pour elle infiniment plus de sûreté. Cornélius ne vit pas sans chagrin un début qui lui présageait que bientôt Aglaonice trouverait un époux ; mais enfin, se rendant la justice de penser qu'il avait passé l'âge des prétentions, il s'en consola par le plaisir de lui servir de protecteur. Je consens, lui dit-il, à vous loger dans ma maison, et je m'engage à vous y traiter comme ma fille. Ne craignez rien de l'affluence qu'un monde à qui je conçois qu'il est difficile de s'éloigner de vous. On pourra vous voir tant que vous le permettrez, mais je serai présent, et vous aurez des gardes (3). Elle en eut en effet, et ne sortait point sans en être accompagnée. Ce fut un nouveau motif d'augmenter l'empressement et la curiosité. On ne parlait plus que du bonheur de voir, et surtout d'épouse Aglaonice.

Je ne finirais pas si j'entrais dans les détails de toutes les choses imaginées pour parvenir à ce but tant souhaité. Je passerai sous silence tout ce qui ne mérite pas une certaine attention.

Le premier qui vint au bout de deux grands mois présenter son chef-d'œuvre à Aglaonice, fut un espèce d'imitateur, natif de Pyslira, île voisine de Smyrne et de Pergame, lequel, d'après les descriptions connues, avait composé un trépied d'acier poli qui, soi-disant, marchait tout seul ; mais dont il fallait, avant tout, monter les rouages cachés dans chacune de ses trois jambes. Aglaonice qui visait à l'utile, refusa net ce beau présent ; vu qu'un trépied qui ne bronche pas en portant la marmite, est préférable à un trépied qui peut quitter le coin du feu.

À cet homme si succéda un certain Mymecide de Millet, qui offrit à la belle un chariot d'ivoire, travaillé avec tant d'art et si petit, qu'une mouche de moyenne grosseur le pouvait couvrir tout entier de ses ailes. Ce ne fut là que la moitié de son tribut ; il présenta de plus un joli vaisseau à trois rangs de rame, aussi d'ivoire, ayant tous les agrès, et tout aussi mignon que le chariot. Aglaonice prit un plaisir extrême à considérer ces deux merveilles ; mais comme elle attela un jour au petit chariot une mouche un peu trop grosse, l'insecte s'envola, emportant la voiture par les fenêtres. Le vaisseau, pour qui une patère remplie d'eau n'était pas moins vaste que la mer Atlantique, ne se trouva plus un soir qu'Aglaonice avait invité sa sœur et quelques-unes de ses amies à la venir voir. Le Prêteur et ces dames étaient à souper dans un salon tendrement éclairé, non par des flambeaux, mais par la lune alors dans son plein. Aglaonice priée de montrer son vaisseau, demanda le vase où il avait été déposé ; la superficie de l'eau présenta des filaments de couleur verdâtre, qui s'étendaient du centre aux parois de la patère ; d'ailleurs plus de vaisseau, il avait disparu. Aglaonice témoigna beaucoup d'humeur aux esclaves de Cornélius, placés auprès d'elle pour la servir : elle les taxa de vol avec assez de vivacité, ajoutant toutefois que s'ils n'avaient pas dérobé le vaisseau, il était probable qu'ils avaient eu la maladresse de le jeter sans y penser ; puisqu'il était visible qu'on ne lui présentait pas la même eau. Le Prêteur qui était un peu naturaliste, lui dit : mademoiselle, ne faites le procès à aucun de ceux qui sont ici pour vous servir. L'eau que vous voyez dans la patère est la même où vous mîtes à flot votre jolie trirème il y a quinze jours. Les filaments verdâtres qui en couvrent aujourd'hui la surface ne sont autre chose que des polypes, espèces d'animaux voraces, dont la forme varie à l'infini, qu'on croirait pouvoir détruire, et qu'on multiplie en les hachant. C'est un polype d'eau douce, c'est un ogre en miniature, qui a avalé le bâtiment. Un pareil malheur, ajouta-t-il à mi-voix, n'arrivera sûrement pas au gros vaisseau de la prudente Lutécia... — Lutécia ! dit Aglaonice, c'est une ville des Gaules ! Est-ce qu'il y a des polypes dans les villes ? Cornélius prit en souriant une de ses jolies mains qu'il serra dans les deux siennes, et lui dit pour toute réponse : Aglaonice vous êtes charmante. — Je ne comprends rien, dit-elle, à tout ce galimatias (* *On en trouvera la solution dans le dernier chapitre*). Quoi qu'il en soit, le Milésien n'a pas trouvé le secret de m'empêcher de rester vierge : faites-lui savoir, je vous prie, qu'un polype a englouti la moitié de ses espérances, et qu'une mouche s'est envolée avec l'autre.

Chapitre III

Histoire de Téraios-clouni-ca-law-bar-cochébas, ou la lunette sans objectifs.

L'esclave chargé de cette commission se rendait chez Mymecide ; il fut arrêté au passage et revint sur ses pas, annonçant un Nécromancien dont le nom baroque était un mélange de grec et d'hébreux. Il s'appelait Téréos-clouny-ca-law-bar-cochébas (4) : il arrivait d'Égypte, où il avait été initié aux mystères de la grande Déesse, et demandait à parler à Aglaonice. Qu'il entre, dit le Prêteur… Et cependant on tourna les robinets des deux fontaines, qui débitèrent dans les coupes un excellent vin grec. — Qu'avez-vous de beau et de bon à montrer dit Aglaonice ? — Je pourrais, mademoiselle, répondit Bar-cochébas, vous parler du secret qui sert à s'en procurer de bon aloi et frappé au bon coin. Tel que vous me voyez avec ma longue barbe, et mon accoutrement assez modeste, je suis en droit d'espérer une alliance à laquelle d'autres ont vainement aspiré avant moi. Les métaux me suivent, comme les arbres et les rochers suivaient jadis le chantre de la Thrace. Vous voyez ce long tube de fer battu ; c'est là mon talisman. À l'aide ce cette machine, je vous ferai connaître une foule d'objets qui échappent à votre vue trop courte, et dont ni vous ni personne ne peut avoir une parfaite connaissance sans mon secours. Tenez, mademoiselle, la lune par exemple dont vous recevez une si douce clarté dans ce moment, que vous la préférez à la lueur chagrinante de cent mèches résineuses qui vous blesseraient à la fois la vue et l'odorat, la lune peut servir de preuve à ce que j'avance. Croyez-vous que la lune soit habitée ? Non en vérité, dit Aglaonice. C'est une chose dont il faut douter, dit le Prêteur. Pythagore a pensé que la lune est une terre semblable à la nôtre, où doivent se trouver des animaux, dont il ne déterminait pas la nature. Cela est vrai, répondit Bar-cochébas, et cet instrument si nécessaire qui lui manqua, je l'ai imaginé. Je vous rendrai sensibles à des choses encore moins probables que ce qui a été soupçonné par Pythagore. — Cela se peut, reprit Cornélius, à qui ces magnifiques promesses ne laissaient pas d'inspirer quelque intérêt. Vous voulez sans doute parler des étoiles, considérées comme autant de soleils, et des corps planétaires qu'on place libéralement autour d'eux ? Je sais, en effet, d'un descendant d'Anaximene, qui l'avait entendu dire à Thalès, qui le tenait d'Héraclide, qui l'avait lu dans les vers d'Orphée ; que les étoiles sont des masses de feu, autour desquelles certains corps terrestres, que nous n'apercevons pas, opèrent des révolutions périodiques... — C'est un charme que d'entendre le seigneur Cornélius ! s'écria Barcochébas. On n'est pas plus instruit à Memphis et à Babylone, et je suis tenté de croire... — Au fait, dit Aglaonice ; voilà bien des compliments de faits, beaucoup de choses annoncées, et nous ne voyons rien. Monsieur le machiniste, tenons-nous-en à la lune, et dépêchez-vous vite.

Alors on eut vu l'israélite braquer ce long tube, composé de trois corps sans objectifs, dont l'unique propriété était de diriger la vue et de la rendre plus nette, en séparant l'objet considéré des objets environnants. Si la lune est habitée, dit Bar-cochébas, les autres corps planétaires le sont aussi : qui prouve l'un prouve l'autre. Une pareille découverte est d'une utilité incontestable ; d'ailleurs, mademoiselle, prenez garde à une chose, que les parties de la lune qui vont jeter à vos yeux le plus grand éclat, sont des montagnes d'argent massif ; en sorte que si nous réussissons, comme je l'espère, à nous convaincre que dans cette planète il y a des habitants, il ne faut plus qu'un bon porte-voix pour les avertir de nos besoins. Or, s'il est ainsi, et si mademoiselle prend quelque plaisir à s'en convaincre, mes rivaux n'ont plus rien à prétendre : c'est moi qui triomphe ; c'est moi... — Eh ! oui, dit Aglaonice ; cela va de suite ; voyons donc. Voyez mademoiselle. Aglaonice alors s'approchant ѐ l'ouverture assez large de ce long tuyau, cacha plus du quart de son beau visage. Sa main gauche porte appuyée sur le corps de la lunette ; de la droite elle abaisse la paupière du second œil :

son attention est toute à l'objet qu'elle considère. Le Prêteur qui venait d'entendre parler de monts d'or et d'argent, se repentait presque d'avoir eu une conversation sérieuse avec un homme qui finalement se moquait de la compagnie, ou qui donnait de bonne foi dans des écarts, à qui l'on n'en a pas moins érigé des statues. Il regardait comme possible que Bar-cochébas tomba dans le délire, sans être pour cela tout à fait exempt de raison. La compagnie, et Cornélius lui-même, attendaient donc impatiemment leur tour, pour voir les mers, les forêts, les masses brillantes, les rochers et les précipices que Bar-cochébas avait annoncés, et qu'Aglaonice ne venait point à bout de découvrir. Quand chacun, se succédant l'un à l'autre, se fut inutilement fatigué à lorgner, c'est à qui porterait la parole pour éconduire ce prometteur, et lui conseiller d'aller voir dans tous ces mondes supposés, s'il y rencontrerait un bijou pareil à celui auquel on pensait qu'il avait osé prétendre. Mais l'on eut beau regarder à droite et à gauche, et dans tous les coins de l'appartement, le soi-disant inventeur du tuyau avait décampé. Aglaonice et ces dames se trouvèrent, à leur grand étonnement, débarrassées de leur bourse et d'une partie de leurs bijoux. Le Prêteur se faisait fort de rattraper cet adroit coquin, et de l'empêcher de revoir les pyramides : mais comme on trouva sa barbe et son casque au bas de l'escalier, on pensa que ce serait peine perdue que de courir après. Aglaonice ne fut pas la femme de la compagnie qui souffrit le plus de cet accident : Cornélius n'était pas homme à ne pas le réparer.

Chapitre IV

Oubli apparent de la part des physiciens. Conversation sérieuse entre le Prêteur et le vieux Cyaxare, ancien secrétaire du bon roi Hyéron.

Cependant il sembla que le projet de la belle orpheline avait échoué totalement ; car je compte pour peu de choses un héritier d'Euclide, qui s'en vint lui parler de dioptrique, de catoptrique, et lui fit une longue suite de propositions dont la dernière, qui était la seule intelligible pour Aglaonice, ne fut pas mieux accueillie que toutes les autres.

Les jours se succédaient sans qu'on entendît parler de rien, et l'amour-propre de la belle en souffrait un peu ; elle eut le temps de penser que ses charmes n'avaient pas mis un si grand nombre d'artifices en mouvement, et qu'ils ne produisaient pas tout l'effet qu'elle s'en était promis. On se console comme on peut. Les fenêtres de son appartement donnaient sur les bords fleuris de l'Aréthuse (5) : elle jetait fréquemment les yeux sur cette fontaine, dont la bonne fortune lui faisait espérer un autre Alphée. Le bien lui est venu en dormant, se disait-elle, et elle allait essayer de s'endormir au murmure amoureux de ces flots livrés à ses douces pentes et au vide de son cœur. Elle ne savait pas que les apparences de l'inaction cachaient des travaux, la plupart pris par d'habiles gens, et que tout cela devait paraître tout à la fois un beau matin.

Le Prêteur, que son âge et le titre sacré de Protecteur, avaient mis hors des rangs, ne pouvait guère parler d'amour à Aglaonice, l'entretenait de politique, et sa pupille reconnaissante daignait écouter en attendant mieux. Le Sénat avait chargé Cornélius d'approfondir le caractère des Syracusains, pour savoir de quelle manière on manierait, sans les aigrir, des esprits si versatiles, et toujours moins soumis qu'indépendants. Cyaxare, vieux secrétaire du bon Roi Hyéron (6) se rendait de temps en temps chez le Précepteur. Cet ancien serviteur avait déplu au jeune Hyémonime, indigne fils du meilleur des princes ; dissipateur insolent du trésor destiné aux embellissements de la ville et à la paye des défendeurs de la patrie, violateur des anciens traités, enfin l'ennemi déclaré du bonheur public. Ce jeune insensé avait péri depuis peu sous le fer vengeur des citoyens révoltés, un jour qu'il était sorti de Syracuse pour se rendre au pays des Léontins. Cyaxare n'avait plus à se louer d'Hypocrate et d'Epicide, Prêteurs entreprenants (7), usurpateurs d'un pouvoir sans bornes, politiques maladroits, dont les menées séditieuses avaient été la cause du siège, parce que l'un et l'autre s'étaient déclarés ouvertement pour les Carthaginois. Le vieux serviteur parlait comme témoin oculaire de tout ce qui s'était passé depuis quelques années ; il connaissait par tradition l'esprit et le cœur des Syracusains et, dans plus d'une conversation avec Cornélius, il le mit à même d'en donner au Sénat une juste idée. Les Syracusains ont besoin d'un Roi, lui disait-il ; ils sont susceptibles d'une extrême fidélité et d'un attachement sans bornes. Cette ville a, de tout temps, été exposée à des scènes étranges. On peut la comparer à une mer, plus souvent agitée par des vents orageux, que rafraîchie par l'haleine des zéphyrs. Exposée aux révolutions les plus terribles, elle est passée de la liberté à l'esclavage. Elle a gémi sous le sceptre de fer des Denis, elle a respiré sous le règne si doux de l'immortel Hyéron. On l'a vue, tantôt livrée aux caprices d'une populace sans frein, et tantôt soumise à l'autorité des lois. Des extrémités aussi opposées pourraient être attribuées aux Syracusains eux-mêmes, dont la légèreté fut le caractère dominant ; mais la cause première de tant de maux, c'est la forme du gouvernement, composée de deux pouvoirs toujours militants, et dénué d'un troisième, dont le contrepoids aurait établi l'équilibre ; en sorte que la liberté, trop souvent gémissante sous la main des aristocrates, se releva plus d'une fois, et rendit la Sicile témoin des scènes les plus sanglantes. Ce qui rend encore le gouvernement de cette cité peu facile, c'est que les citoyens belliqueux, quoique frivoles, n'oublient pas les victoires signalées remportées en Afrique par leurs ancêtres, et leurs avantages sur les Athéniens, trop fiers d'une puissance maritime que les nôtres ont, plus d'une fois, disputée avec succès à ces rivaux jaloux de leur gloire. Si l'on est en droit de dire que les richesses ont amolli le cœur des Syracusains, et leur ont donné une force d'éloignement pour tout ce qui n'a pas d'affinité avec les jeux et les plaisirs, on doit convenir qu'ils ne se montrent pas indociles dans l'occasion à la voix de leurs orateurs, et qu'alors même ils deviennent capables des plus grandes entreprises. Ces mêmes hommes, qui s'étaient endormis dans le sein de la confiance, se réveillèrent terribles, menaçant les plus superbes têtes, et, dans leurs transports frénétiques, massacrent tout ce qui a contribué à leur nuire. Je les regarde donc comme des hommes peu propres à jouir d'une entière liberté et à s'accoutumer à une entière servitude. Il leur faut un Roi, je le souhaite ; mais il convient qu'eux-mêmes soient à jamais les maîtres de leurs révolutions, quand l'utilité en sera généralement reconnue par les esprits les plus sains. Le Prince alors jouira de l'avantage assez beau d'en faciliter l'exécution, et tous seront heureux ; autrement Rome n'aura peut-être pas dans les Syracusains un peuple sur lequel elle puisse sûrement compter... Cette idée de Cyaxare de leur donner encore un Roi ne plaisait pas à Cornélius, il essayait de la faire perdre à cet honnête homme, abusé par le souvenir des grandes vertus d'Hyéron ; comme si de pareils souverains n'étaient pas des phénomènes, et que la nature ne mît pas des siècles à les enfanter !

Le Sénat romain ne pense pas comme vous, lui disait-il : j'ignore qui vous désigneriez aujourd'hui pour régner ; mais vous, qui n'y penser guère, vous seriez à cette heure sur le trône, si Rome qui fait les Rois, avait jugé convenable à ses intérêts et à ceux de Syracuse, que la constitution de cette ville fut autre maintenant que celle de la République. La Sicile conserve ses anciens droits et ses coutumes, vous le savez ; et cette distinction, Rome ne l'accorde à aucun de ses pays conquis. Vous êtes plutôt ses amis et ses confédérés qu'un peuple soumis, vous le savez encore ; puisqu'il est vrai que Rome ne lève sur vous aucun tribut, à titre de monument et de prix de la victoire (8). La Sicile est voisine de l'Italie ; regardez-vous comme en faisant partie. Les Rois, Cyaxare, affectent trop souvent une puissance absolue : leurs procédés, dépouillés des formes de la justice, deviennent alors des actions violentes plutôt que des jugements. Comptez-vous pour rien l'avantage de n'obéir qu'aux lois que vous-même vous aurez faites, et de choisir annuellement vos magistrats ? Point de juges déformais que les parties ne puissent récuser ; et tel est l'avantage de la loi Valérienne, qui doit avoir ici toute sa force comme chez nous, que le peuple a maintenant le droit de prononcer la peine de mort contre les ennemis d'état... Cyaxare ne demeurait pas sans réplique à ces observations. Si tous les Rois, disait-il, ne ressemblent pas à Hyéron, tous les préteurs ne ressemblent pas à Cornélius ; et Rome ne nous laisse ici que pour un temps très court... Mais je ne veux pas prévoir les maux que peuvent dans la suite occasionner ici vos successeurs. Jouissons du présent : je me rends à vos raisons.

Ainsi raisonnaient le bon Cornélius et le vieux Cyaxare ; et dans ces moments le préteur ne pensait guère aux longs ennuis de la belle Aglaonice. Ils augmentaient pourtant de jour en jour, par le silence des mécaniciens sur lesquels elle avait fondé ses espérances, et par la nature de ces graves entretiens dont elle s'embarrassait fort peu. Mais Cyaxare n'était pas plutôt sorti de l'appartement, que le plus vif intérêt en faveur de la belle orpheline renaissait dans le cœur de Cornélius. Il lui demandait si obligeamment pardon d'avoir parlé devant elle de toute autre chose que de ce qui pouvait lui plaire, que le jeune homme le plus passionné se serait montré moins expressif et moins aimable.

Chapitre V

Le char volant ou les conspirateurs.

Trente jours s'étaient écoulés depuis que cet adroit filou, qui faisait lire aux astres pour fouiller dans les poches, avait osé, dans la maison même du magistrat, et sous ses yeux, tirer si bon parti de son vilain métier. L'amour et les arts semblaient dormir d'un sommeil léthargique, et le bon préteur riait dans sa barbe de l'idée de penser que peut-être la belle ne réussirait pas à trouver un gîte ailleurs que dans sa maison. Comme il se livrait aux charmes décevants de cette agréable rêverie, arrive un grand ardélion, valet empressé, retroussé jusque sous les épaules : il se présente de la part du seigneur *Lycaon-agrios-kai tyrannos akeiros-kai polémios-Brogli-*

Lam-Befen-Mail-aristos (9), et prie Cornélius de vouloir bien permettre que dans l'emplacement le plus vaste et le plus libre de ses jardins, on apporte une machine dont Aglaonice et lui verront le merveilleux effet sous peu de jours ? L'émissaire ajoutait que le public pourrait jouir de ce spectacle, parce que la machine dépasserait les nues. Ce seigneur descendait de père en fils d'un Spartiate, du nombre de ceux qui, cent ans auparavant, après avoir acquis tant de gloire sous la conduite de Gylippe, avaient fini comme cet avare Polémarque, par ternir leur réputation à Sparte. Une bonne partie de ces Lacédémoniens, obligés de fuir, s'étaient réfugiés dans la Sicile. Aristos, né dans le pays, n'y manquait pas de châteaux et de belles terres. Il était du parti de ceux qui ne pouvant supporter l'idée d'une égalité parfaite, ne désespéraient pas encore du succès d'un complot tyrannique. Il ne lui paraissait pas croyable que la nature eût donné au peuple les mêmes organes qu'aux patriciens ; il ne concevait pas qu'ils pussent se gouverner sans leur secours, et moins encore les forcer eux-mêmes à obéir. Cette identité de constitution avec la République romaine ne lui paraissait pas d'ailleurs si bien établie, ni si fortement appuyée, qu'on ne pût bien rappeler les Syracusains à leur ancien régime. Une fille du peuple, une pauvre fille comme Aglaonice, ne refuserait sûrement pas d'accepter une somme d'argent, ou telle autre proposition avantageuse, pour favoriser le projet qu'il avait formé d'entrer de nuit dans Ortygie, et d'égorger la garnison. Cependant les dangers de l'entreprise affaiblissaient quelquefois son espoir. Alors sa triste joie était celle des coupables : il ne riait qu'amèrement.

On se souvient que le prêteur avait dit à Aglaonice qu'on ne lui parlerait qu'en sa présence, et qu'il avait tenu parole. Cette marque d'attention, qui n'avait que la bienséance pour but, n'inquiétait pas le seigneur Aristos au point qu'il regarda comme impossible de faire remplacer Cornélius par quelque femme de la connaissance d'Aglaonice. Comme il excellait dans l'art de composer son extérieur, et que la perfection de son hypocrisie le mettait à l'abri de tout soupçon, il ne lui fut pas difficile de faire entendre à Cornélius qu'un homme était fort embarrassé quand il lui fallait parler d'amour devant son semblable ; que la contrainte qui en résultait, faisait prendre au soupirant un air si gauche, qu'il n'était pas étonnant que jusqu'ici personne n'eût réussi auprès d'Aglaonice : autrement il était plus que probable qu'on lui aurait fait oublier jusqu'aux conditions qu'elle avait imposées. — Oh ! qu'à cela ne tienne, dit le prêteur ; je lui connais une sœur à qui elle est fort attachée ; je lui cède mon poste. Je n'entends gêner ici ni vous ni Aglaonice. Vous croyez avantageux pour vous de jaser avec elle avant de la faire jouir de vos découvertes ; venez demain : vous l'entretiendrez tout à votre aise.

Aristos n'y manqua pas. La machine suivait, conduite par un Cantabre, digne confident d'un aussi grand seigneur. Il était seigneur aussi, seigneur aristocratisant au bas des Pyrénées, pays de danse, où l'humanité de ses pareils avait rendu une infinité de choses tout à fait problématiques. Les voisins n'étaient pas les voisins. Les frères n'étaient pas les frères. Le feu et l'eau n'appartenaient qu'à un petit nombre d'hommes plus puissants que les autres ; et quoique tout fût commun dans le pays, les frères et les voisins broutaient l'herbe et mourraient de soif, s'ils n'avaient pas de quoi payer (10). Quoi qu'il en soit, ce seigneur-ci n'était que le valet de l'autre. Préposé à la garde de la machine, il était resté dans les jardins, accompagné de huit ou dix cyclopes, tandis qu'Aristos allait essayer de faire entrer dans ses vues les deux sœurs.

Je ne saurais nier qu'Aristos ne fût un homme à redouter dans l'art de la tactique ; il avait fait ses preuves. Quant à la mécanique, c'était une autre affaire : la circonstance seule en avait fait un machiniste. On sera cependant forcé d'avouer qu'il possédait encore, jusqu'à un certain degré, la connaissance des forces mouvantes et de l'équilibre ; mais on verra en même temps qu'il fût aussi téméraire que vain, deux grands défauts contre lesquels il est bon d'être souvent en garde. Aglaonice, avertie de la visite, l'attendait donc n'ayant avec elle qu'autre témoin que Bazilide ; (c'est le nom de sa sœur). Aristos est introduit. C'eut été faire une sottise que de s'ouvrir tout d'un coup ; il prit un ton léger, et ne parla d'abord que d'une découverte qui lui promettait l'avantage de mériter la main d'Aglaonice, qu'il regardait au fond comme une impertinente ; car enfin ce n'était qu'une roturière. Mesdames, dit-il, j'ai appris qu'un fripon, qui prétendait moins à l'honneur de vous épouser qu'au profit qu'il pouvait tirer de son adresse, vous a dérobé vos bijoux en vous amusant avec une lunette, qu'il a volée dans le Muséum du roi d'Égypte (11), et qu'il aurait mérité que le seigneur Cornélius l'eût fait fouetter de verges par ses licteurs. En vérité, mesdames, je trouve le Prêteur et vous d'une confiance…, d'une bonté d'âme… ! Vous ne savez pas donc l'histoire de ces échappés du pays de Pharaon ?... Au reste, la filouterie de Bar-cochéras et la peine qu'il aurait dû subir sont étrangères à mon objet : ne parlons que de son imposture ; je veux dire de l'espérance qu'il vous avait faussement donnée de vous faire découvrir ce qu'il était bien sûr que vous ne verriez jamais. Oui, mesdames, son talisman est sans vertu, sa mécanique est imparfaite : il le savait très bien ; et croyez, quant à son porte-voix, s'il en avait eu un, qu'il en aurait usé pour lui. Mais quand même vous auriez lu aux astres distinctement, vous auriez toujours le regret d'en être séparées par une distance que, jusqu'ici, nul homme n'a pu franchir. Considérer la lune, et y voir, quoi ? Du clair et des ombres ; ce n'est pas d'un intérêt dont il puisse résulter une grande satisfaction. Le beau, le merveilleux, serait de se transporter au beau milieu de cette planète, pour y voir de ses yeux et toucher de ses mains ce que la saine raison nous met en droit de présumer. — Cela serait fort beau, en effet, dit Aglaonice ; mais le moyen d'aller jusque-là ? — Mademoiselle, je me flatte d'y réussir ; je vous y mènerai, si vous êtes curieuse du voyage ; et s'il plait aux douze grands dieux, nous nous marierons là-haut.

La conversation fut interrompue dans ce moment, par l'attention que chacun se trouva comme forcé d'apporter à un petit bruit assez désagréable qui se fit entendre, et qui ne ressemblait pas mal à celui du frottement que subirait l'axe d'une poulie qui n'aurait pas été graissée depuis longtemps. On pouvait sans erreur s'arrêter à cette conjecture ; Cornélius, sans que personne s'en doutât, était alors présent à la conversation, et même assis dans un très bon fauteuil. Un contrepoids le tenait suspendu à niveau du plancher, au milieu d'un épais trumeau de pierre, jadis pratique pour cet usage : une ouverture médiocre, faite à hauteur d'homme, et masquée d'un léger panneau de bois de cèdre, donnait à l'écoutant la facilité de tout entendre. Cette bascule, ou telle autre machine que ce put être, n'était pas de l'invention de Cornélius : on croira aisément qu'elle avait jadis servi plus d'une fois, quand on saura que cette maison qu'il occupait était la même qu'avaient habitée autrefois les tyrans. Cornélius ne l'était point : mais il avait réfléchi à la proposition du seigneur Aristos ; et, soit défiance, ou pure curiosité, il s'était guindé là pour écouter. Nos trois personnages regardaient de tout côté d'un air d'inquiétude ; lorsqu'un chat, qui sortait d'un cabinet voisin, et qui parut à leurs yeux, leur fit croire à tous que le bruit qu'ils avaient entendu n'était autre que celui de la porte, que cet animal avait fait crier sur ses gonds en la poussant. Cependant Aristos feignit d'en douter, et profita de la circonstance pour s'expliquer sur le vrai but de sa visite. Vous trouvez-vous bien en sûreté, dit-il, mesdames, dans cette partie de la ville où il n'est maintenant permis à aucun Syracusain d'habiter ? (12) Cette réflexion d'un militaire, à l'occasion d'un chat, leur parut d'un sérieux qui tenait du comique ; elles en rirent comme deux folles… La sécurité est une belle chose, reprit Aristos, sans se déconcerter ; riez tant qu'il vous plaira ; pour moi je ne m'accoutume point à l'idée de penser que ce quartier de Syracuse nous est absolument interdit. C'est une tyrannie ; car enfin, qu'appréhende-t-on ? Je suppose après tout que quelque bon Syracusain voulût secouer le joug de la domination romaine, serait-il donc si mal ? Pensez-vous qu'un gouvernement oligarchique, composé de quelques nobles, qui prendraient les intérêts du peuple, ne lui serait pas infiniment plus agréable ? Vous êtes Syracusaines, mesdames ; il doit en coûter beaucoup à votre cœur de voir ainsi toute la Sicile de venue une province romaine. — je ne vois personne s'en plaindre, répondit Bazilide ; ni moi, dit Aglaonice ; et même, d'après ce que j'ai entendu dire à Cornélius dans plusieurs entretiens qu'il a eus avec le plus sage des hommes ; je conclus que Syracuse est infiniment plus heureuse en se gouvernant d'après les principes de la constitution romaine, qu'elle ne l'était quand il lui fallait obéir à la volonté absolue des nobles. Cyaxare, ce sage dont je vous parle, ne pense pas aujourd'hui différemment. — En ce cas, dit Aristos, je porte, dans mon cœur, à votre Cyaxare, que j'ai vouée aux Démagogues. Quel citoyen !... Mais, monsieur, reprit Bazilide, s'il arrivait aux Syracusains de vouloir à cette heure changer de position, il faudrait qu'il coulât des ruisseaux de sang : les murs de cette ville en sont teints ; tâchons de l'oublier… La conversation a bien changé de face ! dit Aglaonice, en regardant Aristos. Ce n'est pas là, je pense, monsieur, le motif qui vous amène ? — Mademoiselle, nul autre que celui de s'unir à vous, ne peut animer quiconque a le bonheur de vous connaître ; et quoique vous demeuriez ici dans la maison du Prêteur, on pense trop bien de vous, pour présumer du bonheur de ce vieil étranger. — Il me sert de père, dit Aglaonice ; je vous prie d'en parler mieux. — À la bonne heure ; mais l'avantage est tout de son côté. Vous n'auriez pas manqué d'hommes aussi hospitaliers. — Parlons, dit Aglaonice, de ce que vos talents dans l'art mécanique vous ont fait entreprendre, ou brisons l'entretien… Aristos pensa que la petite personne, quoi qu'elle en dise, ne tenait pas assez à la reconnaissance pour ne pas se laisser prendre aux charmes de la vanité. Eh bien, dit-il, mademoiselle, je vais, au sujet de cette machine sur laquelle vous me questionnez, vous confier un secret que vous me garderez sans doute, quand vous saurez qu'elle est construite à dessein de favoriser la passion que j'ai pour vous. Belle comme vous êtes, vous êtes faite pour régner ; et j'y penserais dès à présent, si l'on pouvait faire tout d'un coup ce que l'on voudrait bien... Mais avant tout, il faut que cette ville secoue le joug (13). Ce que vous avez à faire dans cette circonstance, ne peut être traité de rébellion. Rome a attenté à notre liberté ; rien de plus naturel que de la retrouver. — C'est pour nous affranchir, et non pour nous dominer, dit Bazilide, que les Romains ont combattu nos tyrans, et avec eux les Carthaginois qui leur servaient d'appuis. La plupart d'entre nous, animés d'un long ressentiment, aspiraient à être vaincus pour ne pas demeurer à jamais esclaves... Aristos en avait trop dit, pour que ces dames ne fussent pas tentées de le dénoncer à Cornélius. Aglaonice pensa qu'il était bon de tout savoir. (La pâleur cependant s'était répandue sur son visage)... On pourrait vous écouter plus longtemps, dit-elle, s'il était possible de se livrer au plus petit espoir ; mais j'entrevois que trop de citoyens en feraient inutilement les victimes. — Ne vous effrayez pas, dit Aristos ; il ne s'agit pas de les égorger tous ; un certain nombre suffira. Je réponds d'un bon tiers qui ne sont pas aussi endurant que votre Cyaxare ; et puis nous avons quelques hommes intelligents, et surtout des chefs... Mais l'essentiel serait que, pendant ténèbres, je pusse, moi, pénétrer jusqu'ici. — Et qu'y feriez-vous, dit Aglaonice ? — Le salut de Syracuse dépend de la mort de tout ce qu'il y a de soldats autour de ce palais : livrez-les à ma vengeance ; l'instant d'après, je vous emmène. Quant au Prêteur, je consens à lui faire grâce, s'il arrive que vous daigniez encore vous y intéresser. (Aglaonice frémit.) Alors, continua-t-il, au lieu de n'être que la femme d'un citoyen obscur, vous commanderez à tous en qualité d'épouse de l'un des premiers de l'état. Voyez... Cette machine que j'ai construite peut me transporter des régions inconnues. Je vous ai dit plus, je vous ai parlé de la lune, et je ne désespère réellement pas d'arriver jusque-là... (Ici les yeux d'Aristos, et toute sa physionomie, ne peignirent plus qu'un homme effaré ; sa tête achevait de se détraquer dans ce moment). Or donc, poursuivit-il, puisque cette populace, que nous avons vainement essayé de séduire, est trop stupide pour écouter nos propositions ; puisque nos soldats même refusent de nous obéir, ce n'est point des monts d'or que j'irai chercher là-haut ; nous n'en manquerons pas… C'est des hommes qu'il nous faut : cent machines comme la mienne front descendre toute une armée. Les ménagements de la parenté ne feront pas rester ceux-ci en présence des autres comme des imbéciles. Ainsi, mademoiselle, votre bonheur particulier, le mien et celui de vos partisans seront assurés à jamais. Quant aux Romains, Carthage leur fera tête encore… Ces dames entendirent à peine la fin de son discours. La folie dont il venait de faire preuve en parlant de son armée lunaire, leur avait donné le temps de reprendre leurs esprits, et elles avaient fini par partir d'un nouvel éclat de rire, qui ne finissait pas. La politesse voulait pourtant qu'elles se justifiassent de cette espèce d'incivilité. Elles lui donnèrent à pense qu'il ne devait pas l'interpréter autrement que comme l'effet d'un doute, bien pardonnable à des femmes dont les connaissances n'étaient pas aussi étendues que les siennes ; mais comme il leur parut nécessaire en même temps de se débarrasser de la personne, elles flattèrent ses espérances, en le pressant d'aller faire l'essai du voyage aérien dont le succès pouvait seul les convaincre qu'il lui était réservé de faire dominer son parti, et d'écarter les Romains de la Sicile.

La double témérité d'Aristos l'aveuglant trop pour qu'il doutât de la sincérité des dernières paroles d'Aglaonice, il prit congé d'elle, et fut droit au jardin rejoindre son cher Cantabre, qu'il mena un peu à l'écart, pour lui compter ce qui s'était passé. Ils se rapprochèrent ensuite de la machine, pour donner ordre aux manœuvres de la mettre en état de s'enlever.

Chapitre VI

Fin tragique d'Aristos, et du Seigneur Cantabre.

Aristos n'était pas au bas de l'escalier que le Prêteur parut dans l'appartement, d'un air aussi gai qu'à son ordinaire, toujours galant, et demandant à Aglaonice si cette espèce d'équivalent d'un tête-à-tête avait produit un bon effet. Ces dames ne savaient pas trop si elles devaient rire ou prendre un air sérieux. Vous vous taisez ! dit Cornélius, en regardant Aglaonice. Est-ce que déjà le cœur est pris ? Il s'en faut bien, répondit-elle ; et je ne puis vous cacher que cet amant, si s'en est un, n'est autre chose qu'un monstre qu'il faudrait étouffer à l'instant. Cornélius, jouissant dans son cœur de ce sentiment d'indignation, feignit de l'interpréter à l'avantage d'Aglaonice. Vous êtes si charmante, dit-il, qu'il faudrait pardonner quelque chose à un homme qui perdrait la tête devant vous. — Ce n'est pas de cela qu'il s'agit, dit vivement Bazilide : assurez-vous au plutôt d'Aristos ; il a formé le projet de tout égorger dans Ortygie, et votre personne n'est point en sûreté. — Quoi ! c'est là tout, dit Cornélius en souriant ! ah ! mesdames ! vous êtes complices. Comment ! Aglaonice me cache à moi, qu'elle pourrait bien devenir Reine ! Cependant elle sait tout l'intérêt que je prends à la fortune ; je lui veux même assez de bien pour l'assurer qu'un chapeau de fleurs mis sur son front par un honnête citoyen, l'honorerait davantage qu'un diadème qu'elle recevrait des mains d'un nouvel Agathocle (14). Vous jugez de la surprise de ces dames à cette observation du Prêteur ; elles se regardaient l'une l'autre, sans mot dire. Cornélius les tira d'embarras, en leur découvrant de quelle manière il avait tout appris. N'appréhendez rien, leur dit-il ; il y a plus d'extravagance que de raison dans le projet de votre Aristos ; cependant la prudence veut qu'il soit censé que vous m'avez fait mystère de sa confidence ; autrement je serais forcé d'éclater, ce qui est assurément très inutile. Vous verrez qu'auparavant, qu'il soit deux heures d'ici, Aristos nous aura débarrassé de sa personne.

Cornélius, alors, comme s'il eût ignoré la perfidie d'Aristos, s'en fut droit au jardin voir les préparatifs de la machine. C'était un char léger, auquel étaient adaptées deux grandes ailes d'un fort tissu de lin, soutenu par de longues barbes de baleine réunies en un point, à l'endroit où chaque aile était attachée, et divergentes à l'extrémité opposée. Ces deux ailes occupaient la place des roues. Elles se déployaient à l'aide de ressorts cachés qu'on mit en jeu avec une manivelle ; puis s'étendirent au-dessus du char, qu'elles couvrirent de leur vaste envergure, offrant à l'œil curieux cette légende qui n'était pas d'Aristos : Autant en emporte le vent. Le temps pressait : on se hâta de la barbouiller, en attendant qu'on pût tuer l'auteur.

Une maladresse d'Aristos fut d'avoir doublé les moyens. Au palonnier de la voiture étaient attelés deux gros cygnes, qu'il avait eus en présent d'un descendant de Cycnus, Roi de Ligurie, et parent de Phaëton. Aristos monta sur son char. Les ressorts continuant de se mouvoir, ces vastes ailes battirent l'air avec tant de force et de vitesse que la voiture et son conducteur s'élevèrent à plus de six cents pieds, diminuant toujours de volume, au point de n'avoir bientôt que l'air d'un chat-huant. On remarqua au départ de la machine que les cygnes auraient suffi (15) ou qu'ils étaient de trop ; parce que la machine les emportait verticalement, tandis qu'ils faisaient effort pour voler devant eux. Mais ce qui fut du plus mauvais augure, c'est que l'un d'eux chanta : c'était la trompette de la mort.

Cornélius n'ayant plus alors qu'à lever le nez en l'air, avait rejoint ces dames. Une foule de monde s'était d'ailleurs rendue de tout côté à ce spectacle. Les hommes, prompts à juger, disaient d'Aristos, qu'il avait plus de génie que tous les physiciens des siècles antérieurs, qu'il ferait oublier Icare et le bâtard du soleil. Il arriva même à un mateur de soutenir que si le grand Marcellus était témoin de cette ascension prodigieuse, on le verrait convenir qu'Archimède, cet homme si savant dans la statique qu'il le nommait un Briarée, n'aurait peut-être pas imaginé une pareille voiture. Mais au moment où l'on était dans la plus grande extase, un vent d'occident s'engouffra dans les ailes de la machine aristocratique et lui fit quitter la direction verticale. Le char alors entraîné par les deux cygnes et poussé par le vent, fit route parallèlement à l'horizon, beaucoup plus vite que le conducteur ne l'aurait voulu. Il alla friser, à l'entrée du port Trogile, la pointe du canal Timoléon (16), fameux obélisque haut de deux cents pieds, élevé en mémoire de la liberté rendue à la ville par ce Capitaine corinthien, vainqueur des Denis et des Carthaginois. On pensa que s'en était fait d'Aristos, et qu'il allait périr accroché. Laissons-le papillonner un moment autour du fatal luminaire.

Il n'est pas possible, mon cher lecteur, que vous ne preniez pas intérêt à son fidèle cantabre, et que vous ne soyez pas aussi fâché que surpris de ne pas le voir ici dans le même cabriolet : je dois vous dire que s'il ne prit pas aussi congé de la compagnie, c'est qu'il était convenu qu'il resterait pour le bien du service. Ses instructions portaient qu'il mettrait du monde aux écoutes, et qu'au surplus, observateur fidèle du voyage, il en publierait le premier la relation.

Mais il faut vous le montrer au degré d'élévation où l'a porté le zèle de son ministère. Il domine tous les spectateurs : il est sur la plate-forme de la citadelle ; il est juché bien au-dessus encore… Imaginez vingt hommes vigoureux, alignés carrément, le dos voûté, les deux mains sur les genoux, en guise d'arcs-boutants. Sur ces forts arceaux posez vingt hommes debout, les bras tendus, et se tenant fortement cramponnés. Au-dessus de ces hommes-ci, placez-en d'autres, dont chaque pied porte sur les épaules des plus robustes champions qui forment le premier étage ; ainsi de suite toujours en diminuant et en variant les attitudes. Supposez enfin une pyramide dont la sommité se termine par quatre homes, les bras en l'air, et soutenant un bouclier, sur lequel figure en pied notre fidèle confident, les yeux tournés vers le canal où son ami est en si grand danger.

On présume que la tête lui tourne à ce spectacle, et qu'il va tomber à la renverse de dessus son pavois : il chut en effet ; mais on n'en devine pas la cause. Le besoin ou la fantaisie d'éternuer prit à un bon plébéien qui se trouvait-là, proche voisin de la pyramide, les deux coudes appuyés sur le parapet. De l'effort qu'il fit pour se dégager le cerveau, son corps s'étant ployé en deux, son arrière alla cogner celui des Atlas courbés faisant l'angle et la base de la pyramide. À l'instant tout est renversé, tout tombe. Le Cantabre et vingt de ses cariatides roulent pêle-mêle aux pieds des murs de la citadelle, comme les Gaulois jadis précipités du capitole ; mais le malheur veut qu'avec eux périsse une partie de l'orchestre militaire qu'on avait placé là pour jouer une fanfare, au moment du départ de la voiture. Les pupitres, les instruments, les exécutants, les spectateurs, tout fut éparpillé. Quant au reste des enfants de Bel Babel Baalphégor, qui n'avaient croulé que sur eux-mêmes et sur les marbres de Paros dont était pavée la plate-forme ; la plupart ne furent qu'estropiés. Mais ce pauvre plébéien, sur le corps de qui s'étaient affaissés les trois quarts de la masse, se trouva si maltraité qu'il ne lui restait que le souffle. C'était finir comme le terrible aveugle qui fut écrasé avec les satrapes persécuteurs et tyrans des Hébreux qu'il avait voulu venger. Mais le caractère du mourant ne le portait pas à se prévaloir de ces hautes comparaisons. Il avait été gai toute sa vie ; à quelque chose malheur est bon.

Reportons à cette heure nos regards sur la machine ailée et sur son conducteur. Un cri de douleur s'est fait entendre de la part d'un certain nombre de confédérés, placés çà et là sur la longue chaîne des fortifications élevées tant du côté des terres que tout le long des côtes. Mais la fin tragique d'Aristos n'aurait pas fait assez de bruit si les Syracusains en avaient été les témoins tous seuls. Les Dieux voulaient que la mort de ce nouveau Bellerophon servît d'exemple à un plus grand nombre de peuples. Un vent du midi, plus impétueux que le premier, l'écartant de l'obélisque, lui fit traverser toute la mer de Sicile, et le poussa en ligne droite à plus de cent vingt mille de Syracuse* (*50 lieues*), vers l'entrée septentrionale du phare de Messine, passage dangereux, où se trouve le gouffre de Carybde, et où l'on dit qu'aboient sans cesse les dogues de Scylla. Comme on le perdit absolument de vue, ce fut de part et d'autre une nécessité d'attendre au lendemain, pour savoir ce qu'il pouvait être devenu. Des cavaliers dépêchés par le Prêteur, et biens montés sur des chevaux arabes, partirent à toute bride pour Messine ; et, vers le soir du jour suivant, rapportèrent que le voyageur, attiré par la mer, après avoir été longtemps ballotté entre les deux écueils, était tombé sur les roches pointues de Scylla, où les laboureurs leur avaient même montré les débris du char, qui y étaient encore suspendus. Quand au personnage, comme on n'en avait pas trouvé vestige, les cavaliers ajoutaient que la mer l'avait sûrement englouti, lui et tous ses grands noms. Cette conjecture parut aussi probable que satisfaisante à Cornélius et à ces dames. Cependant ceux des Syracusains qui, n'étant pas au fait, n'avaient vu dans l'ascension de la machine qu'une nouveauté au succès de laquelle ils s'intéressaient, furent réellement affligés de l'accident ; mais comme c'était une découverte dont les siècles à venir ne manqueraient sûrement pas de faire leur profit, et que cette invention leur serait attribuée ; de ce côté le chagrin ne dura guère. Il fut mortel du côté des conjurés. Tous (à l'exception de deux, qui jetèrent au nez des autres quelques drachmes qu'ils en avaient reçues) partirent pour Messine, et, sur un marbre qu'ils incrustèrent dans le rocher, gravèrent cette épitaphe :

Il est noble, il est grand de tomber de si haut.

Chapitre VII

Le joueur de flûte.

Encore un mariage manqué, dit Cornélius à Aglaonice, quand les cavaliers furent sortis de son appartement. C'est dommage que j'aie passé la soixantaine : personne ne me consolerait mieux que vous des ennuis du veuvage. Un peu de vanité vous porte à exiger des choses extraordinaires. Si je lis bien dans votre cœur, vos vœux ont tout à la fois pour but la jeunesse, les talents et la fortune. Moins jolie, vous ne mériteriez pas qu'on vous pardonnât cet excès d'ambition. Il faudrait diminuer de l'étendue de vos prétentions, en ôter, par exemple la jeunesse, et cet esprit de création, si préjudiciables aux hommes qui ont une confiance trop précipitée dans leurs découvertes. La fortune est en mon pouvoir, qu'elle vous suffise enfin, puisque vous voilà convaincue que vos mécaniciens ne viendront point à bout de vous contenter. Vous souhaiteriez, lui répondit Aglaonice, que je me bornasse aux avantages de la fortune ; pardonnez, mon cher protecteur, je ne me sens pas assez maîtresse de moi-même pour m'en tenir là, et je vous crois trop généreux pour l'exiger de ma reconnaissance. Laissez-moi vous dire avec franchise que vous avez deviné le secret de mon cœur. Oui, j'aspire en effet à tout ce que vous venez d'expliquer en trois mots. Mais vous désespérez de l'accomplissement de mes désirs, et moi j'ai la plus grande confiance dans leur exécution. Moins on a réussi plus on s'efforcera de réussir. L'amour propre, l'envie de faire parler de soi y entreront pour les deux tiers, à la bonne heure ; mais vous me passerez bien la petite gloriole de m'attribuer le restant. Allons, convenez que je mérite grâce sur cet article. Vous m'avez dit tant de fois des choses si flatteuses, qu'il m'en coûterait trop de penser que vous m'avez trompée.

Aglaonice ne se flattait pas sans raison. Bientôt parurent sur la scène deux concurrents nouveaux, dont les chefs-d'œuvre auraient fait hésiter sur le choix, si, quand deux choses sont également admirables, la préférence n'était pas due à celle qui porte un grand profit. De ces deux hommes, l'un, âgé de cinquante ans, était un honnête Germain, ou plutôt un bon Franc, homme libre, dont les pères avaient habité les rives de l'Ister. On l'aurait pris à ses talents et à sa politesse pour Thamyris d'Érythrée, descendant du célèbre Thamyris, appelé le rival des muses. Nos ancêtres n'étaient pas tous aussi aimables. Quant à son nom, il ressemblait à tous les autres, il écorchait les oreilles. Il s'appelait Wak-wik-vauk-an-son-frankésteïn. Il excellait dans l'art divin de l'harmonie, sans jamais avoir appris la musique ; et de plus, il était très habile mécanicien. Sa préséance et sa physionomie ne laissèrent pas Cornélius sans inquiétude au moment où il parut devant Aglaonice, la taille haute, vêtu d'une étroite soubreveste qui, ne passant pas les genoux, laissait voir toute la charpente de ce beau corps.

Son hommage consistait en une statue de métal laminé de hauteur d'homme, habillé à la Sicilienne, assise dans un fauteuil roulant, et tenant dans chacune de ses mains une flûte, dont il annonça qu'elle jouerait à volonté. Cette figure pouvait exécuter vingt-deux airs, dont Frankésteïn donna la liste à Aglaonice, en lui disant : vous allez juger, Mademoiselle, s'il est un mortel qui puisse ne pas tomber à vos pieds. Commandez, le bronze même vous obéira. Aglaonice ne se persuadait qu'avec peine que l'automate remplissait une aussi belle promesse, et Cornélius était plus incrédule encore, car il n'avait jamais oui dire que l'homme eût, pour ainsi dire, créé son semblable. L'un et l'autre s'approchèrent de la statue, qui s'inclina en leur présence, et les étonna si fort par ce début, tenant du phénomène de l'économie animale, qu'ils reculèrent de deux pas ; ils la crurent organisée par une main divine ; et, comme s'il y eût quelque chose à craindre de s'assurer du contraire par le tact, ils se rassirent, éloignés d'elle à une certaine distance. Aglaonice, impatiente, donna l'ordre à la statue de jouer l'un des vingt-deux airs annoncés, qu'elle lui désigna. Cet air exprimait lentement les chagrins d'un cœur ulcéré par l'amour. La statue portant les espérances d'Aglaonice, qui l'entendit tirer à la fois des sons variés de ces deux instruments, et exécuter merveilleusement les deux parties. Ce prodige lui causa une émotion si vive, qu'elle tomba presque sans connaissance, la tête penchée sur le sein de Cornélius, qui ne la fit revenir à elle qu'en ordonnant à la statue d'exécuter un air plus vif. L'auteur de cette admirable invention avait la modestie en partage ; il fut flatté d'avoir intéressé Aglaonice, mais il n'eut pas l'orgueil de croire qu'il l'aurait pour épouse. Je souhaite bien vivement, lui dit-il, avoir mérité de posséder des charmes qui feraient le bonheur de ma vie, mais vous êtes trop aimable pour que je sois le dernier qui ait tenté des prodiges en votre faveur. J'ai vu, en entrant ici, un homme qui m'est inconnu, plus jeune que moi, couvrant d'un voile le tribut qu'il vous apporte, et qui, croyant devoir quelques égards à la maturité de mon âge, a exigé que je le devançasse : invitons-le de grâce à se présenter. S'il l'emporte sur moi, j'en aurai du chagrin ; mais je ne m'en montrerai point jaloux ; je verrai au contraire avec plaisir qu'il a des talents supérieurs aux miens ; je croirai que les dieux les ont inspirés tout exprès pour vous plaire, et je demeurerai plus que jamais certain que la beauté peut obtenir l'impossible. Ce n'était point le jargon apprêté d'une fade galanterie qui sortait de la bouche de Frankésteïn, c'était l'expression de la vérité qui s'échappait d'un cœur sensible. Aglaonice résista un moment à l'invitation de cet homme doublement intéressant, par les talents et par une modestie qui en augmentait la valeur. Il est probable qu'elle composa avec elle-même, et s'interrogea secrètement pour savoir si elle ne lui donnerait pas sa main ; mais comme le Prêteur lui dit à l'oreille qu'elle se défiât de ses sens, et qu'elle réfléchit que la musique n'était une chose ravissante que pour les gens qui avaient fait un bon diner ; Monsieur, dit-elle, honnêtement au gaulois, vous pourriez vous dispenser de nous faire des instances en faveur de la personne que vous nous annoncez : vous devez croire que vous ne serez pas surpassé par qui que ce soit. Votre confrère, qui n'est sûrement pas votre rival, n'entrera qu'autant que vous l'exigerez : nous le verrons avec plaisir rendre une nouvelle justice à vos talents, et vous assurer un triomphe trop modique pour un art aussi sublime. Frankésteïn insistant, l'ordre fut donné d'introduire le jeune homme en question.

Chapitre VIII

Nicator. Son chef-d'œuvre. Mariage d'Aglaonice et de Bazilide.

Nicator (c'est ainsi qu'on l'appelait) était un descendant de ces bergers de la Chaldée, à qui le système des cieux était connu à peu près comme aux dieux même. Il avait toutes les lumières de ses ancêtres ; mais de plus il s'était attaché à la mécanique, science dans laquelle il avait fait des progrès qui passent les conjectures de l'esprit humain. Il était doué en outre d'une perception à laquelle il était difficile que rien échappât, en sorte qu'après avoir murement réfléchi, il avait réellement su joindre l'agréable à l'utile. Le fluteur de Frankésteïn était entré dans l'appartement comme un malade qui ne peut faire usage de ses jambes : ici, à l'instant où les portes s'ouvrirent, on vit s'avancer une femme vêtue à la manière des vestales, marchant sans être soutenue de personne : ce ne fut que quand elle eut fait vingt pas que le beau jeune homme qui en était le père, la prenant par la main la présenta aux trois personnes qui composaient la compagnie, levant les yeux sur Aglaonice et les baissant aussitôt, de crainte de l'offenser. Aglaonice s'en aperçut et rougit à l'aspect de ce soupirant nouveau. La nymphe qu'il lui présentait déploya tant de grâce, qu'elle en dût supposer infiniment davantage à celui qui les avait transmises. Sans savoir ce que la statue allait opérer, déjà vaincue par l'air séduisant de son auteur ; mais se faisant violence pour lui cacher le sentiment qu'il lui faisait éprouver : auriez-vous assez de confiance en vous, lui dit-elle, pour ne pas craindre de défier un artifice dont l'Olympe pourrait être jaloux, comme on assure qu'il le fut autrefois de Prométhée ? Si jeune encore, vous supposeriez vous assez de talents pour mettre votre ouvrage en parallèle avec ce qu'ils ont jamais enfanté de plus extraordinaire ? Écoutez et jugez… Aglaonice alors, malgré les instances de Frankésteïn, qui s'y refusait, fit exécuter plusieurs airs à la statue. Nicator en fut ravi ; mais le ton imposant d'Aglaonice, et cette prédilection marquée pour une statue d'où sortaient des sons mélodieux, si puissants sur le cœur des femmes, l'intimidèrent au point qu'il se crut congédié. Ce chef-d'œuvre a droit de vous plaire, répondit-il, belle Aglaonice ! Je pensais bien qu'un artiste plus habile que moi réussirait à gagner votre cœur, et que c'était un avantage réservé à l'expérience, compagne de l'âge mûr. La musique a pour vous des charmes… J'ai beaucoup réfléchi ; et ce moyen de vous plaire, qui ne m'est pas étranger, a échappé à ma prévoyance ! si j'avais été assez heureux pour y penser, peut-être l'amour qui m'inspirait, ne m'aurait pas laissé à une extrême distance de mon rival ; mais puisqu'enfin cette idée victorieuse ne s'est point présentée à mon esprit, pardon ; je sors confus, me faisant même une espèce de crime de l'espoir dont je m'étais flatté. Demeurez, s'écria Frankésteïn, demeurez aimable jeune homme. Mademoiselle, si l'idée de vous charmer par des sons ne s'est point offerte à son esprit, il m'a manqué de penser à imiter les voix de la nature. Je n'ai pas donné, comme lui, à ma statue ce mouvement progressif, si naturel qu'il m'en a imposé à moi-même au premier aspect, et que ce corps inanimé m'a paru un être vivant. Voyons, dit Aglaonice, ce que cette statue sait faire… Elle figurait l'abondance. On la voyait debout, portant légèrement l'extrémité de ses doigts à l'orifice d'un long cornet travaillé artistement, contenant des fruits d'une beauté ravissante : l'autre main soutenait l'extrémité recourbée de la corne, et la statue immobile attendait qu'on la provoquât. Cependant sous sa draperie était caché un jeune enfant, qui, comme s'il eût cédé à un mouvement d'impatience, leva le pan de la longue robe sous laquelle il était enseveli, et bandant un petit arc, en fit partir une flèche, terminée, non par un fer doré, mais par un bouton de rose. Ce trait, dirigé vers le cœur d'Aglaonice, ne manqua pas le but auquel le malin arbalétrier s'était proposé d'atteindre. Une détente cachée, mise en jeu adroitement, avait fait partir la flèche ; une autre fit baisser la draperie sous laquelle l'enfant eut l'air de se réfugier malignement. Toute cette manœuvre se fit sans ressaut, sans aucun bruit de ressort, enfin d'un air si vrai, qu'Aglaonice vit l'Amour même dans le petit automate. Elle sentit toute la gentillesse d'une pareille déclaration, et ne fut pas maîtresse de se livrer à la froide réserve sous laquelle elle pouvait encore s'envelopper pour ne pas y répondre. La nature fut la plus forte. Aglaonice tourne les yeux attendris vers Nicator, se lève, lui tend les bras, retombe sur son siège, et laisse échapper cette question, qui met à découvert les vœux empressés de son cœur : Nicator... m'aimeriez-vous ? Nicator se tut ; la statue prenant la parole, répondit : oui. Qu'ai-je entendu reprit Aglaonice ? me trompai-je ? c'est votre ouvrage qui me répond !... Non : c'est vous-même... c'est vous... Et vous êtes si timide que vous craignez de vous approcher ! vous croyez donc n'avoir pas fait assez encore ? La statue répondit : non. En même temps, elle fit un pas et présenta à Aglaonice les beaux fruits apprêtés dans son cornet. Aglaonice, trompée par l'apparence, en rompit un qu'elle croyait partager avec le vieux Prêteur extasié ; mais les deux lobes entrouverts laissèrent échapper dans sa main de gros diamants et des pierreries de toute espèce. Un second fruit contenait des perles orientales d'une grosseur surprenante. Le cornet renversé sur la robe d'Aglaonice, la couvrit enfin de plus de mille pièces d'or, et ce fleuve paraissait intarissable. La belle se crut transportée dans un nouveau monde. Nicator se précipitant alors à ses genoux : Pardon, dit-il, pardon mille fois, adorable Aglaonice, si aux efforts que mon art a tenté de vous plaire, j'ai osé joindre quelque chose de plus, mais que vous conviendrez être réellement utile. L'aveugle fortune vous a, dit-on, oubliée ; je ne suis qu'un berger ; mais si vous me jugez digne de réparer un abandon aussi injurieux, suivez-moi dans la Caldée. Suivez-le, dit le Prêteur : je ne crois pas que dans le monde entier vous trouvassiez un aussi bon garçon, un homme aussi riche, un artiste aussi habile. Non assurément, dit Frankésteïn, avec l'air de l'enthousiasme ; et ce n'est point une peine pour moi de l'avouer, je vous l'ai dit : mais, mademoiselle, puisque ma statue vous était destinée, daignez l'accepter, et que dans mon pays j'emporte du moins la satisfaction de penser qu'elle a eu pour approbateur un jeune homme dont à mon âge je me ferais gloire de devenir l'élève. Aglaonice, incapable de suffire à tout ce qui frappait à la fois ses yeux et ses oreilles ; était longtemps restée muette. Cher Nicator, dit-elle enfin, mes vœux sont remplis par-delà mes espérances ; je te suivrai partout, je m'abandonne à toi ; mais puisque par un coup du sort au-dessus de mon mérite, je me trouve jouir d'un bonheur qui ferait envie à une reine, écoute : j'ai une sœur moins jeune que moi ; elle n'est plus jolie, mais elle est belle et digne de faire le bonheur d'un aimable homme. Si je ne m'étais pas donnée à toi, Frankésteïn serait devenu mon époux. Je ne lui proposerai point en échange de la statue les magnifiques dons que je viens de recevoir des mains de l'Abondance ; laisse-moi le plaisir d'en enrichir ma sœur, et qu'elle épouse ce galant homme. Ces bijoux seront sa dote. À ces mots on eût entendu parler tout à la fois, Frankésteïn, Nicator et le Prêteur. Celui-ci donna subitement des ordres pour qu'on fût chercher la sœur d'Aglaonice, et commanda un splendide festin. Frankésteïn ne se cachait pas que la gravité de ses cinquante ans cadrait mal avec la pétulance de dix-sept. Retranchez les bijoux, dit-il, et j'accepte. Non, dit Nicator, non ; et vous n'êtes pas en droit de les refuser, puisque ce n'est point à vous qu'on les propose. Voudriez-vous blesser le pur sentiment émané de la sensibilité même ? Aglaonice ne veut point être heureuse toute seule, elle ne pourrait pas l'être : soyez mon ami, soyez mon frère... Je serai l'un et l'autre, reprit Frankésteïn, les larmes aux yeux, et se précipitant à son col. Jeune homme, tu m'as vaincu aujourd'hui en tout.

Cependant les tables étaient dressées, Bazilide entra. Je n'ai pas besoin de vous peindre cette nouvelle scène où les plus tendres sentiments succédèrent à la surprise. Les quatre personnages se jurèrent un éternel amour en présence du Préteur. La nuit approchait : c'était justement l'heure de la célébration. Deux mille flambeaux allumés autour du palais, répandirent une clarté qui le disputait à l'éclat du jour. Au milieu de l'île se distinguait un bûcher enflammé composé de bois odorant, arrangé à la hâte et surmonté de deux essieux, dont l'embrasement symbolique annonçait aux épouses que c'était une loi pour elles de garder la maison. Les appartements étaient d'ailleurs embaumés par les parfums de cent cassolettes, meubles voluptueux des Rois, qui jamais n'avaient servi dans une si belle circonstance. Les époux soupèrent avec leurs femmes ce jour-là, quoique ce ne fût pas un usage constant : mais on se souvient que ces dames étaient orphelines, et pouvaient conséquemment faire leurs volontés.

Chapitre IX et Dernier

Le Souper.

Le souper fut d'autant plus agréable qu'il n'y avait que cinq convives et qu'on pouvait s'entendre. Aussi la conversation se prolongea-t-elle assez avant dans la nuit. Chacun parla des coutumes de son pays. Le petit navire d'Aglaonice lui revint à la mémoire, ou plutôt elle se souvint d'une espèce de comparaison que le Préteur avait faite au sujet de sa disparition. Monsieur, dit-elle à Frankésteïn, j'ai une question à vous faire. J'avais une miniature d'ivoire, un charmant petit vaisseau, qui est devenu la proie des polypes, dans un vase où je l'avais laissé. M. le Préteur me dit dans le temps, que le gros vaisseau de Lutécia n'aurait pas subi un pareilsort... Je sais que Lutécia est une ville du pays que vous habitez ; du reste je suis fort ignorante : donnez-moi, je vous prie, le mot de cette énigme. — Madame, dit Cornélius,

(prévenant la réponse de Frankésteïn) il m'aurait fallu quinze jours pour vous expliquer cette remarque que je me repentis d'avoir aussi tôt qu'elle me fut échappée. Si je gardai ensuite le silence, ce fut moins une impolitesse qu'une attention de ma part. L'idée me vint que l'ennui pourrait s'en suivre : ce n'était pas trop mal augurer dans le moment ; car souvenez-vous que depuis, Cyaxare ne vous amusait pas, quand il venait politiquer avec nous. Mais puisque dans ce moment où votre bonheur est assuré, on peut sans vous déplaire, vous entretenir d'autre chose que du seul objet qui pour lors vous intéressât ; je me joindrai à vous pour prier Frankésteïn de satisfaire votre curiosité : il s'en acquittera mieux que moi.
— Bazilide alors se joignant à sa sœur pour témoigner le même empressement ; mesdames, dit Frankésteïn, vous avez entendu M. le Prêteur : il ne parle de rien moins que de quinze grands jours pour ne rien vous laisser à désirer, et il ne vous trompe pas. Quinze jours, passe, mais point de nuits, je vous en supplie ; ou je croirais le malin projet d'abuser de vos droits… Nous avons tous les temps de nous voir ; permettez que j'abrège.

Lutécia est la capitale des Gaules, et les habitants l'un des soixante-quatre peuples qui composent cette formidable république. Les armoiries de cette ville ont un vaisseau, symbole du culte qu'elle rend à la déesse Isis, qui l'a enrichie du froment et des fruits qu'on y recueille en abondance. Isis était elle-même le pilote du bâtiment qui portait cette précieuse cargaison. Vous jugez que la reconnaissance se fit un devoir de consacrer cette maison flottante comme l'éternel monument d'un aussi grand bienfait. Mais comme le vaisseau avait une longue route, il ne fut pas possible de le conserver très longtemps. On en construisit un tout semblable quant à la forme, mais d'une plus grande dimension, et dont les flancs étaient en même temps plus solides ? Ce second vaisseau, l'emblème du premier, a néanmoins déjà été remplacé dix fois, et les Lutéciens lui donnent toujours plus de force et de volume chaque fois qu'ils en construisent un nouveau. Cet édifice une fois mis à flot ne démarre point : il est perpétuellement à l'encre entre une prairie entourée des eaux de la Seine, appelée l'îlot des Cygnes, et l'isle boueuse, sur laquelle on commença à bâtir Lutécia il y a plus de six cents ans, à dater du moment où je vous parle. Le siège de Troyes, le règne de Sélostris, sont les époques de la fondation : Rome n'existait pas, et nous autres germains nous n'avions pas encore pénétré dans les Gaules. La nef de Lutécia est bien gardée sur les deux rives, par un bon nombre de soldats citoyens. Je l'ai vue d'ailleurs desservie par des Druides qui y habitent, et par des nymphes de la Seine, qui leur servent de femmes, sans toutefois perdre la qualité de vierges. — Comment cela ? dirent tout à la fois tous les convives ? Le voici : c'est que tel est l'effet de la communication des peuples, qu'avec les meilleures choses s'introduisent les plus préjudiciables : Isis, en même temps qu'elle donna aux habitants de la Seine le froment qu'elle avait pris aux bords du Nil, leur apporta cet exécrable abus du peuple le plus policé, conséquemment le plus corrompu de la terre. Il existe à Memphis une très grande distinction entre *les enfants des Dieux*, ou *enfants du Vaisseau*, et les *enfants des hommes*. Les jeunes filles, après avoir donné le jour dans le vaisseau à quelques poupons *des Dieux*, en sortent, et sont épousées comme vierges par les *enfants des hommes*. La raison est toute simple : c'est qu'il y a entre les *Tout-Puissants et les hommes*, une si prodigieuse inégalité, qu'une fille qui a joui des caresses d'un *Tout-Puissant*, est censée avoir gagné à ce céleste commerce, et valoir mieux la terre qu'une fille toute rétive (17). — Oh ! La sotte crédulité ! s'écria Nicator. Et les habitants de Lutécia ont adopté cet indigne raffinement de l'orgueil et de la luxure théocratique ? — Que voulez-vous, reprit Frankésteïn ; on n'examine pas d'abord : on donne tête baissée dans la superstition ; des diables vous paraissent des créatures célestes ; et puis le mal pullule comme la mauvaise herbe, et puis c'est l'enfer pour le déraciner. Les Rois de Lutécia ont fait longtemps sans succès tout ce qu'ils ont pu faire perdre au peuple la confiance qu'il a dans les Druides ; mais ceux-ci sont dangereux, surtout quand ils joignent leur ascendant au pouvoir des nobles, ou Iarles, petits Régules qui fourmillent dans les Gaules, et dont les forces réunies ont plus d'une fois, ébranlé le trône du souverain, auquel ils ne donnent d'autre titre que celui de général des soldats conquérants.

« Personne n'a osé, pendant longtemps, résister aux Druides qui se chargeaient seuls de l'éducation de la jeunesse, afin de lui inspirer de bonne heure, et d'une manière inaltérable les opinions les plus horribles. On a vu des Iarles avoir droit de vie et de mort sur des vassaux qu'ils gouvernaient à leur profit. Ces deux caisses de citoyens, dont l'une emploie la ruse et l'autre la force pour se faire craindre, se balancent entre elles ; mais elles se réunissent pour tyranniser le peuple, qu'elles traitent avec un souverain mépris. J'ai vu qu'un homme du peuple ne pouvait pas parvenir, chez les Gaulois, à remplir une charge publique ; il semblait que cette nation n'était faite que pour les prêtres et pour les grands. Au lieu d'être consolé par les uns, et protégé par les autres, comme la justice le requiert, les Druides ne l'effrayaient que pour que les Iarles l'opprimassent. » (*Études de la Nature*)

Les Rois qui ont le mieux réussi sont cependant ceux qui ont pris ouvertement la défense des faibles. — Vous parlez de tout cela, dit Aglaonice, comme d'une chose passée ? — Une bonne partie de ces abus n'existent plus en effet, répondit Frankésteïn. La Nation elle-même mes a détruits ; mais ce n'est pas sans peine. Il a fallu d'abord faire connaître partout la vérité ; ne laisser aucun doute sur la rapacité des Iarles qui, profitant de la facile bonté du Roi, s'étaient fait donner, à titre de récompense, pour des services équivoques, la majeure partie de l'épargne, ce qui réduisait le peuple à languir dans l'opprobre, et à ne se procurer sa subsistance qu'en les servant de la manière la plus déshonorante pour l'humanité. Il a bien fallu prouver que les Druides s'étaient fait donner par les esprits faibles, tant d'arpents de terre et du meilleur rapport, qu'ils possédaient à eux seuls le tiers des biens de la république des Gaules, sans vouloir cependant qu'on y touchât, sans entendre contribuer autrement qu'à titre de prêt, à l'acquit des dettes de l'état ; et que leur intolérance avait occasionné des massacres qui, (s'ils étaient renouvelés) dépeupleraient la terre (18). Il a fallu monter sur des tréteaux pour faire entendre au peuple que les conseillers du Roi, chargés d'expédier ses dépêches, abusaient de son nom, privaient de leur liberté d'honnêtes citoyens pour avoir leurs femmes, et n'étaient pas moins déprédateurs que tous les brigands étouffés par Hercule. Il a fallu prouver enfin que la peste était dans le vaisseau. Fatigués alors des malheurs résultants de ces pouvoirs tyranniques, les habitants de Lutécia se sont précipités avec une espèce de rage sur le bâtiment mystérieux ; ils l'ont saccagé à coups de hache (après avoir fait sortir les filles.) Les desservants du vaisseau et leurs amis les Iarles n'ont pas eu beau jeu ; mais le calme a succédé peu de temps après aux massacres et à l'incendie. Les mêmes mains qui avaient détruit la vieille nef empoisonnée, en ont fait une nouvelle, dans laquelle les enfants des hommes remplacent aujourd'hui les enfants des dieux. Elle est d'une grandeur énorme et d'une force à durer par-delà six mille ans. Voilà le mot de l'énigme. Isis au surplus est éconduite : ce n'est plus sa dévote figure que l'on voit à la proue du bâtiment ; c'est celle du Roide Lutécia, couronné d'un rameau civique, tenant d'une main des panthères en laisse, et de l'autre un rameau d'olivier. Au haut du grand mât flotte une large banderole sur laquelle on voit écrit : *legum fervi fumus, utliberi effepoffimus*. La galerie est d'ailleurs ornée de balustres, d'où sort une lanterne surmontée d'un bonnet en forme d'épitoge. — Ah ! Vous m'avez charmé, dit Bazilide à son époux (en l'embrassant tout bourgeoisement, comme on faisait au temps d'Hector.) Vous parlez du changement de fortune des Lutéciens avec une forte satisfaction qui fait le plus grand éloge de votre cœur : je ne saurais vous dire tout ce que vous me faites éprouver de tendres sentiments pour vous. — Le Roi de Lutécia est donc bien aimé ? demanda Nicator. — Beaucoup, reprit Frankéstein, et non seulement les Lutéciens, mais de tous les peuples de Gaule. Tenez, j'ai dans ma poche deux médailles qui pourront vous en donner la preuve. La première, imaginée par la reconnaissance, fut frappée quelques années après que, dans le temple de Mars, à l'époque de son couronnement, le Roi eut fait la remise de certains droits onéreux dus aux chefs des conquérants à son avènement au trône. Les Gaules venaient d'ailleurs d'éprouver de grandes calamités ; les peuples avaient manqué de pain : touché de leur misère, il avait réformé sa dépense ; il avait fait venir à grands frais des blés de chez l'étranger, et en avait fait distribuer surtout aux malheureux cultivateurs. Il est représenté ici sous l'emblème du pélican, qui se saigne pour nourrir ses petits. — L'idée n'est pas neuve, dit Nicator. — Non, dit Aglaonice, mais elle a de la justesse. Voyons l'autre. — Celle-ci est toute récente, dit Frankésteïn : elle fait allusion au rétablissement des finances épuisées par les déprédations. Les peuples font ici pour leur Roi ce qu'il a fait pour eux. Vous voyez la bonne ville de Lutécia qui présente ses mamelles à son père. Derrière elles se montrent à l'envi toutes les autres, pour jouir de même bonheur qu'elle. Ah ! dit Cornélius, ce trait de piété filiale nous appartient ; mais le rapprochement en est heureux.

Aglaonice et Bazilide indignées du genre de friandise des pontifes desservants de l'ancien vaisseau, et de l'esprit tyrannique des Iarles, voulaient encore savoir ce qu'étaient devenus les uns et les autres à la suite d'un tel bouleversement. — Qu'il vous suffise, mesdames, dit Frankésteïn, de savoir que toutes les distinctions sont abolies : que les grands Druides, les serviteurs du dieu Tor-Tir, les Druides sacrificateurs qui vivaient de pur froment détrempé de sang humain, sont réduits à cette heure à une bonne bouille de lupins et de saine, le tout délayé avec du lait de chèvre, de la race de celle qui a jadis nourri le père des hommes : car on a envoyé tout exprès en Crète pour avoir de cette postérité d'Amalthée, assuré qu'un si doux aliment opérait un changement total dans leurs mœurs.

Frankésteïn, en achevant sa phrase, passait amoureusement son bras autour du corps de bazilide. Nicator se penchait d'un air de volupté sur Aglaonice, dont les yeux ne répondaient pas mal à cette douce attaque. Cornélius, qui ne servait que de témoin, ne voulut pas mettre un plus long obstacle à leur impatience : il sortit de table et, les larmes aux yeux, les embrassa tous quatre. Un mot seulement, leur dit-il ; qu'avant de me retirer je sache quels sont vos projets. Nicator avait un père avancé en âge, et ne pouvait se dispenser de le rejoindre incessamment. Frankésteïn se faisait un devoir et une joie d'aller présenter Bazilide à sa famille : il se proposait de la conduire ensuite auprès d'Aglaonice, dans le beau pays de Sennaar, pour ne jamais se séparer d'elle et de Nicator. Mes amis, dit Cornélius, attendez au moins la fin de ma préture. Si vous me quittiez si tôt, je croirais perdre à la fois tous mes enfants... On lui promit ce qu'il demandait, on le lui jura, on l'embrassa de nouveau, et puis chacun s'en fut de son côté.

*

Ainsi, dans mes jardins où fleurit l'Acacia mystérieux, (partisan de la douce union, de la paix et de l'égalité) je mettais mon plaisir à composer des récits ; pareils dans leur ensemble à ces tableaux qui, de loin, présentent un objet, lequel change et devient tout autre à mesure qu'on s'en approche : heureux de penser qu'ils contribueraient peut-être en quelque chose à empêcher mes frères de s'égorger... Cependant, nouvel Erostrate, le furieux Bergasse, trop jaloux de rendre son nom célèbre, répand avec profusion, par toute la France, les nouveaux fruits de la plume incendiaire ; et l'avarice tremble d'ouvrir ses coffres... Indocile à la voix de la sagesse, qui invite à la tolérance, l'habitant des campagnes obéit en aveugle aux déclamations séditieuses d'une foule de faux prophètes : le sang coule de nouveau : le ciel s'embrume, obscurci par un épais nuage d'esprits immonde que l'enfer a vomis, et qui de toutes parts, soufflent la haine, le fanatisme, la vengeance et la discorde. Vilain ogre aux huit cents fermes ! O Aristos ! J'aime à penser que tu te trompes, si tu crois voir les plébéiens armés s'exterminer les uns les autres comme les soldats nés des serpents de Cadmus, ou si tu te flattes de les voir à tes pieds te redemander des fers : et toi despote orgueilleux, continuer à vivre de leur substance. Ton indigne cœur est pour moi l'image du Tartare.

Funeste partisan d'un pouvoir détesté,
Monstre jaloux de l'air que les humains respirent ;
Succombe : meurs enfin sous le dard empesté
Des noirs serpents qui te déchirent.
Dans son simple réduit, que l'humble pauvreté,
Sûre du peu de bien qui doit la faire vivre,
Subsiste, en bénissant un Roi qui la délivre
Des funestes effets de ta voracité.

Éclaircissements

(1) *Marcus Cornélius, Proetor peregrimus.* Les prêteurs étrangers gouvernaient pendant deux années, l'une en qualité de Préteur, l'autre en qualité de Propréteur. Ils présidaient à tous les jugements ; mais ils ne jugeaient pas. Les jugements étaient rendus par un certain nombre de citoyens élus et tirés des différents corps de l'État.

Ce fut, l'an de Rome 418, que les Plébéiens réussirent enfin à remporter sur les Patriciens une victoire complète, en se faisant aussi nommer à la Préfecture. Comme j'ai trouvé dans Cornélius les excellentes qualités d'un Plébéien, j'ai été curieux de savoir son extraction. L'expédition de Marcellus, portée à l'an de Rome 540, plus de 120 ans après cette grande conquête des Plébéiens, me donnait lieu d'espérer que je pourrais bien trouver en lui un homme du peuple. Mes recherches ont vérifié ma présomption. Il y a d'honnêtes gens partout.

(2) La connaissance de cette différence des jours où l'on pourrait aller demander justice, fut pendant un temps de science mystérieuse, dont les *Pontifes* ou *faiseurs de ponts*, faiseurs de religions ; s'étaient rendus les maîtres, et qu'ils tenaient fort cachée, afin de paraître nécessaires, et d'obliger les plaideurs d'avoir recours à eux. Les citoyens instruits finirent par se moquer de ce charlatanisme.

(3) cette attention de la part de Cornélius était grande ; elle n'offrait cependant rien d'assez extraordinaire pour l'exposer à la critique. On sait que les Vestales marchaient précédées d'un Lecteur, lorsqu'elles paraissaient en public. Aglaonice avait aussi son trésor à garder.

(4)   *Théaïos-téréos-clouni-ca-law-bar-cochébas.*   Tout cela équivaut à *faux prophète*, *agioteur*, *filou*, etc., etc.

(5) Fontaine de Sicile, qui coule dans Ortygie, quartier de Syracuse où Cornélius était logé.

(6) *Hyéron II*. Les historiens qui ont parlé de ce Roi honnête homme, ont tous vanté son goût pour les sciences et son amour pour le bien public. *Mes sujets*, disait-il, *sont mes enfants, et l'État est ma famille*. Paroles remarquables ! Il fut pleuré comme un père. Le temps n'a point fait tort à sa réputation.

(7) Préteurs du Sénat de Syracuse, de la façon des Carthaginois.

(8) La Sicile, en devenant province romaine, conserva ses anciens droits et ses coutumes. Il n'en fut pas des Siciliens comme des Espagnols et des Carthaginois, à qui Rome imposa un tribut pour prix de la victoire : *Quasi victorix proemium & poena belli*.

Disons tout, car les meilleures choses n'ont qu'un temps. Tant que Rome ne domina que dans l'Italie, les peuples furent gouvernés comme des confédérés ; on suivait les lois de chaque république ; et la Sicile, qui ajoutait beaucoup aux forces de Rome, qui en était l'entrepôt, qui en était le grenier ; devait jouir longtemps de ce privilège. Mais, comme dit Montesquieu : « Dans la suite, cette liberté si vantée ne fut plus qu'au centre, la tyrannie aux extrémités ».

(9) *Lycaon*, etc. En latin, *lupus crudelis proestantissimus* ; en français, *cruelle et puissante bête*. Le tout par abrégé.

(10) Cet horrible abus n'est point encore aboli ; cependant il va de pair avec ceux du chapitre de Saint-Claude.

(11) Un savant Bénédictin a rendu ceci probable. Il a dit avoir lu dans un vieux manuscrit, que du temps de Ptolomée on avait fait usage de ces corps de lunettes, auxquels le hasard nous a procuré depuis l'avantage d'adapter des verres qui rapprochent et grossissent les objets. Je ne sais pourquoi le chicaneur *L. Dutens* révoque en doute le dire de ce religieux.

(12) Comme l'île d'Ortygie était entourée de deux bons ports, qu'il y avait de plus une citadelle, et que cette partie de la ville devenait très importante, elle était réservée au préteur seul.

(13) Quoique ceci soit une historiette, c'est-à-dire un mélange de fiction et de vérité, je ne vais pourtant pas tellement au-delà du vrai, que l'histoire ne me serve de base. Après la prise de Syracuse par Marcellus, il y eut réellement des restes de guerre de la part des partisans de la tyrannie, et il est vrai encore que ces guerres n'eurent point de suites.

(14) Tyran qui fit perdre à Syracuse la liberté que lui avait rendue Timoléon.

(15) Les cygnes ont été employés, dit-on, avec succès par l'Empereur Ki, à cet usage, trois mille six cents ans avant les montgolfières. Voyez les mémoires sur l'état présent de la Chine, par le père le Comte, lettre VI. Un célèbre écrivain de nos jours y croit très fort, et moi aussi.

(16) Ce canal que je place à l'entrée du port Trogile, et dont il n'est pas autrement question dans l'histoire ; puisqu'on y parle que d'une tour ; ce canal dis-je, fut probablement construit du produit des statues de bronze que Timoléon fit ignominieusement jeter de dessus leur base, et vendre à l'ancan, après avoir fait le procès des tyrans dont elles offraient les figures.

Disons en passant, de cet illustre vengeur de la liberté, qu'il fit publier à son de trompe, que tous les Syracusains qui voudraient venir avec des outils, n'avaient qu'à se mettre à démolir les forteresses, et qu'en leur place il fit ériger des tribunaux, afin que ces mêmes prisons où les citoyens avaient perdu leur liberté, en devinssent à jamais les remparts. Disons qu'à cette époque il fit disparaître la tyrannie et les tyrans, non seulement de Syracuse, mais de toute la Sicile ; et que loin d'avoir l'orgueil de vouloir ensuite *dominer seul*, il sût également se défendre *de la soif insatiable de la richesse* et de la *perpétuité* des honneurs. Syracuse devint sa patrie. Il y passa le reste de sa vie en simple particulier, goûtant la satisfaction de voir tant de villes et tant de milliers d'hommes lui devoir repos et la félicité dont il jouissait. Aussi fut-il toujours respecté comme un oracle. Plutarque dit même, que : « quand il fut vieux, les Syracusains l'introduisaient dans leurs assemblées, monté sur son char, toujours comme en triomphe, et toujours au bruit des acclamations universelles ».

Français, vous savez au cœur de qui a passé l'âme de Timoléon. C'est lui qui, tantôt à la tribune et tantôt au champ de Mars, sans cesse vous répète : *Age, in manibus vestris libertatem, opem, spem futuri temporis geritis.*

(17) « C'est de ce droit des *Tout-Puissants* d'Égypte, que naquirent sans doute en Europe ces droits de cuissage qui ne flétrissaient pas la jeune fille dans l'opinion publique ». Les vilains sont devenus des francs-bourgeois, et tout cela est aboli en France. « De nos jours cependant les marchands de nègres jouissent encore du droit des *Tout-Puissants*, et la jeune négresse est sensée vierge aux yeux de l'homme noir qui la reçoit pour femme. [Recherches du tribun.] Dion Cassius rapporte que des sénateurs opinèrent en plein sénat pour qu'Auguste eût le droit, à cinquante-sept ans, de coucher avec toutes les femmes que bon lui semblerait. Montesquieu n'en doute pas. Voltaire, moins crédule, observe qu'Auguste put très bien en user ainsi *sans autorisation* ; mais que les Marc-Aurelle et les Juliens s'en dispensèrent.

(18) *Pax vobis omnibus*, etc., dit Jésus-Christ à ses apôtres. Si la paix ne règne pas parmi les hommes, ils sont donc pires que les bêtes féroces. Aimons nos frères quelquefois leur culte. S'ils se trompent tant pis pour eux.

Tout serait perdu si nous avions décrété que la religion catholique romaine serait chez nous la religion exclusive. « La religion des réformés, dit Mably, n'est pas moins propre que celle des catholiques, à faire des citoyens utiles et vertueux. Les uns et les autres ont le droit de jouir des mêmes avantages. Ce n'est que par cette conduite que les Allemands parvinrent à détruire le fanatisme, et affermir la tranquillité publique dans leur patrie… Les tribunaux, composés de juges choisis dans les deux religions, y suffisent pour réprimer certains abus, et chaque parti eut des protecteurs assez puissants pour défendre les droits et la liberté… Il en eût été à peu près de même en France, si les états-généraux, au lieu d'être détruits par les prédécesseurs de Henri IV, avaient été assez solidement établis pour devenir un ressort habituel et nécessaire du gouvernement. Plus ils auraient approché de la perfection, plus il est vraisemblable que les Français auraient cessé de se déchirer par des guerres civiles qui répandirent tant de sang. Il est naturel que les peuples aient plus de confiance à ces assemblées, qui ont nécessairement des maximes nationales, qu'au conseil du prince, qui ne consulte ordinairement que des convenances mobiles, dont les résolutions ne sont que trop souvent l'ouvrage de l'intrigue, et qui se fait par principe des intérêts contraire à ceux du public ».

Ne perdons pas de vue les utiles rapprochements faits par un autre philosophe de ce siècle ; rapprochements qui prouvent sans exagération, que *neuf millions sept cent dix-huit mille huit cents personnes* ont été, ou égorgées, ou noyées, ou brûlées, ou rouées *pour l'amour de Dieu*. Lisez l'article Massacres dans les questions sur l'Encyclopédie. Mais je rougis de la paresse. Eh ! Pourquoi ne prendrais-je pas ma peine de faire une copie de ce tableau ? Rendons service à l'humanité. Tirons des archives de la philosophie une pièce plus importante que le Livre rouge. Lecteur instruit, tu la connais ; mais le peuple ne la connaît pas, et c'est lui qu'il faut éclairer. L'homme du peuple qu'on foudroie et qui s'arme d'une pique ou d'un fusil pour un morceau de pain, n'a pas le moyen d'acheter soixante volumes pour lire vingt lignes qui le rendraient plus doux que deux cents prônes. Arrache de mon livre des utiles pages, donne-les-lui ; elles ne doivent rien lui coûter. Ainsi, toi et moi, nous aurons fait du bien.

[Massacres : tableau des 9 718 800 morts]

Qui que tu sois, lecteur, si tu conserves les archives de ta famille, consulte-les, et tu verras que tu as eu plus d'un ancêtre immolé au prétexte de la religion, ou du moins cruellement persécuté, ou persécuteur, ce qui est encore plus funeste, etc. Quelle que soit ta supputation, tu descends des assassins ou des assassinés. Choisis et tremble. Mais toi, prélat de mon pays, réjouis-toi, notre sang t'a valu cinq milles guinées de rente.

J'ai été fortement tenté d'écrire contre cet auteur anglais ; mais son mémoire ne m'ayant point paru enflé, je me suis retenu. Au reste, j'espère qu'on n'aura plus de pareils calculs à faire. Mais à qui en aura-t-on l'obligation ?

C'est à toi, *Voltaire*, qui, comme on voit, avait cependant la précaution de prendre encore quelquefois des mitaines ; c'est à *Jean-Jacques* dont tu fus jaloux ; c'est à *Mably*, dont tu as malignement enchâssé le nom dans tes vers trop pompeux, à l'exemple de *Boileau* que tu tançais sur cet article, et qui mérite de figurer ici, puisqu'il se moque des sots martyrs d'une diphtongue (*). Philosophes immortels ! Vous avez été tous d'accord ; vous avez tous dit : « Les hommes sont nés pour s'entraider et pour s'aimer ». Puissent nos honnêtes curés de campagne en dire autant ! Puissent-ils lire en chaire cet abrégé de nos sottises à cent mille paysans auxquels ils ont à se reprocher de n'avoir pas appris à lire ! Ainsi l'évêque d'Ypres et l'Archonte éponyme, chef du sabat gribourdonique, perdront les fruits qu'ils espèrent de leurs sanguinaires prédications.

(*) Oi. Les *Ariens* voulaient qu'on dise, en parlant du verbe, *om-oi-ousios, d'une substance semblable à celle du père*. Les *chrétiens* prétendaient qu'il fallait dire *omoousios, de même substance*, et ils y mettaient leur tête à couper.

Du même auteur :

Robot Erectus (2012)

Les 3 lois de la robotique (2013)

Immortalité numérique (2014)

Les robots dans Star Wars (2015)

Retrouvez l'auteur sur :

www.facebook.com/jcheudin

twitter.com/jcheudin

jcheudin.blogspot.com

www.science-ebook.com

© Science-eBook, Septembre 2016
http://www.science-ebook.com
ISBN 979-10-91245-14-2
Printed by CreateSpace

www.ingramcontent.com/pod-product-compliance
Lightning Source LLC
Chambersburg PA
CBHW060518160726
47991CB00001B/87